Armes secrètes

DU MÊME AUTEUR

AUX EDITIONS HARLEQUIN

DANS LA COLLECTION BEST-SELLERS

La vie en rose et noir (N° 178)

CHARLOTTE HUGHES

Armes secrètes

Cet ouvrage a été publié en langue anglaise
sous le titre :
HOT SHOT

Traduction française de
DANIÈLE LARUELLE

HARLEQUIN®

est une marque déposée du Groupe Harlequin
et Les Best-Sellers® est une marque déposée d'Harlequin S.A.

Photos de couverture

Couple : © GETTY IMAGES
Jambes : © GHISLAIN & MARIE DAVID DE LOSSY / GETTY IMAGES

83-85, boulevard Vincent-Auriol, 75013 PARIS — Tél. : 01 42 16 63 63
Service Lectrices — Tél. : 01 45 82 47 47
ISBN 2-280-08618-2 — ISSN 1248-511X

A Susie O'Neil, ma conseillère pour tout ce qui concerne la vie, l'amour et le bonheur, la seule personne au monde qui ne mente jamais quand je lui demande si j'ai l'air d'un éléphant dans le pantalon que je viens d'enfiler.

Et à Jane Downdney qui m'a appris que le moindre incident n'est pas un drame, même si nous aimons toutes dramatiser.

REMERCIEMENTS

Mille mercis à mon agent, Al Zuckerman, et à mon éditrice, Miranda Stecyk, pour leur enthousiasme et leur soutien.

Ma gratitude sincère au Dr David John Berndt pour son amitié et ses talents promotionnels.

Et, comme toujours, une chaleureuse étreinte à Janet Evanovich, mon amie, mon inspiratrice, et la seule personne à comprendre vraiment mon sens de l'humour tordu.

Janet, tu m'inquiètes !

1.

L'inspecteur Frankie Daniels était d'une humeur de dogue, et la chaleur de juillet n'arrangeait rien. Elle serrait les dents, exaspérée par le bruit de la circulation qu'à l'ordinaire, elle ne remarquait plus tant c'était une constante de la vie citadine. Des inconnus qui se rendaient au travail se pressaient autour d'elle, lui coupaient le chemin, la heurtaient de leurs parapluies et attachés-cases. Bon sang, qu'elle aurait aimé passer ses nerfs sur eux !

Dans le hall des services de police d'Atlanta, l'air frais qui caressa son visage lui fit l'effet d'un baume lénifiant. Elle marqua une pause, inspira profondément et passa une main sur sa nuque déjà humide malgré l'heure matinale. L'ascenseur était plein à craquer de gens en uniforme avec lesquels elle travaillait depuis des années, mais dont, aujourd'hui, elle évitait le regard. Elle descendit de l'ascenseur au deuxième étage et se dirigea au pas de charge vers le bureau du capitaine Dell Wayford — raide, le dos droit et les lèvres pincées, fermement décidée à ignorer ses collègues qui la dévisageaient avec curiosité. Elle était tendue comme un ressort. Normal : depuis son lever à 5 heures du matin, elle avait bu le contenu d'une cafetière entière et fumé tout un paquet de cigarettes.

Inutile d'être devin pour savoir ce qu'ils disaient d'elle, de quels jolis noms ils l'affublaient.

« Briseuse de ménage », « Marie-couche-toi-là », « Petite pute »…

Mince consolation, elle n'avait pas le physique de l'emploi et encore moins la tenue. Renonçant pour l'occasion à ses éternels jeans et T-shirts, elle avait revêtu un pantalon kaki assorti d'un chemisier de coton blanc empesé. Et plutôt que de laisser ses cheveux sécher et boucler librement sur ses épaules, elle les avait tirés en un chignon sévère comme celui que portait sa grand-mère de son vivant. L'image même de la respectabilité, en somme.

En cet instant, elle incarnait la réputation de sérieux qu'elle s'était acquise après plus de dix ans au service de la police, dont trois en tant qu'inspecteur en civil. Elle avait fait son trou dans ce milieu dominé par les hommes, conquis le respect de ses collègues masculins. Et voilà qu'elle avait tout gâché en couchant avec un flic marié — son coéquipier par-dessus le marché !

La situation ne pouvait guère être pire.

Sans compter que son ex-amant était le gendre du commissaire, ce qui n'inciterait personne à la clémence…

Comment avait-elle pu commettre pareille sottise ?

Elle frappa contre le panneau de verre dépoli, puis entra en entendant une sorte de grognement venu de l'intérieur. Hmm. Ça allait être sanglant…

La chemise du capitaine Wayford était déjà froissée, à croire qu'il avait dormi dedans. Une Camel sans filtre pendait à sa lèvre — éteinte, car il était interdit de fumer dans les bureaux depuis deux ans. Une décision qu'il n'avait jamais pardonnée aux responsables. Il est vrai que la plupart des flics fumaient trop, buvaient trop, et vidaient des litres de café comme s'il s'agissait d'un élixir de vie.

Tout en cherchant à évaluer l'humeur du capitaine, Frankie remarqua le visage bouffi, rougeaud, auréolé de cheveux gris, le nez bulbeux et couperosé, signe d'alcoolisme flagrant. Elle comprenait qu'il boive mais, malgré l'affection et le respect qu'elle lui portait, elle n'aurait pas donné bien cher de son foie.

Wayford arborait une expression qui semblait dire : « Ne m'emmerdez pas. » A quelques mois de la retraite, il n'avait pas envie qu'on lui complique la vie.

S'avançant jusqu'à son bureau métallique à la surface rayée, elle sortit de son sac son revolver de fonction et son badge.

Wayford se cala contre le dossier de son siège en haussant un sourcil interrogateur.

— Vous avez l'intention de m'abattre, inspecteur ? Ou vous comptez vous suicider, ce qui m'éviterait de vous étrangler de mes propres mains ?

Elle déposa son arme et son badge sur le bureau.

— Je démissionne, chef. Je suis la honte du service.

Il ôta la cigarette d'entre ses lèvres.

— La honte du service ? C'est excessif, Daniels. Vous seriez plutôt comme un furoncle persistant, une verrue tenace qui repousse dès qu'on la brûle, un abcès dentaire…

— Je vous reçois cinq sur cinq, capitaine.

— … Mais vous êtes un détective de premier ordre, et vous me décevez. Si on m'avait dit que vous vous payiez le gendre du commissaire, un homme marié et père de trois enfants, j'aurais flanqué une trempe à ce salopard et je l'aurais viré de mes bureaux.

— Capitaine…

— Asseyez-vous donc, inspecteur.

Elle s'assit.

— Ce qui me soulage finalement, c'est que votre père ne soit plus là pour voir ça.

Frankie accusa le coup. Wayford avait sciemment touché un point sensible.

— Que vous trouviez à redire sur mon travail ou ma conduite, d'accord, mais je vous prierais de laisser mon père en dehors de cette affaire.

Ignorant la remarque, il reprit :

— Frank Daniels était mon meilleur ami et le meilleur flic que j'aie jamais eu.

Certes. Elle le savait. Depuis plus de dix ans, elle s'efforçait de combler le vide laissé par son père au sein de la police — tâche d'autant plus rude que l'homme était un héros, une idole aux yeux de ses collègues. En faisant autrefois équipe avec Wayford, il avait pris une balle qui lui était destinée et, alors qu'il gisait agonisant sur le pavé d'une étroite ruelle, il avait formulé une unique requête : que son ami de toujours veille sur sa fille. Dell Wayford avait honoré sa promesse. Il exigeait beaucoup de Frankie qui se tuait à la tâche pour le satisfaire, mais il n'était jamais content. Pour qu'elle passe inspecteur, il lui avait fait faire le parcours du combattant alors qu'elle méritait vingt fois le titre.

Elle serra les poings et réprima les larmes qui lui brûlaient les yeux.

— Pour information, chef, Jim Connors m'avait dit qu'il était séparé de son épouse et en instance de divorce.

— Voyons, Daniels ! C'est le cliché éculé qu'ils servent à tous les coups ! Ça vous intéresserait de savoir pourquoi il a été transféré chez nous ? Je vais vous le dire : parce qu'il sautait la standardiste de son ancien commissariat.

Les épaules de Frankie s'affaissèrent tandis que Wayford sortait une grande enveloppe brune d'un tiroir.

— J'ai déjà eu une petite visite du commissaire. Vous ne saviez pas que la femme de Connors le faisait suivre, je parie ? Eh bien, voilà le résultat, Daniels. Une cassette vidéo où on vous voit au lit dans toutes les positions. Vous voulez que je mette ça dans le magnétoscope, qu'on y jette un coup d'œil ensemble ?

Frankie fut soudain prise d'un accès de nausée. L'idée de visionner une cassette d'elle au lit avec Connors lui soulevait le cœur. Et, comble d'humiliation, le capitaine Wayford avait regardé ça.

— Ne vous inquiétez pas, je n'ai rien vu. J'ai mieux à faire de mon temps, croyez-moi. Et, pour ne rien vous cacher, je me fiche éperdument de qui couche avec qui tant que cela ne me revient pas aux oreilles et que ce n'est pas sur le temps de travail.

Elle n'arrivait pas à croire qu'on ait pu cacher une caméra dans sa chambre à coucher !

— Ces images ont été prises illégalement, chef. Il faut qu'on soit entré chez moi par effraction.

— Vous comptez porter plainte, peut-être ? Fameuse idée que de porter l'affaire au tribunal. Tous les vieux cochons du quartier, y compris les flics de chez nous, se repasseront des copies de la cassette ; on la regardera en chœur au réveillon de Noël.

Elle fixait le bout de ses chaussures. Une chance que son père soit mort avant d'être témoin de son humiliation.

— Je regrette de vous avoir déçu, capitaine.

— Vous allez devoir payer, Daniels. La femme de Connors exige qu'on vous chasse d'ici, et le père veillera à ce que la volonté de sa petite chérie soit accomplie.

— Alors, je suis virée, conclut-elle.

Dix ans d'efforts à la trappe. Elle se sentait vidée, accablée.

— Oh, que non, ce serait trop facile ! Vous méritez bien pire.

Wayford posa l'enveloppe sur son bureau et, sans prévenir, saisit le revolver qu'elle avait déposé devant lui et assena plusieurs coups de crosse sur la cassette. Puis il déposa l'arme et jeta l'enveloppe brune à la corbeille sous ses yeux éberlués.

— J'ai négocié un compromis avec le commissaire. S'il y a consenti, c'est parce qu'il ne tient pas à ce que l'affaire s'ébruite.

Pour la première fois depuis que son aventure faisait l'objet de plaisanteries salaces, Frankie sentit l'espoir renaître en elle.

— Quel genre de compromis ? s'enquit-elle en redressant la tête.

— Une nouvelle affectation. Vous disparaissez discrètement, et rien de tout cela ne figurera dans votre dossier.

— Une nouvelle affectation ?

— Oui. Je vous ai déjà trouvé un poste. Avec un peu de chance, vous ne ferez pas de bêtises cette fois. Naturellement, votre salaire va s'en ressentir.

— Vu ce que je gagnais, c'est gai.

Wayford se pencha en avant et croisa les mains devant lui.

— Réfléchissez, Daniels. Vous avez intérêt à accepter. Je vous ai trouvé une place auprès de mon neveu. Si vous refusez, vous allez finir livreuse de pizzas. Et puis, là où vous allez, vous n'aurez pas besoin de beaucoup d'argent.

Elle l'observait sans enthousiasme. Le compromis en question ne lui disait rien qui vaille.

— Je vous appellerai dès que j'aurai réglé la paperasse. Et d'ici là, filez faire vos valises.

Déjà, il feuilletait une liasse de formulaires.

— L'entretien est clos, vous pouvez disposer.

Ils se regardèrent dans les yeux. Des douzaines d'images traversèrent l'esprit de Frankie. Elle revit les matches de base-ball auxquels ils assistaient ensemble en mangeant des hot dogs ; les films de John Wayne le samedi soir au vieux cinéma Le Plaza, avec les cornets de pop-corn et les confiseries ; Wayford qui l'encourageait lorsqu'elle jouait dans l'équipe de football féminine et qui, après le match, lui reprochait ses erreurs tactiques. C'était à lui qu'elle avait confié pour la première fois son désir qu'on l'appelle Frankie en l'honneur de son père, et non plus Francis, son nom de baptême qu'elle avait en horreur. Il avait déclaré que le nom lui allait bien… Mais tout cela remontait à des lustres. Appartenait à une autre vie.

— Je vous remercie, capitaine Wayford, déclara-t-elle sèchement.

Il pivota sur sa chaise et se tourna vers la fenêtre sans un mot de plus.

Elle quitta la pièce. Refoulant ses larmes, elle contourna les bureaux encombrés de papiers, soulagée de constater que ses collègues inspecteurs étaient déjà partis en mission. En approchant de la place occupée par Hank Adams, un vieux routard de flic dont on disait en plaisantant qu'il était déjà là avant qu'on installe la plomberie, Frankie ne put s'empêcher de sourire. Il lui avait beaucoup appris.

— Ça va ? demanda-t-il en posant sur elle son bon regard brun.

L'été, le soleil faisait ressortir des taches de rousseur sur le haut de son crâne dégarni ; l'hiver, il séchait et se couvrait de pellicules.

— Je suis finie, au placard.

— Connors est une ordure. Il ne vaut même pas la balle pour l'achever.

Existait-il une seule personne dans le service qui ne soit pas au courant de son aventure ? songea-t-elle, perplexe. Ceci étant, rien ne la surprenait de la part de Hank. Il savait tout, mais, contrairement aux autres, il écoutait, enregistrait et restait muet comme une tombe.

— Mouais. Pour les nouvelles, je viens de recevoir mes ordres. Je n'attends plus que le nom de mon nouveau port d'attache.

La gorge nouée, elle ouvrit le tiroir central de son bureau et se mit à fouiller dedans.

La main de Hank se posa sur son épaule.

— Je regrette de ne rien pouvoir faire pour toi.

Prise au dépourvu par cette marque de tendresse, elle se raidit, craignant de fondre en larmes.

— Wayford aurait dû me défendre mieux que ça.

— Il t'a bien défendue, Frankie. Je suis arrivé de bonne heure pour prendre de l'avance sur la paperasse et j'ai tout entendu.

S'interrompant, il se frotta le crâne.

— Seulement, il a perdu la bataille et ça le rend fou. Il est tellement furieux qu'il aboie après tout ce qui bouge.

Nouvelle pause, puis :

— Alors ? Qu'est-ce que tu comptes faire maintenant ?

Elle haussa les épaules.

— Prendre ce boulot, je n'ai pas le choix.

— Connors ne fera pas de vieux os ici, je te le promets.

Tout en prenant un marqueur noir dans son tiroir, elle remarqua l'air déterminé du vieux flic.

— Je te remercie, Hank. Je suis contente de te savoir dans mon camp.

— Les autres sont avec toi aussi ; seulement, ils ont besoin de travailler comme tout le monde.

— Tu m'excuses un moment, j'ai un truc à régler.

— Pas de problème. Tu as mon numéro de téléphone et mon portable. Tu m'appelles quand tu veux.

— Merci. Tu es gentil.

Elle se rendit ensuite aux toilettes des dames où elle croisa Anne Roberts, une collègue avec laquelle elle avait fait équipe sur plusieurs enquêtes, une femme éminemment compétente.

— Tu n'as pas l'air en forme, remarqua cette dernière.

— On m'expédie au diable, répondit Frankie en ôtant le capuchon du marqueur.

— Je m'en doutais un peu. Le beau-père de Connors veille sur son petit chéri. Mais ne t'inquiète pas. Le service aura tôt fait de le mettre sur la touche. Quand il verra que tout le monde renâcle quand il a besoin de quelque chose, que même le labo médico-légal n'est pas coopératif, il se traînera à genoux pour qu'on le mute ailleurs.

C'était la seconde fois en quelques minutes qu'elle entendait cela. A l'évidence, Connors ne s'en tirerait pas à si bon compte, et elle en éprouvait quelque satisfaction. Elle avait vu de ses yeux ce qui arrivait aux inspecteurs qui ne s'intégraient pas dans le service, aux arrogants qui tentaient d'imposer leurs propres règles et n'acceptaient pas les critiques constructives de leurs supérieurs. Ils n'étaient pas si rares et ne tenaient pas longtemps.

Elle fit face au mur, puis se mit à écrire en lettres majuscules tandis qu'Anne l'observait en silence. Lorsqu'elle eut terminé, elle replaça le capuchon du marqueur et se retourna vers sa collègue.

— Alors ? Qu'est-ce que tu en penses ?

Anne s'approcha et lut l'inscription à haute voix :

— « Jim Connors a de l'herpès génital. » Hmm. C'est vrai, ça ?

Vrai ou pas, on s'en foutait. Seule la vengeance comptait.

— C'est mon opinion et je n'en démords pas.

— Très bien, ça me va. Je m'arrangerai pour que le message circule.

Le lendemain matin, elle était en train d'emballer sa vaisselle quand son téléphone sonna.

— Je change d'affectation, maman. Je suis mutée à Purdyville en Caroline du Sud. Super, non ?

— Qu'est-ce que tu as encore fait ? s'enquit Eve Hutton d'un ton égal.

— Merci pour le vote de confiance, maman.

Frankie n'avait aucune intention de lui avouer la vérité. Aussi ridicule que cela paraisse, sa mère la croyait chaste et pure ; elle racontait fièrement aux dames à cheveux bleus du salon de coiffure où elle se rendait chaque semaine pour un shampooing et une mise en plis qu'elle se gardait vierge pour le mariage. Et Frankie, qui n'ignorait rien des choses du sexe, n'avait jamais eu le cœur à la détromper. Elle se sentait le devoir de protéger sa mère, laquelle ne s'était jamais remise de la mort de son mari. Comme Frankie, d'ailleurs.

Agée de onze ans à l'époque, elle était la petite fille chérie de son papa.

Silence au bout de la ligne. Apparemment, Eve méditait la nouvelle. Frankie l'imaginait dans sa petite cuisine, vêtue d'un caftan imprimé aux couleurs vives, occupée à se vernir les ongles, ou à examiner ses racines dans un petit miroir, histoire de s'assurer qu'elle n'avait pas besoin d'une nouvelle teinture.

— Ils recherchent un bon inspecteur de police à Purdyville. Tu n'imagines pas le nombre de candidatures qu'ils ont reçues. Mais c'est moi que le capitaine Wayford a choisie.

Il l'avait appelée une heure plus tôt pour lui donner le détail de sa nouvelle affectation. Les papiers étaient en route.

— Inutile de me mentir, Francis, je te connais. Tes ruses ne trompent personne. Et je finirai bien par découvrir le pot aux roses, tu le sais.

Pourquoi fallait-il toujours qu'elles se chamaillent à propos de tout et de rien ?

Irritée, elle répliqua :

— D'accord, maman, puisque tu insistes, on me met sur la touche parce que j'ai couché avec mon coéquipier qui se trouve être un homme marié et le gendre du commissaire. Tu es satisfaite maintenant ?

— Epargne-moi les détails, s'il te plaît.

Elle alluma une cigarette et inspira profondément la fumée. Quoi qu'il arrive, il fallait que sa mère ait le dernier mot. Dans les moments comme celui-ci, elle se demandait parfois si son père n'était pas allé au-devant de la balle pour échapper aux critiques constantes de son épouse.

— Maman, je t'en prie, j'aimerais autant qu'on ne se dispute pas.

— Combien fumes-tu de cigarettes par jour ?

— J'ai réduit ma consommation.

— C'est ce que tu me réponds à chaque fois.

— Alors, ne me le demande plus.

— Tu es de bien mauvaise humeur. Purdyville, hein ? En Caroline du Sud ? Hmm. Jamais entendu parler de cet endroit. Quelle est la grande ville la plus proche ?

Frankie entendit un bruit de papier et comprit que sa mère dépliait une carte.

— C'est une petite bourgade, à une soixantaine de kilomètres de Raleigh. Ça devrait te rassurer puisque tu trouves qu'Atlanta est une ville dangereuse. Je me suis laissé dire que le taux de criminalité était très faible à Purdyville.

Eve soupira.

— Tu me soulages. Enfin, je pourrai dormir tranquille. Tu es sûre que c'est bien en Caroline du Sud ? Je ne trouve pas sur la carte. Tu auras peut-être mal compris.

— Absolument certaine. Je l'ai même noté sur le dos de ma main quand le capitaine m'a appelée.

— Ce que tu peux être impertinente, Francis ! C'est un crime que de vouloir savoir où on envoie ma fille unique ? Tu as tes règles, ma parole, pour être aussi grincheuse ! Je m'étonne qu'on te laisse porter une arme dans cet état.

Frankie avait horreur qu'on l'appelle Francis, et sa mère en jouait. De rage, elle aurait volontiers répliqué qu'elle n'était plus vierge depuis qu'elle avait commis l'irréparable à l'arrière de la voiture de Ronnie Lee Paterson le soir du bal de sa promotion au lycée.

— Maman, franchement ! C'est la remarque la plus sexiste que tu m'aies jamais faite.

— Tu as besoin d'argent ?

— Non.

— J'aimerais que tu me laisses t'aider puisque j'en ai les moyens. Je te rappelle que j'ai hérité une petite fortune à la mort de ton beau-père – Dieu ait son âme.

Frankie en remerciait encore le ciel. Peu de temps après son entrée au lycée, Eve s'était remariée à un homme d'un certain âge à la santé fragile. Un mariage idéal : Lamar Hutton avait besoin qu'on s'occupe de lui, et Eve recherchait la sécurité matérielle. Chemin faisant, ils avaient appris à s'aimer. Pas de cet amour que Frankie voyait se peindre sur les traits de sa mère quand son père rentrait le soir, mais d'un amour serein d'adultes qui s'appréciaient et se complétaient.

— Il arrive un moment dans la vie où l'affection d'un compagnon prime sur la passion, avait-elle déclaré à sa fille après la demande en mariage de Lamar.

Ce dernier était décédé peu de temps après que Frankie était entrée dans la police d'Atlanta, laissant à sa femme une somme confortable qui lui avait permis de s'installer à Miami, en Floride, dans un établissement chic pour les retraités où elle jouait au bridge avec ses amis, allait au concert et chez la manucure.

— Si j'ai besoin d'argent, maman, je t'en demanderai, d'accord ? Pour le moment, il faut que je fasse mes cartons.

— Tout cela est si soudain ! Tu veux que je vienne te donner un coup de main pour le déménagement ?

Surtout pas ! Sa mère avait le don de lui taper sur les nerfs, mais aussi de la ralentir dans ses travaux.

— Non, ne te dérange pas, je m'en sors très bien comme ça et je n'ai pas trop de temps. Je dois me présenter à mon nouveau poste dès la semaine prochaine

— Tu as une adresse où je puisse te joindre ?

— J'ai appelé une agence immobilière à Purdyville ce matin. Ils me cherchent un logement.

La femme ne s'était pas montrée très optimiste au téléphone. Apparemment, les locations décentes ne couraient pas les rues dans ce coin du monde.

— Bon. Ne disparais pas sans me laisser tes coordonnées.

— Je t'appellerai dès que j'en saurai davantage, promit-elle. Et puis nous nous reparlerons d'ici là.

Nul doute que sa mère la rappellerait.

A minuit, Frankie avait tout rangé dans des cartons, à l'exception de quelques menus objets dont elle aurait encore besoin. Presque rien, car elle vivait de café, de cigarettes et de plats à emporter. Elle mettrait ses affaires dans sa voiture à la dernière minute. Triste constat : l'ensemble de ses possessions tenait dans cette voiture qui, avec un téléviseur couleur, une bonne chaîne Hi-fi et de modestes économies constituaient tout son bien. Les appartements meublés étaient chers à Atlanta. Compte tenu de la diminution de son salaire, ne restait plus qu'à espérer qu'ils seraient plus abordables à Purdyville.

Quelques minutes plus tard, sous une douche chaude, elle céda au sentiment d'épuisement qui l'accablait depuis le matin. Elle s'assit dans le coin de la cabine, son refuge habituel après une sale journée, tandis que l'eau mêlée de larmes ruisselait sur ses joues. Là, elle pouvait pleurer sans que personne s'en doute.

Elle avait vu de près les effets de la violence au cours des dix dernières années ; elle s'était rendue sur les lieux de crimes atroces, capables d'ébranler les inspecteurs les plus endurcis. Certaines images ne s'effaçaient pas. Elles se glissaient sournoisement dans l'inconscient, revenaient vous hanter dans vos rêves, rendaient les nuits plus noires, plus longues, assombrissaient les plus belles journées d'été.

Malgré tous ses efforts, Frankie ne parvenait pas à rester détachée, calme et professionnelle devant l'accumulation d'horreurs.

Parfois, un détail la marquait particulièrement — la brosse à cheveux ensanglantée d'une femme, une bicyclette au cadre tordu, abandonnée sur le bitume après un accident qui avait coûté la vie à son jeune propriétaire. Des détails humains empreints de vécu, de chair et d'os, appelés à devenir des numéros de dossiers. Plus que le crime lui-même, ces détails s'incrustaient souvent dans la mémoire, y prenaient vie et vous rongeaient comme des cellules cancéreuses, comme ces parasites qui finissent par tuer leur hôte.

Certains flics buvaient.

Elle pleurait sous la douche.

Le jour où elle s'était retrouvée au lit avec Jim Connors, elle avait été appelée sur le lieu d'un crime particulièrement choquant. A un moment où elle se sentait vulnérable. La semaine précédente, elle avait fêté ses trente-deux ans et pris conscience qu'en dehors de sa mère, elle était seule au monde. Pas de compagnon, personne à l'horizon. Ses amies s'étaient mariées, avaient eu des enfants, et elle clamait bien fort que ce n'était pas là ce qu'elle attendait de la vie — sans doute pour mieux s'en persuader. De toute façon, elle n'avait aucune chance de fonder une famille, pas avec ses antécédents. Les quelques hommes avec qui elle s'était aventurée avaient battu en retraite devant cette femme armée d'un pistolet et capable de se défendre, qui fumait à la chaîne et commentait à table des résultats d'autopsie. Elle avait ainsi gâché tant de rencontres que ses amies avaient renoncé à lui présenter leurs connaissances.

Une proie facile pour Jim Connors qui consommait plus de femmes que sa mère ne filait de collants.

Peut-être avait-elle perdu toute féminité ? Encore qu'elle n'ait jamais été très féminine. A huit ans, son père lui avait appris à tirer ; elle se battait et grimpait aux arbres, surpassant souvent les garçons du quartier. Toute son enfance, elle avait arboré des genoux et des coudes couronnés. A douze ans, prise de béguin pour Davie Brown, elle lui avait flanqué son poing dans la figure afin qu'il la remarque. Le malheureux garçon saignait du nez, et elle avait récolté une fessée du principal. Dans la cour de récréation, Davie était inséparable de Pammy Wilson. Pammy portait des tabliers, des petits nœuds dans les cheveux, des socquettes blanches bordées de dentelle et des souliers vernis. Frankie serait morte plutôt que de se déguiser de la sorte. Malgré les protestations de sa mère, elle s'habillait de jeans, de T-shirts et de tennis. Ses cheveux bruns, aussi rebelles qu'aujourd'hui, partaient dans tous les sens. Eve avait tenté de les tresser, de les tirer en queue-de-cheval, sans résultat. A la fin de la journée, ils avaient toujours l'air de ne pas avoir été brossés depuis une semaine.

Toujours assise sous la douche dont l'eau était devenue froide, Frankie songea qu'elle était une femme ratée. Elle ne s'intéressait d'ailleurs pas aux frivolités féminines, ne s'extasiait pas devant la dernière teinte de rouge à lèvres à la mode et, si elle se maquillait parfois très légèrement, c'était parce que sa mère lui avait fait honte.

— Tu es une belle femme, Francis, avait-elle déclaré un jour. Et je ne dis pas ça par fierté personnelle. Mais il faudrait que tu t'arranges un peu. Tu as entendu parler de rimmel, d'ombre à paupières ?

L'ombre à paupières. Eve en avait de toutes les teintes, de toutes les nuances imaginables…

Jim Connors prétendait apprécier les femmes décidées, qui savaient ce qu'elles voulaient et ne se cachaient pas derrière des barrières de fanfreluches. Il la trouvait agréablement rafraîchissante, prétendait admirer son intelligence et le fait qu'elle ne s'encombrait pas de coquetterie ni d'artifices.

Jim Connors n'était qu'un abruti de baratineur.

Et elle l'avait cru.

On ne l'y reprendrait pas.

Deux jours plus tard, Frankie pénétrait dans le bureau du capitaine Wayford. Elle avait chargé sa voiture, changé l'huile et les bougies, vérifié les niveaux, équilibré les pneus, nettoyé et lustré elle-même la carrosserie ; elle avait fait le grand ménage dans son appartement qu'elle laissait plus propre qu'elle ne l'avait trouvé. Elle retenait ses larmes depuis le matin, fermement décidée à se conduire jusqu'au bout en professionnelle.

L'agence immobilière de Purdyville avait rappelé. Une petite maison venait de se libérer dans Elm Street. D'après la description, elle semblait idéale et disposait de surcroît d'un jardinet entouré d'une clôture. Ce serait peut-être l'occasion de prendre le chien dont elle rêvait depuis toujours.

Un nouveau départ. Voilà ce qu'on lui offrait. Une chance de refaire sa vie.

Mais alors, pourquoi ce manque d'enthousiasme ?

Wayford avait une cigarette calée derrière l'oreille.

— Vous avez vu le journal, ce matin ?

— Je ne lis pas les journaux. Trop de violence.

— Avant-hier soir, il y a eu un raid anti-drogue sous la conduite de Connors.

— Tant mieux pour lui.

— Le seul problème, c'est qu'ils se sont trompés d'adresse.

Frankie le dévisageait, incrédule.

— Vous plaisantez ?

— Pas du tout. Vous n'allez pas me croire, mais Connors et son équipe ont débarqué en force pour perquisitionner chez le juge Henry.

— Doux Jésus !

— Le juge est fou de rage. Il avait invité quelques gros bonnets à dîner, dont son prêtre, le maire et le beau-père de Connors. La femme du maire s'est évanouie. Craignant une crise cardiaque, ils ont appelé les urgences.

Frankie en resta bouche bée. Certes, il y avait parfois de petites bavures dans le service, mais là, c'était une bourde de première grandeur, propre à discréditer la police locale.

— Enfin, je ne comprends pas. Comment est-ce possible ?

Il haussa les épaules.

— Connors prétend que c'était un coup monté, que son informateur lui a donné une fausse adresse. Je me suis chargé de lui rappeler que nous travaillions depuis des lustres avec ce même mouchard sans le moindre problème. D'après moi, notre Connors était si pressé de jouer les héros qu'il se sera trompé en notant le numéro de la rue.

— Et qu'est-ce qui va lui arriver maintenant ?

Nouveau haussement d'épaules.

— Je l'ai suspendu le temps qu'on enquête, mais j'ai idée que ce coup-là va lui coûter sa place, et je ne peux pas m'opposer à ce que ce soit porté sur son dossier. Sacrée casserole à traîner que de lancer à tort un raid contre un juge, sans parler de la femme du maire à l'hôpital. M'est avis que ce type finira gratte-papier derrière un bureau.

Ils se regardèrent en silence, et soudain, elle comprit.

— C'est bien triste, lâcha-t-elle.

— Mouais. Je savais que cette histoire vous briserait le cœur.

Il lui tendit une enveloppe.

— Tous les documents sont dedans, y compris vos indemnités et ce que j'ai pu vous obtenir.

— Je vous remercie.

Il se cala contre le dossier de son siège et sourit.

— J'espère que vous preniez des précautions tous les deux.

Elle leva un sourcil interrogateur.

— Pardon ?

— Le bruit court que Connors a de l'herpès.

— Mince, ce type n'a vraiment pas de chance en ce moment, commenta-t-elle en se retenant de sourire. Mais ne vous inquiétez pas pour moi, je me protège.

Il l'examina un long moment, pensif.

— Pas de conneries, la môme, déclara-t-il comme lorsqu'il la ramenait du football autrefois. Je prendrai des nouvelles de temps en temps.

2.

Le chef de police Matt Webber frottait ses yeux las pour en ôter la poussière et tentait de se concentrer sur ce que lui disait Orvell Dean, le capitaine des pompiers. Après avoir passé des heures à examiner à la loupe les décombres d'une petite maison en bois, Orvell avait déduit qu'il s'agissait d'un incendie criminel. De l'avis de Matt, la présence de deux bidons d'essence sur les lieux constituait une preuve suffisante, mais Orvell avait insisté pour localiser le point de départ de l'incendie. Tout en farfouillant ici et là, le plus souvent accroupi, il avait régalé Matt de ses dernières histoires de pêche — un sujet sur lequel il ne tarissait pas. Matt, quant à lui, se fichait comme d'une guigne du point de départ exact de l'incendie, et plus encore de savoir qu'Orvell avait remporté le concours de pêche de Purdyville deux années de suite. Il avait besoin d'une douche — et de sommeil.

— Si on rentrait, maintenant ? suggéra-t-il dans l'espoir qu'Orvell avait épuisé son stock d'anecdotes.

Le capitaine des pompiers rangea son stylo dans la poche de sa veste d'uniforme tachée.

— Je n'ai plus qu'une chose à dire.

— Ah oui ? Quoi donc ?

Matt se fraya un chemin à travers le bourbier créé par les milliers de litres d'eau répandus pour éteindre le feu. Ses chaussures produisaient des bruits de succion à chaque pas.

— Je suis vraiment désolé pour Irma et Homer Gibbs.

Qui ne l'aurait pas été, songea-t-il. Les vieux propriétaires de la maison à louer avaient suffisamment de problèmes sans cela. Homer avait fait deux infarctus dans l'année et, d'après la rumeur, ne quittait plus son lit. Le couple approchait des quatre-vingt-dix ans et comptait sur cet apport de liquide pour boucler son budget.

— Ouais. Je me demande comment ils vont s'en tirer.

Il revoyait avec tendresse la vieille Irma avant qu'elle ne souffre d'ostéoporose, avant que l'arthrite ne déforme ses mains. Elle avait été une des forces motrices de Purdyville, enseignant le catéchisme à l'église baptiste pendant plus de trente ans, rendant visite aux malades, organisant des ventes de charité et des kermesses au profit d'innombrables bonnes causes. Homer avait également donné sa part à la communauté. En tant que principal de l'école, il avait élevé le niveau des enseignants comme des élèves. Certes, il était sévère, et si les élèves — dont Matt à l'époque — se plaignaient de la discipline qu'il imposait, ils n'en avaient été que mieux éduqués. A présent, Homer était entièrement dépendant, et Irma s'employait à veiller sur lui, car ils n'avaient pratiquement plus de famille.

— Ils ont fait beaucoup pour la ville, remarqua Orvell, comme s'il lisait dans ses pensées.

— Oui, et je crois qu'il est temps de leur renvoyer l'ascenseur.

Il regarda une Nissan récente s'arrêter et se garer devant la propriété en ruine. Une femme en sortit, jeta un coup d'œil alentour et resta là, visiblement interdite.

— Oh, mon Dieu ! s'exclama-t-elle enfin. Par pitié, dites-moi que ce n'est pas le 414, Elm Street !

Matt s'avança vers l'inconnue. Il l'aurait déjà remarquée si elle habitait Purdyville ou les environs.

— Je peux vous aider ?

— Je suis bien devant le 414, Elm Street ?

— Oui.

— Et merde ! jura-t-elle en se frappant le front de la paume.

Matt enfonça les mains dans ses poches et consulta Orvell du regard.

— On peut faire quelque chose pour vous, mademoiselle ?

Frankie se tourna vers l'autre homme dont l'uniforme maculé indiquait qu'il était pompier.

— Que s'est-il passé ?

— La maison a brûlé.

Elle leva les yeux au ciel.

— Merci, j'avais compris. Comment est-ce arrivé ?

— Nous soupçonnons un incendie criminel.

— Merde ! Merde et merde !

Matt émit un léger gloussement. Joli brin de fille, et il avait l'œil, mais son vocabulaire était digne d'un chauffeur de poids lourds.

Frankie examina le grand brun et se demanda quelle tête il avait sous cette couche de suie et de crasse. Pas qu'elle ait lieu de s'intéresser aux hommes après sa dernière aventure…

— Et vous trouvez ça drôle ?

Matt se rapprocha d'elle, croisa les bras et se cala contre la Nissan. Diable, elle avait l'air furieuse.

— Non, je ne trouve pas ça drôle, ma p'tite dame. Mais il ne sert à rien de se lamenter quand le mal est fait. Vous pourriez m'expliquer ce qui vous met dans cette rage ?

Elle fut tentée de lui dire de s'occuper de ses affaires, mais elle était trop lasse.

— J'étais censée louer cette maison. Je conduis depuis des heures, je suis vannée…

— Et irritable, compléta-t-il.

Elle le foudroya du regard.

— … Et me voilà à la rue. C'est charmant. Dites, ça vous ennuierait de ne pas vous appuyer sur ma voiture ? Je viens de la briquer et vous êtes en train de me la salir.

Il s'écarta du véhicule et remarqua les traces laissées dessus par son jean crasseux.

— Désolé. Je suis un peu fatigué, moi aussi.

De la paume, il tenta de gommer le désastre, mais ne parvint qu'à étaler la suie.

— Regardez un peu ce que vous faites, protesta Frankie, exaspérée. Et laissez ma voiture tranquille, s'il vous plaît.

Déjà, elle sentait venir la migraine.

— Pas question. Je vais vous arranger ça. Une charmante jeune femme comme vous n'a pas à circuler dans une voiture couverte de noir de fumée. Orvell ? Tu aurais un mouchoir propre ?

Le capitaine des pompiers fouilla dans sa poche, lui tendit son mouchoir, et Matt s'employa à nettoyer le plus gros des marques.

— Là. C'est déjà mieux. Si vous voulez, je peux emprunter le tuyau d'arrosage des voisins et la passer au jet.

— Ce ne sera pas nécessaire, rétorqua-t-elle, cassante.

L'attitude de ce type la hérissait. Elle avait suffisamment d'ennuis sans qu'un rustre imbécile vienne aggraver les choses par son insolence.

— Ne vous fâchez pas, je voulais juste rendre service. Et vous m'arracheriez la tête d'un seul coup de dents.

— Pour moi, elle est stressée, intervint Orvell, et il y a de quoi. A peine arrivée, elle découvre que son logement a brûlé et tout ça…

— Le stress, c'est ma spécialité, remarqua-t-elle. Le mot a été créé pour moi. Mais je vous dispense de me chercher des excuses. Je suis adulte, vaccinée, détective et inspecteur de police. J'ai vu bien pire que cet incendie, croyez-moi.

Orvell ouvrait la bouche pour dire quelque chose, mais Matt fut plus rapide que lui.

— Un authentique inspecteur de police, bigre ! Je suis impressionné. Pas toi, Orvell ?

— Mouais, marmonna ce dernier en lui coulant un regard curieux.

— Et une pointure en prime, poursuivit Frankie sans remarquer le coup d'œil qu'ils échangeaient.

— Qu'est-ce qui vous amène ici ? s'enquit Orvell.

— Une mutation. Je vais travailler pour la police de Purdyville, et m'est avis qu'après avoir collaboré avec des pros, j'aurai du mal à m'habituer aux braves pieds plats de flics locaux. Vous pourriez me dire deux mots sur le chef de police ?

Les deux hommes se regardèrent, visiblement amusés.

— Plutôt sympa, répondit Matt. Et joli garçon avec ça.

Le capitaine des pompiers éclata de rire.

— Et il le sait, le bougre. D'ailleurs, toutes les filles du coin lui courent après.

— Ah. Un tombeur. J'avais bien besoin de ça ! Encore un dont le cerveau est en dessous de la ceinture.

Matt fronça les sourcils. Orvell riait à gorge déployée.

— On peut savoir ce qui vous amuse ? s'enquit Frankie.

— Ma p'tite dame, je ne vous connais pas, hoqueta tant bien que mal Orvell, mais je me sens le devoir de vous prévenir que vous vous enfoncez.

— Rien de grave, vieux, je trouve ça drôle.

Hmm. A l'évidence, ces deux-là se payaient sa tête…

— Ça vous ennuierait de vous expliquer un peu ? Je ne suis pas d'humeur à jouer aux devinettes.

Orvell s'avança.

— J'aimerais vous présenter notre très estimé chef de police, Matt Webber.

Frankie se décomposa, mortifiée. Webber la fixait de ses extraordinaires yeux bleus dans lesquels dansait une lueur enjouée.

— Je crois qu'elle est devenue muette, constata Orvell.

Matt agita la tête.

— J'en doute.

Elle toussota, histoire de se donner une contenance.

— Je… hmm… Je ne sais que vous dire, chef. Je suis Frankie Daniels de la police d'Atlanta. Je vous ai manqué de respect et j'en suis désolée. J'espère que vous voudrez bien excuser ma conduite étant donné les circonstances.

Rassemblant ce qui lui restait de dignité, elle pivota sur les talons dans l'idée de reprendre le volant et de quitter Purdyville au plus vite. Faim. Manger. Urgence. Il y aurait sans doute dans la ville voisine une échoppe qui vendait des beignets…

Mais, dans sa hâte de fuir, elle glissa sur une longue flaque de boue, gesticulant et remuant les hanches dans une tentative désespérée pour éviter la chute.

Les deux hommes l'observaient, manifestement intrigués par son manège. Orvell inclina la tête de côté et haussa un sourcil interrogateur.

— Tu crois qu'elle essaie la nouvelle danse de Michael Jackson ? s'enquit-il à voix basse.

— Je crois plutôt qu'elle essaie de ne pas se retrouver sur le cul.

Matt tira un billet de sa poche en ajoutant :

— Je te parie un dollar qu'elle n'y arrivera pas.

Le capitaine des pompiers sortit quatre quarters.

— Pas si sûr. Elle m'a l'air très agile.

Frankie perdit finalement l'équilibre et atterrit sur le derrière avec une volée d'imprécations :

— Merde ! J'en ai marre de cette vie pourrie ! Marre de cette ville pourrie… Ce n'est pas possible d'être humiliée à ce point ! Putain de pourriture de connerie de merde…

Et elle continua sur sa lancée, laissant libre cours à sa rage.

Orvell remit sa monnaie à Matt.

— Tu crois qu'elle est dangereuse ?

Matt haussa les épaules.

— Jamais entendu brailler de la sorte depuis le jour où j'ai croisé un clébard enragé. Je devrais peut-être l'abattre, qu'est-ce que tu en penses ?

— Certainement pas ! Elle est bien trop mignonne.

— Mignonne ? Tu la trouves mignonne, toi ?

— Plutôt. Mais je te concède qu'elle jure comme un charretier.

Orvell consulta sa montre.

— Bon. Il faut que je file. J'ai promis à ma femme de l'emmener au Bingo ce soir et j'ai encore de la paperasse à finir avant de rentrer. Tu comptes y aller aussi ? La petite rousse y sera sûrement. Tu sais, celle qui se promène dos nu avec des shorts moulants.

Il lui adressa un clin d'œil complice.

— Si tu crois que je n'ai pas vu comment tu la regardais…

— N'insiste pas, je te reçois cinq sur cinq.

Mais son regard restait rivé sur la jeune femme assise dans la boue. Il s'étira lentement et bâilla.

— J'aviserai en fonction de la journée. Pour ce que j'en sais, ils auront commencé la partie, et je serai encore ici à attendre que cette petite dame s'extirpe de sa gadoue.

Orvell rit tout en rassemblant ses affaires.

— Mon rapport sera sur ton bureau d'ici deux jours. Tu te charges de prévenir Homer et Irma ?

— Je m'en occupe.

Toute à ses efforts pour s'extraire du bourbier, Frankie ne prêtait guère attention à la conversation des deux hommes. Enfin, elle réussit à se relever. Elle en avait partout, de la tête aux pieds, et ses tennis qui faisaient ventouse refusaient de bouger. Diable, elle aurait mieux fait de tomber dans des sables mouvants et d'en finir une bonne fois pour toutes !

Elle foudroya Matt du regard.

— Je vous en prie, ne m'aidez pas, je m'en tire très bien toute seule comme vous le constatez.

— Nous ne voulions pas vous offenser. Un inspecteur chevronné de votre trempe est très certainement rompu à ce genre d'exercice.

Orvell prit sa Thermos de café.

— Moi, j'ai tout de suite pensé que vous étiez une de ces militantes pour la libération des femmes.

— On les appelle des féministes, lui souffla Matt. Et mieux vaut éviter ce terrain-là, il est miné.

Puis il reporta son attention sur Frankie.

— Je peux faire quelque chose pour vous, inspecteur Daniels ?

Elle resta muette pendant une bonne minute, s'efforçant de retenir les larmes de frustration qui lui brûlaient les yeux. Pas question de leur donner le plaisir de la voir pleurer, elle s'était suffisamment ridiculisée pour la journée. Licenciée de son dernier emploi, elle se retrouvait dans ce trou, à Ploucville, USA, devant son logement réduit en cendres, face à un chef de police insolent et coureur de jupons qui semblait trouver la situation hilarante. Eh bien, elle attendrait. Quitte à rester plantée là, elle ne lui demanderait rien.

Orvell monta en voiture, démarra et s'éloigna bientôt en faisant au revoir de la main. Poings sur les hanches, elle ne bougeait pas et se taisait toujours avec obstination.

A quelques mètres d'elle, Matt la sentait sur le point de craquer. Elle jouait les coriaces, mais son visage la trahissait ; ses yeux brillaient de larmes refoulées.

— Bon, donnez-moi vos mains, ordonna-t-il en s'approchant. Je n'ai pas que ça à faire.

Ravalant son orgueil, elle obéit. Tout valait mieux qu'une nouvelle chute dans cette bauge.

Matt la saisit par les poignets et s'étonna de leur minceur, de la finesse de ses doigts maculés de boue. Malgré sa grande gueule, ce n'était finalement qu'un tout petit bout de femme.

— Doucement, pas de précipitation.

Il ne put s'empêcher de remarquer son teint frais et la teinte fumée inhabituelle de son regard bleu.

Au prix de quelques efforts, il parvint à l'arracher au bourbier et libéra ses mains avant de se reculer.

— Vous voudrez peut-être vous rincer avant de reprendre la route, non ?

Ils trouvèrent sans peine un tuyau d'arrosage dans le jardin voisin. Matt ouvrit le robinet, et Frankie frissonna sous le jet froid. Elle en avait la chair de poule.

— Il fait frais pour juillet.

— Vous êtes dans les montagnes, c'est normal. Mais je reconnais que la saison est assez fraîche cette année.

En conduisant, Frankie n'avait pas prêté grande attention aux changements du paysage, aux collines ondoyantes et aux sommets qui bordaient l'horizon. Elle avait d'autres soucis en tête.

Matt s'efforçait de détourner les yeux tandis qu'elle se lavait sous le jet. Ses vêtements trempés lui collaient à la peau, et son T-shirt moulait ses seins aux pointes durcies et saillantes — spectacle pour le moins troublant. Dans cette petite ville provinciale, Frankie Daniels allait faire tourner bien des têtes. Comme elle se penchait légèrement afin de fermer le robinet, il ne put s'empêcher de la regarder. Jolies fesses, songea-t-il.

Frankie surprit son regard.

— Vous me trouvez à votre convenance, chef ?

Pas du tout gêné, il répondit du tac au tac :

— J'apprécie un corps sain, c'est tout. Et maintenant, Daniels, si vous me racontiez un peu votre histoire ?

— Mon histoire ?

— Un inspecteur avec votre expérience n'a pas sa place dans une bourgade comme celle-ci où le plus grand crime est le prix que demande Alma Grimes pour une part de tarte au *Half Moon Café*.

— Vous avez regardé mon dossier ? Votre oncle vous a faxé des documents.

— Il n'était pas très précis quant aux raisons ayant motivé votre demande de mutation. D'après lui, vous aviez besoin de calme, de quitter la vie agitée des grandes villes. Ici, vous serez servie. On ne fait guère plus petit.

Frankie réprima une réaction de surprise. Ainsi, le capitaine Wayford avait trafiqué ses papiers ? Pas que cela change grand-chose. Webber la virerait de toute façon. Et elle n'avait pas l'intention de s'éterniser à Trou-Perdu-sur-Brousse. Plus vite elle en partirait, mieux ce serait. Elle ne demandait pas grand-chose : une douche chaude, de quoi se remplir l'estomac, une bonne nuit de sommeil, et adieu Ploucville.

— Peu importe pourquoi vous êtes venue, mais si vous comptez rester dans le secteur, autant que vous connaissiez les règles. Je me fiche éperdument de vos références et recommandations comme de votre prétendue supériorité. Il n'y a pas de traitement de faveur dans mes services. Et je ne vous permettrai pas de traiter mes hommes de « pieds plats ». Ici, c'est moi qui commande. Vous avez une objection ?

Frankie n'en revenait pas.

— Alors, je peux prendre le poste ?

— Si vous acceptez mes conditions. Je ne veux pas d'ennuis avec mes troupes. Est-ce que c'est clair ?

— Comme de l'eau de roche. Et c'est dit tellement gentiment…

Il ne put s'empêcher de rire malgré sa décision de garder son sérieux et de rester détaché.

— On vous a déjà dit que vous aviez une grande gueule ?

— Quelquefois, en passant.

Il hocha la tête.

— Je dois me rendre chez les Gibbs pour les avertir du sinistre. Je vous propose de me suivre. Je vous montrerai le motel de Purdyville. Je vous préviens, ce n'est pas un palace.

— Je ne suis pas regardante.

— Tant mieux. Il n'y a pas le choix.

Il l'examina de la tête aux pieds. Elle avait l'air d'un chien mouillé.

— Attendez une seconde.

Il courut jusqu'à son pick-up et en sortit un grand sac de plastique.

— Tenez. Mettez ça sur votre siège pour ne pas le tacher.

— Merci.

Elle déplia le sac-poubelle, en recouvrit le siège et le dossier. Il l'observait toujours.

— Quoi ? Il y a un problème ?

Il agita la tête et regagna son pick-up sans un mot. Frankie jeta un dernier coup d'œil aux ruines calcinées de la petite maison, se mit au volant et soupira. Décidément, ce séjour s'annonçait mal. Restait à espérer que les choses n'empireraient pas…

Le motel *Les Pins* proposait des draps propres, la télévision câblée et une machine à café individuelle pour trente-sept dollars la nuit ou deux cents dollars la semaine. Frankie résolut de payer une semaine d'avance, convaincue qu'il lui faudrait bien ce temps avant de retrouver à se loger.

Après avoir monté sa valise dans une pièce décorée à l'époque où le papier métallisé faisait fureur, elle se plongea dans un bain chaud, se lava les cheveux et les essuya avec une serviette qui avait vu passer trop de lessives. Mais le matelas était ferme, et la télévision en état de marche. Elle s'étendit et fuma plusieurs cigarettes en se demandant où elle allait vivre. Elle se sentait trop lasse pour appeler l'agence immobilière.

Du moins avait-elle un emploi — qu'elle le veuille ou non. Elle s'étonnait encore que Webber ne l'ait pas révoquée sur-le-champ, elle et sa fichue grande gueule. Apprendrait-elle un jour à tenir sa langue ?

Elle écrasa sa cigarette pour en allumer une autre. Finalement, ce type méritait une chance. Sous ses dehors coulants et décontractés, il semblait compétent. Il avait joué cartes sur table, lui avait dit tout net ce qu'il attendait d'elle et ce qu'il ne tolérerait pas.

Mais c'était un coureur de jupons, ce qui le plaçait dans la même catégorie que Connors et le désignait comme un ennemi redoutable.

Aucune importance puisqu'elle ne comptait pas rester plus que nécessaire. Elle mettrait son CV à jour au plus vite. Frankie Daniels n'était pas un petit flic de province. Il lui fallait tenter sa chance dans les métropoles où ses divers talents seraient mieux employés. Un bref séjour dans ce trou à rat en attendant de trouver mieux, et ciao Ploucville. Elle était destinée à une brillante carrière.

Son père le lui avait dit.

Elle acheva de fumer sa cigarette et écrasa le mégot.

Son estomac grondait, lui rappelant qu'elle avait sauté deux repas et n'avait que sa ration matinale de café dans le corps. Mais elle était trop lasse pour envisager de manger. Elle ferma les yeux et sombra aussitôt dans le sommeil.

Il faisait nuit quand elle s'éveilla, surprise d'avoir passé une partie de la journée à dormir. A l'évidence, ses mécanismes biologiques cherchaient à rattraper les nuits d'insomnies dues au scandale Connors. Refoulant cette pensée, elle se dirigea vers la coiffeuse sur laquelle trônait une cafetière électrique. Elle la mit en marche, sans toutefois parvenir à éviter son reflet dans le miroir. Elle avait les cheveux en désordre — rien de nouveau –, mais le repos avait estompé les cernes de ses yeux.

En arpentant la pièce, elle but son café, fuma trois cigarettes l'une après l'autre. L'avenir immédiat ne lui souriait pas — l'inquiétait même franchement.

Le téléphone sonna. Webber qui venait aux nouvelles, peut-être ? Elle décrocha. Et sa mère se déchaîna aussitôt :

— Francis, tu me rendras folle ! Tu tiens vraiment à te débarrasser de moi ? A ce que je fasse une crise cardiaque ? C'est ça que tu cherches ?

Frankie cligna des paupières.

— Je suis contente de t'entendre, maman, et nous savons, toi comme moi, que tu as un cœur de vingt ans. Qu'est-ce qui te tracasse ?

— Ce qui me tracasse ? Le fait que tu ne m'aies pas appelée en arrivant comme tu me l'avais promis. Un incendie réduit en cendres la maison que tu avais louée, et tu ne juges pas nécessaire de m'en avertir. Il faut que j'apprenne la nouvelle d'une parfaite inconnue. Sache que j'ai avalé deux calmants au cas où je devrais venir identifier ton corps carbonisé. Sans compter que je me serais perdue en route, parce que je n'ai toujours pas trouvé Purdyville sur la carte. Franchement, Francis, a-t-on idée ? Je vais finir à l'asile, et ce sera ta faute.

Elle se prit à regretter que sa mère ne soit pas déjà enfermée chez les fous et privée de téléphone.

— Je n'étais pas là quand l'incendie s'est déclaré.

— J'étais censée le deviner, peut-être ? Sans ce charmant policier…

— Quel policier ?

— Ton nouveau chef, je présume. J'étais prête à appeler tous les services de secours aux brûlés dans un rayon de cinq cents kilomètres après le coup de fil de l'agence immobilière. Heureusement que ce charmant chef de police m'a rassurée.

— Tu as parlé à Matt Webber ?

— Naturellement. Comment imagines-tu que je t'ai localisée ?

Frankie soupira mentalement. Webber allait prendre sa mère pour une folle hystérique.

— Je comptais t'appeler après avoir fait un somme. Je me réveille tout juste. J'étais vannée en arrivant.

— Vraiment charmant, ce Webber. Il a l'air jeune. Tu sais s'il est marié ?

— Marié, et heureux, mentit-elle. Père de famille aussi. Trois gosses et le quatrième en route.

— Jamais tu n'aurais fait ça à ton père, Francis. Tu te serais garée au bord de la route pour appeler d'une cabine.

Elle tendit la main vers son paquet de cigarettes. Elle n'échapperait pas aux récriminations habituelles…

— Tu as toujours préféré ton père. Tu l'aimais plus que moi.

— Ce n'est pas vrai, maman.

Elle réprima un bâillement.

— Ecoute, nous en reparlerons un autre jour. Je n'ai rien mangé de la journée et il faut que je cherche un nouveau logement.

— Si tu étais venue ici comme je te l'avais demandé, tu aurais pu vivre chez moi. Je t'aurais acheté un commerce pour que tu t'établisses à ton compte, et j'aurais pu enfin dormir en paix, sans craindre qu'on te retrouve égorgée après un raid nocturne contre des trafiquants de drogue. Il y a justement une boutique à vendre à deux kilomètres de la maison.

— Maman, je ne veux pas ouvrir un magasin de mode. Pour l'amour du ciel ! Tu sais bien que je n'aime pas les robes et que je n'en porte pas !

Elle grimaça, regrettant déjà ses paroles. Sa mère allait l'accuser d'être homo. Couplet connu.

— Je m'étonne même que tu ne sois pas lesbienne. Tu te conduis comme un homme. Ce qui explique que tu aies tant de mal à en trouver un. A ton âge, une femme normale est mariée et mère de famille.

Elle ferma les yeux et compta jusqu'à dix.

— Ecoute, maman, il faut que je file.

— Elle ne doit pas être bien grande, cette ville, puisqu'elle ne figure pas sur la carte. Ce n'est pas là que tu trouveras un mari.

— Plus tard, maman, je n'ai pas le temps.

Et elle raccrocha. Dans ces moments-là, elle était presque tentée de se tirer une balle dans la tête. Encore que. Tout bien réfléchi, abattre sa mère serait une meilleure solution.

Elle se leva, sortit un jean propre et un sweat-shirt de sa valise. Ses crampes d'estomac la rappelaient à l'ordre, l'empêchant de rester au lit comme elle le souhaitait. Par chance, elle avait remarqué un restaurant tout proche. Elle y ferait un saut, commanderait un menu à emporter, et reviendrait s'effondrer devant la télé, histoire d'oublier ses soucis.

Le restaurant-bar *Chez Virgil* embaumait la viande grillée. Les murs grossiers, la grande cheminée et le plancher donnaient au lieu une atmosphère rustique. Des photos de pilotes de circuit ornaient l'un des murs ; les autres étaient couverts de trophées de pêche et de plaques vantant la générosité de Virgil Kellett envers les boy-scouts et divers organismes. Un bar en arc de cercle dominait la pièce, bar autour duquel étaient disposées des tables recouvertes de nappes en vinyle. Quelqu'un avait eu l'idée d'envelopper les couverts dans des serviettes en papier et de placer une fleur en plastique dans un vase sur chaque table.

Frankie s'approcha du colosse qui comptait les billets derrière la caisse. Il leva les yeux et la gratifia d'un franc sourire.

— Bonsoir, ma p'tite dame. Vous désirez une table ?

Sa voix lui plut d'emblée.

— C'est vous, Virgil ?

— Parfaitement. Virgil Kellett.

— Quelle est la spécialité de la maison ? demanda-t-elle malgré l'odeur alléchante qui parlait d'elle-même.

— Les grillades. Les meilleures de la ville. Côte de bœuf, poulet, sandwiches à la viande, et nous proposons un plateau hamburger complet. Vous me dites ce qui vous ferait plaisir, et je vous le prépare.

— Ils sont gros, vos sandwiches ?

— Vous voudriez le vôtre gros comment ?

Avec le majeur et les pouces des deux mains, elle fit une sorte de cercle, et le colosse se mit à rire. A en juger par les rides qui entouraient sa bouche, il riait beaucoup.

— J'ai au menu un monstre de sandwich, servi avec des frites, de la sauce au piment et une salade. Mais je ne vois pas bien où une petite chose toute maigrichonne comme vous mettrait tout ça.

— Vous pouvez me faire confiance, je me débrouillerai.

Il nota sa commande.

— Vous êtes de passage ici ?

— J'y habite. Depuis aujourd'hui.

— Eh bien, une nouvelle tête. Ça ne peut faire que du bien. Vous vous appelez comment ?

Elle lui donna son nom.

— Je vous offre une bière le temps que votre commande soit prête. Abby ? hurla-t-il à la serveuse. Une mousse bien fraîche pour cette jeune personne ! C'est la maison qui rince, elle vient juste d'arriver. Tu la traites comme une reine.

— Je vous remercie, répondit Frankie, réchauffée par sa bonne humeur. Et la commande, ce sera pour emporter si ça ne vous ennuie pas.

— Aucun problème.

Il se dirigea vers le fond de la salle, poussa les portes battantes et disparut. Frankie se rendit au bar, choisit un tabouret qui faisait face à la porte, histoire de surveiller les entrées. Une habitude de flic.

Une belle femme dans la quarantaine s'approcha d'elle.

— Bienvenue à Purdyville, mon petit. Que désirez-vous boire ?

— Une pression ordinaire.

— C'est comme si c'était fait.

Tout en buvant sa bière, Frankie examina la salle. La clientèle était très mélangée. A une table, un groupe d'hommes d'affaires en costume et cravate étudiaient des papiers. En face d'elle, au bar, des hommes en jean et chemise de travail se rafraîchissaient le gosier après une rude journée et, dans les alcôves, trois couples dînaient en tête à tête.

Elle avait à peine bu quelques gorgées que la porte d'entrée s'ouvrit sur quatre hommes menés par un costaud blond, trapu et large d'épaules. L'homme devait avoir de l'allure dans sa jeunesse — avant de s'empâter. Aujourd'hui, il avait du ventre, le visage bouffi et le cou gonflé, la chair flasque. Il était boudiné dans son jean trop serré, ce qui n'avait rien de flatteur. Ses compagnons et lui s'assirent non loin de Frankie. Elle reporta son attention sur son verre.

— Hé, visez un peu ça, les mecs ! Ça doit être le printemps. Il y a une jolie petite fleur au bar, ce soir.

Sans même relever les yeux, elle sut que c'était la voix du blond. Elle grimaça intérieurement en l'entendant s'approcher.

— Ohé, la miss, il est libre, ce siège ? demanda-t-il en tirant le tabouret voisin.

Elle lui jeta un coup d'œil et fit non de la tête. Il s'assit.

— Vous êtes pas du coin, hein ? Je m'en serais souvenu. Une jolie petite chose comme ça.

Il lui tendit la main.

— Je m'appelle Willie-Jack. Willie-Jack Pitts.

Elle opina de la tête mais ignora la main tendue.

Il héla la serveuse.

— Abby ? Comme d'habitude pour moi. Et tu remettras une bière à la demoiselle.

— Non merci, intervint Frankie. J'attends une commande à emporter.

— Hé, ce soir, c'est vendredi. On fait la fête !

Pour lui, songea-t-elle aussitôt, c'était sans doute fête tous les soirs — d'où la bedaine.

— Désolée de vous décevoir, mais ce n'est pas mon truc.

Il fronça les sourcils. Quand Abby lui porta sa bière, elle coula un regard compatissant en direction de Frankie.

— Votre commande sera prête dans une petite minute.

Frankie remercia d'un hochement de tête.

Willie-Jack se pencha vers elle avec un sourire engageant.

— Alors, d'où vous venez, comme ça ? Non, laissez-moi deviner.

— Si vous voulez bien m'excuser…

Elle quitta son tabouret et se dirigea vers les toilettes dans l'espoir qu'à son retour, il aurait rejoint ses amis. Hélas, lorsqu'elle revint quelques minutes plus tard, il était toujours là et discutait avec ses copains de l'autre côté du bar. Elle résolut d'aller attendre sa commande près de la caisse, prit un menu et l'examina pour se donner une contenance. Mais quand elle sentit le duvet de sa nuque se hérisser, elle comprit que le blond l'avait suivie.

— Hé, je commençais à croire que vous m'abandonniez. L'offre d'une bière tient toujours.

Se tournant, elle se retrouva nez à nez avec Willie-Jack qui la collait de trop près.

— Ecoutez, je ne sais pas comment vous le dire avec les formes, mais votre offre ne m'intéresse pas. Est-ce que c'est clair ?

Son sourire se fit mauvais.

— Mais qu'est-ce qu'elle a dans le cul, la petite ? Z'avez bouffé de la vache enragée, ma parole !

— Je n'aime pas les types qui ont des carabines accrochées à l'arrière de leur pick-up et des plaques avec le drapeau confédéré.

— Merde, vous êtes voyante ou quoi ? Oh, mais j'y suis, vous m'avez vu me garer.

— Pas besoin. C'est écrit en grosses lettres sur votre front.

Willie-Jack se tourna vers ses potes qui suivaient l'échange avec intérêt. Puis il lui coula un regard noir.

— La môme, t'as une grande gueule et j'aime pas qu'on m'insulte.

— Casse-toi ! Est-ce que je me fais comprendre ?

A son grand soulagement, elle vit Virgil reparaître par les portes battantes. Il plissa le front quand il aperçut Willie-Jack.

— Désolé d'avoir été si long, s'excusa-t-il en reprenant sa place derrière la caisse. Je vous ai mis des frites. Je pense qu'elles vous plairont.

Il prit le billet de vingt dollars qu'elle lui tendait et salua Willie-Jack dont la présence ne semblait pas l'enchanter. Frankie se tut tandis que le patron lui rendait la monnaie.

— Merci.

Puis il lui donna une grande boîte carrée et un gobelet couvert contenant sa boisson.

— Revenez quand vous voulez, mon petit.

Elle lui sourit et se dirigea vers la sortie.

Elle n'avait pas fait quatre pas dehors qu'elle entendit la porte se rouvrir. Elle continua de marcher.

— Hé, là-bas !

Willie-Jack la suivit sur le parking. Préférant l'ignorer, elle continua son chemin quand, soudain, il l'agrippa par le bras. Surprise, elle se retourna, laissant échapper son repas et sa boisson qui se répandirent sur le bitume.

— Espèce de connard ! aboya-t-elle en se dégageant. Je t'interdis de me toucher !

L'autre fronça les sourcils.

— J'aime pas bien qu'on me traite de connard. Mais je te repaie un dîner si tu veux. Tu me suis à l'intérieur, je t'offre un steak.

Elle n'en croyait pas ses oreilles. Ce crétin insistait encore ! Il était saoul ou quoi ?

— Ce n'est pas vrai ! Tu es sourd ou complètement bouché ? Je ne te suivrai pas à l'intérieur. Je ne veux pas de ton steak. En quelle langue il faut te parler pour que tu piges, tête de nœud ?

Il se fit menaçant.

— Tu veux le fond de ma pensée ? Tu es la plus chienne de toutes les salopes que j'ai rencontrées.

— Et toi, un abruti dégénéré, un crétin des montagnes. Maintenant, du large !

Elle prit vaguement conscience que les copains de Willie-Jack les observaient depuis le seuil du restaurant. Il l'empoigna brusquement par les bras.

— Il est grand temps que quelqu'un te donne une leçon, histoire de te remettre à ta place.

— Willie-Jack, lâche-la immédiatement ! cria Virgil en se frayant un passage à travers le groupe agglutiné devant la porte. J'ai déjà appelé les flics, le chef est en route. Je ne permettrai pas que tu viennes chez moi pour agresser mes clients.

Willie-Jack serra plus fort, et ses ongles s'enfoncèrent dans sa chair. Cette fois, Frankie vit rouge et lui envoya un violent coup de genou à l'entrejambe. Les traits déformés par la douleur, il jura, se plia en deux, mais ne lâcha pas prise. Ses ongles s'enfoncèrent encore, entamant la peau. Rassemblant ses forces, elle lui assena un grand coup de tête dans le nez. Il se mit à beugler. Ses ongles continuaient de griffer la chair tendre de ses bras, mais elle resta stoïque. Se tordant de côté, elle leva haut la jambe, plia le genou et y alla d'un coup de talon à l'estomac. Willie-Jack s'affaissa. Son crâne heurta le bitume.

— Merde alors ! lança un de ses potes, apparemment cloué sur place.

Virgil se précipita vers Frankie.

— Ça va, mon petit ?

Ses bras griffés saignaient. Rien de bien grave, songea-t-elle en faisant oui de la tête. Elle regardait son agresseur à terre, dont le nez pissait le sang, quand un crissement de pneus attira son attention. Une voiture de police venait de tourner sur le parking et filait vers elle sur les chapeaux de roues. La voiture pila. Matt Webber en sortit.

— Qu'est-ce qui se passe, ici ?

— Ce qui se passe, expliqua Virgil, c'est que la petite demoiselle vient de foutre la raclée du siècle à Willie-Jack.

Il se tourna vers elle, l'air contrit.

— Je vous prie d'excuser mon langage.

Matt se tourna vers elle, remarquant les griffures sur ses bras couverts de sang.

— Je suppose qu'il l'a cherché.

— C'est le moins qu'on puisse dire. Je n'aime pas être agrippée par une brute qui se croit irrésistible. J'espère seulement qu'il était vacciné contre la rage.

— C'est la pure vérité, renchérit Virgil. Il l'a abordée sur le parking. J'ai tout vu depuis la fenêtre — c'est moi qui ai demandé à Abby de t'appeler. Cette jeune femme n'a fait que se défendre.

Il s'épongea le front.

— Merci d'être venu si vite.

— Je n'étais pas loin.

Willie-Jack se mit à gémir. Matt s'agenouilla près de lui.

— Tu veux que j'appelle une ambulance, Willie-Jack ?

La brute ouvrit un œil et cligna des paupières pour focaliser sa vision. Son regard tomba sur Frankie.

— Toi, tu vas me le payer, gronda-t-il.

Matt sortit un carnet de sa poche.

— A ta place, je me tairais. Tu viens d'agresser le nouvel officier de police de Purdyville.

Willie-Jack ouvrit des yeux ronds. Il se redressa et tâta son nez meurtri.

— Officier de police, elle ? Tu te fous de ma gueule ou quoi ?

— Je te présente Frankie Daniels, shérif adjoint.

— Je crois qu'elle m'a cassé le nez. Sûr que ça, c'est des brutalités policières.

Matt l'aida à se relever.

— M'est avis que tu l'as bien cherché. Les mains dans le dos, Willie-Jack. Tu connais la routine.

La brute ouvrit la bouche pour protester, mais Matt lui passa les menottes.

Une seconde voiture de police arriva. Lorsque le policier en descendit, Matt poussa Willie-Jack vers lui.

— Passe avec lui aux urgences histoire de vérifier qu'il n'a rien de sérieux, et ensuite, tu me le coffres pour coups et blessures. Je m'occupe de la paperasse.

— J'irai pas en taule ! gronda le prévenu.

— Tu ne vas pas résister, tout de même ? Allez, fais-moi plaisir.

L'autre flic agrippa Willie-Jack par le bras, ouvrit l'arrière du véhicule, le poussa sans ménagement à l'intérieur, claqua la portière, et reprit la route.

Matt se tourna vers Frankie.
— Rien de cassé ?
— Ça va.
— Ces griffures ont l'air bien vilaines. Vous voulez que je vous conduise aux urgences ?
— Merci, c'est inutile.
Virgil insista cependant pour désinfecter les plaies. Il disparut et revint avec un flacon d'eau oxygénée. Après lui en avoir versé sur les bras, il lui tendit des serviettes en papier afin qu'elle éponge le surplus.
— C'est votre repas, par terre ? s'enquit Matt qui venait de remarquer la nourriture répandue sur le bitume.
— C'était.
— Venez, je vous emmène dîner. J'en profiterai pour prendre votre déposition. Virgil, je t'appelle plus tard.
— Pas de problème, chef.
Le patron du restaurant entreprit de nettoyer le désastre, puis il releva les yeux.
— Ce type a besoin d'une bonne dérouillée. Il mériterait d'être banni de la ville.
— Pour la dérouillée, j'ai l'impression que c'est fait, commenta Matt en riant.
Virgil se redressa et regarda Frankie.
— Revenez me voir demain soir. Je vous offre un repas sur le compte de la maison.
Elle le remercia, puis emboîta le pas de Matt et prit place à bord de sa voiture de patrouille.
— Vous êtes sûre de n'avoir rien de sérieux ? demanda-t-il en mettant le contact.
— Ne vous inquiétez pas, j'ai vu pire. Je suis surtout furieuse, mais je m'en remettrai.
— J'espère que vous avez l'intention de porter plainte.

— Non. Je préfère lui régler son compte dans la rue plutôt que devant un tribunal.

Il sourit.

— Vous êtes coriace, Daniels.

— Je m'efforce d'éviter la bagarre, mais je ne me laisserai pas insulter et brutaliser. Le juge se contentera de lui coller une réprimande. Moi, je l'assomme à coups de crosse s'il ose m'approcher.

Hmm, songea-t-il. Elle en était capable, et elle l'avait prouvé.

— Ne m'obligez pas à vous arrêter tous les deux.

— Je serai discrète, ne craignez rien. J'effacerai les empreintes sur l'arme du crime.

Il ne put s'empêcher de rire.

— Willie-Jack est un fauteur de troubles qui roule des mécaniques et terrorise la ville. Lui et son père ont des dossiers chargés. Ils ont fait de la taule tous les deux. J'ai mis personnellement Willie-Jack à l'ombre pour un mois après avoir découvert qu'il organisait des combats de coqs dans la grange de son grand-père. Et je vais faire en sorte qu'il reste au trou deux ou trois jours, le temps qu'il se calme un peu.

— En tout cas, vous êtes arrivé sur les lieux rapidement. Je suis très impressionnée.

— Quand j'ai reçu l'appel, j'étais devant votre porte au motel voisin. Je passais prendre des nouvelles, m'assurer que vous étiez confortablement installée.

Il gara la voiture devant un restaurant baptisé *Half Moon Café*. Des jardinières débordant de fleurs artificielles ornaient les fenêtres, et un panneau fixé sur la porte vitrée annonçait la spécialité du jour — en l'occurrence, du hachis Parmentier. Le parking était plein, d'où Frankie déduisit que les habitants de Purdyville raffolaient de ce plat.

A peine eurent-ils posé le pied à l'intérieur que tous les yeux se tournèrent vers eux. Assises à une table près de la porte, deux femmes les dévisageaient avec insistance. Une dame boulotte portant des menus s'avança à leur rencontre. Elle jeta un regard curieux à Frankie mais s'abstint de toute remarque.

— Bonsoir, chef. Une table pour deux ?

Il hocha la tête, et elle les conduisit dans une sorte d'alcôve tapissée de vinyle rouge.

— Alma, je te présente ma nouvelle adjointe, Frankie Daniels.

— Enchantée, fit la femme, manifestement surprise. Je m'appelle Alma Grimes. Mon époux et moi sommes propriétaires de cet établissement.

Frankie lui sourit.

— L'affaire tourne bien à ce que je constate.

— Ça ne marche pas mal.

Elle leur donna un menu à chacun.

— J'ignorais que tu avais recruté un nouvel adjoint.

— Abe prend sa retraite dans deux mois.

— Ah, c'est vrai, j'oubliais. Il faudra que nous lui fassions une petite fête pour son départ.

Elle reporta son attention sur Frankie.

— Bienvenue à Purdyville, mademoiselle Daniels.

Elle marqua une pause et rougit légèrement.

— Je devrais vous appeler shérif adjoint Daniels.

— Je vous en prie, appelez-moi Frankie.

— Moi, c'est Alma. Le plat du jour intéresse quelqu'un ?

Matt consulta Frankie qui fit oui de la tête.

— Deux hachis Parmentier, et un thé glacé pour moi.

— Un café, s'il vous plaît, ajouta Frankie.

Pourquoi diable avait-elle laissé ses cigarettes à l'hôtel ?

— Bien, je vais prévenir Betty, déclara Alma avant de se retirer.

Matt croisa les bras et se cala contre le dossier de son siège.

— Alors, en dehors de votre rencontre musclée avec la brute locale, quelles sont vos impressions sur Purdyville ?

— Je n'en ai pas vu grand-chose. Sitôt installée dans ma chambre, je me suis couchée pour faire un somme.

Une odeur de tabac lui parvenait de l'alcôve voisine. Se retournant, elle vit deux hommes absorbés par leur conversation et toussota de façon à attirer leur attention.

— Excusez-moi. Je pourrais vous emprunter une cigarette ? J'ai oublié les miennes.

L'homme sourit.

— Mais bien sûr.

Il tapota le paquet contre sa paume.

— Trois, ça vous suffira pour tenir jusque chez vous ?

— Oui, merci, c'est gentil.

Il lui tendit les cigarettes et une pochette d'allumettes.

— Tout le plaisir est pour moi.

Après avoir salué Matt d'un hochement de tête, il se retourna et reprit sa discussion interrompue.

— Ça vous gêne si je fume ? s'enquit-elle.

Matt haussa les épaules et poussa le cendrier vers elle. Une jeune femme, en uniforme de serveuse un peu trop moulant, apparut et déposa leurs consommations sur la table. Ignorant allègrement Frankie, elle s'adressa à Matt :

— Comment ça va, ce soir, chef ?

— Pas mal, Betty. Et toi ?

Elle battit des cils et soupira.

— Je vais un peu mieux. C'est dur d'être divorcée. On se sent un peu seule par moments.

— Allons, allons, Betty, fit-il en lui tapotant affectueusement la main. Mignonne comme tu es, tu auras tôt fait de trouver un homme digne de toi. Ne te démoralise pas, petit chou.

Elle le gratifia d'un long regard mélancolique avant de s'éloigner.

— Je n'en reviens pas ! s'exclama Frankie en levant les yeux au ciel.

— Quoi ?

— Est-ce que les femmes se jettent à vos pieds où que vous alliez ?

— Betty n'est pas dangereuse, ce n'est encore qu'une gamine. Pourquoi ? Vous êtes jalouse ?

Elle soupira. Ce type avait un ego démesuré.

— Non. Mais j'ai du mal avec les femmes qui minaudent et les hommes qui les encouragent.

Il sourit, amusé. Si une femme retenait toute son attention, c'était bien elle. Son épaisse chevelure brune tombait sur ses épaules — en désordre, certes, sans doute à cause de son escarmouche avec Willie-Jack. D'autres se seraient précipitées aux toilettes pour se refaire une beauté, mais pas elle. Et si elle était maquillée, cela ne se voyait pas. A l'évidence, elle ne passait pas son temps devant le miroir mais, à vrai dire, elle n'en avait pas besoin. Son teint respirait la santé. L'angle de sa mâchoire suggérait une nature têtue, mais cela n'entamait en rien sa féminité.

Il abaissa son regard sur ses épaules, puis sur ses bras griffés.

— Ces entailles ne vous font pas mal ?

— Elles m'irritent plus qu'autre chose. Ça passera.

— Vous êtes satisfaite de votre chambre ?

Elle alluma une cigarette, inspira une bouffée et souffla la fumée.

— Elle est propre et pas chère. Je ne me plains pas. D'autant qu'à traquer le malfaiteur, il m'est arrivé de dormir dans de drôles d'endroits. On s'habitue.

— Le travail ici est très différent. Ça va vous changer d'Atlanta.

— On verra bien.

— Vous ne comptez pas rester bien longtemps, n'est-ce pas ?

— D'où tenez-vous ça ?

— Le lieu ne semble pas vous enchanter.

Elle tira sur sa cigarette et l'observa à travers la fumée. En d'autres circonstances, elle aurait été flattée de dîner avec un homme comme Matt Webber. Sans son maquillage de suie, il était vraiment séduisant. Jamais elle n'avait vu des yeux aussi bleus, et son teint mat mettait en valeur leur teinte inhabituelle.

— Vous me croirez si vous voulez, mais la journée a été rude.

— Exact.

— Quant au travail, je pense qu'il me demandera une période d'adaptation.

Elle préféra ne pas se commettre. Matt avait beau être son supérieur, mieux valait qu'il n'en sache pas trop sur ses projets. Qu'elle parte ou qu'elle reste, cela ne le regardait pas.

— Je ne tiens pas à investir du temps pour vous former si vous avez l'intention de filer à la première occasion.

— Me former ? Vous plaisantez !

— La routine est différente ici, le mode de vie moins agité. Les gens ne se pressent pas. Nous n'avons guère de fusillades, et pas de barons de la drogue à proximité.

— Si ça peut vous rassurer, je n'ai pas l'habitude de déclarer forfait. En général, je m'accroche. Je ferai de mon mieux pour m'acclimater à la ville et à ses habitants.

Une pause, et elle changea de sujet :

— A propos, comment les Gibbs ont pris la nouvelle concernant l'incendie de leur maison ?

— Mme Gibbs était sortie. Faire des courses, d'après son mari.

— Je le croyais cloué au lit.

— J'ai une clé de chez eux en cas d'urgence. Il est sous traitement lourd, drogué jusqu'aux oreilles, ce qui le rend un peu vague, mais je crois que le message est passé. Il m'a promis de transmettre l'information à son épouse. Je la rappellerai plus tard.

— Mme Gibbs conduit toujours ? Quel âge ont-ils ?

— Pas loin de quatre-vingt-dix. Et elle se débrouille pour circuler sans pépin. Elle n'est pas la meilleure conductrice de la ville, mais je n'ai pas le cœur à lui retirer son permis. Ça doit lui peser de passer ses journées en compagnie d'un invalide. Je comprends qu'elle ait besoin de prendre l'air de temps en temps.

— J'espère qu'elle ne tuera personne au cours de ses déplacements.

— Oh, les gens veillent sur elle. Certains vont jusqu'à se ranger quand ils la voient arriver.

— Pourquoi laisse-t-elle son mari seul ? Ils n'ont pas un voisin, un ami pour aller faire leurs courses ?

— Irma Gibbs est une femme fière. Elle refuse de demander de l'aide, et la communauté respecte son indépendance.

— Si je comprends bien, vous avez une brute locale qui fait du grabuge partout où il passe mais qu'on autorise à fréquenter les établissements de son choix ; et une vieille dame de quatre-vingt-dix ans qui ne conduit plus très bien mais qu'on laisse circuler pour ne pas la vexer.

— Exactement. C'est le mode de vie d'ici, Daniels.

Betty reparut avec deux assiettes garnies et une cruche de thé glacé. Elle se pencha délibérément vers Matt afin de remplir son verre.

— Vous désirez autre chose, chef ?

— Non, c'est parfait.

— J'aimerais un autre café si ça ne vous ennuie pas.

La serveuse fit oui de la tête et s'éloigna en roulant des hanches. Frankie leva les yeux au ciel.

— Vous voulez peut-être que je change de table ? Vous seriez plus à l'aise.

— Je suis parfaitement à l'aise ici, assis en face de la plus jolie fille du pays.

— Epargnez-moi le baratin, ça ne prend pas avec moi.

Il haussa les épaules, prit ses couverts et attaqua le hachis.

— Pour en revenir à Willie-Jack, il s'est fait jeter de différents endroits au fil du temps, mais il se rachète une conduite, et on le laisse revenir. Jusqu'à ce qu'il cause un nouvel esclandre.

— Et Mme Gibbs ?

— Elle ne fait de mal à personne. Maintenant, cessez de vous inquiéter et mangez. On ne se nourrit pas de café et de cigarettes. Encore qu'à vous regarder, vous avez l'air d'en vivre depuis un bout de temps.

— Ce qui signifie ?

— Que vous n'avez que la peau sur les os.

Elle préféra ignorer cette remarque bien peu professionnelle. Pas la première du genre d'ailleurs. Bah, Matt Webber aimait toutes les femmes. Aucune importance. Elle s'intéressa à son assiette, goûta le hachis, et comprit pourquoi le *Half Moon Café* était si populaire.

— Vous avez des suspects en vue pour l'incendie ?

— J'ai ma petite idée.

— On peut savoir ?

— Je vais sans doute vous surprendre, mais Willie-Jack Pitts travaillait chez les Gibbs. Il fait des petits boulots afin de pouvoir acheter sa bière. Quoi qu'il en soit, d'après ce que m'a dit Homer, Irma n'était pas très contente du résultat, et elle a refusé de lui payer l'intégralité de la somme. Naturellement, Willie-Jack a menacé de se venger.

— Quelle surprise, en effet.

— Par chance, je l'ai coffré à cause de l'incident de ce soir. Ce qui m'évitera de courir aux quatre coins de la ville pour lui mettre la main dessus.

— Heureuse d'avoir pu vous rendre ce service.

— Le repas vous convient ?

— Excellent. Je me croirais chez ma mère.

— A propos, j'ai eu le plaisir de lui parler.

— Désolée. Elle a tendance à s'énerver pour des futilités.

— Elle m'a semblé inquiète.

Ils furent interrompus par un adolescent au visage couvert d'acné qui arriva droit à leur table. Il regarda Frankie, puis Matt, puis de nouveau Frankie.

— Vous êtes celle qui a flanqué une trempe à Willie-Jack sur le parking de Virgil Kellett ?

Elle l'examina.

— Pourquoi cette question ?

— Ma mère travaille aux urgences. Elle l'a vu débarquer il y a moins d'une heure.

— C'est elle, confirma Matt. Tu as devant toi une femme bigrement dangereuse.

Elle lui coula un regard noir, puis sourit au garçon.

— Je n'ai fait que me défendre. Se battre, c'est bon pour les ignorants qui n'ont pas le bon sens de régler leurs problèmes de manière civilisée.

— Willie-Jack a le nez cassé.

— Tant pis pour lui. La prochaine fois, il réfléchira peut-être avant de s'en prendre à une femme.

— Vous êtes le nouvel adjoint au shérif, pas vrai ?

Comment le savait-il ? Mystère.

— C'est exact.

— Désolé d'avoir interrompu votre repas. Je voulais juste connaître la femme qui a mis Willie-Jack au tapis sur le parking de Virgil. Mes potes et moi, on a fait un pari, et j'ai gagné cinq dollars.

Il sourit d'une oreille à l'autre et repartit comme il était venu.

— Les nouvelles se répandent vite, remarqua Frankie.

— Après cet acte héroïque, le maire pourrait bien vous confier les clés de la ville.

Elle reprit une bouchée de hachis.

— Est-ce que tout le monde bat en retraite devant Willie-Jack ?

— Pas moi. Mais je dispose de trois atouts majeurs : je porte un badge, une arme chargée, et je n'ai pas peur de lui. Ce qui ne l'empêche pas d'être mauvais comme un chien enragé. Je préfère vous mettre en garde.

— Me mettre en garde ? Pourquoi ?

— Vous l'avez humilié ce soir, et je crains fort qu'il garde une dent contre vous.

Elle prit une bouchée de haricots verts délicieusement assaisonnés à l'ail.

— J'adore changer de lieu. Ça me permet d'effacer l'ardoise et de me faire de nouveaux ennemis.

— Ne soyez donc pas trop sûre de vous, Daniels. Vous allez devoir surveiller vos arrières, et sérieusement.

3.

Le lendemain matin, à 8 heures précises, Frankie arrivait devant les locaux de la police de Purdyville, vêtue d'un jean propre et de son plus joli T-shirt. Elle avait tiré ses cheveux en catogan et arborait la casquette de base-ball des Braves d'Atlanta, visière sur la nuque. En pénétrant dans le hall, elle ôta ses lunettes de soleil puis s'avança vers le guichet de la réception derrière lequel était assise une forte femme au visage fermé. Sur son badge, on lisait : Velma Flatts.

— Je peux vous aider ? s'enquit celle-ci.

Remarquant qu'elle l'examinait d'un air réprobateur, Frankie fut tentée de lui dire ce qu'elle pensait de sa tenue. Savait-elle que les rayures horizontales n'étaient pas très flatteuses sur une personne de son embonpoint ?

— Je m'appelle Frankie Daniels. Pourriez-vous informer le chef de police Webber de ma présence ?

— Ah. Vous êtes la nouvelle adjointe.

Velma n'en semblait guère impressionnée.

— En personne.

Terrain d'entente paradoxal, l'antipathie était mutuelle…

— Le chef est occupé pour l'instant.

Frankie se pencha par-dessus le guichet et souffla dans le nez du cerbère :

— Je vous parie cinquante cents qu'il me reçoit. Un petit effort, appelez-le.

— Je suis une femme honnête, mam'zelle Daniels. Je ne parie pas.

— Je vois que nous allons faire une paire d'amies toutes les deux, madame Flatts.

Lèvres pincées, Velma décrocha le téléphone et pressa une touche.

— Daniels est arrivée.

Elle marqua une pause et raccrocha le combiné.

— Vous pouvez y aller, c'est derrière.

Frankie sourit.

— On devrait déjeuner ensemble un de ces jours, Velma.

Matt l'attendait au fond du couloir devant la porte de son bureau.

— Bonjour, la salua-t-il en examinant sa tenue. J'ai déjà rempli une partie de la paperasse pour commander votre uniforme. Livraison express sous vingt-quatre heures. Quelle est votre taille ?

— Un uniforme ? Comme une soubrette ?

— Non. Comme un flic. Comme moi, par exemple.

— Vous voudriez que je porte ça ? se récria-t-elle en désignant sa tenue.

— Non. C'est trop grand pour vous, mais vous aurez le vôtre.

Il baissa les yeux sur son jean légèrement froissé pour être resté dans la valise.

— Il faudra que vous le repassiez. Vous savez repasser, au moins ?

— Ouais. Je suis une vraie petite fée du logis. Mais personne ne m'a prévenue que je devrais me mettre en uniforme. Là, vous me voyez dans ma tenue de travail habituelle.

Matt soupira.

— Daniels, je me fiche éperdument que vous soyez adepte des strings ou des guêpières. Que ça vous plaise ou non, ici, nous portons l'uniforme.

— Mais je suis inspecteur en civil !

— Plus maintenant.

Elle semblait dépitée. Visiblement, le message passait mal.

— Vous voulez peut-être renoncer à ce travail.

Hmm. Elle voulait surtout changer de vie.

— Non. Commandez-moi deux uniformes, que j'en aie un de rechange. Est-ce que le service paie pour le nettoyage à sec ?

— Non.

Il croisa les bras, puis ajouta :

— Et puisque vous êtes en colère, j'en profite pour vous informer que je vous ai pris rendez-vous aujourd'hui à 13 heures pour l'examen médical et les tests d'aptitude physique.

— J'y suis déjà passée il y a à peine six mois.

— Et vous y repasserez tout à l'heure. Vous avez d'autres questions ?

Elle allait protester quand on frappa à la porte. Matt ouvrit le battant sur un petit flic trapu.

— On vient de choper Bobby Weaver pour vol à l'étalage au magasin de Moore.

— Ramenez-le-moi que je puisse l'interroger.

Il se tourna vers Frankie.

— Je vous présente Calvin Rine. Nous l'appelons Cooter. Cooter, Frankie Daniels qui arrive d'Atlanta.

L'homme ôta sa casquette afin de la saluer.

— J'avais entendu dire que vous deviez vous joindre à nous. Bienvenue à bord, mademoiselle Daniels.

— Merci. A l'avenir, ne vous découvrez pas pour moi. Et appelez-moi Frankie.

Cooter rougit et remit sa casquette.

— Heureux de travailler avec vous.

Matt se tourna vers elle.

— Je vous présenterai vos autres collègues plus tard. J'ai six adjoints, dont vous, dans l'équipe de jour, cinq dans l'équipe de nuit.

— C'est peu.

— Il n'y a pas beaucoup d'action dans le secteur. Vous connaissez déjà Velma, je présume ?

— La délicieuse personne de la réception ? Oh, que oui !

Il ne put retenir un sourire amusé.

— Voyez avec elle pour vos uniformes et venez ensuite me rejoindre en salle huit au bout du couloir. J'aimerais que vous assistiez à l'interrogatoire. Weaver est un récidiviste.

Lorsqu'elle se présenta de nouveau à la réception, Velma était très occupée au téléphone : elle dictait une recette de cuisine. Frankie s'impatienta et se mit à pianoter sur le guichet. Velma l'ignorait toujours. Sans doute sciemment. Assise sur une chaise en plastique, une femme attendait en se tordant les mains. L'épouse de Bobby Weaver, peut-être ?

— Voyons, Virdie ! Je t'avais dit de prendre des brocolis hachés. C'est beaucoup plus facile. Il faudra que tu les échanges, poursuivait Velma.

Frankie toussota.

— Hum, hum. S'il vous plaît ?

— Ma recette pour les pêches ? Rien de plus simple, chou. Je la connais par cœur. Il faut des pêches, du beurre, du sucre roux et des noix. Tu as noté ? Achète les boîtes grand modèle, comme pour les restaurants. Oh, j'oubliais la glace à la vanille. Au magasin *Piggly Wiggly.* Leurs barquettes sont plus avantageuses.

— S'il vous plaît ? répéta Frankie, un peu plus fermement.

Velma la foudroya du regard.

— Et surtout, Virdie, pour les noix, fais attention. Choisis les noix de pécan. Les noix ordinaires sont trop amères. Demande à Alice de t'accompagner au supermarché, elle t'aidera pour les quantités, elle connaît bien les proportions.

Frankie soupira bruyamment.

— Excuse-moi, Virdie, je dois te laisser. J'ai quelqu'un au guichet qui va me faire une crise. Je te rappelle.

Elle raccrocha, retrouvant son air revêche.

— Vous avez besoin de quelque chose, mam'zelle Daniels ?

— Oui, Velma, j'ai besoin de vos services. J'aimerais que vous me commandiez deux uniformes.

— La maison n'en prend qu'un en charge. Si vous en voulez deux, vous paierez l'autre de votre poche.

— Pas de problème.

— Je vous préviens, ils ne sont pas donnés.

— Je vendrai de la limonade à la sortie de l'école pour pouvoir me le payer.

— Quelle taille ? s'enquit Velma, renfrognée. Un petit 44 devrait faire l'affaire ?

La teigne, songea Frankie. Mais elle resta courtoise.

— Presque. Un 38 me suffira.

— Ils n'arriveront pas avant une bonne semaine. D'ici là, vous devrez porter le charmant petit costume que vous avez sur le dos.

— Le chef Webber tient expressément à ce qu'ils soient livrés sous vingt-quatre heures.

— Il me faut un ordre dans les règles avec sa signature.

— Je veillerai à ce que vous l'ayez. Et puis, à l'avenir, je vous prierais de m'appeler adjoint Daniels.

Pour toute réponse, Velma se contenta de la fixer d'un œil bovin.

Dans le couloir, Frankie retrouva Matt qui conduisait un jeune garçon vers l'une des salles du fond. Adossé contre le mur, Cooter arborait un sourire amusé.

— C'est lui, Bobby Weaver ? s'enquit-elle, surprise.

Elle s'attendait à voir un homme aux bras tatoués et au nez percé d'un anneau.

— Ouais, c'est lui, répondit Matt. Mais ne vous laissez pas abuser par son âge. Il vous détrousserait en un clin d'œil.

Il désigna la table entourée de quatre chaises.

— Assieds-toi, Bobby. Tu connais la routine.

Le garçon obéit sans broncher.

La surprise de Frankie s'accrut encore quand Matt remit son pistolet à Cooter.

— Garde-moi ça, vieux. Je risquerais d'être tenté.

Elle les dévisageait, éberluée, quand Matt se retourna vers elle.

— Vous assisterez à l'interrogatoire afin de savoir comment nous procédons ici avec ceux qui décident d'enfreindre la loi. Vous vous contenterez d'observer. Sans rien dire si possible.

Elle n'en revenait pas. A l'évidence, il comptait intimider le gamin. Mais se défaire de son arme était inadmissible. Au cours des trois dernières années, elle avait interrogé plus de criminels que Webber ne le ferait dans sa vie. D'authentiques malfrats, pas des gosses, et pas des tendres. Elle savait ce qui était autorisé ou non. Il lui fallait voir de ses yeux comment il se conduirait dans la cellule close.

— Je promets de ne pas vous couper l'herbe sous le pied, répondit-elle.

Matt s'approcha de Bobby, pétrifié sur son siège. Le garçon n'avait rien d'un voleur. Propre et correctement vêtu, il avait les cheveux roux, des taches de son, et semblait plutôt chétif pour son âge.

Brusquement, Matt le saisit par le col, le releva et le plaqua contre le mur, renversant la chaise au passage. Ce qui lui valut un regard noir de Frankie. Elle se mordit la langue.

— Cette fois, Weaver, tu es allé trop loin. D'abord les bonbons au *Quick Trip*, ensuite les illustrés au *Piggly Wiggly*, et maintenant des jouets au *Five and Dime*.

Bobby se taisait, les yeux écarquillés de terreur, comme s'il s'attendait à recevoir la pire correction de sa vie.

— Tu commences à me chauffer les oreilles avec tes frasques. Tu veux jouer les voleurs ? Eh bien, tu seras traité comme un voleur. Cette fois, tu vas au trou.

Frankie ouvrit des yeux ronds.

— En prison ? demanda le gosse d'une voix tremblante.

— Parfaitement. Et je veillerai à ce que tu sois jugé comme un adulte. Le temps que tu purges ta peine, tu seras un vieillard.

— Chef ? intervint Frankie. Je pourrais vous dire deux mots dehors ?

Matt poursuivit, ignorant sa remarque :

— Mignon comme tu es, Bobby, tu n'auras pas de mal à te trouver un petit copain en taule. En attendant, je te coffre ici. On verra ce que tu en penses quand tu auras passé deux ou trois jours au pain sec et à l'eau.

Frankie en avait assez entendu. Elle sortit et claqua la porte derrière elle. Cooter n'avait pas bougé. Il souriait toujours.

— Ça vous amuse ?

Il eut un petit rire.

— Le marmot a besoin d'une leçon, et le chef est bien placé pour la lui donner.

Quand Matt regagna son bureau tenant son ceinturon à la main, Frankie l'y attendait. Elle écumait de rage. Bondissant de son siège comme un diable sort d'une boîte, elle s'écria :

— La scène à laquelle je viens d'assister dépasse l'imagination !

— Vous avez raté le meilleur. Je lui ai flanqué une bonne correction avec ma ceinture.

— Vous plaisantez !

— Naturellement, je me suis efforcé de ne pas laisser de marques.

Elle serra les poings.

— Vous venez de commettre l'erreur de votre vie, Webber.

— Je sais. J'aurais dû y aller à la trique.

Imperturbable, il entreprit de glisser son ceinturon dans les passants de son pantalon.

— Vous m'avez bien comprise, j'espère ? Je vais vous dénoncer.

Haussant les épaules, il s'assit à son bureau.

— Si vous y tenez.

— Les Affaires internes, ça vous dit quelque chose ? Et ce n'est que le commencement. Vous serez radié. J'y veillerai personnellement.

Matt croisa les mains derrière sa nuque et se cala contre le dossier de son siège.

— Ça me laissera du temps pour aller à la pêche.

— Vous ferez moins le malin quand…

On frappa à la porte.

— Vous voulez bien ouvrir ?

Elle lui jeta un regard noir, puis obéit.

— Entre, Eileen, déclara-t-il à la femme qui hésitait sur le seuil. Tu vas faire connaissance avec mon adjointe. Mademoiselle Daniels, Eileen Weaver.

Frankie reconnut la dame qui se tordait les mains à la réception.

— Vous êtes la mère de Bobby ?

— Exactement.

— Vous tombez bien, je voulais vous voir. Il faut que vous sachiez …

— Eileen, la coupa Matt avec un grand sourire, j'ai fait précisément ce que tu m'avais demandé. Je crois que je lui ai flanqué une frousse de tous les diables, à ce sale môme.

— Je te remercie, Matt. Je comptais sur toi pour le remettre dans le droit chemin. Je ne peux pas… enfin, tu sais. J'ai déjà perdu un fils, je ne veux pas perdre Bobby.

Sa voix tremblait d'émotion et ses yeux brillaient de larmes contenues. Frankie n'y comprenait plus rien.

Matt se leva, contourna le bureau et serra Eileen dans ses bras.

— Tu ne le perdras pas, va. Mais il va falloir que tu apprennes à lui serrer la vis. J'ai noté l'adresse du groupe de soutien dont je t'avais parlé.

Il tira une carte de sa poche et la lui tendit.

— Je vais garder Bobby au poste pour la nuit comme nous en étions convenus. Ça lui donnera le temps de réfléchir.

Mais je suis tenu de le libérer demain matin. Après, c'est à toi de jouer. Ne te laisse pas attendrir, et ne t'avise pas de le plaindre dès qu'il sera rentré.

— D'accord.

— Il faut que tu sois cohérente, Eileen, qu'il comprenne que ses actes ne sont pas sans conséquences et qu'on paie ses sottises. Tu commences par le boucler pendant un mois : pas de télé, pas de jeux vidéo, pas de téléphone.

— Je te le promets, Matt…

Elle pleurait à présent.

— … Ce serait plus facile si son père était là, mais Dieu seul sait où il a disparu. Tu es le seul substitut de père que ce gosse ait jamais eu.

Il lui tendit une boîte de Kleenex.

— Et je continuerai à veiller sur lui. Rappelle-toi que je suis son parrain. Je tiens beaucoup, moi aussi, à ce qu'il change de conduite. Remplis ton rôle de mère, et je m'occupe du reste.

Eileen se moucha et s'essuya les yeux.

— Tu lui as donné la fessée ? Sa grand-mère ne cesse de me répéter qu'une bonne fessée de temps en temps ne lui ferait pas de mal.

— Non, je ne l'ai pas fessé. J'ai ôté ma ceinture et je l'ai menacé d'une correction. Mais tu sais bien que la trique n'est pas mon truc. Punir à bon escient, de manière cohérente. Il fait une bêtise, il la paie. D'accord ?

Elle hocha la tête.

— Il ne lui arrivera rien, au moins ?

— Bien sûr que non. Il ne sera pas en contact avec les autres. Nous veillerons sur lui.

— Et il aura un bon repas ?

— Je lui ai dit qu'il serait au pain sec et à l'eau mais, rassure-toi, il aura aussi du fromage et des fruits sur son assiette. Et, demain matin, il aura un solide petit déjeuner. Tu peux compter sur moi, et cesse de t'inquiéter.

Totalement mystifiée, Frankie se laissa tomber sur une chaise. Eileen se tourna vers elle.

— Ravie de vous avoir rencontrée, adjoint Daniels.

— Moi de même.

— J'aimerais que vous sachiez que nous avons un bien brave chef de police ici, à Purdyville.

Frankie sourit. Elle aurait volontiers arraché les cheveux de Matt par poignées.

— Je vous souhaite bonne chance avec votre fils, madame Weaver.

Lorsque celle-ci se fut retirée, Frankie porta son attention sur Matt.

— Vous auriez pu me prévenir. Vous m'avez ridiculisée.

— Je ne vois ce que vous insinuez, Daniels. Autant que je puisse en juger, vous le faites très bien toute seule.

Elle remarqua que ses yeux pétillaient de malice.

— Je vois que vous vous amusez. A mes dépens, de surcroît. Mais je persiste à croire que vous avez été trop dur avec le petit.

Il se rapprocha d'elle.

— Permettez que je vous donne quelques détails sur la famille Weaver. Eileen et moi avons grandi ensemble. Nous étions comme frère et sœur. L'homme qu'elle a épousé ne me plaisait guère, et mes doutes sur le personnage se sont confirmés quand il a planté là sa famille, il y a des années de ça. J'essaie de l'aider de mon mieux.

— Vous êtes le parrain du garçon ?

— J'étais le parrain de ses deux fils.

— Qu'est-il arrivé à l'autre ?

Matt se détourna.

— Il est mort. D'une overdose. Et enterré depuis plusieurs années. Alors, que ça vous plaise ou non, je suis prêt à tout pour éviter que Bobby suive le même chemin. Vous avez d'autres questions ?

Elle fit non de la tête. Elle se sentait bien sotte.

Le téléphone sonna. Matt décrocha et écouta un moment.

— D'accord. Dis-lui que j'arrive.

Il raccrocha.

— En route, Daniels. Nous avons un petit problème à régler avant votre examen médical.

Elle le suivit dans le couloir. A la réception, il s'arrêta devant le guichet.

— Appelle Jeeter Skinner de la fourrière et dis-lui de me rejoindre là-bas, il comprendra.

— Tu nous prépares un coup fourré, déclara Velma. Ça se voit gros comme une maison.

— Qui, moi ? se récria-t-il en jouant l'innocence outragée.

Et, Frankie sur ses talons, il se dirigea vers la porte avant de s'arrêter de nouveau.

— Au fait, tu as donné la recette pour les pêches à Virdie ?

— Plutôt deux fois qu'une.

— Et tu lui as bien dit d'éviter les noix ordinaires ?

— Oui, chef. Mais je sais déjà qu'elle va cafouiller, comme d'habitude. Il faut toujours qu'elle mélange tout, la pauvre chérie.

— Si tu as besoin de ta journée pour lui filer un coup de main, n'hésite pas à demander.

— Compte sur moi.

Frankie les considérait sans comprendre. Ils partaient en mission, et le chef de police s'inquiétait d'une recette ? C'était le monde à l'envers !

Quelques minutes plus tard, elle embarquait à côté de Matt à bord d'une voiture de patrouille.

— Vous faites bien des histoires pour cette recette de pêches. Qu'est-ce qu'elle a donc de si important ?

— Oh, nous organisons une soirée grillades sur la place centrale vendredi. Au bénéfice de M. et Mme Gibbs. Avec la maison qui a brûlé et tout ça, je me suis dit qu'il fallait faire un geste au plus vite. Vous allez voir, toute la ville sera au rendez-vous. On est comme ça, ici. La radio locale diffuse des annonces pour que les gens déposent des dons auprès de bénévoles. Les magasins *Piggly Wiggly* et *A & P* fournissent la viande. Vingt dollars l'assiette par adulte. C'est cher pour certains, mais Virgil nous cuisinera son célèbre poulet et ses côtelettes grillées, de sorte que ça les vaudra bien. Toutes les femmes de la ville apporteront un plat ou un dessert de leur fabrication. Nous aurons même un orchestre.

— Comment vous y êtes-vous pris pour mettre ça sur pied aussi rapidement ?

— Velma et ses amies de l'église ne perdent pas de temps. Elles ont passé une partie de la nuit dernière et toute la matinée au téléphone. Si vous l'avez trouvée de mauvaise humeur ce matin, c'est qu'elle manque de sommeil. Vous devez inscrire la soirée grillades à votre agenda — un événement majeur. Ça vous permettra de rencontrer les gens.

Elle s'efforçait de ne pas fixer son beau visage au sourire dévastateur, mais ses yeux fascinés ne lui obéissaient pas.

— Bon, fit-elle en se détournant à regret vers la vitre.

Après quelques secondes de silence, elle ajouta, presque pour elle-même :

— Vous aviez raison. Il va me falloir un temps d'adaptation.

— Le changement est parfois salutaire. Tout dépend de la manière dont on l'envisage.

— Vous avez déjà songé à quitter Purdyville ?

— Non. Je sais qu'il y a des emplois mieux considérés et plus passionnants ailleurs, mais je me sens bien ici. J'y suis à ma place.

Tout en conduisant, Matt lui fit un bref historique de la ville et lui parla de ses personnages les plus marquants. Le paysage de collines verdoyantes s'étendait jusqu'à la ligne des lointaines montagnes sur l'horizon. Rien de commun avec Atlanta et ses environs.

— A propos, Willie-Jack est toujours hospitalisé. Ils ont dû lui remettre le nez en place et lui faire une radio du crâne. Il a une bosse grosse comme un œuf.

— Il n'en sera que plus irrésistible.

Matt s'engagea dans un lotissement appelé *Mountain View*.

— Nous venons voir Mme Blubaker, expliqua-t-il. Elle appelle chaque semaine pour se plaindre du chien de ses voisins qui aboie dans la journée et l'empêche de dormir. Ce serait plus simple si Mme Blubaker dormait la nuit comme tout le monde, mais c'est une véritable chouette qui lit jusqu'à pas d'heure.

Des brigades anti-drogue aux chiens bruyants, quelle progression ! songea-t-elle, amère.

— Hmm. Ça m'a l'air dangereux. J'aurais dû emporter une veste matelassée.

Matt se gara devant une petite maison de brique en riant.

— Quand vous affronterez Mme Blubaker, vous risquez de filer comme l'éclair en chercher une au poste.

La dame en question se tenait devant sa porte en robe de chambre. Elle avait les sourcils froncés et un visage revêche à faire fuir les enfants. Tandis que Matt et Frankie sortaient de voiture, un véhicule de la fourrière vint se garer derrière eux. Un homme en uniforme quitta la camionnette, l'air grave, fusil en main. Frankie se tourna vers Matt.

— C'est Jeeter Skinner. On se connaît depuis des lustres tous les deux. Laissez-moi parler. C'est moi qui dirige les négociations.

— Eh bien, ce n'est pas trop tôt ! commença la femme. Ce satané clébard n'a pas cessé d'aboyer depuis que je vous ai appelés.

Matt tendit l'oreille et mit sa main en cornet.

— Je n'entends rien.

— Il faut bien qu'il respire de temps en temps. Qui est cette dame ? Et pourquoi Jeeter Skinner est armé d'un fusil ?

— Il va tuer ce foutu clebs, déclara Matt.

Mme Blubaker se recula, horrifiée.

— Le tuer ?

— Ce chien empoisonne tout le monde, ma brave dame. Il est probablement dangereux, intervint Jeeter.

— Mais ce n'est qu'un petit basset de rien du tout. Il ne fait pas sept kilos.

— Justement, ce sont les pires, répliqua Matt.

Frankie se détourna. Elle avait compris et se retenait à grand-peine de rire.

Toute colère avait quitté la femme.

— Il est enfermé dans une cour grillagée.

— Aucune importance, répondit Jeeter. Si les propriétaires ne peuvent pas l'empêcher de faire du bruit, on s'en charge une bonne fois pour toutes. D'ailleurs, ils mériteraient qu'on les abatte, eux aussi.

— Non, surtout pas ! Les Smith sont des gens charmants, des enseignants.

Matt sortit son calepin.

— Ils pourraient être missionnaires, je m'en fiche. Ce sont de beaux égoïstes pour laisser ce chien hurler à réveiller tout le voisinage. Le nom du coupable ?

La femme le dévisagea.

— Le chien ? Il s'appelle Smiley*.

— Quand j'en aurai fini avec lui, il ne sourira plus, croyez-moi.

Sur ces mots, Jeeter se dirigea vers la maison voisine.

— Attendez ! s'écria Mme Blubaker. On ne tue pas le chien de n'importe qui comme ça !

— J'ai un ordre signé du chef de police. Je vais vous débarrasser de cette vermine. Le clébard n'aura pas le temps de dire ouf. Une balle entre les yeux, et terminé.

Fusil sur l'épaule, Jeeter reprit sa marche.

— Non ! Pas question ! hurla Mme Blubaker dans son dos. Je ne tolérerai pas qu'on abatte un pauvre petit chien qui n'a rien fait de mal sous prétexte qu'il aboie ! Les Smith ne s'en remettraient pas !

Jeeter s'arrêta et se tourna vers Matt.

— Tu veux que j'embarque ce fichu clébard au refuge ? Au moins, il nous débarrassera le plancher.

— Non, je vous en supplie, ne faites pas de mal à cette pauvre petite bête ! Je trouverai bien un moyen…

* *To smile* signifie sourire (N.d.T.)

Elle agrippa Matt par la manche.

— J'achèterai des boules Quies. Voilà ce que je ferai. Ou j'installerai ma chambre de l'autre côté de la maison. Après tout, j'ai quatre pièces. D'ailleurs, j'envisageais d'arranger cette chambre. Martha Stewart a reçu de la literie dans un joli ton bleu lavande au *Kmart* et…

Ses yeux se remplirent de larmes.

— Je vous en prie, ne tuez pas le petit Smiley.

Matt agita la tête.

— Madame Blubaker, j'ai du travail, de dangereux criminels à poursuivre. Je ne peux pas passer mon temps à venir vous voir. Décidez-vous.

— J'irai au *Kmart* acheter une parure pour le lit et une boîte de boules Quies, mais ne tuez pas Smiley.

Il parut réfléchir puis, au bout d'un moment, il se tourna vers Jeeter.

— Bon, eh bien, je crois que nous n'avons plus rien à faire ici.

Quelques minutes plus tard, ils reprenaient la route. Ils avaient à peine quitté le lotissement que Frankie éclatait de rire.

— Sincèrement, chef, je dois reconnaître que vous êtes très fort.

Il sourit.

— Alors, mon petit numéro vous a plu, hein ?

Un clin d'œil, puis :

— Pourtant, ce n'est pas ce que je fais de mieux.

Frankie se sentit soudain des papillons dans l'estomac.

— Une remarque bien peu professionnelle.

— Très juste. Mais à la manière dont vous me dévorez des yeux, je dirais que vous êtes curieuse.

— Ben voyons, lâcha-t-elle avec emphase. Ecoutez, Webber, je ne veux pas intervenir entre vous et votre moitié.

— Ma moitié ? Mais je n'ai pas de compagne. Il se trouve que je ne vois personne en ce moment.

— Je parlais de votre ego.

Cette fois, il s'esclaffa franchement.

— De plus, je ne mélange pas le plaisir et le travail.

— Le seul problème, c'est qu'il fait un froid de loup ici, l'hiver. Une petite chose maigrichonne comme vous ne doit pas produire beaucoup de chaleur. Moi, je chauffe comme un poêle à charbon au cas où ça vous intéresse.

— Pas précisément, non.

— Si vous le dites.

Il se tourna vers elle. Quand leurs regards se croisèrent, elle eut l'impression qu'il lisait en elle comme dans un livre ouvert.

— Dormez tranquille, j'achèterai une couverture électrique afin que vous ne passiez pas vos nuits à vous inquiéter pour moi.

— Comme vous voudrez, Daniels. Mais j'ai bien l'impression que nous allons, vous comme moi, souffrir d'insomnies à force de penser à l'autre.

Elle renâcla tandis que, souriant toujours, il reportait son attention sur la route.

4.

Le lendemain, les uniformes étaient arrivés. Taille 44. Frankie en déplia un et enfila la veste. Elle nageait dedans. La casquette, trop grande aussi, lui tombait sur le nez.

— Si c'est votre idée d'une plaisanterie, elle n'est pas drôle, gronda-t-elle, irritée.

— Il y a un problème ? s'enquit innocemment Velma.

— J'avais bien précisé taille 38.

La réceptionniste haussa les épaules.

— Il faudra que je les renvoie et que je repasse une commande.

— Sans aucun doute.

Dans le couloir, Frankie croisa Matt.

— Votre réceptionniste est une emmerdeuse de première.

Il parut surpris.

— Qui, Velma ? Elle est pourtant charmante. Vous devriez essayer d'être gentille avec elle.

Frankie s'apprêtait à répondre quand Cooter et un autre policier appelé Buster entrèrent avec Willie-Jack par la porte du fond. La brute avait un gros pansement blanc sur le nez.

— Bonjour,Willie-Jack, le salua Matt. Bienvenu chez toi.

— Je le mets dans sa cellule habituelle ? s'enquit Cooter.

Willie-Jack aperçut Frankie et la foudroya du regard.

— Je suis si intéressant que ça, hein ?

Elle s'approcha de lui.

— Je veux les voir t'enfermer comme la sale bête que tu es, Pitts. Et quand tu sortiras de là, je t'aurai à l'œil. Tu fais un pas de travers, je le saurai.

— Et mauvaise avec ça.

— Je t'ai botté le cul une fois, je recommencerai s'il le faut.

Un sourire amusé flottait sur les lèvres de Matt que cet échange semblait réjouir.

— Boucle-le, ordonna-t-il. Et qu'il passe le coup de fil auquel il a droit. Il va avoir besoin d'un avocat.

— C'est ça, répondit Willie-Jack sans quitter Frankie des yeux. Je serai sorti plus vite que l'éclair, et tu me le paieras, ma petite.

— Attention à ce que tu racontes, Pitts. Encore une menace de ce genre, et je vire les W.C. de ta cellule pour te mettre le nez dans ton caca.

Sur cette plaisante remarque, elle tourna les talons et disparut dans le placard exigu qui lui servait maintenant de bureau.

Matt la suivit et se cala contre le chambranle de la porte.

— Dites-moi, Daniels, vous seriez tentée par une formation accélérée à l'école du charme ?

— Le charme ne prend pas sur des brutes comme Willie-Jack. D'après moi, c'est un dangereux sociopathe, une bombe à retardement qui risque de péter à tout moment.

— Vous ne m'apprenez rien. Je le surveille. Mais vous êtes devenue son ennemie numéro un, et je ne tiens pas à devoir vous tenir à l'œil tous les deux.

Il semblait soucieux. Un pli barrait son front sur lequel tombait une mèche brune rebelle. Frankie étudia ses traits ; ses cheveux noirs, épais, qui brillaient sous la lumière des néons ; ses yeux bleus fascinants qui la scrutaient, la pénétraient jusqu'à l'âme. Il possédait une autorité naturelle, l'assurance et la force physique d'un homme qui ne craignait personne, et certainement pas Willie-Jack. Mais ce n'était pas tout. Il irradiait une sensualité qui l'attirait comme un aimant. Pour quelqu'un qui s'était promis de ne plus jamais pécher avec un collègue, elle se surprenait trop souvent à penser à ses solides épaules, à sa large poitrine. Pas étonnant que les femmes se pâment sur son passage…

Elle évacua sa remarque d'un geste de la main.

— Willie-Jack n'est qu'une petite brute de province. J'ai eu affaire à pire. Je suis parfaitement capable de me défendre toute seule.

— Je n'en doute pas une seconde.

Frankie arriva en avance au cabinet du Dr Chalmers qui n'était pas encore rentré de déjeuner. Ayant signé le registre des rendez-vous, elle s'installa dans la salle d'attente, prit un numéro de *Cosmopolitan* et entreprit de lire un article intitulé : « Dix astuces pour améliorer vos orgasmes », tout en pensant à Matt Webber. N'avait-elle donc rien appris de la mésaventure qui lui avait coûté sa place ? N'avait-elle pas subi assez d'humiliations ?

Le Dr Rand Chalmers était un homme dans la quarantaine, aux cheveux prématurément gris et au sourire chaleureux. Une infirmière soumit Frankie à divers examens, procéda à une prise de sang, puis le médecin la fit asseoir en face de lui.

— Jusqu'ici, tout a l'air normal. Nous devrons attendre quelques jours pour les résultats d'analyses.

Tout en parlant, il l'observait attentivement.

— Je vois que vous êtes adjointe au shérif. Votre nouvel emploi ne vous cause pas trop de stress ?

S'il savait ! songea-t-elle.

— Non. Je ne pense pas que ce travail me surmène beaucoup.

— Votre tension est un peu élevée. Rien de bien alarmant. Votre dossier précise que vous fumez. Vous comptez arrêter ?

— Pas aujourd'hui.

— La dépendance est difficile à vaincre. Je peux vous prescrire quelque chose pour vous y aider quand vous serez prête. Mais plutôt que de vous mettre d'emblée sous traitement, je préfère vous envoyer chez une relaxologue.

— Est-ce vraiment nécessaire ? s'enquit-elle, hérissée par cette idée.

— Ça devrait améliorer votre tension. Ma relaxologue est parmi les meilleures. Accessoirement, elle est aussi ma femme.

— Je vois. Entreprise familiale, vous recrutez pour elle.

— Elle n'a pas besoin de moi pour trouver des clients, même à Purdyville, croyez-moi.

Il décrocha le combiné et tapa un numéro.

— Passez-moi Alice, je vous prie.

Une minute passa, puis :

— Salut, petit cœur, je souhaiterais prendre un rendez-vous pour la nouvelle adjointe au shérif. Elle m'a l'air au bord de l'infarctus. Tu pourrais la voir quand ?

Il sourit et adressa un clin d'œil à Frankie.

— Elle consulte son registre... Hmm. Apparemment, quelqu'un a annulé... Une petite seconde, Alice.

Il couvrit l'appareil de sa main.

— Ça vous dérange de passer immédiatement à son cabinet ? C'est au premier, dans le bâtiment.

Frankie haussa les épaules. Autant en finir une bonne fois pour toutes.

— D'accord.

— Bon, je te l'envoie, ma chérie. A bientôt.

Et il raccrocha.

Alice Chalmers était une jolie femme, en apparence plus jeune que son mari. Elle vint elle-même accueillir Frankie, l'introduisit dans un bureau aux murs d'une douce teinte vert amande et la fit asseoir.

— Mon mari vous trouve tendue à craquer. Si je peux vous être utile, n'hésitez pas.

— Ça va, je me sens très bien.

— Tant mieux. Ne perdons pas de temps à discuter de problèmes inexistants. Vous voulez déjeuner avec moi ? Je vous invite.

— C'est tout ?

— Vous paraissez déçue.

— Je m'attendais à ce que vous m'hypnotisiez, que vous sortiez des chandelles parfumées aux plantes, ce genre de choses.

Alice rit de bon cœur.

— Non, mais je peux vous proposer un livre sur la relaxation, déclara-t-elle en prenant un mince volume sur sa table. Si vous avez des questions, ma carte est dedans. Et, en attendant, je connais un adorable petit restaurant qui sert des salades au poulet excellentes.

Tandis qu'elles quittaient le bâtiment, Frankie se demanda si elle s'habituerait un jour aux habitudes de Purdyville — non qu'elle eût l'intention d'y rester le temps nécessaire.

Alice la conduisit dans une agréable demeure victorienne convertie en restaurant de charme. Au cours du repas, Frankie se surprit à se confier, ce qui ne lui était encore jamais arrivé.

— Et puis on a su que je faisais des galipettes avec mon équipier, un homme marié, père de famille et gendre du commissaire de police pour ne rien arranger. La scène a été filmée en vidéo, ce qui implique que quelqu'un s'est introduit chez moi par effraction.

Alice agita la tête.

— Vous deviez être mortifiée.

— Pire que ça. Imaginez la scène : je portais un string ce soir-là. Sur cette fichue cassette, je devais avoir les fesses aussi vastes que le Texas !

— Mince comme vous êtes ? Vous exagérez. Personnellement, je préfère les sous-vêtements un peu couvrants, qui cachent la cellulite. Mais je suis plus âgée que vous, plus enrobée aussi.

Une pause, et elle demanda :

— On vous a licenciée ?

— Non. On m'a exilée ici. Sur un poste très en dessous de mes capacités et à un salaire moindre. Je n'en ai parlé à personne, surtout pas à ma mère. Nous nous disputons sans arrêt. Elle me croit encore vierge, à trente-deux ans.

— Elle aurait peut-être besoin de voir un psy, avança Alice en souriant.

— Pour ne rien vous cacher, elle est folle comme un lapin.

Et Frankie embraya sur la mort de son père tué dans l'exercice de ses fonctions, sur la peur de sa mère qui craignait de la voir mourir de la même façon.

— Et elle insiste pour m'appeler Francis tout en sachant que je déteste ce prénom.

Alice lui tapota affectueusement la main.

— Vous avez dû souffrir de perdre votre père à onze ans. Mais rien ne vous oblige à en parler si cela éveille en vous des souvenirs douloureux.

Frankie prit brusquement conscience qu'en moins d'une heure, elle venait de déballer toute l'histoire de sa vie à une parfaite inconnue.

— J'ignore pourquoi je vous raconte ça, avoua-t-elle. C'est que… En fait, je me sens affreusement coupable. Connors m'avait affirmé qu'il était séparé de sa femme et en instance de divorce. Ce salopard prétendait même qu'elle le trompait.

— Je comprends mieux que vous ayez de la tension. Entre cette histoire et ce brusque changement de vie, il y a de quoi.

Alice écarta son assiette, croisa les mains devant elle et reprit :

— Ce qui me surprend, c'est que vous preniez la faute sur vous. Ce type vous a menti, Frankie. Vous étiez seule, vulnérable — une cible idéale. Ce sont des choses qui arrivent, mon petit. Inutile de vous ronger les sangs.

Frankie se demanda si elle-même s'était jamais trouvée dans ce genre de situation. Sans doute pas, futée comme elle l'était. Et puis, visiblement, le couple Chalmers était solide ; ils s'adoraient.

— Je suis dans une telle rage que je n'en peux plus. Tous les matins, je cours six kilomètres dans l'espoir d'évacuer mon stress. Parfois, je force la dose, je cours jusqu'à m'épuiser. Rien n'y fait. Je me sens toujours au bord de l'explosion.

Elle leva un regard attristé.

— Et quand je suis à bout, que je craque complètement, je m'assois sous la douche, et je pleure un bon coup.

De nouveau, Alice lui tapota la main.

— Quand vous êtes-vous fait plaisir pour la dernière fois ?

Frankie réfléchit avant de répondre :

— Je me suis offert un jean neuf en quittant Atlanta.

— Ça ne suffit pas. Il faut vous dorloter, prendre soin de vous.

— Je n'ai jamais eu de goût pour ça.

— Essayez, il n'est pas trop tard.

— Pour renouer avec ma féminité ? Je crains que si. J'ai vécu trop longtemps dans des milieux exclusivement masculins.

— Rien ne vous oblige à vous conduire en homme.

— Au travail, je n'ai pas le choix.

— Mais vous rentrez chez vous en fin de journée.

— Vous tenez vraiment à me transformer en fille ?

Alice ne put s'empêcher de rire.

— C'est ce que vous êtes. Et votre miroir, qu'est-ce qu'il vous dit ? Il y a longtemps que vous ne l'avez pas regardé ?

— Comme vous le voyez, je ne passe pas mon temps devant la glace à me pomponner.

— Parce que vous ne voulez pas ressembler à votre mère ?

La voix d'Alice, douce et rassurante, lui serrait le cœur. Enfin, quelqu'un la comprenait. Elle ravala la boule qui obstruait sa gorge et se ressaisit.

— Merde alors, vous êtes forte.

Alice lui coula un regard attristé et se pencha pour examiner la note.

— Il est toujours plus facile d'aider les autres à voir leurs problèmes. J'aimerais être aussi lucide en ce qui concerne les miens.

Frankie lui prit la note des mains.

— Permettez, c'est pour moi.

— Seulement si vous m'autorisez à vous offrir un petit cadeau.

Elle hocha la tête, régla la facture et laissa un pourboire pour la serveuse.

Quelques minutes plus tard, elles sortaient du restaurant, faisaient quelques pas et entraient dans une boutique parfumée. Agréablement surprise, Frankie s'arrêta, le temps d'examiner l'endroit. Des lotions pour le corps et des huiles de bain aux noms exotiques couvraient tout un pan de mur. Sur un autre s'alignaient tout un assortiment de bougies et des sachets de pot-pourri. Il y avait là de ravissantes chemises de nuit dans lesquelles elle n'aurait pas osé dormir de crainte de les froisser, des robes élégantes, sobres et féminines. De jolis coussins ouvragés étaient disposés sur un lit de repos couvert d'une courtepointe bleu ciel et jaune. Elle n'avait jamais rien vu de pareil.

— Ça alors !

— C'est ma boutique préférée, lui confia Alice.

Elle lui mit sous le nez un échantillon d'eau de toilette, et ajouta :

— Agréable, non ? C'est très frais. Et sentez-moi ce talc parfumé. Il vient de France. J'en mets toujours un peu sur mon oreiller le soir avant de me coucher.

Frankie huma le talc odorant. L'odeur l'enchanta, et la boîte était adorable.

— Un peu chichi, mais j'aime bien.

Alice sourit et se dirigea vers la caisse avec son cadeau.

— Vous allez voir. Je parie que vous ne tarderez pas à vous vernir les ongles.

— N'y comptez pas trop, Alice.

De retour à 15 heures au poste de police, Frankie fut aussitôt chargée d'accompagner Cooter en mission. Une maison avait été cambriolée et saccagée pendant que les propriétaires étaient en vacances.

— Sûrement des mômes, déclara Cooter au couple affolé. Nous allons relever les empreintes, ça peut nous donner une piste. Bien sûr, vous devrez passer au poste pour qu'on prenne les vôtres. Histoire qu'on s'y retrouve, qu'on ne vous confonde pas avec les malfaiteurs.

Frankie prit leur déposition tandis qu'il passait de la poudre d'aluminium sur les surfaces lisses.

— Vous avez une idée de qui pourrait avoir fait ça ?

Avec un ensemble parfait, mari et femme firent non de la tête.

— C'est incompréhensible, nous n'avons pas d'ennemis.

Elle nota l'information et, bientôt, repartit en compagnie de Cooter. Qui gara la voiture de patrouille devant la salle de billard locale.

— Les mômes ont tendance à se vanter de leurs exploits. On glanera peut-être quelque chose.

Ils entrèrent, et Frankie s'étonna de voir autant de jeunes assemblés là, d'autant qu'il y avait un bar en fond de salle.

— J'imagine que c'est leur lieu de rendez-vous après les cours. Ils auraient pu trouver mieux. Il n'y a donc pas d'autre endroit qui puisse les accueillir ?

— L'auberge de jeunesse n'a guère de distractions à leur offrir, répondit Cooter.

Elle le suivit au bar. Le patron leur sourit, mais il paraissait mal à l'aise.

— Je vous présente Hep Whitfield. Hep, voici notre nouvelle adjointe, Frankie Daniels.

Ils échangèrent une poignée de mains.

— Dis-moi, Hep, qu'est-ce qu'ils fabriquent ici, les mômes ? Sur la porte, il y a un panneau « Interdit aux moins de dix-huit ans ».

— J'ai fait une petite entorse au règlement. La foule des boit-sans-soif n'arrive qu'après 17 heures. Les gamins me rapportent, et ils ne font pas de mal. Il faut bien qu'ils s'occupent. J'en ai trois, je sais de quoi je parle.

— Si les jeunes vous rapportent tant que ça, remarqua Frankie, vous pourriez mettre deux tables dans une autre salle pour ne pas qu'ils se mêlent à la foule des adultes.

— Et je sais que tu as de la place, ajouta Cooter en désignant du pouce une porte close. Si tu virais le bazar que tu stockes là-dedans…

— Vous pourriez installer des flippers, des jeux vidéo, un distributeur de sodas, termina-t-elle.

— Ou alors, tu paieras les amendes pour laisser des mineurs fréquenter ton établissement.

— Tu vas me coller une amende ? demanda le patron, inquiet.

— Non, vieux. Pas tout de suite. Je vais te donner le temps de réfléchir. Mais on reviendra avec le chef d'ici quelques jours. Tu auras peut-être pris une décision. En attendant, je ne veux pas voir de gamins ici.

Hep se gratta la tête.

— Hmm. Je vais me renseigner sur le prix de location des machines. Sois pas chien, Cooter, tu sais bien que j'y tiens, à ces mômes.

— Autre chose, intervint Frankie. Nous sortons d'une maison pillée et vandalisée. Vous ne les auriez pas entendus se vanter d'avoir participé à un cambriolage, par hasard ?

— Non, mais je tendrai l'oreille. Vous savez, ça va être un sacré boulot de remettre cette pièce en état. Il va falloir la vider, la repeindre, rafistoler le plancher. C'est pas rien. Et je suis derrière mon bar une bonne partie du temps.

— Recrute des volontaires pour te filer un coup de main. C'est un service que tu rends à la communauté. Tu devrais trouver sans trop de mal.

— Et puis les jeunes seront sans doute prêts à vous aider s'ils savent que vous installez une salle de jeux pour eux.

Hep soupira.

— C'est bon. Je les mets dehors.

De retour au poste, Frankie et Cooter discutèrent du problème avec Matt. Lui aussi pensait que la ville avait besoin d'un lieu de rencontre pour les jeunes après la classe.

— Je m'étais d'ailleurs posé la question. J'espère seulement que Hep tiendra parole.

Il était 18 heures passées quand Frankie regagna son motel pour découvrir qu'on avait lancé des œufs contre sa porte. Le jaune avait séché. C'était épouvantable.

— Jamais je n'arriverai à nettoyer ça, lança une voix d'homme derrière elle.

Se retournant, elle vit le gérant du motel armé d'un seau d'eau savonneuse.

— Vous avez vu le coupable ? s'enquit-elle.

— Non. J'étais de l'autre côté, dans le bureau.

Willie-Jack, songea-t-elle. Sauf qu'il était en garde à vue.

— Il paraît que vous avez flanqué la pâtée à Willie-Jack sur le parking de Virgil, reprit le gérant, comme s'il devinait ses pensées. C'est peut-être des potes à lui.

— Ils sont foutrement gonflés de faire ça en plein jour.

Voyant que l'homme la regardait curieusement, elle se mordit la langue. Il allait la juger vulgaire…

— Je vais frotter ça au mieux, mais il faudra repeindre.

Elle acquiesça de la tête et ouvrit la porte de sa chambre. Elle n'avait pas refermé le battant que le téléphone se mettait à sonner. Sa mère, naturellement. Qui l'assaillit dès qu'elle eut décroché.

— Enfin, je t'attrape, ce n'est pas trop tôt ! J'ai passé la journée à essayer de te joindre.

— Je travaillais.

— Déjà ? Je pensais que tu aurais pris quelques jours pour t'acclimater avant d'entrer de plain-pied dans ton nouvel emploi.

— Quitte à être ici, autant ne pas perdre de temps.

— Tu t'y plais, à ce poste ?

— C'est calme à côté d'Atlanta, mais je m'habituerai. Tu n'as pas l'air en forme.

— Oh, c'est à cause de Clarice.

— Ta coiffeuse ?

— Oui. Elle est restée bloquée dans les années soixante et ne comprend rien aux modes actuelles. Je lui ai dit que je ne voulais plus de ces reflets orange, elle m'a fait une nouvelle couleur, et maintenant, j'ai les cheveux bordeaux.

— Mince alors.

— C'est affreux, Francis. Une horreur. J'ai honte de me montrer en public.

— Tu devrais changer de coiffeuse.

— Clarice a besoin d'une clientèle. Sa fille est partie au diable avec un homme et l'a laissée toute seule avec ses petits-enfants. Je ne sais pas comment la pauvre femme tient le choc.

— Donc tu supportes d'avoir une tête à faire peur sous prétexte que Clarice doit élever ses petits-enfants ?

— Tu ne peux pas comprendre, Francis. Tu n'as jamais eu d'enfants. Tu n'imagines pas les sacrifices que font les parents et les grands-parents. Tu n'as jamais pensé qu'à toi.

Elle aurait dû s'y attendre. Sa mère avait oublié qu'à onze ans, pendant tout l'été, elle avait gardé trois fillettes dont les parents travaillaient ; que, pendant des années, elle avait servi dans un fast-food après l'école et le week-end pour contribuer au revenu du foyer et soulager sa mère. Mais Eve Hutton ne s'en souvenait que quand cela l'arrangeait. Et ce n'était pas le cas ce soir. Inutile d'insister et d'envenimer la discussion. Alice Chalmers serait fière d'elle…

— En dehors de tes cheveux, comment vas-tu ?

— Bien. Je ne suis pas de ces femmes qui se plaignent pour un oui ou pour un non. Tu sais, à mon âge, on a toutes nos petites misères. Je prends la vie comme elle vient. Et toi ? Tu as trouvé à te loger ?

— J'ai posé des jalons. Mais j'ai été très occupée par mon travail.

On frappait à la porte.

— Excuse-moi, maman, il faut que je te laisse, j'ai de la visite.

— Francis, n'ouvre pas avant de savoir qui c'est !

— Je suis flic, maman, je prends mes précautions. A bientôt.

Elle raccrocha le combiné, jeta un coup d'œil par le judas et ouvrit à Matt Webber — un Matt en jean et pull de coton, qui entra sans y être invité.

— J'ai entendu dire qu'on avait jeté des œufs contre votre porte.

— Je vous en prie, faites comme chez vous.

Il examina la pièce avec attention. Heureusement, la chambre était en ordre, songea Frankie. Elle devait sentir le tabac, mais rien ne dépassait.

— Je vous ai trouvé un logement.

— Vraiment ?

— Ma cousine a besoin d'une colocataire.

— Je préfère vivre seule.

— Vous aurez du mal à dénicher un gîte convenable par ici. Et puis la maison est grande, Sissy ne vous gênera pas, vous ne saurez même pas qu'elle est là. Ça peut vous dépanner le temps qu'autre chose se présente.

Elle réfléchit à la proposition. Peut-être était-ce une solution, même si partager un logement ne l'enthousiasmait pas. L'agent immobilier cherchait toujours, mais ne se montrait guère optimiste. Les seules locations disponibles jusqu'ici avaient été des caravanes d'habitation exiguës et peu confortables. Il y avait bien une petite maison à vendre, mais Frankie ne voulait pas acheter.

— Vous avez mangé ? s'enquit Matt.

Question inattendue s'il en était.

— Non. Je viens juste de rentrer.

— Si vous voulez bien vous changer, je vous emmène. Ma mère a préparé une potée aux choux verts et je dois dîner chez elle.

— C'est gentil, mais je ne suis pas branchée chou.

— Il y aura autre chose, rassurez-vous. En général, elle met les petits plats dans les grands.

Frankie prit le temps de l'observer avant de répondre.

— Ecoutez, Matt, je ne pense pas que ce soit une bonne idée de…

— De fraterniser ?

Il rit de bon cœur.

— Allons, allons, je n'ai pas l'intention d'annoncer nos fiançailles. D'habitude, j'y vais avec un collègue, mais personne n'était libre ce soir. Alors, je vous invite. Quand avez-vous mangé un repas maison pour la dernière fois ? Avouez.

Elle n'en avait aucune idée… encore que. Le hachis Parmentier du *Half Moon Café* ressemblait assez à la cuisine de sa mère.

— Je ne voudrais pas que les gens se méprennent…

— Parce que vous vous souciez de l'opinion des autres ?

Remarque pertinente. Elle ne s'en souciait pas — jusqu'à ce que sa mésaventure avec le sieur Connors lui vaille d'être humiliée publiquement.

— Ne discutez donc pas, changez-vous et venez avec moi. Vous n'avez pas grand-chose à perdre, que je sache.

Certes. Elle avait déjà tout perdu.

5.

— Mes parents sont des gens simples, de braves campagnards sans histoire, expliqua Matt en se garant devant une maison de bois peinte en blanc.

Sur la vaste terrasse, à l'auvent soutenu par des colonnes de briques, trônaient des rocking-chairs dépareillés et une vieille balancelle. Des géraniums fleurissaient dans de grands pots de terre cuite ; des fougères oscillaient doucement sous la brise. Une couronne de fleurs séchées porteuse d'un message de bienvenue était accrochée à la porte.

— L'endroit est plutôt coquet, remarqua Frankie.

Tandis qu'ils gravissaient les marches, Matt lui montra la balancelle.

— Quand j'étais jeune, j'ai flirté comme un fou là-dessus.

— Je vous voyais plutôt à l'arrière des voitures.

— J'ai donné aussi.

Les planches de la terrasse étaient fraîchement repeintes dans une teinte gris clair, et Frankie se demanda si Matt participait à l'entretien des lieux.

Il poussa le battant à moustiquaire en appelant afin de signaler leur arrivée. Une femme rondelette au bon sourire se précipita à leur rencontre.

— Quelle agréable surprise !

Il se pencha pour poser un baiser sur son front.

— M'man, je te présente Frankie Daniels, notre nouvelle recrue. J'ai pensé que tu pourrais nous l'engraisser un peu, elle est toute chétive.

Réflexion qui lui valut un regard noir de l'intéressée.

— Bonsoir, Frankie. Je suis Hattie Webber. Je savais que Matt avait une nouvelle adjointe, mais il ne m'avait pas dit qu'elle était ravissante. Et vous ne me semblez pas particulièrement chétive. Entrez donc.

Frankie pénétra dans un salon accueillant meublé de fauteuils moelleux recouverts de cretonne à fleurs. Il y avait aussi du mobilier ancien, probablement hérité des générations précédentes. Une odeur de potée venue de la cuisine flottait dans l'air. Elle revit le salon de sa mère, le canapé et les sièges blancs, les tables aux plateaux de verre où tout laissait des traces. Et que penserait Eve Hutton, championne des salons de coiffure et instituts de beauté, devant cette femme vêtue d'une simple blouse, chaussée de tennis, et qui laissait ses cheveux blanchir naturellement ?

— C'est très convivial chez vous, madame Webber. Très accueillant.

— Je vous en prie, appelez-moi Hattie.

Elle jeta un coup d'œil circulaire à la pièce.

— Oui, nous nous plaisons bien ici, mon mari et moi. Nous habitons cette maison depuis notre mariage.

— Au fait, où est papa ?

— Il s'occupe des bêtes.

Puis, à Frankie :

— Nous avons quelques vaches, des poules et deux cochons. Je m'en occupe le matin, et Denny prend la relève le soir.

Comme sur un signal, un homme solidement bâti, en pantalon de travail et chemise de coton aux manches remontées jusqu'aux coudes, s'encadra dans la porte. Ses cheveux drus étaient d'un gris d'acier.

— Salut, fiston. Ta mère m'avait prévenu que tu passerais peut-être dîner.

Il salua Frankie d'un hochement de tête.

— Mademoiselle.

— Comme tu le vois, il nous amène de la compagnie. Frankie Daniels, sa nouvelle adjointe.

— Eh bien, eh bien, s'ils avaient engagé des dames aussi jolies que vous quand j'étais jeune, je me serais fait flic sur-le-champ.

Il lui tendit la main.

— Dennis Webber. Enchanté de vous connaître, Frankie. Tout le monde m'appelle Denny. Sauf ma femme. Pour elle, je suis « Niquedouille ».

Ils rirent tandis que Hattie agitait la tête.

— Denny, tu exagères ! Asseyez-vous, Frankie. Le dîner est presque prêt. Je peux vous offrir un thé glacé en attendant ?

— Non, merci, ça ira.

Elle prit place sur le canapé. Matt l'imita, tandis que ses parents s'installaient en face d'eux dans les fauteuils.

— Frankie se nourrit principalement de plats à emporter et de cochonneries diverses, expliqua-t-il. J'ai pensé qu'un vrai repas familial lui ferait du bien.

— J'espère que ma présence ne vous occasionne pas de travail supplémentaire.

— Grand Dieu, non ! Nous sommes toujours ravis de mettre un couvert de plus à notre table. Depuis quand êtes-vous à Purdyville, mon petit ?

— Pas bien longtemps, juste quelques jours.

— Elle devait louer la maison des Gibbs à Elm Street, précisa Matt.

Elle réprima son irritation. Allait-il donc cesser de parler à sa place ?

— La nouvelle de l'incendie m'a bouleversée, commenta Hattie. Les pauvres gens.

— Oui, renchérit Denny, c'est d'autant plus tragique qu'ils comptaient sur le loyer pour vivre. Tu as une idée du coupable ?

— Rien de certain encore, nous enquêtons.

Matt poursuivit, les mains croisées sur ses genoux :

— Nous donnons une petite fête vendredi prochain. Au bénéfice des Gibbs.

— Je suis certaine qu'ils en seront touchés.

Denny plissa le front.

— Oh, pas Irma ! Elle est têtue comme une vieille mule au caractère de cochon. On fait un geste pour l'aider, elle se braque et prend des airs de majesté outragée. Elle préférerait mourir de faim que de demander un quignon de pain à un voisin.

— Tu n'as pas tort, papa, mais ce n'est pas une raison pour les laisser dans le pétrin.

Denny reporta son attention sur Frankie et changea de sujet :

— D'où venez-vous, mon petit ?

— D'Atlanta. J'y ai travaillé dix ans dans les services de police.

— L'oncle Dell était son supérieur, intervint Matt.

— Le monde est petit.

Hattie hocha la tête avec emphase.

— Ça, c'est bien vrai, alors. Mon demi-frère et moi ne gardons pas le contact comme nous le devrions. Dell est toujours aussi grincheux ?

Frankie se demanda si elle l'évitait parce qu'il buvait.

— Je ne connais pas plus grincheux, mais il a été bon envers moi.

— Qu'est-ce qui vous a poussée à venir ici ?

— J'étais lasse de la grande ville, j'avais besoin de changement.

Hattie sourit.

— Ici, vous serez au calme. Je n'ai jamais compris l'attrait des métropoles. Trop de bruit, trop de circulation et d'embouteillages.

Elle se leva.

— Excusez-moi, il faut que je m'occupe un peu du dîner.

— Je peux vous donner un coup de main ?

— Non, mon petit, merci, vous êtes gentille.

Et elle disparut en direction de la cuisine.

En attendant le repas, Matt, son père et Frankie bavardèrent de choses et d'autres — du temps, des récoltes, de l'économie. A l'évidence, Matt s'entendait bien avec ses parents, et elle l'enviait un peu, regrettant de se quereller sans cesse avec sa mère. En examinant la pièce, elle remarqua un cadre contenant la photo d'une jolie jeune fille. Un membre de la famille ? Une ex-petite amie de Matt ? Ce portrait l'intriguait.

Hattie reparut à la porte, un tablier à carreaux par-dessus sa blouse.

— Le dîner est prêt, annonça-t-elle. J'espère que ça ne vous gêne pas de manger dans la cuisine, Frankie. Nous ne faisons pas de manières ici.

— Pour ne rien vous cacher, je préfère. Je n'aime pas trop les manières.

Denny éclata de rire.

— Alors, nous devrions nous entendre.

Devant l'impressionnante quantité de nourriture, Frankie écarquilla les yeux, incrédule.

— Oh, Hattie, vous vous êtes donné bien du mal !

— Ce n'est rien, intervint Matt. Il faut que vous voyiez ce qu'elle cuisine le dimanche. Si les gens fréquentent la même église qu'elle, c'est qu'ils espèrent être invités ici après la messe.

— Tu exagères, Matt, protesta sa mère en rougissant. J'en suis toute gênée. Installez-vous donc près de moi, Frankie.

Ils prirent place à table. Après avoir dit le *benedicite*, Denny passa un plat de jambon au torchon à Frankie. Elle en prit une tranche, puis une seconde sur les encouragements de Hattie. Il y avait un gratin de macaronis au fromage — le meilleur qu'elle ait jamais goûté, des patates douces préparées avec des amandes et de l'ananas, un saladier de chou vert au lard, du maïs grillé qui provenait de leurs champs, et des galettes de maïs toutes chaudes. Tout était délicieux, Frankie n'en revenait pas.

— Si seulement je cuisinais comme vous ! s'exclama-t-elle.

Hattie parut surprise.

— Vous ne cuisinez donc pas ?

— Je n'ai jamais vraiment appris, et dès que je suis entrée dans la police, je n'ai plus eu le temps. Nous mangions avec un lance-pierres.

— Ma pauvre petite ! Si vous voulez, je vous montrerai.

— Maman, je ne suis pas certain que Frankie soit le genre de femme à se passionner pour les recettes.

— Votre fils a raison, je ne suis pas le style à mitonner des petits plats.

— Mais que faites-vous quand vous avez faim ?

— Je passe prendre un hamburger, ou bien je commande une pizza par téléphone.

Hattie hocha la tête et sourit, comme si ce mode de vie était le plus naturel au monde. Suivit un silence gêné. Bientôt rompu par Denny :

— Et le travail, fiston, ça va ?

Matt raconta leur aventure avec Mme Blubaker et Smiley, le basset. Tous pouffèrent, y compris Frankie qui déclara entre deux hoquets :

— J'en ris maintenant mais, sur le moment, j'ai eu bien du mal à garder mon sérieux ! Quand on est partis, Mme Blubaker était prête à adopter le chien.

Le calme revenu, Denny la considéra avec curiosité.

— Il paraît que vous avez botté le derrière à Willie-Jack.

— Denny Webber, franchement ! protesta Hattie. A-t-on idée de poser pareille question ? Et à table par-dessus le marché !

Mais elle la dévisageait, aussi curieuse que son mari.

— C'est vrai, au moins ?

— Oui. Légitime défense.

— Elle lui a flanqué une sacrée torgnole.

— Quel langage, mon fils ! le réprimanda Hattie en agitant tristement la tête. Ce qui me rappelle que tu n'es pas venu à la messe avec nous depuis plus d'un mois. Le pasteur a demandé de tes nouvelles.

Matt grimaça.

— Je suis occupé à traquer de dangereux criminels, maman.

— Le dimanche ?

— C'est pire que tout. A croire qu'ils en profitent.

— Matthew Webber, ne me prends pas pour plus sotte que je ne suis. Je ne te crois pas.

Denny fit diversion en revenant au sujet précédent :

— Willie-Jack n'aura pas volé sa correction. Il cherche la bagarre depuis le jour de sa naissance. Toute la tribu n'est qu'une bande de brutes.

— Mon chéri, on ne doit pas juger.

— N'importe quel juge serait d'accord.

— Parlez-nous plutôt de vous, de votre famille, Frankie. Vous êtes née à Atlanta ?

— Absolument. J'y suis née, et j'y ai grandi. Mon père, policier lui aussi, est mort quand j'avais onze ans, abattu par un malfaiteur.

— Oh, je suis désolée. Et votre mère ?

— Elle vit dans un village de retraite en Floride.

— Vous vous entendez bien ?

— Stop, maman ! l'interrompit Matt en levant la main. Ça suffit maintenant.

— Voyons, Matt, protesta Hattie, vexée, ce ne sont pas des questions indiscrètes, tout de même.

Puis, à Frankie :

— Excusez ma curiosité. Je ne voudrais pas vous embarrasser.

— Il n'y a pas de mal. Les questions ne me gênent pas.

Du moins, celles-là étaient-elles anodines…

— Ma mère et moi sommes… euh… comment dire…

Délicat problème. Comment décrire ses rapports avec sa mère alors qu'elle-même ne les comprenait pas ?

— Elle est… très protectrice, elle s'inquiète pour moi. Beaucoup trop, je pense.

Hattie et Dennis échangèrent un regard attristé.

— C'est naturel de s'inquiéter pour ses enfants. Toutes les mères s'inquiètent, même lorsqu'ils sont grands.

Elle jeta un coup d'œil au portrait qui avait retenu l'attention de Frankie.

— Puis-je vous demander qui est cette ravissante jeune personne ?

— Mais bien sûr, mon petit. C'est Mandy, notre fille. La sœur jumelle de Matt. Elle est auprès du Seigneur à présent.

Tous les yeux, y compris ceux de Matt, s'étaient fixés sur la photo.

— Excusez-moi, je suis désolée. Il y a longtemps qu'elle est… qu'elle a disparu ?

Une lueur de mélancolie voilait maintenant le regard de Hattie.

— Deux ans. Ce portait a été pris quand elle était au lycée. Elle était si mignonne, si menue, si délicate. Un vrai petit oiseau. D'ailleurs, elle ne pesait guère plus qu'un oiseau en venant au monde. Tout le contraire de Matt qui était un bébé robuste de quatre bons kilos. Mandy n'avait pas de santé.

— Nous avons eu de la chance de la garder si longtemps en dépit de ses problèmes, intervint Denny. Elle avait une malformation du cœur à la naissance. Les traitements ont permis de compenser pendant des années, mais son état a fini par se dégrader. Il aurait fallu une transplantation pour la sauver, et Mandy ne voulait rien entendre. C'était une jeune femme profondément religieuse. Pour elle, toute épreuve était envoyée par Dieu. Nous avons tenu à respecter sa volonté.

— Oui, confirma Hattie en hochant la tête. Le Ciel nous a bénis, vraiment.

Frankie coula un bref regard à Matt qui se concentrait sur ses couverts, les alignant méticuleusement près de son assiette. Au pli de sa bouche, elle comprit que la conversation le mettait mal à l'aise. A quoi pouvait-il bien penser ? Il avait dû souffrir de perdre sa sœur jumelle. Tentée de recouvrir sa main de la sienne, elle réprima ce geste de réconfort, embarrassant pour tous les deux.

Enfin, il repoussa sa chaise et se leva.

— Excellent repas, maman. C'était bien bon.

— Tu as déjà fini ? D'habitude, tu reprends de tous les plats.

— Je surveille ma ligne.

— N'importe quoi ! Tu ne grossis pas, tu as toujours eu une bonne nature. Tu dis ça pour te rendre intéressant devant ta collègue, mais ça ne prend pas.

— En tout cas, moi, j'ai mangé pour deux, déclara Frankie qui regrettait de ne pouvoir dégrafer sa ceinture.

Elle débarrassa la table avec Matt tandis que Hattie coupait la tarte et versait le café.

— Maintenant, asseyez-vous. Je rangerai tout ça dans le lave-vaisselle plus tard. Pas que je raffole de ces engins, mais Matt m'en a offert un pour la fête des mères et depuis, je me sens coupable si je ne l'utilise pas.

Elle montra le réfrigérateur du pouce.

— Ça aussi, c'est un cadeau de lui. Et tous les gadgets qui sont derrière la porte. Je lui ai pourtant bien dit de ne pas gaspiller son argent en futilités dont son père et moi n'avons pas l'usage…

Denny éclata de rire.

— Moi, j'ai eu un mini tracteur-tondeuse qui fait tout sauf planter les bégonias. Il y a des boutons et des bidules partout, je n'arrive pas à m'y habituer. Très sincèrement, je préférais mon vieux clou.

— Je te rappelle que ton vieux clou tombait toujours en panne, papa !

— Peut-être, mais plus un engin est compliqué et plus on a d'ennuis avec.

Il se tourna vers Frankie et ajouta :

— Il faut que j'appelle le fiston à chaque fois que je veux me servir de cette machine. Je ne comprends rien au mode d'emploi. C'est écrit pour des ingénieurs de l'aérospatiale, ma parole !

Matt remua sur sa chaise. Visiblement gêné, il évitait le regard de Frankie.

Pour dissiper le malaise, Hattie les régala d'anecdotes sur l'enfance de Matt pendant qu'ils dégustaient la tarte avec leur café.

— Il nous en a fait voir à l'époque du lycée. C'était sottise sur sottise, et nous passions notre temps dans le bureau du proviseur. Rien de tel avec Mandy, bien sûr ; elle travaillait sérieusement, rapportait des bonnes notes. Elle a même obtenu une bourse universitaire.

— Il faut reconnaître qu'elle se donnait de la peine. Elle est devenue professeur.

Frankie commençait à se lasser de la conversation. Tant de louanges pour Mandy, et pas un mot gentil pour Matt ! Elle en avait mal pour lui et en voulait à ses parents qui, sans être méchants, se montraient par trop injustes. Elle aurait volontiers pris congé, mais ne voyait pas comment le faire poliment. En tout cas, si elle avait un jour des enfants, elle s'efforcerait de ménager un peu mieux leur sensibilité.

— Si ça peut vous consoler, les études n'étaient pas mon fort. J'avais hâte de rentrer dans la vie active, de connaître le monde réel. Je me contentais du minimum pour réussir aux examens et sortir de là au plus vite.

Matt la regarda, s'étira et bâilla.

— Prête à lever le camp, collègue ? Personnellement, je fatigue. La journée a été longue.

Les Webber les raccompagnèrent à la porte. Hattie serra Frankie dans ses bras et lui fit promettre de revenir les voir bientôt. Mais son sourire chaleureux ne parvenait pas à masquer la tristesse de son regard. Comprenant brusquement que le couple souffrait toujours d'avoir perdu Mandy, elle pardonna les paroles dures qu'ils avaient eues à l'égard de Matt. Le deuil et la douleur, le sentiment que tout en soi était mort, elle connaissait. Elle avait entendu dire que le décès d'un enfant était, pour les parents, la pire des épreuves. Si c'était vrai, les Webber avaient souffert plus qu'elle. Leur en vouloir serait manquer de générosité.

— Je reviendrai, promit-elle.

Contrairement à ses habitudes, Matt se tut durant le trajet de retour, et ce silence lui pesait.

— Vos parents sont vraiment charmants, déclara-t-elle. Et quel repas délicieux ! Je vous remercie de m'avoir invitée.

— Je suis désolé qu'ils vous aient bombardée de questions, mais ils sont comme ça, on ne les changera pas.

— Leur curiosité ne tenait pas plutôt au fait que je sois une femme ?

— Qui sait ? Ils sont habitués à voir Cooter et Buster. Et ils leur posent toutes sortes de questions à eux aussi. Sans doute parce qu'ils sont à la retraite et habitent la campagne où il ne se passe rien.

— J'ai été surprise d'apprendre que vous aviez une jumelle. Votre sœur doit vous manquer cruellement.

Il hocha la tête, mais resta concentré sur sa conduite. Visiblement, il évitait son regard de peur de lui dévoiler ses sentiments.

— Ça a été dur de la voir partir.

— Et maintenant, vous culpabilisez parce que vous êtes vivant et, pour vous racheter, vous offrez des gadgets, des appareils ménagers et des tracteurs-tondeuses à vos parents.

Il crispa la mâchoire.

— Si je leur ai offert ces cadeaux, c'est parce qu'ils en avaient besoin. Ma mère aurait continué de garder ses aliments dans le garde-manger sur de la glace plutôt que d'acheter un réfrigérateur. Elle refuse d'avoir un sèche-linge. Elle prétend que le linge qui en sort ne sent pas le frais, et préfère l'étendre dehors, quitte à se geler les doigts l'hiver.

Il inspira profondément.

— Mais effectivement, je crois que j'essaie de compenser ce qu'ils ont perdu, et je me demande si mes efforts sont appréciés. Ma sœur était une sainte à leurs yeux. Jamais je ne serai à la hauteur.

Aveu inespéré. Les barrières tombaient.

— Je sais ce que c'est de ne pas se sentir à la hauteur. Ma mère saisit la moindre occasion de me rappeler à quel point je l'ai déçue. Mais vos parents ne se rendent probablement pas compte des effets de leur attitude. S'ils vous blessent, c'est inconsciemment, parce qu'ils souffrent eux-mêmes.

— Pour moi, tout ça appartient au passé. J'aimais beaucoup ma sœur, mais il me fallait aller de l'avant sous peine d'être dévoré par le chagrin. Mes parents sont encore en deuil.

— Le temps du deuil varie selon les personnes. J'en ai fait l'expérience.

— J'espère que vous n'étiez pas trop mal à l'aise. Je voulais juste vous inviter pour un bon repas en famille et vous présenter un couple de braves gens afin de vous montrer que la population de Purdyville n'est pas entièrement constituée de brutes ineptes du genre Willie-Jack.

Un silence confortable s'instaura entre eux pendant le reste du trajet. Matt réfléchissait, plongé dans des pensées qu'elle aurait aimé connaître. Pour la première fois depuis son arrivée, elle se sentait détendue et fut déçue lorsqu'il se gara sur le parking du motel. A regret, elle ouvrit la portière pour sortir.

— Je vous retrouve demain matin. Merci encore de m'avoir invitée.

— Y a pas de quoi. J'attends que vous soyez rentrée pour repartir.

Elle se hâta de gagner la porte, l'ouvrit et resta interdite devant le spectacle qui s'offrait à ses yeux. Le temps qu'elle pivote sur elle-même, Matt avait repris la route. Elle porta les doigts à sa bouche et lança un puissant coup de sifflet. La voiture pila dans un crissement de pneus. Matt se retourna tout en baissant la vitre tandis qu'elle courait vers lui.

— Que se passe-t-il ?

— Ma chambre. Quelqu'un y est entré.

— Vous en êtes sûre ?

Question idiote qu'il se reprocha aussitôt. Naturellement qu'elle en était sûre. Elle était flic, non ? Il fit une rapide marche arrière, se gara de nouveau et gagna le motel au pas de charge, Frankie dans son sillage.

La pièce avait été vandalisée. Sous l'écran de télévision brisé, des éclats de verre tranchants constellaient la moquette et brillaient sous la lampe. Le matelas éventré répandait sa bourre qu'on avait arrachée par poignées. De même, on avait vidé les valises et déchiré les vêtements en menus morceaux.

— Merde alors ! s'exclama-t-il. Ne bougez pas, je vais jeter un œil dans la salle de bains.

Il en ressortit quelques secondes plus tard.

— Attendez-moi, je reviens.

— Où allez-vous ?

— Demander des renforts par radio. Je veux qu'on me passe cette chambre au peigne fin et qu'on relève les empreintes. Je vais également prévenir le gérant du motel.

Frankie considéra ses vêtements en loque, sa lingerie déchiquetée. On avait attenté à son intimité, et elle se sentait souillée par cette intrusion, presque violée. Soudain, elle comprit ce que ressentait une victime ; elle se mit à la place de celles qu'elle avait vues — parents d'enfants assassinés, femmes brutalisées, violentées et pire, pauvres bougres battus à mort par des voleurs pour quelques malheureux dollars. Jusque-là, elle restait détachée, son unique intérêt étant de résoudre l'énigme et de prendre le coupable. Elle ne s'impliquait pas émotionnellement, tenant les souffrances à bonne distance. Mais, ce soir, face à cette profanation, elle bouillait de colère. Le saccage empestait Willie-Jack à plein nez. Le salaud !

Matt revint quelques minutes plus tard.

— Jimbo et Hurley sont en route.

Elle lui décocha un regard hostile.

— Jimbo et Hurley ?

Le ton était agressif lui aussi.

— L'équipe de nuit. J'ai vérifié votre voiture. Rien de cassé. Notre vandale aura jugé prudent de ne pas agir à découvert.

Voyant qu'elle fulminait toujours, il ajouta :

— Je comprends que cela vous rende furieuse.

— Furieuse ! aboya-t-elle. On le serait à moins ! Tout ce que je possède est hors d'usage, et le fils de pute qui a fait ça rigole comme un âne pendant que nous discutons…

— Au fond de sa cellule, lui rappela Matt.

— Et alors ? Il a des comparses. C'est quoi, ce cirque, au juste ? La mafia des montagnes en goguette ?

Sur ces mots, le patron du motel fit son apparition. Il pénétra dans la pièce et s'arrêta net.

— Ça alors ! Qu'est-ce qui s'est passé ?

— Quelqu'un est entré dans ma chambre en mon absence, répondit Frankie. Vous n'avez donc pas de gardien ? Pas de personnel de sécurité ? Et regardez-moi cette serrure minable. Un gamin de deux ans serait capable de la forcer.

Le bonhomme déglutit péniblement, comme s'il s'efforçait de ravaler sa colère.

— Je dirige un établissement respectable. Je n'ai jamais eu d'ennuis jusqu'à votre arrivée.

— Du calme, intervint Matt, imperturbable. Al, tu as entendu quelque chose ? Vu quelque chose ou quelqu'un ? Tes clients ne se sont pas plaints de bruits venant de cette chambre ?

— Tu sais, je n'ai pas grand monde à cette époque de l'année. Les clients ne viennent qu'avec le début de l'automne. J'ai bien deux chauffeurs de poids lourds, mais ils sont de l'autre côté. Et moi, je regardais la télé. Je n'ai rien entendu. Evidemment, je suis un peu dur d'oreille, alors, je mets le son à fond. Le Vietnam et tout ça, tu connais mon histoire. Enfin, comme je disais, je n'ai jamais eu d'ennuis.

Il se tourna vers Frankie, puis ajouta :

— Les ennuis doivent vous suivre à la trace.

Elle le foudroya du regard mais garda le silence.

— Bon, fit Matt. J'enverrai un de mes hommes interroger tes deux routiers à tout hasard. J'ai déjà ma petite idée sur celui qui a monté le coup.

Le gérant reporta son attention sur Frankie.

— Je suis navré, mademoiselle Daniels, mais je vais devoir vous demander de partir. Peu m'importe que vous ayez flanqué une raclée à Willie-Jack, je ne veux pas que ce genre de chose se reproduise. C'est mauvais pour les affaires.

— Mais je n'y suis pour rien ! Et qu'est-ce que je fais, maintenant ? Je couche dehors ?

— Je suis vraiment désolé, ma petite dame... euh, pardon, agent Daniels, mais je ne veux plus d'ennuis.

Elle alluma une cigarette et se retint de lui souffler la fumée en pleine figure. Crétin des îles !

— Je serais en droit d'exiger que tu lui donnes une autre chambre, remarqua Matt.

Elle aspira une nouvelle bouffée de tabac.

— Je ne tiens pas à rester si on ne veut pas de moi.

— Bon. On trouvera une solution.

Deux policiers en uniforme entrèrent à leur tour dans la pièce.

— Merde, fit l'un d'eux. C'est quoi, ce travail ?

— Du vandalisme. Jimbo, Hurley, je vous présente notre nouvelle collègue, Frankie Daniels, que vous n'avez pas encore rencontrée.

Les deux hommes la saluèrent d'un bref hochement de tête, et le visage du dénommé Jimbo s'éclaira.

— Vous êtes celle qui a...

— Flanqué une raclée à Willie-Jack Pitts, acheva-t-elle à sa place. C'est bien moi.

Décidément, cet incident la suivait comme une ombre. Cela devenait lassant.

— J'ai l'impression qu'on vous en veut, commenta Hurley. Ça ressemble à un règlement de comptes. La bande à Willie-Jack, sans doute.

— Jimbo et toi, vous allez me passer cette chambre au peigne fin et relever les empreintes sur toutes les surfaces. Al, interdiction formelle à qui que ce soit de pénétrer dans la pièce pendant au moins deux jours.

— C'est bien joli, mais qui va nettoyer ce désastre ?

— Tu as des femmes de ménage, que je sache. De toute façon, la question ne se pose pas tant que dure l'enquête. C'est le lieu du crime, personne ne touche à rien jusqu'à ce que nous ayons terminé.

Al prit un air dépité.

— Puisque nous sommes là, hein, autant commencer, proposa Jimbo avec un soupir. Je vais chercher le matos dans la voiture.

Matt se tourna vers Frankie.

— Il vous faut un toit pour la nuit. Venez avec moi.

— Où ?

— Ne discutez pas et suivez-moi.

Son ton lui déplut, de même que son attitude autoritaire. Elle n'aimait pas beaucoup être traitée comme une gamine récalcitrante devant ses collègues, mais ce n'était ni le lieu ni le moment de faire un scandale… Elle le suivit donc.

— Je peux savoir où vous m'emmenez ?

— Chez moi.

— Pardon ? Vous plaisantez, j'espère.

— Daniels, je suis fatigué. Je n'ai pas envie de me disputer avec vous. Alors, soyez gentille et, pour une fois, faites ce que je vous demande.

— Je vous suis avec ma voiture. Je ne peux pas prendre le risque qu'on me la démolisse.

Quelques instants plus tard, ils étaient en route. Sitôt seule, Frankie se sentit aussi épuisée qu'accablée par les problèmes sans fin qui l'assaillaient. Pas étonnant que sa tension grimpe !

Au bout de dix minutes, Matt s'engagea sur une piste de terre. Elle l'imita, l'œil rivé sur ses feux arrière. Elle n'avait pas la moindre idée d'où elle était. Enfin, il tourna dans une allée qui menait à un chalet rustique blotti parmi les pins.

— C'est chez vous ? s'enquit Frankie lorsqu'elle l'eut rejoint devant la maison.

— Sans doute, puisque c'est ici qu'on me livre le courrier.

Un grand chien de meute était étalé près de la porte. Les plis de son museau lui donnaient un air triste. Apercevant son maître, il releva le nez et agita vaguement la queue.

— Curieux paillasson, ironisa-t-elle.

— Je vous présente George, mon chien de garde, déclara Matt en contournant l'animal qui refusait de bouger.

Il ouvrit la porte, pressa le commutateur électrique, et l'invita à entrer.

— Je peux vous offrir une bière bien fraîche ?

— Ce n'est pas de refus.

Peut-être qu'un peu d'alcool l'aiderait à se détendre.

Ils pénétrèrent dans le salon au mobilier spartiate constitué en tout et pour tout d'un canapé beige, d'un fauteuil, et d'une vieille table basse bancale.

— Asseyez-vous. Je suis désolé, mais je n'ai pas encore décoré la maison. Pas le temps, aucun talent.

Il disparut dans la cuisine et, en revenant avec les bières, trouva Frankie à demi étendue sur le canapé.

— Il y a longtemps que vous vivez ici ?

— Deux ans. Ce chalet a été construit par un vieil ami. Quand j'avais du temps libre, je lui donnais un coup de main. Ça m'occupait après la mort de Mandy.

— Vous vivez seul ici ?

— Seul avec George, oui.

— C'est bien agréable, chez vous.

— Merci. J'apprécie le calme. Après une rude journée passée à traquer de dangereux criminels, ça me repose.

Ils échangèrent un sourire.

— J'ai toujours rêvé d'avoir ma propre maison, mais tout mon argent disparaissait en loyer.

— Derrière, j'ai un petit jardin. Rien de très ambitieux, mais j'élève aussi des roses.

Elle but une gorgée de bière.

— Vraiment ?

— J'aime les roses.

— Je ne vous imaginais pas ce genre de hobby.

— Vous imaginiez quoi ?

— Que vous employiez vos loisirs à courir le guilledou.

Il haussa les épaules.

— Vous savez, je ne suis pas très branché pêche, je ne chasse pas…

Il eut un nouveau haussement d'épaules.

— Comment se fait-il que vous soyez resté célibataire ? demanda-t-elle.

— J'ai failli me marier. Une fois. Et vous ?

Elle agita la tête.

— Je ne suis pas le genre à me marier.

— Mais encore ?

— Je suis comme vous. Je prends ce qui s'offre et je m'en vais.

— On m'a fait une drôle de réputation.

— Hmm. Je vous ai vu à l'œuvre.

— Je me suis toujours conduit correctement, que je sache.

— Sans doute, mais les femmes vous sourient comme à un homme qu'elles ont connu intimement, ça ne trompe pas.

— Je crains que si, Daniels. Vous vous méprenez sur mon compte. Je suis un gentil.

— Plus que gentil. Ce qui explique les sourires.

— Vous m'embarrassez.

— Allons, allons, chef, avouez plutôt que ça vous flatte.

— Admettons. Je ne suis pas né d'hier, j'ai un passé. Et vous ?

Elle se raidit. Elle ne tenait pas à lui révéler sa mésaventure avec le fils de chienne qui l'avait dupée.

— Eh bien, disons que je ne suis pas aussi pure que le croit ma mère.

— On pourrait avoir des détails ?

Elle posa son verre vide sur la table basse.

— Je suis vraiment fatiguée.

— Juste quand ça devenait intéressant. Dommage.

Il se leva.

— Je vais vous montrer votre chambre. A moins, bien sûr, que vous n'aimiez pas dormir seule.

Se moquait-il ? Etait-il sérieux ? Impossible de le deviner à ses yeux. En tout cas, il cabotinait.

— Au contraire, je préfère.

— Vous êtes dure, Daniels.

— Parce que je ne minaude pas ?

Il ne releva pas et la conduisit à l'étage.

— La chambre n'a rien de luxueux, mais elle est confortable.

Il ouvrit la porte sur une pièce meublée d'un lit ancien à cadre métallique, d'une commode de chêne et d'une table de chevet assortie — deux antiquités sans doute héritées de ses parents. La courtepointe de patchwork était cousue main, et

Frankie se demanda si c'était l'œuvre de sa mère. L'ensemble était rustique, accueillant.

— Vous trouverez une salle de bains à côté. Elle donne sur une autre chambre mais, rassurez-vous, la mienne est au rez-de-chaussée.

Il parut réfléchir.

— Il va vous falloir un vêtement pour dormir.

— Merci d'y avoir pensé, mais je dors nue.

Cette fois, elle l'avait embarrassé. Il resta quelques instants muet, à la dévisager — et sans doute à refouler les images que sa réponse lui évoquait. C'en était fini de ses fanfaronnades.

— Eh bien… euh… les serviettes sont dans le placard de la salle de bains. Si vous avez besoin d'autre chose, n'hésitez pas à demander.

— Je vous remercie, chef.

Il marqua un temps avant de réagir.

— Etant donné les circonstances, cette appellation me semble un peu… officielle. Vous pouvez m'appeler Matt.

— Je préfère vous appeler chef.

Le terme avait l'avantage d'établir clairement les limites de leurs rapports et, avec Matt Webber, mieux valait que les limites soient claires.

— Bon. Alors, bonne nuit.

Il sortit et referma la porte derrière lui.

Une fois seule, Frankie jeta un coup d'œil autour d'elle. Pourquoi avait-il fait construire cette maison ? Il est vrai qu'il avait failli se marier. Peut-être était-ce un projet conçu avec sa fiancée en prévision de leurs noces ? Bah ! Aucune importance. Cela ne la concernait pas. Son seul désir était de se mettre au lit après une douche bien chaude.

*
* *

De bonne heure le lendemain, Matt frappa à sa porte. Elle était déjà réveillée depuis quelque temps et se demandait où elle irait vivre à présent qu'on l'avait chassée du motel.

— Vous êtes décente ? s'enquit-il depuis le palier.

Elle remonta le duvet sous son menton.

— Vous pouvez entrer.

Il apparut, vêtu de son uniforme, et s'efforça de contrôler ses pensées en la voyant cachée derrière sa couette.

— Je vais faire un saut au bureau, voir s'il y a du nouveau, et ensuite, je passerai prendre votre valise au motel. Certains de vos vêtements sont peut-être récupérables.

Elle soupira intérieurement. L'idée de racheter toute une garde-robe ne l'enchantait pas. Non que cela soit ruineux. Elle ne portait que des jeans et des T-shirts, et disposait de deux robes en tout et pour tout — pour les mariages et pour les enterrements.

— Vous ne serez pas trop long ? Il faut que je me mette en quête d'un nouveau domicile.

— Pourquoi ne pas en parler à ma cousine Sissy ?

— Sissy ?

— C'est son diminutif. Vous devriez vous entendre, toutes les deux.

— Rien ne prouve qu'elle ait envie de partager sa maison.

— Je pense qu'elle apprécierait l'apport financier. Comme je vous l'ai dit, c'est immense, chez elle, et bien mieux que tout ce que vous trouverez à louer par ici. Je vous y conduirai dès mon retour.

En gros, elle n'avait pas vraiment le choix.

— Bon. J'irai jeter un coup d'œil.

— En attendant, faites comme chez vous, prenez ce dont vous avez besoin. Le café est prêt.

Il referma la porte. Quelques instants plus tard, elle entendit sa voiture démarrer. Elle se leva, enfila ses vêtements de la veille et descendit. Les planchers de chêne étaient nus. Pas de tapis, ni de moquette. Pas de tableaux ni de photos sur les murs crème. La cuisine était propre, en ordre ; des éléments de rangement blancs se détachaient sur le vert bouteille des murs. C'était apparemment la seule pièce qu'on ait pris le temps de décorer. Elle trouva une chope dans un placard, la remplit et alla s'asseoir sur la terrasse couverte à l'arrière de la maison pour fumer sa première cigarette de la journée tout en dégustant son café. Elle aurait dû apprécier le calme, la beauté du décor, les arbres, les chants d'oiseaux, mais elle avait l'esprit ailleurs, la tête trop pleine de pensées désagréables. Depuis son arrivée à Purdyville, les incidents s'étaient multipliés au point qu'elle se demandait si ce n'était pas un signe, si elle ne devrait pas quitter les lieux au plus vite.

Le temps que Matt revienne avec sa valise, elle avait vidé la cafetière, fumé plus que de raison, et pris une douche rapide. Elle allumait une nouvelle cigarette quand il poussa la porte. Elle fumait trop et le savait. Elle arrêterait dès que sa vie serait en ordre, mais la partie n'était pas gagnée, loin de là.

— Ça va ? s'enquit-il en déposant la valise devant elle.

— Ça va.

Elle l'ouvrit et en examina le contenu. Ses deux robes étaient intactes, soigneusement posées sur le dessus — il avait dû les prendre dans la penderie. Le reste n'était plus que chiffons et guenilles. La rage s'empara d'elle.

— Si je tenais l'enfant de salaud qui…

— Nous le retrouverons, la coupa-t-il. En attendant, je vous emmène chez ma cousine pour que vous jetiez un coup d'œil à la maison. Elle vous attend.

Elle prit son sac à main et le suivit dans sa voiture après avoir mis sa valise sur le siège arrière. Elle préférait garder tous ses biens avec elle. Heureusement, elle avait eu la bonne idée de ranger sa chaîne et sa télévision dans le coffre.

Un quart d'heure plus tard, Matt se garait devant une maison de brique aux allures de ranch. En se rangeant derrière lui, Frankie remarqua les plates-bandes fleuries de chrysanthèmes et la pelouse tondue. Au moins cette Sissy entretenait-elle son jardin. Une jeune femme rousse, vêtue d'un caleçon et d'un T-shirt délavé, les accueillit à la porte. Grande, mince, avec quelques taches de son sur le nez, elle était vraiment ravissante, songea Frankie. A l'évidence, toutes les deux avaient sensiblement le même âge.

— Sissy, je te présente Frankie Daniels, notre nouvelle adjointe, dit Matt. Daniels, ma cousine, Sissy Burns.

— Enchantée. Matt m'a appris que vous cherchiez un logement. Entrez donc.

Frankie entra et s'arrêta aussitôt. Parfaitement normale vue de l'extérieur, la maison était tout sauf normale à l'intérieur. Elle paraissait tout droit sortie des psychédéliques années soixante.

— Qui a… euh… décoré ? s'enquit-elle en coulant un bref regard à Matt que sa surprise semblait divertir.

— Moi. Et ça ne m'a pas coûté cher. L'Armée du Salut m'a pratiquement fait cadeau du canapé en fausse peau de léopard.

— Vous m'étonnez.

— Je suis une fan inconditionnelle d'Elvis Presley. Ma mère m'emmenait à ses concerts quand j'étais toute gamine, et nous sommes allées trois fois à Graceland. Je cherchais à retrouver ce genre d'ambiance.

— Eh bien, c'est réussi.

— Asseyez-vous. Je viens de préparer une pleine théière de ma tisane préférée. Je reviens tout de suite.

Sur ces mots, elle disparut dans les profondeurs de la maison.

Matt et Frankie prirent place sur le canapé. La table basse était faite d'un tronc d'arbre recouvert de peinture laquée à séchage instantané. Quant aux murs, ils étaient couverts de posters d'Elvis, et les étagères dégorgeaient de souvenirs du King.

Frankie se tourna vers Matt et murmura :

— Vous m'aviez caché que votre cousine avait un don pour la déco.

— Je reconnais qu'elle n'est pas ordinaire.

— Elle gagne sa vie comment ?

— Je travaille dans les relations humaines, annonça Sissy, de retour. Matt ne vous en a pas parlé ?

Elle déposa précautionneusement son plateau sur la table basse. Les tasses léopard étaient assorties au canapé.

— Non, il ne m'a rien dit.

Frankie prit une tasse et goûta le breuvage. Bizarre. Etait-ce une tisane aux algues ?

— Hmm. Excellent, Sissy.

— Fameux pour la santé. N'ayez pas peur d'en boire, j'en ai une pleine théière.

Frankie reposa sa tasse.

— Les relations humaines, hein ? Et vous faites quoi, au juste ?

Sissy échangea un regard avec Matt.

— Je suis une sorte de conseillère. J'écoute les gens parler et je les aide à résoudre leurs problèmes. Je travaille chez moi. Sauf le week-end où je sers chez Virgil. A propos…

— Oui, j'ai flanqué une dérouillée à Willie-Jack Pitts.

— Bravo, je vous félicite. Ce type ne cause que des ennuis. Je ne peux pas le voir en peinture.

La jeune femme croisa sagement les mains sur ses genoux et précisa :

— Ces emplois ne sont que des petits boulots. En réalité, je suis mannequin.

— Vraiment ?

— Enfin, je l'étais quand je travaillais à *Wal-Mart*. Ils utilisaient le personnel pour leurs pubs, et tout le monde me serinait que j'avais ça dans le sang. Du coup, j'ai décidé de me constituer un press-book. Vous n'avez pas idée du prix que coûtent les séances de photo avec des professionnels. Ce qui explique que j'aie deux emplois. Vous voulez que je vous montre mes photos ?

Matt toussota.

— Vous regarderez ça quand vous aurez le temps, Sissy. L'adjoint Daniels est un peu bousculée, elle n'a plus de logement et doit en trouver un.

— Excusez-moi, je suis vraiment confuse. Je vous raconte ma vie, et vous êtes à la rue.

— Pas tout à fait, n'exagérons rien.

— Bien sûr. Je vais vous faire visiter. C'est grand ici. Ma mère, Dieu ait son âme, m'a laissé cette maison à sa mort. Elle n'était pas aussi bien arrangée que maintenant. Venez que je vous montre la chambre d'amis.

Frankie consulta Matt du regard avant de suivre Sissy dans le couloir.

— Je vous préviens, je ne l'ai pas encore décorée, annonça la jeune femme en ouvrant une porte. Mes moyens ne me le permettaient pas.

Encore heureux, songea Frankie. Après le kitsch du salon, la chambre aux murs neutres et au mobilier sobre lui parut délicieusement reposante.

— La salle de bains est juste en face, lui apprit Sissy.

Et elle ouvrit la porte sur une pièce jaune citron avec un rideau de douche psychédélique. A l'évidence, elle avait trouvé de l'argent pour arranger cette salle de bains à son goût.

— Je me suis aménagé une petite salle d'exercice au fond. Les appareils et les agrès viennent de l'Armée du Salut, mais tout fonctionne, et vous pouvez vous en servir.

Elles se rendirent ensuite dans la cuisine, jaune citron elle aussi.

— C'est la prochaine pièce que je repeins dès que j'ai un peu d'argent.

— A propos, si nous discutions du loyer ?

— Soixante-quinze dollars par semaine, toutes charges comprises, ça vous irait ? Naturellement, la nourriture n'est pas incluse, mais je ne vous demanderai pas de dépôt puisque vous avez flanqué une raclée à Willie-Jack. C'est un service que vous avez rendu à la communauté. Il n'y a qu'une petite chose. Je ne veux pas voir votre pistolet, j'ai une trouille bleue des armes. En revanche, je me sentirai plus en sécurité sachant que vous êtes là.

— Ça me convient parfaitement. Quand puis-je emménager ?

— Aujourd'hui ?

— Parfait.

A leur retour dans le salon, Sissy annonça fièrement :

— Ça y est, Matt, c'est décidé. Frankie va s'installer chez moi.

— Eh bien, tant mieux. Ça lui fait un souci en moins. A présent, Daniels, il ne vous reste plus qu'à vous racheter une garde-robe.

Elle laissa échapper une plainte agacée. Sortant son portefeuille, elle tendit soixante-quinze dollars à Sissy qui la remercia et posa les billets sur la table basse.

— Maintenant, expliquez-moi cette histoire de garde-robe, je ne suis pas au courant.

Elle lui raconta la chambre vandalisée et ses vêtements en charpie.

— Tu as des suspects, Matt ?

— J'en saurai davantage quand nous aurons le rapport du labo. Et nous recherchons toujours celui qui a mis le feu à la maison que les Gibbs comptaient louer.

— Pas besoin d'être devin pour le savoir.

— Non, mais il faut des preuves pour le mettre à l'ombre, répliqua-t-il.

Sissy reporta son attention sur Frankie.

— Ainsi, il vous faut des vêtements ? On peut dire que vous êtes tombée au bon endroit. Je serais ravie de vous emmener faire les boutiques.

— Bon, eh bien, je n'ai plus rien à faire ici, déclara Matt en évitant le regard de Frankie. Prenez donc votre journée et arrangez-vous toutes les deux.

— Il faudra que je passe au poste voir si mes uniformes sont arrivés. J'espère qu'ils seront à ma taille, cette fois.

Matt se dirigea vers la porte.

— Les filles, je vous laisse. Je vous verrai plus tard.

— Euh… Chef ? Avant que vous ne partiez…

— Oui ?

— Merci de m'avoir hébergée la nuit dernière.

Il l'observa quelques instants, se demandant s'il avait bien fait de proposer qu'elle s'installe chez sa cousine.

— Y a pas de quoi. J'espère que vos affaires vont s'arranger rapidement.

Dès qu'il eut refermé la porte derrière lui, Sissy attaqua bille en tête :

— Il y a quelque chose entre vous et Matt ?

Frankie n'en crut pas ses oreilles.

— Pardon ?

— C'est que… à voir la manière dont il vous regardait, j'ai cru que…

— Il a offert de m'héberger chez lui hier soir parce que le gérant de l'hôtel m'avait mise à la porte. C'est tout. Je crois qu'il a eu pitié de moi.

— Ah, fit Sissy, déçue. J'avais un petit espoir. Il est temps que Matt reprenne une vie normale. Il est trop beau garçon pour passer ses week-ends à regarder les films sur le câble.

— Je suis sûre qu'il ne manque pas de compagnie féminine.

— C'est vrai que les femmes ont un faible pour lui. Mais heureusement qu'il n'a pas épousé sa fiancée.

— Pourquoi dites-vous ça ?

— Elle n'était pas faite pour lui. A la mort de Mandy, il a repoussé la date du mariage par respect pour la mémoire de sa sœur. Il n'a pas fixé de nouvelle date. Au bout de six mois, sa fiancée a déménagé.

— Ce qui explique qu'il vive seul dans cette grande maison.

— Ça vaut bien mieux pour lui.

Sissy s'éclaircit la voix et changea brusquement de sujet :

— Il y a une règle dont je ne vous ai pas parlé, et je tiens beaucoup à ce que vous la respectiez. Mon travail de relations humaines m'occupe principalement le soir. Je vous demanderai donc de limiter vos appels à ce moment-là. Maintenant, si vous devez rester un bout de temps, je ferai installer une seconde ligne.

— Pas de problème. Je n'ai personne à appeler.

— Et si vous décrochez alors que je suis sortie faire une course ou autre chose, n'entrez pas en conversation avec mes correspondants. Prenez leur numéro et dites-leur que je les rappelle immédiatement.

— Très bien.

Sissy inclina la tête et haussa un sourcil interrogateur.

— Dites-moi la vérité. Matt vous a parlé de ce que je fais pour gagner ma vie ?

— Non, pourquoi ?

— Je devrais peut-être vous le dire. Vous pourriez bien changer d'avis sur la location.

— Je vous écoute.

— Eh bien, je travaille pour le téléphone rose. Je parle à des hommes seuls. Frustrés. Des hommes qui… euh… qui ne prennent leur pied que comme ça.

6.

Frankie en resta muette de surprise. Pour une fois, les mots lui manquaient.

— J'ai mes chouchous, vous comprenez. L'entreprise me virerait si elle apprenait que certains de ces messieurs ne passent pas par le serveur. Ils ont mon numéro perso et savent qu'ils peuvent m'appeler certains soirs de la semaine.

— Ils ont votre numéro ici ? Ce n'est pas un peu dangereux ?

— Non, ça va. Ce sont des habitués, je leur parle depuis deux ans. Ils ne tiennent pas plus que moi à ce que ça s'ébruite. Parmi eux, j'ai un sénateur et un P.-D.G qui est parmi les cinq cents plus grosses fortunes du pays. Je traite avec des gens très bien, des piliers de la société. Evidemment, côté sexe, ils ont quelques petits problèmes.

— Et Matt est au courant ?

— Nous n'en avons jamais vraiment parlé, mais nous sommes très proches. Je suis sûre qu'il le sait et qu'il n'ira pas le crier sur les toits.

Frankie se laissa tomber sur le canapé. Qu'avait-elle bien pu faire pour mériter cela ? Et pourquoi fallait-il qu'elle se retrouve immanquablement dans des situations bizarres ? Partager une maison avec une femme qui débitait des cochonneries au téléphone à des frustrés ! C'était le pompon.

— Vous n'êtes pas obligée de rester si ça vous gêne.

Certes, mais où aller ?

— Comment diable vous êtes-vous lancée là-dedans ?

Sissy s'installa dans le fauteuil en face d'elle.

— Je manque de qualifications. J'aimais bien ma place de vendeuse au rayon bijouterie de *Wal-Mart*, mais la clientèle a baissé, et ils m'ont licenciée. J'ai repris un emploi dans une entreprise de télémarketing, ce qui me permettait de travailler à domicile. Et puis j'ai sympathisé avec des collègues. L'une d'elles m'a raconté ce qu'elle faisait à mi-temps et combien elle gagnait. En ce qui me concerne, c'est un bouche-trou en attendant que mon press-book soit constitué. Ensuite, j'enverrai mes photos à toutes les agences de mannequin à New York. J'en ai ma claque de Purdyville. Ce n'est qu'un bled perdu plein de pipelettes. Mon rêve, ce serait d'habiter un gratte-ciel dans une grande ville comme Atlanta.

— Ambitieux, commenta Frankie.

Elle se demandait cependant si Sissy avait réfléchi à son âge. Il n'y avait pas besoin de connaître le milieu de la mode pour savoir que les agences embauchaient de préférence des jeunesses.

— Pour en revenir à nos affaires, vous voulez que je vous rende votre argent, maintenant que je vous ai mise au courant ?

— Non. Vous menez votre vie comme vous l'entendez, ça vous regarde. Mais il faudra que je donne ce numéro à la police et à ma mère. Si je décroche et que je tombe sur un de vos… clients, je prendrai le message comme convenu.

— Bon. Alors, c'est réglé.

Sissy se leva, puis ajouta :

— J'ai deux bonnes heures devant moi. Si nous allions faire vos courses ?

— Ne vous dérangez pas, je peux y aller seule. Il me faut juste des jeans, un stock de T-shirts et des sous-vêtements.

— Vous serez à la soirée donnée au bénéfice des Gibbs vendredi, non ?

— Probablement.

— Dans ce cas, vous aurez également besoin d'une jolie robe. Donnez-moi juste le temps de me changer.

Quelques minutes plus tard, elles étaient en route. Arrivées à *Wal-Mart*, elles se munirent chacune d'un chariot et se dirigèrent vers la section consacrée aux vêtements féminins. Là, Frankie prit plusieurs jeans, une demi-douzaine de T-shirts soldés, une paire de tennis et des escarpins à talon.

— Pourquoi pas un ou deux jolis chemisiers ? Et un pantalon de ville, pendant que vous y êtes. Vous ne pouvez pas passer votre vie en jean.

— Pourquoi pas, en effet, répondit-elle en haussant les épaules.

Elle finit par trouver un pantalon de ville kaki, une chemise de drap bleu marine, et un blazer de couleur neutre qui irait avec n'importe quoi.

— Vous n'essayez rien ? s'enquit encore Sissy, mystifiée.

— Non, ça devrait m'aller. Au pire, j'échangerai ce qui ne va pas.

Au rayon lingerie, la jeune femme eut une nouvelle surprise.

— Ne me dites pas que vous achetez de la lingerie en coton ! Venez.

Elle la conduisit vers la travée voisine où les parures de satin étaient à trente pour cent.

— Voyez, c'est votre jour de chance.

Frankie argumenta un petit moment avant de capituler et de faire son choix.

— Bien. Et maintenant, passons au rayon maquillage.

— Je n'en porte pas.

— Allons déjà voir. Au fait, vous avez les moyens de vous payer tout ça ?

— Sans problème. De toute façon, je n'ai pas le choix.

— En tout cas, là, vous avez de quoi vous habiller correctement en toutes circonstances. Vous compléterez votre garde-robe par la suite, rien ne presse.

Lorsqu'elles arrivèrent aux caisses, le chariot de Frankie était plein. Sur le trajet du retour, elles s'arrêtèrent au poste de police. Sissy resta dans la voiture pendant que Frankie filait prendre des nouvelles de ses uniformes. Ils avaient été livrés. En taille 38, cette fois.

Matt l'aperçut à la réception et vint la rejoindre.

— Le père de Willie-Jack a payé la caution pour le sortir de taule.

— Super.

— Nous enquêtons toujours sur l'incendie, mais Willie-Jack a un alibi. Apparemment, il aurait rencontré une dame au bar du *Fillin' Hole* et passé la nuit avec elle.

— Il l'aura menacée de recommencer pour l'obliger à mentir.

Matt ne put s'empêcher de sourire.

— Pourquoi ne m'avez-vous pas dit comment Sissy gagnait sa vie ?

— Parce que ce sont ses affaires. Elle ne fait rien d'illégal.

— C'est tout de même légèrement spécial, non ?

— Il y a pire. A part ça, vous avez acheté une jolie tenue pour vendredi soir ?

— Une robe.

— Si vous jouez correctement vos cartes, je vous inviterai peut-être à danser.

— Je ne sais pas danser.

— Vous avez de la chance, moi oui. Et je compte sur vous ici demain matin aux aurores.

Sur ce, il regagna son bureau.

Sitôt rentrée, Frankie entreprit de ranger ses vêtements neufs dans sa nouvelle chambre. Sissy lui apporta un fer et une planche à repasser.

— Mais... que voulez-vous que je fasse avec ça ?

— Vous en aurez besoin pour repasser vos uniformes. Vous savez repasser, au moins ?

— Quand c'est absolument nécessaire, oui.

— J'ai pensé que nous pourrions dîner d'un sandwich à la viande grillée chez Virgil. Ensuite je filerai au supermarché, je n'ai plus rien.

— Il faut également que je m'approvisionne. Mais vous ne travaillez pas ?

— Plus tard. Jamais avant 20 heures et le plus souvent après.

Frankie s'étonna de trouver Matt au bar quand elles arrivèrent chez Virgil un peu après 18 heures. Il était en jean et chemisette de coton clair assortie au bleu de ses yeux. Sissy le serra dans ses bras.

— Tu nous espionnes, ma parole !

— Il faut bien que quelqu'un vous surveille pour vous empêcher de faire des bêtises, répondit-il avec un clin d'œil.

Il se leva le temps de saluer Frankie, visiblement ravi de la revoir. Devant la lueur sensuelle qui brillait dans ses yeux et le sourire coquin sur ses lèvres, elle se demanda s'il travaillait sa séduction devant la glace. Rien de surprenant à ce qu'il soit aussi populaire auprès des femmes. Elle-même n'était pas insensible à son charme — au point d'en oublier qu'il était son supérieur hiérarchique dès qu'il avait quitté son uniforme.

— Pour ne rien vous cacher, je guette Willie-Jack. Je ne veux pas qu'il vienne causer un nouvel esclandre ici dès sa sortie de prison.

— On peut s'asseoir avec toi pour prendre une bière ?

— Naturellement.

Il tira des tabourets et s'assit à côté de Frankie. Abby apparut presque instantanément.

— Eh bien, Sissy, les week-ends ici ne te suffisent pas ?

— Si, mais j'aime vos grillades.

— Quant à vous, reprit Abby en regardant Frankie, je crois que je vais vous offrir une bière de ma poche.

— Et moi alors ? protesta Sissy.

— Quand tu auras filé une raclée à Willie-Jack, on en recause, répondit la serveuse en riant. J'aurais voulu que tu sois là pour voir ça ! Elle lui a flanqué une volée de coups de pieds… Jamais vu faire si vite, sauf au cinéma.

Puis, à Frankie :

— Vous avez pris des cours d'arts martiaux, je parie.

— J'ai quelques notions de self-defence. Ça fait partie du métier.

— Elle a plus que des notions, c'est une experte, grommela Matt.

— Je sais, j'ai vu tout le spectacle de la fenêtre. Willie-Jack y réfléchira à deux fois avant de lui marcher sur les pieds.

— J'en doute fort, intervint Frankie. Pour réfléchir, il faudrait qu'il ait quelque chose dans la cervelle.

Abby éclata de rire, puis disparut. Quand elle leur rapporta les bières, Matt insista pour payer.

Sissy se pencha en travers du comptoir afin de lui parler.

— C'est quelque chose que d'aller faire des courses avec ta copine ! Je n'aurais jamais cru qu'il y avait encore des femmes qui achetaient des sous-vêtements en coton.

— Sissy ! protesta Frankie, les joues brûlantes.

— Quoi ? Matt est mon cousin.

— Peut-être, mais pas le mien.

— Quoi qu'il en soit, j'ai fini par la convaincre d'opter pour du satin.

Surprenant le regard amusé de Matt, elle se détourna prestement. Elle se sentait observée et devinait qu'il tentait de l'imaginer dans la lingerie évoquée. L'envie la démangeait de tordre le cou de Sissy.

— Du satin, hein ? répéta Matt qui se délectait de la voir rouge de confusion.

Quelle ravissante pivoine elle faisait ! Elle ne semblait pourtant pas le genre de femme à se troubler…

— J'espère que tu l'as aidée à choisir une robe.

— Oui. Une jolie petite chose noire près du corps, et des talons super sexy pour aller avec.

— Elle sera la reine du bal.

Frankie toussota.

— Excusez-moi, mais on pourrait changer de sujet ?

— Je lui ai aussi appris à repasser.

Agacée, elle prit le menu.

— Nous devrions commander, Sissy. Je vous rappelle que nous devons encore passer au supermarché.

— Aïe, voilà les ennuis, remarqua Abby.

Sans même se retourner, Frankie comprit que Willie-Jack Pitts venait tout juste d'entrer. Elle but une gorgée de bière et entendit les pieds d'un tabouret racler contre le plancher.

— Comme d'habitude pour moi, Abby. Oh, mais regardez donc qui est là ! Et voilà qu'il boit maintenant, c'est nouveau. Bonsoir, chef.

— Ah, Willie-Jack ! Je suis tellement habitué à te voir derrière les barreaux que je ne t'avais pas reconnu sans les rayures.

Frankie se cacha derrière son menu de façon à sourire à son aise.

— 'Soir, Sissy. Alors, tu racontes toujours des saletés à des vieux pour les faire bander ?

Abaissant légèrement son menu, elle vit que Sissy s'était empourprée. Comment diable Willie-Jack était-il au courant ?

En un clin d'œil, Sissy retrouva tout son aplomb.

— Mords la poussière et crève une bonne fois, Willie-Jack.

— Tu ferais mieux de la boucler, vieux, intervint Matt. Sinon, je vais devoir lâcher Daniels contre toi.

Et toc. A son tour d'être embarrassé.

— Je venais juste boire un godet, grommela la brute. Je veux pas d'embrouilles, chef.

— Allons prendre une table, proposa Sissy. Tu dînes avec nous, Matt ?

— Avec plaisir.

Il croisa le regard de Frankie. L'idée n'avait pas l'air de la réjouir — raison de plus pour rester.

— Installez-vous où vous voudrez, dit Abby.

Sissy choisit une alcôve, s'assit au bord de la banquette et s'exclama soudain :

— Zut ! Mon lacet s'est défait.

Elle se pencha dans l'allée pour le renouer tandis que Frankie attendait qu'elle se pousse. Sur la banquette en face, Matt observait la scène.

— Vous pouvez vous asseoir près de moi, je ne mords pas.

— Saleté de lacet, il est tout emmêlé, et voilà que j'ai fait un nœud !

Avec l'impression d'être une andouille, Frankie finit par prendre place à côté de Matt, en laissant toutefois autant de distance entre eux qu'humainement possible. Malgré cela, elle était consciente de la chaleur qui émanait de lui.

Sissy se redressa enfin, brandissant un morceau de lacet.

— C'est malin, je l'ai cassé.

Puis, à Frankie :

— Rappelez-moi d'en acheter une paire tout à l'heure.

C'est Virgil en personne qui vint leur apporter les menus.

— Bonsoir, tout le monde. Comment fais-tu pour être en compagnie des deux plus jolies filles de la ville, vieux ? s'enquit-il avec un clin d'œil.

— Ça doit être mon jour de chance. Maintenant, si c'est toi la serveuse, je risque de me plaindre. J'attendais une accorte demoiselle avec de belles jambes et une minijupe.

Virgil éclata de rire.

— Il n'y a pas beaucoup de clients. J'ai laissé la serveuse rentrer chez elle et profiter de son temps en famille.

Il eut un signe de tête en direction du bar.

— Abby me dit que Willie-Jack vous cherchait, tout à l'heure ?

— Nous avons pris le parti de l'ignorer. Ne te bile pas, Virgil, tout va bien.

— S'il fait le mariole, je le fiche dehors.

Le patron sourit à Frankie.

— A moins que vous ne vous en chargiez pour moi, charmante demoiselle ? Quoi qu'il en soit, je vous offre le dîner ce soir.

Matt remua sur la banquette, et elle sentit sa cuisse frotter contre la sienne. Elle se fit toute petite.

— Je vous en prie, Virgil, ce n'est pas nécessaire.

— Si, si, j'insiste, mon petit. Si ma mémoire est bonne, votre repas de l'autre soir est resté sur le parking.

Ils commandèrent un plat de côtelettes paysannes et passèrent de la bière au thé glacé. Ayant noté leur commande, Virgil se retira dans sa cuisine après un bref arrêt au bar. Quand Abby leur apporta leurs boissons, Matt expliquait à Frankie où en était l'enquête sur le saccage de sa chambre.

— Il y a des millions d'empreintes dans la pièce, et pas une qui ressemble à celles des copains de Willie-Jack. Je ne les aurais pas crus assez malins pour mettre des gants mais, apparemment, je les sous-estimais.

— Moi, je me demande bien comment ce type est au courant pour mon travail au téléphone. Toute la ville doit le savoir à l'heure qu'il est.

Matt haussa les épaules.

— Depuis quand tu te soucies de ce que les gens pensent de toi, Sissy ? De toute façon, personne ne croira jamais ce que raconte Willie-Jack.

— Pour le savoir, il a forcément fait un truc pas bien légal. Et s'il écoutait sous mes fenêtres ? C'est du harcèlement, non ?

— Je peux lancer une enquête, mais ça ne fera qu'attirer davantage l'attention. Il te faudrait un chien. Un gros chien qui aboie très fort. Et des veilleuses de sécurité devant et derrière la maison. J'en achèterai, et je passerai te les installer ce week-end.

— Oublie le chien. J'ai déjà du mal à maintenir en vie des plantes en pot… Je ne suis pas assez mûre pour m'occuper d'un animal.

— Je pourrais te prêter George, offrit-il en souriant.

Frankie leva les yeux au ciel.

— Pas besoin de lui, j'ai un flingue.

Sissy frissonna.

— Vous savez que j'ai horreur des armes.

— Ah, mais vous seriez ravie de me voir mettre une balle entre les deux yeux de Willie-Jack, pas vrai ?

— Je reconnais que, pour ça, je serais capable de dominer ma terreur le temps du spectacle.

— Et que feriez-vous du corps ? s'enquit Matt en riant.

Quand Virgil vint déposer leurs assiettes garnies sur la table, Frankie se souvint qu'elle n'avait rien mangé de la journée. Les côtelettes grillées sentaient divinement bon. Tout en dégustant la viande succulente et juteuse à souhait, ils discutèrent de la soirée au bénéfice d'Irma et Homer Gibbs.

— Je préparerai une salade de pâtes, annonça Sissy. Ça passe bien, tout le monde adore ça.

— Moi, mes haricots blancs à la tomate, comme d'habitude.

— Ne te fatigue pas trop, cousin !

— Est-ce que je dois prévoir d'apporter quelque chose ? demanda Frankie.

— Ça dépend de vous. La salade de pâtes pourrait être notre contribution commune.

— J'apporterai un gâteau.

Matt et Sissy la regardèrent d'un air dubitatif.

— Rassurez-vous, je ne compte pas le préparer moi-même, précisa-t-elle. Je l'achèterai et je ferai comme si.

— Les hommes n'auront d'yeux que pour Frankie vendredi soir, et je suis certaine qu'en la voyant, ils se moqueront bien qu'elle sache cuisiner ou pas.

Curieusement, Matt se rembrunit.

— Elle m'a déjà promis une danse mais, si j'ai bien compris, je vais devoir prendre mon tour dans la queue.

— Qui sont les musiciens ? Pas les Slattery Brothers, j'espère ?

— Désolé, mais en si peu de temps, nous n'avons trouvé personne d'autre.

— Zut ! Ils ne jouent que de la country !

— Peut-être, mais eux au moins sont gratuits.

— Encore heureux. Ils devraient payer les gens pour les écouter. Je ne voudrais pas d'eux, même pour mon enterrement.

Il y eut une pause que Frankie mit à profit :

— Comment vont les Gibbs ?

Matt soupira.

— Irma est encore sous le choc, mais avec Homer sur les bras, elle n'a guère le temps de ruminer. Notre petite soirée à leur profit ne lui plaît pas beaucoup. Elle prétend que ça donne une mauvaise image d'eux, qu'on va les prendre pour des cas sociaux, et elle n'en démord pas, cette tête de mule. En vieillissant, je crains que vous deveniez comme elle.

Elle lui jeta un regard mauvais.

— Vous avez une piste pour l'enquête ?

— Rien. Pas d'empreintes sur le lieu de l'incendie, pas de témoins. Et, comme je vous l'ai dit, Willie-Jack a un alibi en béton armé. Nous essayons de savoir si les Gibbs avaient des ennemis, mais Irma ne voit pas qui aurait mis le feu intentionnellement à sa propriété.

— Des jeunes ? avança Sissy. Une maison inoccupée est un lieu idéal pour se retrouver et faire la fête. Ce n'est peut-être qu'un accident.

— J'en doute. Les bidons d'essence indiquent au contraire qu'il s'agit d'un incendie criminel. Quelqu'un en voulait aux Gibbs. Buster s'est renseigné à la quincaillerie. Les jerrycans n'ont pas été achetés à Purdyville.

Abby vint remplir leurs verres au moment où Willie-Jack quittait le bar.

— Ouf ! fit-elle. On peut respirer tranquille.

— Virgil devrait demander une ordonnance d'interdiction temporaire, ça le tiendrait à l'écart, remarqua Frankie.

— Il n'en serait que plus dangereux, grommela Sissy.

— Le patron le met dehors dès qu'il cherche la bagarre mais, en ce moment, c'est presque tous les jours.

Sur cette triste constatation, Abby les laissa seuls, et Matt reprit la conversation interrompue :

— Nous gardons un œil sur Willie-Jack et ses copains. Un verre ou deux dans le nez, et ils sont capables de se vanter de leurs exploits. Abby nous préviendra si elle a vent de quelque chose. Si je lui laisse un peu la bride sur le cou, c'est dans l'espoir que le salopard se mettra dedans tout seul. Rien ne me ferait plus plaisir que de le voir croupir en prison. En attendant, j'enverrai les gars patrouiller jour et nuit du côté de chez Sissy pour plus de sûreté.

— Vous pensez que ma présence chez elle risque de lui causer des ennuis ?

— Ne vous inquiétez donc pas pour moi, intervint cette dernière. J'ai une batte de base-ball que je réserve pour son crâne. Elle est juste à côté de mon lit.

Matt changea de position. Son bras touchait maintenant celui de Frankie.

— Simple précaution. Je pense que Willie-Jack se tiendra tranquille pendant un petit moment. Après la planche dans la cellule, son lit doit lui manquer.

Le lendemain matin, Frankie apparut devant Sissy en uniforme et déclara :

— J'ai l'air d'une gourde dans cette tenue.

— Au contraire, tu as l'air très professionnelle.

Elle agita la tête.

— Et je devrais te croire ? Alors que tu passes des heures au téléphone à dire aux hommes ce qu'ils ont envie d'entendre ?

Sissy rit de bon cœur.

— Parfaitement, tu dois me croire. Et n'empêche que je gagne beaucoup d'argent à ce petit jeu-là.

— Je ferais peut-être mieux de me reconvertir, grommela Frankie. Ma mère prétend que je suis mal embouchée.

— Je te recommanderai si tu veux. En attendant, cet uniforme te va très bien. Un soupçon de maquillage ne nuirait pas, mais passons.

— Je suis déjà maquillée.

— Dans ce cas, ça t'ennuie si je fais quelques petites retouches ? Juste histoire de te donner un peu de couleur. C'est bon pour l'assurance.

— Parce que j'ai l'air d'en manquer ? Ce serait nouveau. Et puis je ne peux pas me rendre au travail déguisé en vamp. Je suis flic.

— Fais-moi confiance.

Quelques minutes plus tard, en examinant le résultat dans la glace, Frankie dut reconnaître que Sissy avait un certain talent.

— Pas mal, commenta-t-elle.

— Facile. Tu as les arcades sourcilières bien dessinées et les pommettes hautes. Beaucoup des femmes t'envieraient. Je n'ai fait que souligner ces traits pour les mettre en valeur. Si tu veux, je te montrerai comment. Et si j'ai un dernier conseil à te donner, tu devrais aussi remonter tes cheveux. Ça ferait plus pro. Je connais un truc qui ne prend pas deux minutes.

Frankie s'abstint de protester. Elle avait toujours laissé sa chevelure en liberté sur ses épaules, mais la remarque de Sissy n'était pas fausse. En quelques secondes, ses cheveux étaient noués en un sobre et élégant chignon. Elle posa sa casquette par-dessus.

— Satisfaite ? J'ai l'air d'un flic maintenant ?

— Tu es flic. Et jolie avec ça. Je te parie que tous les hommes vont enfreindre la loi pour le plaisir de te voir leur distribuer des contraventions.

Lorsqu'il aperçut Frankie, Matt n'en crut pas ses yeux.

— Très chic, adjoint Daniels. Venez, je vous emmène. Une rude affaire nous attend.

— Il s'est passé quelque chose dans la nuit ?

— Le crime est tout frais. Ne perdons pas de temps.

Frankie eut une poussée d'adrénaline en montant à bord de la voiture de patrouille.

— Je peux avoir des détails ?

— Vous verrez sur place. J'ai besoin de votre opinion sur la manière d'aborder la chose.

Elle se tut durant le trajet. A l'évidence, Matt préférait ne rien dire. Elle se demanda de quel crime il s'agissait. Grave sans doute. Et Matt comptait sur son aide pour trouver le coupable. Ils sortirent de la ville. Dix minutes plus tard, ils s'engageaient sur une piste de terre au milieu des bois.

— Donnez-moi au moins le profil de la victime.

— Elle s'appelle Molly. Elle a six ans.

Son sang ne fit qu'un tour. Elle avait horreur des sévices commis sur des enfants. La fillette avait disparu. On l'avait kidnappée, ou pire. Les bois s'ouvrirent sur une vaste clairière qui abritait une ferme. Matt gara la voiture le long de l'allée conduisant à l'habitation. Deux hommes — l'un maigre et en bleu de travail ; l'autre costaud, en jean et T-shirt — se précipitèrent à leur rencontre.

— Content de vous voir, chef, fit l'homme en bleu de travail. La pauvre Molly est morte de frousse.

Frankie laissa échapper un soupir de soulagement. Au moins, la petite était en vie.

— Vous l'avez retrouvée ?

Les deux hommes la dévisagèrent avec des yeux comme des soucoupes. A croire qu'elle tombait de Mars.

— Weldon, Sam, je vous présente notre nouvelle adjointe, Frankie Daniels. Frankie, voici Weldon Evans et Sam Bone.

Elle les salua d'un hochement de tête.

— Vous n'avez touché à rien sur le lieu du crime, j'espère ?

Les deux fermiers la considéraient bizarrement tandis que Matt regardait ailleurs.

— Quel crime ? s'enquit enfin le dénommé Weldon. Caesar a franchi la barrière une fois de plus, et nous ne l'avons pas revu. Jusqu'à ce que nous le retrouvions, nous avons enfermé la pauvre Molly dans la grange.

— Votre fille, dans la grange ? s'écria-t-elle, incrédule.

Les deux autres se tournèrent vers Matt.

— Qu'est-ce qu'elle nous chante là ? demanda Sam.

— Pourquoi n'est-elle pas à l'hôpital ? insista Frankie.

— Molly n'est pas ma fille, expliqua Weldon. C'est ma génisse.

— Votre génisse ?

— Caesar a défoncé la barrière pour la rejoindre. Et il a bien failli briser les reins de Molly en essayant de la monter. Alors qu'elle n'est même pas en chaleur. Mais j'ai idée que ça vient et qu'elle sent bon.

Frankie n'y comprenait décidément plus rien.

— Qui est Caesar ?

— Mon taureau, répondit Sam.

— Votre taureau ! On aura tout vu !

Puis, à Matt :

— Que signifie cette farce ?

— Nous devons retrouver le taureau de Sam avant qu'il ne s'en prenne de nouveau à Molly. Il est énorme. Bien trop massif pour s'accoupler.

Elle le foudroya du regard.

— Je pensais que nous cherchions une fillette disparue, et vous m'amenez ici pour courir au cul d'un taureau ? Je rêve !

Elle nota que les deux autres les observaient avec intérêt, prit une inspiration profonde et baissa le ton.

— Je peux vous dire deux mots en privé, chef ?

Il la suivit à la voiture et s'installa avec elle à l'intérieur.

— Je vous écoute.

— Vous vous payez ma tête, hein ? Vous prenez un malin plaisir à me ridiculiser.

— Je ne comprends pas de quoi vous parlez.

— Ah, non ? Eh bien, je vais vous expliquer. J'en ai ma claque d'être embarquée sur ce genre de missions imbéciles. C'est clair, vous êtes jaloux de moi.

Il haussa un sourcil ironique.

— Jaloux ?

— Parfaitement. Je suis beaucoup mieux formée que vous, plus expérimentée, et votre ego de mâle ne le supporte pas.

— N'importe quoi !

— Ça vous flanque les boules d'avoir passé dix ans à patauger dans ces âneries pendant que moi, j'enquêtais sur de vrais crimes. Combien d'authentiques malfaiteurs avez-vous coincés, Webber ? Aucun. Et qu'est-ce que vous savez des rues de la peur ? Rien. Parce que vous êtes trop occupé à crâner comme le coq du village dans ce trou pourri. J'en ai par-dessus la tête de votre numéro de flic de campagne au grand cœur façon télé.

Son regard bleu se fit d'acier.

— Puisque vous êtes si géniale, pourquoi diable avez-vous atterri ici ? Pourquoi est-ce que mon oncle m'a littéralement supplié de vous engager ? C'est quoi, la vérité, Daniels ?

Elle eut l'impression qu'elle venait de prendre une gifle. Dell Wayford souhaitait donc se débarrasser d'elle à ce point ? Jamais elle ne s'était sentie plus humiliée.

— Vous voulez vraiment savoir ? Eh bien, je vais vous le dire. Je suis au placard parce que je couchais avec le gendre du commissaire. C'était Purdyville, ou livreuse de pizza. Vous êtes content maintenant ?

— Vous aviez une liaison avec un homme marié ?

Visiblement, il n'en revenait pas, et elle en profita pour enfoncer le clou :

— Avec trois gosses en prime. Ça vous défrise, peut-être ?

Weldon Evans et Sam Bones s'étaient rapprochés de la voiture et les observaient à travers le pare-brise comme s'ils regardaient la télévision. Weldon sortit un cigare, en coupa le bout de ses dents, puis l'alluma. Sam tira de sa poche une boîte de tabac à chiquer. L'ombre d'une déception passa brièvement sur le visage de Matt.

— Ecoutez, reprit-il avec irritation, je n'ai pas de temps à perdre avec vos petites aventures sordides. Nous avons un travail à faire ici.

La condamnation qu'elle lisait dans ses yeux la mit en rage.

— Vous tenez à retrouver Caesar le taureau ? Eh bien, allez-y seul, je vous attends ici.

— C'est moi qui donne les ordres, adjoint Daniels.

— Plus maintenant. Je démissionne.

7.

Frankie passa plus d'une heure dans la voiture à attendre le retour de Matt. Si elle avait seulement su où elle se trouvait, elle serait volontiers rentrée à pied en ville.

Matt revint trempé de sueur et couvert de boue. Il prit place au volant, démarra sans un mot et ne desserra les dents que lorsqu'ils furent sur la route.

— Je regrette que le travail vous ennuie à ce point. Je devrais peut-être faire tuer quelqu'un pour vous le rendre plus intéressant.

— Peu importe, puisque je démissionne.

— Il me faut une semaine de préavis.

— Oubliez le préavis, licenciez-moi.

Matt se gara sur le parking d'une station-service abandonnée. Il coupa le moteur et se tourna vers elle.

— Ecoutez, je regrette que vous soyez vexée d'avoir eu l'air godiche. J'avais juste envie de m'amuser un peu. Vous prenez tout tellement au sérieux que c'est lassant.

— Je n'aime pas votre idée de la plaisanterie, Webber. Je suis une professionnelle. J'exige d'être traitée avec le respect qui s'impose.

Il y eut un silence prolongé. Puis :

— Excusez-moi. J'ai commis une erreur et j'en suis désolé. Mais je vais vous dire, Daniels, vous êtes franchement casse-couilles, vous savez ça ? Vous débarquez ici comme en pays conquis, comme si tout vous était dû. Mais vous avez du répondant, c'est sûr. Et aussi une grande gueule.

Elle s'attendait à tout sauf à des excuses de sa part. Déconcertée, elle croisa les bras et se tourna vers la vitre.

— Je ne veux pas que vous démissionniez, Frankie.

Et voilà qu'il l'appelait par son prénom ! C'était à n'y rien comprendre.

— Je ne suis pas à ma place ici. Et je ne pense pas pouvoir continuer à travailler avec vous.

— Parce que vous me trouvez attirant ?

Elle se retourna brusquement vers lui et vit qu'il souriait. Dieu qu'il était agaçant à se moquer ainsi !

— Quand je vous ai dit la vérité sur la raison de mon transfert, vous avez fait une drôle de tête. Vous n'aviez pas à me juger.

— J'étais furieux. Non pas à cause de votre liaison, mais parce que c'est vous qu'on a punie. Je me trompe ?

— Non.

— Vous saviez qu'il était marié ?

— Il m'avait dit qu'il était séparé et en instance de divorce. Comme une imbécile, je l'ai cru. Remarquez, en fin de compte, il a récolté ce qu'il méritait. Je n'ai pas été seule à trinquer.

— Vous étiez amoureuse de lui ?

Elle resta un moment silencieuse à fixer le pare-brise.

— Je pensais l'être. Seulement, pour ne rien vous cacher, je ne connais rien à l'amour.

— Dommage. Parce que vous me plaisez.

Après un moment de panique, une vague d'excitation la submergea ; son cœur s'accéléra soudain. Matt Webber s'intéressait à elle. Ses paroles libéraient en elle une tempête d'émotions contradictoires. N'ayant rien à répondre, elle se tut.

— J'aime votre combativité, reprit-il. Mais je vous soupçonne d'être moins dure que vous ne le paraissez.

Elle demeura longtemps silencieuse.

— Ça ne mène à rien, Matt, lâcha-t-elle enfin. Je ne referai pas deux fois la même erreur.

— Parce que ce serait une erreur de sortir avec moi ?

— Une bourde gigantesque. Et, comme la dernière fois, c'est encore moi qui prendrai sur les doigts.

— Vous n'allez pas passer votre vie à comparer tous les hommes que vous rencontrez à cet abruti d'Atlanta. C'est du passé, tournez la page.

— C'est une leçon que je n'ai pas l'intention d'oublier. J'ai tout perdu à cause d'une erreur de jugement. Et puis votre réputation n'a rien de sécurisant.

— Si j'avais accompli le quart des exploits qu'on me prête, je n'aurais jamais eu le temps de maintenir l'ordre ici.

Sa voix se fit plus douce.

— Réfléchissez, Frankie. Avez-vous réellement perdu tant que ça ?

Elle leva les yeux vers lui.

— A votre avis ? Toutes ces années de formation et d'apprentissage pour finir dans un trou de campagne à courir derrière des taureaux ?

— Notre travail consiste à servir et à protéger. A aider les autres et pas à se poser en héros.

— Joli discours, Matt. Mais, accessoirement, il y va de longues années de ma vie passées à me crever le cul pour devenir détective. Et j'avais du talent.

Les larmes lui brûlaient les yeux. Sa voix était sur le point de se briser. Un détail qui n'échappa pas à Matt.

— Vous êtes un bon détective.

Le compliment la surprit.

— Qu'en savez-vous ?

— J'ai lu votre dossier, souvenez-vous.

Elle renifla, puis corrigea :

— *J'étais* un bon détective, mais c'est fini.

— Le problème, c'est que vous n'avez pas l'impression de faire ici un travail utile et valorisant. Moi, j'y ai grandi, Frankie. Je connais ces gens personnellement. J'ai été témoin de leurs moments de bonheur, de leurs souffrances et de leurs chagrins. J'ai passé des nuits entières avec certains après leur avoir apporté les pires des nouvelles. Un fils à peine adulte tué dans un accident d'auto. Une adolescente qui fugue et disparaît sans laisser de traces. Certes, ce n'est pas la vie des métropoles où des crimes se commettent tous les jours. Nous ne traitons pas des cas numérotés ici ; nous nous occupons de personnes réelles. De gens qui mettront la main à la poche pour venir en aide à ceux qui sont dans le besoin, comme Irma et Homer Gibbs. Je n'ai peut-être pas l'expérience de ce que vous appelez les rues de la peur, mais j'ai vu beaucoup de choses, et il m'arrive d'avoir du mal à m'endormir.

Elle demeura muette, les yeux remplis de larmes.

— Je vous ai dit il n'y a pas si longtemps que j'étais chez moi ici, et je crois que vous y êtes à votre place aussi.

— C'est vrai, Matt, je m'intéresse aux gens, répondit-elle d'une voix enrouée. Mais je préfère traquer le gros dealer qui vend du crack aux jeunes plutôt que de faire la leçon au crétin qui passe un joint à son copain. C'est celui d'en haut que je veux abattre. Je veux le nom du proxénète qui met des gamines sur le trottoir, gamines qui finiront assassinées si elles n'obéissent pas. Quand je me rends sur les lieux d'un crime, que je vois de quoi sont capables les malfaiteurs, je ne dors plus jusqu'à ce qu'ils soient derrière les barreaux. La vie sociale m'indiffère ; ce qui m'intéresse, c'est de retrouver les coupables, de débarrasser les rues de personnes dangereuses.

Il remit le contact, visiblement attristé.

— Peut-être que je me suis trompé sur vous, que votre place n'est pas ici, dans une bourgade où vous êtes au contact de ceux qui souffrent, qu'on a brutalisés. Vous êtes sans doute plus à l'aise avec des abstractions, des numéros de dossiers. Moi, je préfère traiter avec des êtres de chair et de sang.

Il soupira, puis ajouta :

— Si vous souhaitez démissionner, libre à vous, mais laissez-moi tout de même quinze jours de préavis. Vous pouvez me citer quand vous enverrez des CV, je vous donnerai une bonne référence.

— Merci.

Ils regagnèrent le poste de police en silence. Frankie réfléchissait. Peut-être avait-elle agi un peu à la légère en renonçant à cet emploi alors qu'elle n'avait rien devant elle ? Cependant, il lui fallait veiller à ses intérêts. Jamais elle ne pourrait travailler avec Matt, car l'attirance qu'il lui avait avouée était réciproque.

Matt s'efforçait de cacher sa déception lorsqu'il pénétra dans le hall accompagné de Frankie. Velma les attendait.

— J'allais te transmettre un message par radio. Je viens tout juste d'avoir un coup de fil de la maison de retraite médicalisée de Piney Grove. Darnell Peters est décédé il n'y a pas une heure, et il y a eu un accident grave sur la nationale 26. Sale matinée, chef, un vrai cauchemar.

— Où est Doc' Linton ?

— En route pour le lieu de l'accident. Il y aurait des morts. Cooter, Buster et Abe viennent de partir.

— Qui est ce Linton ? s'enquit Frankie.

— Le médecin tout court, et notre médecin légiste.

— Il fait les deux ?

— Petite ville.

Velma toussota afin d'attirer leur attention.

— Pour couronner le tout, Earlene Peters a appelé pendant que j'étais au téléphone avec Piney Grove. Elle compte porter plainte pour négligence et mauvais traitements. Elle veut que le personnel soit interrogé immédiatement. Je peux vous dire que j'ai passé un quart d'heure épouvantable.

— Le corps est toujours sur place ?

— Oui. Le médecin de service l'a déclaré mort d'un arrêt cardiaque. Avant d'entrer à Piney Grove, Darnell était traité à la nitroglycérine. Earlene a fait un tel esclandre que le directeur de l'établissement a demandé à ce que personne ne touche au corps tant que vous et Linton ne l'aurez pas vu.

— Nous y allons tout de suite. Je suis sûr qu'Earlene exagère, comme d'habitude. Si le personnel de Piney Grove affirme que Darnell est tombé du lit et que les ecchymoses sont dues à sa chute, je les crois.

— Sur parole ? Sans plus de preuves ? s'enquit Frankie.

— Mes grands-parents ont séjourné plusieurs années à Piney Grove et j'ai sympathisé avec les soignants. Si ça vous intéresse, j'aimerais que vous m'assistiez dans cette enquête. Je crains de ne pas être tout à fait objectif.

Elle hocha la tête en signe d'assentiment.

— Alors, en route. Velma ? Tu me tiens au courant de ce qui se passe pour l'accident, d'accord ?

Située en bordure de la ville, la maison de retraite médicalisée de Piney Grove ressemblait plus à une résidence privée qu'à un centre de soins pour vieillards dépendants. L'immense bâtiment de brique construit de plain-pied était entouré de grands pins, de pelouses soignées et de plates-bandes fleuries. La perfection excessive du cadre éveilla les soupçons de Frankie — déformation professionnelle à n'en pas douter.

La façade était protégée par une longue véranda à l'abri de laquelle les pensionnaires prenaient le soleil en se balançant doucement sur leurs rocking-chairs ou dodelinant de la tête dans leurs fauteuils roulants. Ceux qui ne somnolaient pas bavardaient entre eux, mais les conversations cessèrent à l'arrivée de Matt et Frankie.

— Il y a un problème ? s'enquit un vieux monsieur.

Matt lui sourit. Apparemment, la nouvelle du décès de Darnell ne s'était pas ébruitée.

— Non, tout va bien. Nous sommes venus visiter. Mon adjointe envisage de placer sa mère ici.

Frankie sourit à son tour et renchérit :

— J'ai cru comprendre que Piney Grove jouissait d'une excellente réputation.

Une femme obèse aux cheveux argentés haussa les épaules.

— Ça se discute. La nourriture n'est pas des meilleures, et nous n'avons presque jamais de dessert.

— C'est parce qu'ils t'ont mise au régime, Doris, expliqua une grande maigre. Nous autres, on mange très bien, beaucoup de fruits et de légumes, et le soir, avant de dormir, nous avons droit à un verre de lait avec des biscuits.

— En tout cas, reprit Doris, le café est infect. Ils ne servent que de la lavasse décaféinée.

— Merci pour les renseignements, nous en tiendrons compte, déclara Matt.

Il poussa la porte d'entrée et s'effaça afin de laisser le passage à Frankie. Les fauteuils de la réception n'étaient pas de première jeunesse, et la moquette donnait des signes de fatigue. Frankie se demanda si Piney Grove avait des difficultés financières. Derrière son comptoir, la ravissante réceptionniste sourit en apercevant Matt.

— Matthew Webber, quelle surprise ! Il y a un bail qu'on ne t'a pas vu.

— Salut, Melinda. C'est vrai que je ne viens pas souvent.

— Tu joues l'homme invisible depuis que ta sœur est partie rejoindre le Très-Haut, Dieu ait son âme. Avoue que tu aurais pu faire un effort.

Elle se pencha et poursuivit à voix basse :

— Je présume que tu es là à cause de M. Peters ? Nos pensionnaires n'ont pas été informés du décès, ils croient qu'il a la grippe et évitent sa chambre. Les pauvres, ils sont bien malheureux quand nous perdons quelqu'un.

— C'est naturel. Mes grands-parents étaient comme eux.

Il désigna Frankie d'un signe de la tête.

— Je te présente l'adjoint Daniels.

— Enchantée, mademoiselle, fit Melinda sans pour autant quitter Matt des yeux. Tu seras de la fête vendredi soir ?

— J'y passerai, oui.

— Je te réserverai une danse.

— Je serais vexé si tu ne le faisais pas, mais ton mari est plus costaud que moi. Imagine qu'il soit jaloux ?

Elle battit des paupières.

— Ça ne craint rien, nous sommes séparés. Je suis libre comme les oiseaux du ciel.

— Ne t'envole pas trop loin, répliqua-t-il avec un sourire. Plus sérieusement, Melinda, est-ce que M. Peters était aimé du personnel ? Ce n'était pas un râleur comme la dame de la terrasse ?

— Je suppose que tu veux parler de Doris. Une grosse dame, c'est ça ?

Il fit oui de la tête.

— Doris n'est jamais contente. Comme aurait dit ma mère, elle rouspèterait si on la pendait avec une corde neuve.

— J'en connais d'autres.

Frankie se demanda s'il se référait à elle. Et s'il faisait un numéro de charme pour lui prouver à quel point il était irrésistible — sans se soucier qu'un homme était mort et que des soupçons de mauvais traitements pesaient sur le personnel. Agacée, elle tapota le sol du pied.

— M. Peters n'était pas comme ça, reprit Melinda. Nous l'aimions beaucoup, il s'entendait bien avec tout le monde.

— Et sa femme ?

— Nous la supportions, si tu vois ce que je veux dire. Elle nous accuse de l'avoir maltraité.

— Qui a découvert le corps ?

— Shirley.

— Où est-elle ? s'enquit Matt, visiblement attristé.

— A la chapelle. Elle n'en est plus sortie depuis le départ d'Earlene.

— Je te remercie.

Matt et Frankie se dirigèrent vers une lourde porte de bois.

— Vous voulez que je vous accompagne ?

— Bien sûr. Nous faisons équipe pour l'enquête.

Il reprit sa marche.

— Matt ?

— Oui ?

— Je regrette ce que je vous ai dit tout à l'heure. J'étais furieuse et, quand je m'emporte, je ne pèse plus mes mots.

— Rassurez-vous, Frankie, j'ai la peau dure. N'y pensez plus.

Pas si facile. Sous l'effet de la colère, on tenait parfois des propos blessants qui laissaient des traces. Et puis insulter son supérieur était impardonnable pour un agent de l'ordre. En tout cas, qu'elle décide de rester ou non, elle ferait amende honorable.

Ils trouvèrent Shirley dans la chapelle, assise au premier rang, le regard fixe. Matt prit place à côté d'elle tandis que Frankie s'installait derrière. Shirley était une forte femme aux cheveux gris, avec des lunettes à l'ancienne. Son uniforme sentait le frais et l'amidon.

— Comment vous sentez-vous, Shirley ? s'enquit Matt en lui prenant doucement la main.

— Bonjour, Matt. J'espérais que tu viendrais.

Elle pressa ses doigts.

— Je me sens un peu mieux. Earlene m'a fait une scène épouvantable et accusée de maltraiter son mari. Elle menace de porter plainte contre l'établissement pour négligence. Venant de sa part, c'est un comble. Elle venait tout juste le voir deux fois par semaine. Heureusement que son fils passait tous les jours. Et quand il avait un empêchement, il prenait la peine de téléphoner.

— Earlene n'est qu'une grande gueule, ne t'inquiète pas. Mais il faut que tu me racontes ce qui s'est passé avant que j'aille voir le corps. Est-ce que quelqu'un l'a touché ?

— J'ai pris le pouls de M. Peters dès que je l'ai découvert. Il était déjà mort et il saignait encore du nez. Je pense qu'il a fait une mauvaise chute, seulement personne n'a rien entendu. Il y avait pas mal de chahut dans le couloir juste avant que j'entre dans sa chambre. Un pensionnaire hurlait après un autre qu'il accusait de lui avoir volé son dentier. Bref, j'ai recouvert le malheureux d'un drap, et j'ai donné des ordres pour que personne ne pénètre dans la pièce.

— Excellente initiative.

Frankie tira un carnet de sa poche. Matt lui fit un petit signe de tête.

— Shirley, permets-moi de te présenter l'adjoint Daniels.

La femme se retourna et lui sourit tristement.

— J'ai entendu dire qu'il y avait une nouvelle recrue ravissante à la police de Purdyville. Je m'appelle Shirley Waters. Soyez la bienvenue.

Frankie lui rendit son sourire.

— Je regrette de devoir vous rencontrer en d'aussi pénibles circonstances, madame Waters.

— Quand as-tu découvert le corps, Shirley ?

— Il y a environ une heure et demie. J'ai noté l'heure exacte sur sa feuille de soins. Le Dr Russ a signé l'avis de décès, mais il a été appelé d'urgence à l'hôpital. Apparemment, il y a eu un accident sérieux sur la nationale.

— C'est exact. Tu pourrais me donner des détails sur l'état de santé de Peters ?

Les yeux de Shirley se mouillèrent de larmes.

— Il n'était pas dans son assiette depuis plusieurs semaines. Il se plaignait de douleurs dans le ventre, comme s'il avait des coliques. Le Dr Russ lui a donné un traitement pour le soulager, mais ça n'a servi à rien. Comme nous avions une petite épidémie de grippe intestinale, nous avons attribué ses symptômes au virus. Il avait perdu l'appétit. Je réussissais tout juste à lui faire avaler le gâteau à la banane de sa femme. Il en raffolait. Mais au bout de quelque temps, même le gâteau ne passait plus. Il ne gardait plus rien.

Elle plissa le front, pensive.

— Ce n'est pas que je veuille changer de sujet, mais figurez-vous qu'Earlene nous a demandé de jeter le gâteau qu'elle a apporté hier ainsi que toutes les affaires de son mari. Elle devait avoir peur que d'autres mangent son précieux gâteau et prennent les vêtements. Enfin bref, je ne devrais pas médire de mon prochain. Où en étais-je ? Ah oui. Les mains et les pieds de M. Peters se sont mis à enfler. Le Dr Russ lui a prescrit quelque chose et, comme il est fréquent que les patients alités présentent ce genre de signes, je l'ai encouragé à se lever afin de marcher un peu, mais cela lui donnait des vertiges. Il était vraiment très affaibli, trop faible pour lutter contre le virus selon le Dr Russ qui, par précaution, l'a envoyé à l'hôpital pour des examens.

— Ils lui ont trouvé quelque chose ?

— Deux artères bouchées, ce qui expliquerait la faiblesse et les accès de vertige. Il souffrait du cœur depuis des années. Les médecins hésitaient à opérer tant qu'il ne se serait pas remis de cette grippe intestinale. Et puis il y avait son âge à prendre en considération. On n'opère pas comme ça un vieillard de presque quatre-vingt-dix ans.

— Autre chose ?

— Oui. Il avait le teint jaune. Et aussi une irritation cutanée. Il arrive que les traitements provoquent ce genre d'irritation, mais le Dr Russ s'en inquiétait. Il lui avait pris rendez-vous à l'hôpital pour de nouveaux examens. L'ambulance devait passer le chercher aujourd'hui dans l'après-midi.

Des larmes roulèrent sur ses joues.

— Le pauvre, il n'aura pas tenu jusque-là.

— D'après toi, qu'est-ce qui s'est passé ?

Shirley soupira.

— Je crois qu'il a été pris de coliques, qu'il a voulu se lever pour aller aux toilettes et qu'il est tombé en essayant de sortir du lit. Ou alors, il a eu un accès de vertige. Il avait pourtant ordre de ne pas se lever sans aide.

— Et il n'a pas sonné ?

— Non. M. Peters ne voulait pas nous déranger. Il n'appelait jamais. S'il manquait d'eau, il attendait que quelqu'un passe et s'en aperçoive. Depuis des années, nous travaillons à effectif réduit. Il en était conscient et, pour ne pas être une charge, il ne demandait jamais rien. C'est aussi pour ça que nous n'avons pas détecté sa maladie à temps. Pas une fois il ne s'est plaint. Pas une. Et puis il avait une peur bleue des hôpitaux. Une espèce de phobie. Ou alors, il ne voulait pas nous quitter parce qu'il savait que nous l'aimions. Il a supplié le médecin de ne pas l'envoyer là-bas. Le Dr Russ a temporisé dans l'espoir qu'il se remettrait, mais voyant que son état ne s'arrangeait pas, il a dû se faire une raison. J'étais censée accompagner M. Peters dans l'ambulance pour ne pas qu'il panique. « Ma petite Shirley, qu'il m'a dit, si vous venez avec moi, je sais qu'il ne m'arrivera pas de mal. »

— Apparemment, il avait toute confiance en toi. A part sa femme, qui d'autre venait le voir ?

— Son fils Jody qui l'adorait. Je l'ai appelé personnellement pour lui apprendre la nouvelle. Nous sommes devenus très liés au fil des années. Naturellement, il est dans tous ses états, il voulait venir immédiatement. J'ai fini par le raisonner. Il m'a promis de rentrer chez lui et de tenter de se calmer.

— En dehors de sa femme et de son fils, il avait d'autres visiteurs ?

— Un certain Blaine, son meilleur ami. Blaine Freeman. M. Peters m'a raconté qu'ils se connaissaient depuis l'école primaire. C'est trop dur, je n'arrive pas à y croire...

Et, cette fois, elle fondit en larmes.

— Madame Waters, intervint Frankie, vous devriez rentrer vous aussi. Vous n'êtes pas en état de travailler.

— Je vais rester ici encore un peu et je verrai. C'est que nous manquons de personnel, vous savez. A cause des restrictions budgétaires.

Matt pressa sa main et la relâcha.

— Et nous, nous allons jeter un coup d'œil sur M. Peters.

— Il est dans la chambre huit, leur apprit Shirley à mi-voix.

Frankie suivit Matt hors de la chapelle, le long d'un couloir au plancher ciré. La maison de retraite avait besoin de faire peau neuve, mais elle était bien tenue.

— J'en souffre pour Shirley, murmura Matt. Elle s'investit totalement envers ses patients. Mes grands-parents l'adoraient. Qu'Earlene ose l'accuser de mauvais traitements... Je lui tordrais bien le cou. Shirley ne ferait pas de mal à une mouche.

Il s'arrêta devant la porte numéro huit avant d'ouvrir. Frankie le suivit à l'intérieur. Le corps était effectivement recouvert d'un drap. Matt l'ôta délicatement, en prenant soin de ne rien déranger, puis, avec un juron étouffé, il s'agenouilla près de la dépouille de Darnell Peters. Frankie l'imita. A la vue du cadavre, son ventre se noua. Le malheureux vieillard semblait si frêle, si pitoyable que cela aurait serré le cœur de plus endurcis qu'elle. Puis elle nota que le sang qui coulait de son nez avait coagulé. L'émotion la quitta, et l'instinct reprit le dessus.

— Dites-moi ce qui vous frappe, Daniels.

Comme elle se taisait, il insista :

— Vous avez une idée. A quoi pensez-vous ?

— J'ai déjà vu ça. Deux fois pour être précise. Mais je ne suis pas qualifiée pour établir un diagnostic.

— Ça reste entre nous, Frankie. J'aimerais avoir votre opinion.

— Eh bien, tout à fait entre nous, je dirais qu'on l'a empoisonné.

Elle se tourna vers lui, chercha son regard et ajouta :

— A l'arsenic. C'est vieux comme le monde.

8.

Matt ne parut pas réellement surpris.

— Expliquez-moi ce qui vous amène à cette conclusion

— Comme je vous l'ai dit, n'étant pas experte, je peux me tromper, mais trop de faits concordent — les maux de ventre, les vomissements, la faiblesse générale et les accès de vertige, le teint jaune comme vous le constatez.

Elle leva les yeux vers lui.

— Et vous ? Qu'en pensez-vous ?

— Que vous avez mis dans le mille.

Elle plissa le front.

— Vous le saviez déjà ?

— Je m'en doutais. Je ne suis pas spécialiste non plus, mais je pense qu'il s'agit d'un empoisonnement progressif.

— Et les analyses pratiquées à l'hôpital sont passées à côté parce que les médecins cherchaient autre chose.

Il recouvrit le corps.

— J'avais aussi une information que vous ignorez.

— Laquelle ?

— Peters était propriétaire d'une usine d'engrais. C'est là qu'il a rencontré Earlene.

— Vous me cachiez des détails de choix.

— Son fils, Jody, a hérité de l'entreprise quand Darnell a pris sa retraite.

— D'après Shirley, ils étaient très proches, mais le fils est peut-être suspect tout de même, non ?

— Ça m'étonnerait. J'ai rencontré Jody il y a deux ans pour une affaire de vol à l'usine. Il m'a semblé bien brave. Les murs de son bureau étaient couverts de photos de lui avec son père, à la chasse, à la pêche, et que sais-je encore.

— D'autres enfants qui pourraient être jaloux que Jody ait hérité ?

— Non. Peters avait de l'argent, mais ça ne se voyait guère. Il vivait simplement, comme Jody qui habite avec sa femme un modeste chalet de rondins. Ils auraient les moyens de s'offrir mieux. Les biens matériels ne les intéressent pas. Du moins, c'est l'impression qu'ils m'ont donnée.

— Dans ce cas, qui aurait intérêt à ce que Peters père meure ?

— Earlene.

Elle se frappa le front.

— Mais bon sang, bien sûr !

— Quoi ?

— Le gâteau à la banane ! Et si...

— Pas de conclusions hâtives, Daniels.

— Ça se tiendrait. Pourquoi Earlene aurait-elle demandé au personnel de le jeter ?

— Parce que c'est une sale égoïste qui ne veut rien donner à personne ?

— Peu importe. Il faut que nous remettions la main sur ce gâteau.

— Allons-y.

Ils quittèrent la chambre en prenant soin de refermer la porte et se dirigèrent vers la cafétéria.

— Prudence, conseilla Matt. Veillons à n'affoler personne.

Quelques minutes plus tard, ils étaient en présence du chef cuisinier, un gros homme au crâne dégarni occupé à pétrir de la pâte.

— Tom Gilmore, se présenta-t-il. Vous êtes là à propos de Peters, hein ? Désolé de ne pouvoir vous serrer la main, mais nous servons un ragoût de poulet à déjeuner, et les pensionnaires seront furieux s'ils n'ont pas leurs petits pains tièdes pour manger avec.

— Ça sent bien bon, déclara Matt en humant l'air.

Frankie ne perdit pas de temps et alla droit au but :

— Monsieur Gilmore, nous cherchons le gâteau à la banane que Mme Peters avait apporté pour son mari.

— Il est parti.

— Vous l'avez déjà jeté ?

Le gros homme éclata de rire.

— Il n'a pas eu le temps d'arriver jusqu'à la poubelle. Un de nos employés l'a intercepté.

— Qui ça ?

— Le laveur de vaisselle, Patrick Bower. On l'a surnommé le vide-ordures humain.

— Où est-il ? s'enquit Frankie, inquiète.

— Sorti s'en griller une derrière, je suppose.

— Il y a longtemps qu'il a mangé ce gâteau ?

— Je ne sais pas, moi, peut-être une demi-heure. Pourquoi ? Il y a un problème ?

— Je vais le chercher, déclara-t-elle en se précipitant vers la porte de service.

— Vous avez du lait ? s'enquit Matt.

Bien qu'interloqué, Tom alla chercher un bidon de deux litres au réfrigérateur et le lui tendit sans poser de questions.

Frankie trouva l'adolescent dehors. Il fumait en bavardant avec un livreur.

— Vous êtes Patrick Bower ?

— C'est à quel sujet ?

— Contentez-vous de répondre.

— Ouais, c'est moi, mais je n'ai rien fait de mal.

— Là n'est pas le propos. Veuillez me suivre à l'intérieur, s'il vous plaît.

Matt les attendait, muni de son bidon de lait.

— C'est vous qui avez mangé le gâteau à la banane que Mme Peters avait apporté pour son mari ?

Le garçon les regarda l'un après l'autre.

— Ouais, pourquoi ? Vous m'arrêtez ?

— Et est-ce que vous l'avez mangé entièrement ? demanda encore Frankie.

— Non. Seulement une moitié.

Du pouce, il désigna une porte métallique en ajoutant :

— L'autre est encore là, dans la chambre froide. Mais je ne l'ai pas volé, ce gâteau. Tom m'avait dit de le jeter. C'est trop bête de gâcher la nourriture comme ça, alors je l'ai pris.

Frankie alla ouvrir la porte indiquée et prit le reste du gâteau sur une étagère.

— Appelez-nous deux ambulances, ordonna Matt. Non, une seule. Avec l'accident, ils doivent être sur les dents. C'est pour Peters, dites-leur que rien ne presse.

Il tendit le bidon de lait à Patrick.

— Toi, mon garçon, tu viens avec nous, et tu bois ça jusqu'à ce que ce soit vide.

— Les deux litres ? Mais je n'aime pas le lait !

— Eh bien, tu feras comme si.

Le jeune Patrick se mit à boire en les suivant jusqu'à la voiture de patrouille. Matt le fit monter à l'arrière et démarra sur les chapeaux de roues dans un hurlement de sirènes.

— Quelqu'un peut m'expliquer ce qui se passe ?

— Il y avait peut-être du poison dans le gâteau que tu as mangé.

— Du poison ? répéta l'adolescent, décomposé.

— Nous n'en sommes pas sûrs, mais nous prenons les précautions d'usage. Maintenant, tu te tais, et tu bois comme un grand.

Sur la route, les autres véhicules se rangeaient pour leur céder le passage. Matt appela Cooter par radio.

— Alors, cet accident ? Ça donne quoi ?

— Trois morts, patron. Les blessés ont déjà été transportés à l'hôpital.

— Doc' Linton est avec toi ?

— Il vient de partir. Deux ambulances sont en train de charger les corps.

— Je vous retrouve à l'hôpital.

Matt appela ensuite Velma.

— Envoie-moi un adjoint à l'hôpital, vite fait. Et appelle le labo. Dis-leur que je leur dépêche un gâteau à la banane. Je veux les résultats au plus vite. On craint un empoisonnement. Qu'ils recherchent de l'arsenic. Ne quitte pas. Patrick ? Ton téléphone, c'est quoi ?

Le gosse débita son numéro que Matt répéta à Velma.

— C'est la famille Bower. Tâche de joindre les parents et dis-leur de nous retrouver à l'hôpital.

— Quelle merde ! s'exclama l'adolescent à l'arrière.

Frankie jeta un coup d'œil par-dessus son épaule et vit qu'il buvait toujours son lait.

Ils atteignirent l'hôpital en un temps record.

— Frankie, prenez le gâteau, ordonna Matt.

A l'intérieur, il parla brièvement à la réceptionniste qui pressa une sonnette. Bientôt, la porte marquée « Entrée interdite » s'ouvrit sur un médecin en blouse blanche. Il posa quelques questions à Matt et à Patrick, puis repartit avec l'adolescent.

Matt se retourna vers la réceptionniste.

— Vous pourriez me donner des nouvelles de l'accident sur la nationale 26 ?

— Je n'ai pas encore de détails, chef. Je vous ferai signe dès que j'en aurai.

Un policier en uniforme se présenta, discuta quelques instants avec Matt, prit le gâteau et fila.

Matt et Frankie s'assirent pour attendre.

— Vous qui croyiez que nous passions notre temps à courser des taureaux…

— A l'évidence, je me trompais, répondit-elle.

Cooter pénétra dans le hall, salua Matt d'un signe de tête et se dirigea vers le guichet. Après un bref échange avec la réceptionniste, il vint les informer de ce qu'il savait.

— Les ambulances déchargent les cadavres à l'arrière pour qu'ils soient placés à la morgue. Rien de nouveau sur les blessés. Ils ne sont pas de l'Etat. Des touristes, sans doute.

Il laissa échapper un soupir.

— Sacrée journée ! Et dire qu'il n'est même pas midi !

Les parents de Patrick arrivèrent ensuite, visiblement très inquiets. Matt leur expliqua la situation.

— Nous ne sommes sûrs de rien, mais nous ne prenons pas de risque. Monsieur Bower, soyez gentil d'aller voir la réceptionniste, elle a besoin de quelques renseignements.

Mme Bower semblait sur le point de s'évanouir. La terreur se lisait dans son regard. Frankie l'escorta jusqu'à un siège et la fit asseoir.

— Vous voulez que je vous apporte un verre d'eau, madame Bower ?

Comme elle ne répondait pas, Frankie lui prit la main. Elle était moite et glacée.

— Madame Bower ? Vous m'entendez ?

Enfin, la femme leva les yeux sur elle.

— Madame Bower, écoutez-moi. Nous ne sommes pas absolument sûrs que votre fils ait avalé du poison. Si c'est le cas, il s'agit très probablement d'une dose infinitésimale, bien en-dessous du seuil de toxicité.

— Co-com-ment le sav-savez-vous ? bredouilla la malheureuse mère.

— Nous enquêtons sur le cas d'un homme qui a pu être empoisonné, progressivement, par petites doses, sur plusieurs mois.

— Et... il est mort ?

— Il avait quatre-vingt-dix ans et des problèmes de cœur. Il manifestait des signes d'empoisonnement, mais nous ne saurons ce qu'il en était qu'avec les résultats de l'autopsie. Nous avons tout lieu de penser que ce monsieur est décédé d'un arrêt cardiaque, conclut Frankie, histoire de finir sur une note plus optimiste.

Mme Brower hocha la tête, sans trop comprendre, étant donné son état. Le cœur serré à l'idée de ce qu'elle éprouvait, Frankie s'efforça de la rassurer encore :

— Votre fils est en pleine santé. Il a été traité immédiatement après avoir mangé le gâteau suspect. Les médecins lui ont fait un lavage d'estomac. Il devrait s'en tirer sans dommage.

Mme Bower inspira péniblement.

— Je vous remercie de m'avoir dit tout ça, adjoint Daniels. Vous me soulagez. Ça vous ennuie de rester avec moi ?

Frankie pressa sa main avec chaleur.

— Bien sûr que non. Je resterai aussi longtemps qu'il le faudra.

Malgré le détachement professionnel qu'elle s'imposait depuis son entrée dans la police, elle ne pouvait se résoudre à abandonner la malheureuse femme qui se rongeait les sangs. Matt avait raison. Il était difficile de ne pas s'engager affectivement dans un endroit comme Purdyville. Cela dit, il lui fallait veiller à ne pas trop s'impliquer. Si Patrick venait à mourir, elle en souffrirait elle aussi et se poserait des questions sans fin sur ce qu'elle n'avait pas fait, aurait dû ou pu faire... Elle en était là de ses réflexions quand le père du garçon les rejoignit.

— Ça va, Madeline ?

Sa femme répondit par un timide hochement de tête, et tous restèrent silencieux.

Le Dr Russ apparut bientôt. Ils se levèrent, tendus dans l'attente de son diagnostic.

— Les nouvelles sont bonnes. Les tests sanguins sont négatifs.

— Dieu soit loué ! soupira Mme Bower avant de fondre en larmes.

— Il aura la gorge douloureuse pendant quelques jours à cause du tube qu'on a dû insérer dans l'œsophage pour atteindre l'estomac mais, en dehors de ça, il est en pleine forme. J'ai d'ailleurs signé sa décharge, il est libre.

Quelques instants plus tard, Patrick franchit la porte au pas de charge et lança un regard mauvais à Matt et à Frankie.

— Les tortures qu'ils m'ont fait subir, là, derrière ! Et tout ça pour découvrir que ce n'était qu'une vaste connerie ! Ils m'ont enfoncé une espèce de tuyau jusque dans le ventre et ont tout aspiré. J'ai bien cru qu'ils allaient me retourner le trou de balle !

— Patrick ! s'exclama Mme Bower, visiblement remise. Je crois que le mot que tu cherches est « merci ».

L'adolescent furieux quitta la salle sans une parole de plus.

— Excusez-nous, fit le père, gêné.

— Il n'y a pas de mal. A sa place, moi aussi je serais fou de rage. Je regrette de lui avoir infligé ce traitement de choc, mais il n'y avait pas le choix.

— Vous avez bien fait, chef, il s'en remettra, commenta sa mère. Je ne tiens pas à le perdre et je préfère de loin qu'il ait subi l'épreuve pour rien.

Elle serra Frankie dans ses bras.

— Je ne sais trop comment vous remercier.

— C'est ce que vous venez de faire, remarqua Matt.

Les hommes échangèrent une poignée de main, et Madeline serra de nouveau Frankie sur sa poitrine. Après quoi, le couple se retira.

— Je reste encore un moment afin d'avoir des nouvelles des victimes de l'accident, déclara Matt.

— Prenez votre temps. Je vais en profiter pour aller fumer dehors.

Il se dirigea vers le guichet de réception pendant qu'elle sortait en quête de l'espace fumeurs. Elle s'assit sur un banc au soleil, tira le paquet de cigarettes de sa poche et en alluma une. Le manque se faisait sentir. Impossible de fumer au bureau comme dans le véhicule de patrouille. A ce rythme, elle allait devoir se mettre au patch.

Tout en fumant, elle commença à réfléchir, ce qu'elle n'avait guère eu le temps de faire depuis qu'elle avait annoncé sa décision de démissionner. Avait-elle eu raison ou tort ? Elle n'était pas à sa place à Purdyville, aucun doute là-dessus. Sa priorité dans la vie était de traquer et d'arrêter les criminels, pas de tenir la main des gens. Heureusement que, contrairement à Matt, elle n'avait pas grandi dans une bourgade de province. Quel métier il faisait ! Devoir annoncer à de vieux amis, à d'anciens camarades de classe qu'ils venaient de perdre un enfant dans un accident de la route, devoir rester auprès de parents dont la fille avait disparu ou était sans doute morte, relevait du cauchemar. Elle préférait ne pas connaître les victimes ni leur famille ; elle ne voulait pas lire la douleur dans les yeux de personnes familières éprouvées par ce genre de drame.

Plongée dans ses pensées, elle perdit toute notion du temps jusqu'à ce que Matt la rejoigne sur son banc.

— On vous a déjà dit que vous sentiez le foin qui brûle ?

— On vous a déjà dit que vous y alliez un peu fort sur la lotion après-rasage ?

— C'est de l'eau de toilette. *Obsession.*

— Beaucoup trop agressif, surtout au saut du lit.

Il fronça les sourcils.

— Pourquoi ne m'en avoir pas parlé si cela vous gêne ?

— Je savais que vous me reprocheriez mon odeur de mégot.

Ils se regardèrent. Frankie s'efforça d'ignorer les reflets du soleil dans ses cheveux, l'ombre de barbe qui naissait déjà sur sa joue... Ses yeux qui la transperçaient, semblaient connaître tous ses secrets.

— Vous êtes maquillée à ce que je vois. Vernis à ongles transparent en prime. Il y a une raison particulière à ça ?

— C'est pour mieux vous séduire.

— Très efficace.
Elle écrasa sa cigarette.
— En réalité, c'est l'œuvre de Sissy.
Il ne put s'empêcher de rire.
— Méfiez-vous. Dans deux jours, elle vous fera porter des faux cils.
— Pas question. Je me tuerai avant.
— En tout cas, vous êtes bien mignonne avec cette casquette.
— Je n'ai pas à être mignonne, je dois avoir l'air d'un flic.
Gênée, tant par le compliment que par le tour de la conversation, elle alluma une autre cigarette et changea de sujet :
— Vous avez des nouvelles de l'accident ?
— Les victimes sont toujours en réanimation. Deux d'entre elles ont des fractures multiples, la troisième risque fort de ne pas s'en sortir.
Un silence, et :
— J'ai également appelé le labo de médecine légale. Ils ont effectué les analyses en urgence et n'ont rien trouvé.
Elle haussa les épaules.
— Une théorie à l'eau.
— Vous devriez vous réjouir. Personnellement, ça me soulage.
— Certes, je n'en suis pas fâchée. Mais je vais encore avoir l'air d'une imbécile.
— Je vous rappelle que je suis dans le même bateau.
— Oui, mais tout le monde vous aime ici, et vous allez passer pour un héros.
— Je regrette.
— Quoi donc ?

— Que Patrick Bower ne soit pas mort empoisonné à l'arsenic pour que vous fassiez bonne figure.

Le bleu de ses prunelles brillait d'une lueur malicieuse. Il se moquait d'elle.

— Ce n'est pas ce que je voulais dire, vous le savez parfaitement.

— Vous comptez toujours démissionner ?

— J'y songe.

— Je peux faire quelque chose pour que vous changiez d'avis ?

Elle s'abstint de répondre.

— Je ne veux pas que vous partiez.

Une fois de plus, ils se regardèrent un moment en silence. Elle ne parvenait pas à déchiffrer l'expression de ses yeux.

— Matt, il n'y a pas de place pour moi ici. Et toutes relations intimes entre nous seraient une erreur. Il n'en est pas question.

— Vous réviserez peut-être votre jugement avec le temps. Vous verrez, je suis irrésistible et toutes les femmes finissent par m'avoir dans la peau.

— Oh, je vous ai dans la peau. Comme une piqûre de moustique.

Il rit.

— Vous ne trouverez pas meilleur patron que moi. D'ailleurs, où iriez-vous ?

Elle soupira.

— Ça peut vous paraître saugrenu, je pensais aller en Floride afin de me rapprocher de ma mère. Elle me tape sur les nerfs, mais elle ne rajeunit pas, et nous devrions probablement travailler à améliorer nos rapports avant qu'il soit trop tard. Je trouverais sans doute un emploi auprès d'un grand commissariat là-bas.

Matt ouvrait la bouche pour répondre quand une Mercedes flambant neuve déboula en trombe sur le parking et pila dans un hurlement de freins. Une portière claqua, et Earlene Peters s'avança vers eux, poings sur les hanches.

— Non, mais vous vous prenez pour qui ? Envoyer le corps de mon mari à la morgue pour une autopsie, et quoi encore ? Les obsèques sont prévues pour demain.

Matt haussa les épaules.

— Eh bien, il faudra les repousser de quelques jours.

Ivre de rage, le visage violacé, elle semblait sur le point d'exploser.

— Et qu'est-ce que c'est que cette histoire de gâteau ? Ah, on en apprend de bonnes ! Il paraît que vous soupçonnez *mon* gâteau à la banane de contenir du poison ? Vous m'accusez d'avoir assassiné mon mari, ou je me trompe ?

Matt se leva.

— Nous avons des raisons de croire que M. Peters a régulièrement ingéré de petites doses d'arsenic pendant plusieurs mois. Nous ne le saurons vraiment que quand le médecin légiste aura fait son travail, mais il a pour le moment des affaires plus urgentes à régler. J'ignore quand il aura le temps de s'occuper de M. Peters.

— Si la police m'estime coupable, qu'on m'arrête sur-le-champ, ou alors qu'on me rende le corps de mon mari.

— Désolé, mais c'est impossible.

— J'appelle mon avocat. Ou, mieux encore, je vais passer un coup de fil au juge Davies.

— C'est une possibilité, en effet.

— De quel droit me traitez-vous de la sorte ? Vous ne voyez pas que je suis en deuil de mon pauvre mari ? Pourquoi me torturer à ce point ? Il avait quatre-vingt-dix ans, le pauvre homme ! Ce n'est pas un crime de mourir à cet âge-là, tout de même !

— Madame Peters, déclara calmement Matt, je suis chargé de faire respecter la loi dans cette ville, et j'accomplis la tâche pour laquelle on me paie. Je me soucie comme d'une guigne que vous ayez des amis à la Cour suprême. Si je pense qu'un décès justifie une autopsie, j'ai toute autorité pour exiger que cette autopsie soit pratiquée.

Elle le foudroya du regard et rétorqua, menaçante :

— Vous ne perdez rien pour attendre, chef Webber, et je peux vous promettre que vous allez regretter ça.

Redressant le menton, elle pivota sur ses talons et reprit le chemin de sa voiture.

— Au passage, lui lança Matt, je vous signale que la vitesse est limitée à 25 km/h. Respectez la réglementation, ou je vais devoir vous mettre une contravention.

— On croit rêver ! s'exclama la dame en claquant la portière.

— Charmante personne, commenta Frankie.

— A mon humble avis, nous n'avons pas fini d'entendre parler d'elle.

9.

Ayant regagné le poste de police avec Matt, Frankie resta longtemps à réfléchir dans son bureau. Elle s'en voulait et se serait volontiers botté le derrière elle-même si elle l'avait pu. A leur arrivée dans le hall de réception, Velma l'avait gratifiée d'un sourire supérieur et, alors qu'elle longeait le couloir pour rejoindre son « placard », les ricanements des collègues lui étaient parvenus de derrière une porte close. Sans doute discutaient-ils entre eux des événements de Piney Grove et des résultats d'analyses du labo…

Finalement, elle se décida à appeler Alice Chalmers qui, bien sûr, était en consultation. Un quart d'heure plus tard, la relaxologue la rappelait.

— Tout le monde se moque de moi, conclut Frankie après lui avoir raconté sa journée.

— Matt est dans le même bateau, que je sache.

— Certes, mais la ville entière l'adore. Enfin, sauf Earlene Peters qui va probablement intenter un procès à la police locale.

— J'ai une petite question. Si tout était à refaire, agiriez-vous différemment ?

Frankie marqua une pause avant de répondre :

— Non. Je préfère me ridiculiser que de risquer une vie humaine.

— Eh bien, voilà ! Le problème est résolu. Je vais vous confier une chose, Frankie. Je connais Earlene Peters. Chacun sait ici qu'elle a épousé ce pauvre Darnell pour son argent. Avant de devenir Mme Darnell Peters, elle n'était rien ni personne. Elle porte ce nom comme un titre de noblesse, et c'est une emmerdeuse de première. Et maintenant, pour changer de sujet, je propose que nous déjeunions ensemble. Quel jour vous conviendrait ?

Elles se mirent d'accord pour le mercredi suivant et se donnèrent rendez-vous au même endroit que précédemment. Lorsque Frankie raccrocha, Matt se tenait devant la porte avec un gobelet de café dans chaque main.

— Je peux entrer ?

Elle haussa les épaules.

— Bien sûr. Vous êtes le seul dans ce bâtiment à ne pas rire de moi.

Matt referma le battant du coude, lui tendit son café et s'assit en face d'elle.

— Je viens de parler au juge Davies. Il nous soutient et affirme que pour rien au monde il n'aurait touché au gâteau à la banane d'Earlene.

— Alors, pourquoi Velma me regarde comme si j'étais une imbécile et pourquoi les autres ricanent derrière mon dos ?

— Velma et Earlene fréquentent la même église.

— Elles font une belle paire, ces deux-là.

— Quant aux autres, je présume qu'ils sont jaloux parce que je travaille avec vous au lieu de vous assigner comme équipière à un collègue.

Il but une gorgée de café et reprit :

— J'ai également parlé avec Jody, le fils de Darnell. Il s'est calmé, mais il se pose des questions sur notre enquête. D'après lui, personne n'aurait fait de mal à son père, pas même Earlene.

— Intéressant.

— Alors, vous réfléchissiez à votre lettre de démission ?

— Non, je parlais à ma psy.

— Alice Chalmers est quelqu'un de bien.

— Parce que vous savez que c'est elle ?

— Quelqu'un vous a vues ensemble au restaurant. Et puis nous n'avons pas tant de psy à Purdyville.

— On ne peut donc rien faire ici sans que toute la ville soit au courant ?

— En restant discret, on peut faire beaucoup de choses. Vous aviez une idée en tête ?

Elle haussa un sourcil.

— Vous flirtez, Webber ?

— Je vous interroge. Au cas où vous auriez l'intention de commettre quelque excentricité farfelue, je me verrais contraint de vous passer les menottes et de vous enfermer chez moi pour votre propre sécurité.

Elle se fit sérieuse.

— Matt ?

— Oui ?

— Vous êtes le roi du baratin.

— Je sais. Mais j'ai le mérite de le reconnaître. Dois-je comprendre que vous revenez sur votre décision de démissionner ?

— Je préfère ne pas en parler.

Il l'examina un moment en silence.

— Je ne vous imaginais pas femme à reculer devant la difficulté.

— Ça ne prend pas.

— Vous ne faites pas le moindre effort, Frankie. Est-ce que vous comptez venir à la soirée de demain ?

— Non.

Elle n'avait aucune envie de se montrer publiquement si rien ne l'y obligeait. Sa jolie robe attendrait dans le placard qu'une autre occasion se présente.

— Vous voyez que j'ai raison. Ce serait justement le moment de rencontrer les gens, de lier connaissance.

— Pour qu'Earlene Peters me ridiculise devant toute la ville ?

— Allons, vous êtes au-dessus de ça. Nous avons vu la même chose à Piney Grove, partagé les mêmes soupçons, et nous avons agi en conséquence. Et si ce gâteau avait été empoisonné ? Si Patrick Bower était mort ? Vous auriez vécu heureuse avec le décès d'un gamin sur la conscience ?

— Pas précisément, non.

— Et puis la *Gazette* a déjà appelé. J'ai dit au journaliste que je ne pouvais pas donner de détails sur l'enquête en cours. En revanche, je lui ai appris que nous avions une nouvelle adjointe. J'ai vanté vos mérites, votre expérience de détective. Impressionné, le type a suggéré d'écrire un papier sur vous.

— Ils vont vouloir savoir pourquoi j'ai quitté Atlanta.

— J'ai réglé la question : les grandes villes vous assommaient, vous souhaitiez travailler dans un lieu à dimension plus humaine pour avoir le sentiment d'appartenir à la communauté.

— Vous auriez pu vous abstenir sur ce dernier point. Nous savons, vous comme moi, que ce n'est pas vrai.

— Sincèrement, Frankie, faites l'effort de sortir un peu. Il y a ici des gens charmants et cultivés que vous auriez plaisir à rencontrer. Seulement, il a fallu que vous tombiez sur Willie-Jack et Earlene Peters.

— Alice est une personne très agréable.

— Et elle n'est pas la seule, croyez-moi. Si vous vous donniez le temps…

S'interrompant, il se leva et ajouta :

— Mais je vois que ça ne vous intéresse pas, alors, je n'insiste pas davantage.

Et il quitta la pièce, l'air déçu. Frankie le regarda disparaître dans le couloir en songeant qu'il avait raison. Elle ne faisait pas l'ombre d'un effort pour s'intégrer.

Le soir même, en rentrant, elle raconta cette conversation à Sissy.

— Tu sais, il a raison, assura cette dernière. Il faudrait que tu te montres un peu, que tu rencontres du monde. Je crois que tu changerais d'avis sur Purdyville. Regarde Virgil, il te donnerait sa chemise si tu étais dans le besoin. Et Alice. Vous avez sympathisé immédiatement, toutes les deux.

Elle sourit et ajouta :

— Et moi ? Je compte pour du beurre ?

Frankie ne put s'empêcher de rire. C'est vrai qu'elles s'étaient liées d'amitié en un rien de temps, toutes les deux.

— C'est vrai.

— En plus, je n'ai pas de cavalier pour demain soir, et si tu ne m'accompagnes pas, je n'irai pas. Je n'ai pas envie de rester toute seule comme une andouille à attendre que quelqu'un vienne me chercher pour danser. Et puis, qui sait, tu pourrais rencontrer le prince charmant ?

— Les hommes ne m'intéressent pas beaucoup en ce moment.

— Ce ne sont pas tous des salopards comme ton abruti d'Atlanta, remarqua Sissy qui était au courant de l'histoire. Oh, bien sûr, ils s'essuient les mains sur ta serviette de toilette au lieu de l'essuie-mains ; ils laissent le siège des toilettes relevé et oublient de rincer le lavabo après s'être rasés, mais il ne faut pas leur en vouloir. C'est leur nature, et c'est à nous de les dresser.

— Je n'en ai ni le désir, ni la patience. Je vis seule depuis toujours et, franchement, je préfère ça.

— Tu as déjà été amoureuse ?

— Une fois, du temps où j'étais élève à l'académie de police. Et puis il a décidé d'intégrer le FBI. Parfois, je regrette de n'avoir pas suivi son exemple.

— Et ton type d'Atlanta, tu l'aimais ?

— Je le croyais sur le moment. Mais je me suis remise bien trop vite. D'où je déduis que c'était seulement physique. Ce qui me fait le plus mal dans cette affaire, c'est que tout le service l'ait su. J'ai manqué de jugement dans les grandes largeurs.

— Si on me donnait deux sous pour chaque mec qui m'a laissée tomber, je serais riche à l'heure qu'il est.

— Je ne comprends pas, tu es superbe !

Sissy baissa les yeux.

— Le problème, c'est que je suis trop dépendante, et ça, les hommes le sentent tout de suite. J'ai toujours été prise en charge. Mes parents n'avaient pas beaucoup d'argent, mais ils me soutenaient financièrement. C'était eux qui payaient le loyer pour moi la plupart du temps. Quand mon père est mort, ma mère a insisté pour que je m'installe ici avec elle. Sous prétexte de lui tenir compagnie. Mais en réalité, c'était elle qui s'occupait de moi, et j'en avais bien besoin. Ils m'ont laissé le peu qu'ils avaient, et j'ai tout claqué en vêtements, en voyages, en cosmétiques et produits de beauté. J'ai suffisamment de chaussures pour ouvrir une boutique — je devrais d'ailleurs, pour ce qu'elles me servent ! Je ne sors plus beaucoup. J'ai pratiquement fait le tour des hommes de la ville. Une soirée, et ciao, baby. Ils ne m'invitent pas deux fois à sortir. Comme je disais, je suis dépendante. Un type m'emmène au restaurant, au cinéma, et je commence à penser mariage, bébés, famille. Ils le sentent, et ça les fait fuir. Toi, c'est différent. Une femme qui peut se passer d'eux, ça les accroche. Ils se démènent pour la retenir.

Elle poussa un soupir et conclut :

— Si seulement je pouvais rencontrer un mec bien ! Quelqu'un comme Matt…

— Matt est un coureur de jupons. Je l'ai vu à l'œuvre.

— Pas un coureur, Frankie. Un séducteur qui flirte par jeu. Mais lorsqu'on le connaît vraiment, c'est un chic type.

Sissy ne connaissait peut-être pas son cousin aussi bien qu'elle l'imaginait, après tout.

— D'après toi, pourquoi Matt et sa fiancée n'ont pas fixé une nouvelle date de mariage après la mort de Mandy ?

— Va savoir ? Peut-être qu'il ne se sentait pas prêt. Peut-être que le décès de sa sœur l'a ébranlé plus qu'il n'y paraissait. Il y a sûrement aussi des raisons d'ordre professionnel. Jenna — c'était son nom — était avocate de la défense. Le boulot de Matt consiste à traîner les criminels en justice, et celui de Jenna, à leur éviter la prison. Je crois qu'inconsciemment, ça lui pesait. Ou que ça le gênait qu'elle gagne plus d'argent que lui. Il y a des hommes comme ça. Là-dessus, Mandy est morte, le mariage a été remis. Le deuil de Matt était sincère, je n'en doute pas. Et je crois qu'il lui aura servi d'excuse pour ne pas épouser Jenna… Enfin, c'est mon opinion.

— Et la maison ?

— Matt avait déjà acheté le terrain. Jenna et lui ont engagé un architecte, mais tous ces projets sont tombés à l'eau avec la mort de Mandy. Par la suite, Matt a fait les plans de la maison et donné un coup de main pendant la construction. Je trouve le résultat très réussi.

— Qu'est devenue Jenna ?

— Elle travaille dans un gros cabinet de juristes en Virginie. Tu t'es déjà verni les ongles des pieds ?

Le brusque changement de sujet la prit au dépourvu.

— Pas récemment, non.

— On t'a déjà fait des soins des pieds ?

— Non.

— *Jamais ?*

— Ça ne figurait pas sur ma liste de priorités.

— Et je parie que tu ne t'es jamais verni les ongles non plus.

— Soyons clairs, je suis une souillon.

— Ah, non ! Tu es une très belle femme, Frankie… mais ça ne te tuerait pas de… Enfin, tu vois où je veux en venir.

— De m'arranger un peu ? Tu me rappelles ma mère.

— Qui t'a laissé une dizaine de messages auxquels tu n'as pas répondu.

— Je finirai bien par la rappeler.

— Vous ne vous entendez pas, toutes les deux, hein ?

— Pas précisément, non.

— Je ne dis rien, ça ne me regarde pas. Si on commandait une pizza ? Ça te tenterait ? Et ensuite, je m'occupe de tes pieds.

— La pizza me semble une excellente idée.

— Que tu le veuilles ou non, décréta Sissy, je te fais un soin complet des pieds.

Elle décrocha le téléphone en précisant :

— En général, je prends la totale, avec un max de suppléments.

— Très bien. Pas d'anchois pour moi.

Après avoir passé la commande, Sissy disparut et revint quelques minutes plus tard avec tout un attirail, dont un bain de pieds massant qu'elle remplit d'eau chaude dès que la pizza leur fut livrée.

Perplexe, Frankie examina les pinces diverses, les curieux objets pointus.

— J'ai l'impression que tu te prépares pour une opération chirurgicale.

— Ne t'inquiète pas, ça ne fait pas mal.

Elles dînèrent en regardant un match à la télé. Le téléphone sonna deux fois, et Sissy disparut avec le sans-fil dans la chambre. Sans doute des « clients », songea Frankie.

La pizza terminée, elle plongea les deux pieds dans le bain chaud sur ordre de Sissy, tandis que celle-ci parlait au téléphone.

— Bien sûr que tu m'excites, chou, murmurait-elle dans l'appareil.

Frankie s'efforça de se concentrer sur le feuilleton qui avait succédé au match. La voix de Sissy lui parvenait, suave, un peu rauque, vaguement monotone — pas cette voix enjouée qu'elle lui connaissait. Comme le feuilleton insipide ne parvenait pas à la distraire, elle se mit à zapper pour trouver un polar.

— Oh, le coquin ! gloussa Sissy. Ce que j'ai sur le dos, rien que ça ? Eh bien, comme je savais que tu m'appellerais, je me suis mise à l'aise. Je suis toute nue.

Elle s'était mise à l'aise, effectivement. Elle portait un large pantalon de coton et une chemise informe qui avait dû rencontrer une bouteille d'eau de Javel. Naturellement, ses

« clients » voulaient des détails sur sa tenue, afin de nourrir leurs fantasmes.

— J'ai passé la soirée dans un bain parfumé... (Petit gloussement.) Bien sûr que je me suis lavé la chatte, je le fais toujours. (Soupir.) Je pensais à toi... Oh oui... Ce serait bon... Mieux que ça même... Oh, le vilain ! C'est cochon. (Rire.) J'aime bien quand tu es cochon.

Le téléphone calé au creux de l'épaule, la jeune femme vint s'agenouiller devant Frankie, sortit un pied du bain, l'essuya, prit le coupe-ongles.

— Oh, j'aime quand tu fais ça, mon chéri... continue. Mais doucement... doucement pour commencer, comme tu sais faire.

Frankie fixait le poste de télévision en s'efforçant de ne pas imaginer ce qui se passait à l'autre bout de la ligne. Sans succès, d'ailleurs. Imperturbable, Sissy lui limait les ongles des orteils d'une main experte.

— Plus vite, chéri... plus vite. N'arrête pas, c'est bon... J'aime quand tu halètes... Ça m'excite.

Curieusement, Frankie se mit à transpirer. Elle s'épongea le front.

— Oui, chéri... Vas-y... Encore... Oui, c'est ça... Lâche tout... Ouiii !!!

Bigre. Si son pied n'avait été captif, elle se serait volontiers éclipsée. Plutôt être n'importe où que là à écouter ces niaiseries torrides... Et Sissy lui laquait les ongles, comme si de rien n'était.

— Comment te sens-tu, mon chou ? C'était bon ? Hmm... je crois que mon petit chéri a besoin d'une douche.

Elle couvrit le récepteur et regarda Frankie.

— Ça te plaît comme couleur ?

Frankie fit oui de la tête.

— Je peux faire plus foncé si tu préfères.

— Ça ira, bredouilla-t-elle d'une voix étranglée.

Sissy reprit la conversation interrompue :

— Oh, mon chou, je suis si heureuse d'avoir pu t'aider. Maintenant, tu vas être bien sage... Oui, j'ai reçu ton chèque pour dix séances. Je te remercie de me payer d'avance, c'est gentil. Fais de beaux rêves.

Et elle coupa la ligne.

— Alors, ils ne sont pas jolis comme ça, tes pieds ?

— Ils sont super. Mais j'ai besoin d'une douche froide.

Sissy haussa les épaules.

— Tu t'habitueras. Ce n'est jamais que du business. Et maintenant, au tour de tes mains.

Le téléphone sonna de nouveau. Sissy leva le nez de sa trousse.

— Ça t'ennuie si je te fais les mains tout en continuant à travailler ?

Frankie fit non de la tête, incapable d'articuler une parole.

Le lendemain, en se rendant au poste de police, elle remarqua les travaux en cours sur la place du tribunal. Une scène trônait près du kiosque ; des tables pliantes étaient disposées sur la pelouse, et l'on déchargeait des chaises métalliques d'un camion. Elle éprouva un vague sentiment de culpabilité. La petite communauté s'était rassemblée pour venir en aide aux Gibbs, et elle se refusait à offrir son soutien. Certes, elle n'était que de passage, mais tout de même. Peut-être Matt avait-il raison. Elle ne faisait pas d'efforts pour s'intégrer. Elle poursuivit sa route, longea les petites échoppes qui bordaient la place — Salon de coiffure Henry, Cartes postales en tout genre, Fanny Fleurs, Halle aux viandes Macon. Qui donc étaient les propriétaires de ces commerces ?

Arrivée derrière les locaux de la police, elle se gara et resta un moment dans sa voiture. En d'autres circonstances, elle n'aurait pas été aussi hostile à Purdyville. Ce n'était pas la faute de ses habitants si on l'avait mise en demeure de quitter Atlanta. Mais elle leur en voulait. A cause d'une sottise dont elle était seule responsable. Une attitude irrationnelle, injuste, mais qu'elle ne parvenait pas à surmonter.

Alors qu'elle longeait le couloir pour gagner son bureau, Matt la héla depuis le sien.

— Vous travaillez avec Cooter aujourd'hui, déclara-t-il. Nous avons eu une dispute conjugale hier soir. L'équipe de nuit est intervenue, mais il faut assurer le suivi. Ça vous donnera l'occasion de vous rapprocher de votre collègue.

Elle nota qu'il grattait la boue de ses chaussures sur la corbeille à papier métallique.

— Qu'est-ce qui vous est arrivé ?

— J'ai dû retourner chercher Caesar à 6 heures du matin. Nous l'avons trouvé dans le ruisseau.

— Et Molly ?

— Elle se terre toujours dans la grange. Je crois que notre Caesar en pince pour elle. J'ignore si elle joue les coquettes ou si elle ne veut pas de lui, mais ce taureau a de la suite dans les idées. Le problème, c'est qu'il est beaucoup trop lourd pour elle. Il lui briserait les reins.

— Le propriétaire pourrait le faire castrer. Ça résoudrait le problème.

— N'y comptez pas. Caesar est un taureau reproducteur primé. Weldon a tout tenté pour lui prélever du sperme. Rien à faire, notre Caesar est rebelle aux méthodes ordinaires. Mais nous avons une nouvelle idée.

— J'ose à peine demander laquelle.

— Nous allons nous procurer une fausse génisse et l'attacher à la camionnette de Sam. On envisage même de peindre le simulacre pour qu'il ressemble à Molly. Caesar fera son affaire, et Molly sera inséminée artificiellement.

— Grâce à un genre de vache gonflable pour taureau, c'est ça ?

— A peu de chose près. En plus robuste et en plus cher. Mais le résultat est le même.

Il marqua une pause et l'examina.

— Alors, vous vous êtes décidée pour la petite fête de ce soir ?

— Ne vous vexez surtout pas, mais je préfère ne pas y assister.

Il haussa les épaules.

— Ça ne regarde que vous.

Sur ce, il décrocha le téléphone et composa un numéro. L'entretien était clos. Frankie se retira, un peu déçue qu'il n'ait pas insisté pour qu'elle vienne.

Quelques minutes plus tard, elle embarquait à bord d'une voiture de patrouille, avec Cooter qui lui détailla les événements de la nuit précédente.

— Querelle domestique. Le mari était saoul et violent. Nous l'avons enfermé, mais la caution sera payée d'ici midi, et il sortira de taule. A ce que j'ai lu du procès-verbal, sa femme a été bien secouée.

Il gara le véhicule dans un lotissement aux modestes maisons trop proches les unes des autres, puis ils se dirigèrent en silence vers la porte.

Malgré son expérience des femmes battues, Frankie eut un choc quand la porte s'ouvrit sur une jolie jeune femme dont les ecchymoses témoignaient du drame de la nuit précédente.

Cooter fit les présentations.

— Bonjour, madame. Je suis l'agent Cooter de la police de Purdyville, et voici l'agent Daniels. Nous venons à propos de ce qui s'est passé hier soir.

La femme s'efforça de sourire.

— Je te connais, Cooter. Nous étions ensemble en classe de biologie au lycée local, pas parmi les meilleurs si ma mémoire est bonne. Je suis Vicki Godley, ça te rappelle quelque chose ? Entre-temps, je suis devenue Mme Morris, bien sûr.

Le visage de Cooter s'éclaira.

— Ça alors ! Et dire que je ne t'avais pas reconnue ! Pourtant, tu n'as pas changé.

Légèrement rougissante, elle effleura du bout des doigts sa joue meurtrie et enflée.

— Un peu, tout de même. Je ne t'en veux pas.

Cette fois, c'est lui qui rougit, embarrassé.

— Effectivement, mais ça passera, allez. C'est justement pour ça que nous sommes ici. Ton… euh… la caution de ton mari sera payée dans la matinée et il y a de grandes chances qu'on le libère avant midi. Tu as un endroit où aller ?

Ses yeux s'embuèrent de larmes. Elle fit non de la tête.

— Si j'avais un endroit où aller, je serais partie depuis belle lurette. Mais je n'ai rien. Pas d'argent, pas de refuge. J'ai été licenciée de mon précédent emploi parce que Chuck téléphonait sans arrêt, et qu'il est venu me voir au travail un jour où il était saoul. Il n'aimait pas que je gagne ma vie, que j'aie une activité extérieure. Hier soir, il est rentré empestant le whisky et s'est mis dans une colère noire. C'était ma faute, bien sûr. Je m'étais endormie sur le canapé, et le dîner n'était pas prêt. Depuis quelques jours, je me sentais patraque.

— Ce n'était pas ta faute, Vicki, et tu le sais, la rassura-t-il gentiment.

Un cas classique. Avant d'être promue à la brigade des homicides, Frankie avait vu bien des cas de violences conjugales.

— Madame Morris, intervint-elle, je suis certaine qu'il existe un refuge pour femmes battues à proximité, un endroit où vous serez en sécurité.

Elle se tourna vers Cooter qui confirma d'un hochement de tête.

— On peut t'y conduire, Vicki. Tu y seras à l'abri.

La jeune femme déclina l'offre du geste.

— Chuck me retrouvera. Je ne suis à l'abri nulle part. Et puis une nuit au poste devrait suffire à le calmer.

— J'ai comme l'impression que vous avez renoncé, commenta Frankie.

Vicki fondit en larmes.

— J'ai trop peur. Je ne fais que des bêtises. Personne ne donnerait de travail à une bonne à rien comme moi.

— Eh bien, il a réussi son coup, celui-là ! Il vous a convaincue que vous étiez une gourde, et vous l'avez cru.

Cooter lui coula un regard de reproche.

— Agent Daniels, je ne pense pas que…

Mais elle ignora la remarque.

— Si Mme Morris se complaît dans le rôle de victime, nous n'avons plus rien à faire ici. Nous reviendrons quand le moment sera venu de mettre son cadavre dans un sac.

Cooter et Vicki en restèrent médusés.

— Je vais en toucher deux mots à Matt, grommela-t-il.

— Parlez-en donc au pape, je m'en fiche. Vous connaissez les statistiques aussi bien que moi. Mme Morris s'imagine que son mari va changer, et elle se trompe.

Frankie marqua une pause et se tourna vers elle.

— Ça dure depuis combien de temps, ces violences ?

— Depuis que nous sommes mariés, murmura Vicki, tête basse.

— Voilà votre réponse, Cooter. Vous êtes prêt à partir maintenant ?

A l'évidence, il était furieux contre elle mais, en bon professionnel, il demeura de marbre. Les commentaires viendraient plus tard, lorsqu'ils seraient seuls. Il tira son portefeuille de sa poche et en sortit une carte qu'il tendit à la jeune femme d'une main tremblante.

— Prends-la. Si tu as besoin de quelque chose, appelle-moi. Chuck ne restera pas en taule éternellement.

Puis il suivit Frankie en direction de la voiture de patrouille.

— Attendez ! leur cria Vicki.

Ils s'arrêtèrent et se retournèrent.

— Je ne veux plus être une victime, déclara-t-elle, en larmes.

— Excellente décision, répondit Frankie. Allons préparer votre valise.

10.

Deux heures plus tard, Cooter et Frankie étaient au rapport dans le bureau de Matt. Ils avaient réussi à placer Vicki dans le foyer pour femmes battues, mais Cooter reprochait à Frankie de s'être laissé emporter et montrée trop violente.

Lorsqu'il eut terminé son récit, Matt se tourna vers elle.

— Votre conduite ne vous semble pas un peu brutale, agent Daniels ?

— La situation l'exigeait, chef. Vous auriez préféré que je lui tapote la main en lui disant que tout s'arrangerait ? Que je compatisse afin qu'elle se sente confortée dans son rôle de victime ?

— Frankie a joué l'indifférence, gronda Cooter, furieux. Elle lui a tourné le dos comme si nous perdions notre temps à lui parler.

— Pour s'en sortir, il faut être motivé, Cooter. Ce n'est pas en restant dans son coin à se lamenter qu'elle s'en tirera.

— La malheureuse était couverte de bleus, ébranlée physiquement et émotionnellement ! Vous ne connaissez donc rien au syndrome de la femme battue ?

— Au contraire. Je pourrais vous raconter des trucs à vous flanquer la chair de poule.

Matt toussota pour attirer leur attention.

— Inutile de crâner, Daniels. Cooter, tu peux disposer, je vais en discuter avec elle.

Après avoir jeté un regard noir à Frankie, le policier se retira et referma la porte derrière lui.

— Maintenant, asseyez-vous, Daniels.

Elle obéit.

— Allez-y, engueulez-moi une bonne fois, qu'on en finisse.

Matt se cala contre le dossier de son siège en riant.

— Vous savez que vous êtes un drôle de numéro ? Avant votre arrivée dans nos services, c'était tranquille, ici.

— Dois-je comprendre que vous me considérez comme une fauteuse de troubles ?

— Depuis que vous êtes là, vous n'avez fait que semer la zizanie.

— Eh bien, licenciez-moi. Ça m'évitera les quinze jours de préavis et la lettre de démission.

— Impossible. J'ai besoin de quelqu'un comme vous pour remettre les autres au pas. Vos méthodes me plaisent.

Elle en resta bouche bée. Des compliments de sa part, incroyable !

— Je n'ai pas ma place ici. Cooter ne me supporte pas, les autres se fichent de moi derrière mon dos, Velma voudrait me voir disparaître dans un trou de souris…

— Que disiez-vous tout à l'heure à propos des victimes ?

— Je fais le travail pour lequel on m'a engagée. Je ne peux pas satisfaire tout le monde et son chien, je n'essaie même pas.

— Vous pourriez faire l'effort de vous entendre avec vos collègues au lieu de ressasser votre rancœur.

— Je ne ressasse rien du tout.

— Oh, que si.

Il consulta sa montre et ajouta :

— Vous avez rendez-vous avec Alice Chalmers, je crois. Si vous ne vous pressez pas, vous allez être en retard.

— D'où tenez-vous ça ?

— Je sais tout ce qui se passe ici. De plus, Alice a appelé pour confirmer. Je lui ai promis de vous transmettre le message.

— Vous savez aussi que vous me cassez les pieds ?

Il sourit.

— Alors, tout va bien, j'ai accompli ma mission pour la journée. Je vous vois ce soir à la fête.

— Je n'y vais pas, à cette fête imbécile.

— Je compte sur vous pour me réserver une danse. Quand vous serez dans mes bras, vous ne me lâcherez plus.

Elle quitta le bureau en claquant la porte et trouva Cooter dans le couloir, l'air narquois.

— A voir votre tête, m'est avis que le patron vous a passé un savon, remarqua-t-il.

— Exactement. Je risque d'être virée, vous êtes content ?

Toute trace de moquerie s'effaça de ses traits. Il tourna les talons et regagna son bureau.

— Comment ça, vous n'allez pas à la soirée ? s'enquit Alice. C'est l'occasion de passer un moment agréable.

— La journée a mal commencé, je ne suis pas en forme. Je n'ai pas très envie de voir du monde.

— Vous voulez me raconter vos ennuis ?

Frankie lui fit un bref résumé de la visite chez Vicki Morris.

— Mon collègue n'a pas apprécié ma conduite et s'en est plaint à Matt.

— Vous avez obtenu ce que vous souhaitiez, c'est le principal. Vous devriez vous en féliciter. Il se trouve que je dirige une séance hebdomadaire de thérapie de groupe au refuge. Je garderai un œil sur Vicki.

— Merci.

— Maintenant, en ce qui concerne la fête de ce soir, il faut impérativement que vous y soyez. Sinon, les gens croiront que vous avez quelque chose à vous reprocher, que vous vous terrez par honte.

— Je vais me sentir déplacée.

— Il faut leur donner une chance de s'habituer à vous, Frankie. Vos collègues vous ressentent sans doute comme une menace mais, avec le temps, ça leur passera.

La serveuse les interrompit le temps de prendre leur commande. Frankie en profita pour jeter un coup d'œil à la salle. A vrai dire, elle était heureuse de déjeuner dans un cadre agréable. Cela changeait des hot dogs froids qu'elle avalait entre deux portes à Atlanta en continuant à travailler. Oui, sa vie avait bien changé.

— Vous avez revu Willie-Jack ? Entendu parlé de lui ? s'enquit Alice.

— Bizarrement non. Je pense qu'il a décidé de se tenir à carreau quelque temps. Ou alors il a quitté la ville, et dans ce cas, bon débarras.

— Ça, j'en doute. Il prend un malin plaisir à empoisonner le monde. Vous n'allez pas me croire, mais il fut un temps où Willie-Jack Pitts était l'un des hommes les plus séduisants de Purdyville.

— Vous plaisantez ?

— Pas du tout. Il a fait tourner bien des têtes. Exactement comme Matt.

— Que lui est-il arrivé ?

— Trop d'alcool, trop de bagarres dans les bars. En gros, il s'est laissé aller. Mais il ne s'en rend pas compte et se prend toujours pour un don Juan.

— Comme Matt.

— Vous êtes injuste, commenta Alice en riant. Matt est tout de même le plus beau gosse de la ville.

— Et il le sait, le bougre. Si nous changions de sujet ?

— Eh bien... comme vous voudrez. Hep Whitfield aménage une salle de jeux pour les jeunes à côté de son établissement. Vous étiez au courant ? Je l'ai croisé à l'épicerie et il m'en a parlé. Il semblerait que vous y soyez pour quelque chose. Pourquoi ne m'en aviez-vous rien dit ?

— C'est surtout le résultat du travail de Cooter.

— Pas à ce que raconte Hep. Nous avons besoin d'un endroit sûr, où les jeunes puissent se retrouver après l'école. Hep est un brave homme. Il préférait autoriser les mômes dans sa salle de billard pendant une heure ou deux plutôt que de les laisser traîner dans les rues sans personne pour les surveiller. Son idée d'origine n'était sans doute pas des meilleures, mais cela partait d'un bon sentiment. A présent, le voilà en campagne afin que les jeunes aient des distractions saines. Depuis votre arrivée, vous ne cessez de répéter que vous n'êtes pas à votre place ici, mais si vous prêtiez attention à ce que vous avez accompli en si peu de temps, vous comprendriez à quel point nous avons besoin de vous.

Et elle ajouta en riant :

— Ne serait-ce que pour botter le cul de Willie-Jack à l'occasion.

Frankie réfléchit un moment.

— Vous avez le don de me montrer ma vie sous un autre angle. Je suis heureuse de vous avoir pour amie.

Alice recouvrit sa main de la sienne.

— Et réciproquement. Votre amitié m'est précieuse. Dès notre première rencontre, j'ai senti que vous étiez une personne de valeur.

— Pour revenir à ce que vous disiez, j'apprécie la justesse de vos remarques, n'en doutez pas. Mais je songe très sérieusement à démissionner.

— Vous vous en êtes ouverte à Matt ?

— Oui. Il m'impose un préavis de quinze jours.

Il y eut un silence. Alice semblait aussi incrédule que choquée.

— Sincèrement, Frankie, j'aimerais que vous réfléchissiez.

La serveuse revint avec leur commande. Frankie attendit qu'elle s'éloigne pour reprendre le fil de la conversation.

— J'ai mes raisons. Je ne devrais sans doute pas vous les confier mais je… enfin… je suis…

— Attirée par Matt ?

Elle hocha la tête, éberluée.

— Ma parole, vous êtes télépathe !

— L'attirance est mutuelle ?

— A ce qu'il prétend, oui. Mais comment croire un séducteur comme lui ? Il flirte avec tout le monde.

— Flirter peut être un jeu, un masque, mais dans les affaires de cœur, Matt est d'une prudence de serpent. S'il affirme que vous lui plaisez, vous pouvez le croire sur parole.

— A quoi bon ? Ça ne mènerait à rien. Je ne peux pas prendre ce risque avec un collègue. Souvenez-vous que j'ai déjà donné, et j'en paie le prix.

— Je n'ai plus d'appétit tout à coup, lâcha Alice en repoussant son assiette. Vous auriez une cigarette ?

Frankie haussa un sourcil interrogateur.

— J'ignorais que vous fumiez.

— Je fumais autrefois, mais Rand m'a fait la guerre jusqu'à ce que j'arrête.

Elle lui tendit son paquet.

— Désolée de vous avoir gâché le déjeuner.

— Comment a réagi Matt à l'annonce de votre démission ?

— Il était déçu. Il pense que je devrais persévérer, faire plus d'efforts pour m'intégrer.

Alice alluma sa cigarette et inspira profondément la fumée.

— Je suis assez d'accord. Mais vous ne semblez pas femme à revenir sur une décision. Où comptez-vous aller ?

— Je n'en sais rien. Peut-être à Raleigh ou à Ashville. J'hésite, et puis je culpabilise. Je me dis que je devrais plutôt essayer la Floride pour me rapprocher de ma mère.

— Vous n'avez pas encore d'offre de travail ?

— Non, mais j'ai de l'expérience. Et Matt m'a promis une bonne référence.

— Vous avez du cran de quitter un poste sans avoir rien en vue.

— Cas de force majeure. Je ne supporte plus.

— Ou vous avez la frousse.

— La frousse. Oui. Peut-être bien, admit-elle avant de l'observer avec une grimace : Ça m'embête de vous voir fumer, Alice. C'est une sale manie et je ne voudrais pas que vous rechutiez à cause de moi. J'ai considérablement réduit ma consommation depuis que je suis à Purdyville. Je vous en prie, éteignez ça et mangez quelque chose.

Alice ignora la remarque.

— Vous avez besoin d'aide ? J'ai mis de l'argent de côté quand nous avons eu des difficultés conjugales, mon mari et moi. Depuis, je continue par habitude.

Frankie cligna des paupières, surprise. Moins par l'offre d'argent que par cet aveu.

— Je vous remercie. J'ai des économies moi aussi, je m'arrangerai. Et pour vous, ça va mieux ? Je veux dire, vous n'avez plus de problèmes de couple ?

— Nous avons réussi à les résoudre. Nous avons commis des erreurs, lui comme moi, mais ça remonte à un bout de temps.

Frankie perdit l'appétit à son tour. Elles demandèrent à emporter leur repas, et Frankie insista pour payer l'addition. En sortant, elles se séparèrent en se promettant de se rappeler. Frankie avait le cœur serré. En une petite semaine, elle s'était attachée à Alice. Et puis il y avait Sissy qu'elle aimait vraiment beaucoup. Toutes les deux lui manqueraient lorsqu'elle aurait quitté Purdyville…

Matt arpentait la réception de long en large quand elle fit son apparition.

— Combien vous faut-il de temps pour manger une salade ? Je vous donnais encore trois minutes avant de vous appeler par radio.

— Pourquoi ? Il y a un problème ?

— Oui. En route.

Elle marqua un temps d'hésitation.

— Ce n'est pas Caesar le taureau, au moins ?

— Non.

Il poussa la porte et sortit.

— Où allons-nous ?

— A la morgue. Doc' Linton demande à nous voir.

— Rapport à Darnell Peters ? s'enquit-elle, intéressée.

— Oui.

Dans les sous-sols de l'hôpital, ils trouvèrent le Dr Donald Linton dans son bureau, occupé à examiner des plaquettes au microscope. Matt lui présenta Frankie qui lui serra la main.

— De quoi s'agit-il, Doc' ?

— C'est la folie ici depuis hier. Avec cette histoire d'accident, je n'ai pas eu le temps de faire l'autopsie de Peters, mais j'ai demandé à mon assistant de prélever des échantillons d'ongles et de cheveux. Nous y avons trouvé des traces d'arsenic.

Matt et Frankie se consultèrent du regard.

— Alors, Peters a bel et bien été empoisonné, conclut Matt. Bizarrement, le gosse de Piney Grove n'avait rien.

Il fit part au médecin de leurs soupçons concernant le gâteau à la banane, lui raconta le transport en urgence du jeune Patrick Bower à l'hôpital, le lavage d'estomac, et acheva :

— Tous les tests étaient négatifs, le môme se porte comme un charme.

Linton réfléchit.

— En somme, vous aviez vu juste, mais vous vous êtes trompés sur la cause de l'empoisonnement.

Matt se tourna vers Frankie.

— Je pense qu'une nouvelle visite à Piney Grove s'impose.

*
* *

C'est Shirley qui les prit en charge à leur arrivée. Elle semblait en bien meilleure forme.

— Nous avons nettoyé la chambre de M. Peters et rangé ses effets dans un sac plastique.

— On peut jeter un coup d'œil ? s'enquit Matt.

— Il n'y a pas grand-chose à voir. Sa femme a emporté le linge sale la dernière fois qu'elle est venue.

— La lessive des patients n'est donc pas faite sur place ?

— Si, mais ce n'était sûrement pas assez chic pour Earlene. A chacun de ses passages, elle apportait des pyjamas propres, et des chaussettes spéciales en espèce de fourrure acrylique. Avec sa mauvaise circulation, il se plaignait d'avoir froid aux pieds.

Elle les conduisit au placard.

— Ses derniers vêtements de rechange sont là. Une tenue pour les visites est suspendue à un cintre, et, dans le sac, il y a un pyjama, une paire de ces chaussettes fourrées, et des sous-vêtements.

— Quelqu'un y a touché ?

— Personne en dehors de moi. Comme l'enquête n'est pas terminée, j'ai mis des gants de latex.

— Merci d'y avoir pensé, Shirley.

Bientôt, Matt et Frankie regagnaient leur voiture, munis du sac contenant les affaires de Peters. Matt ouvrit le coffre et en sortit des gants de chirurgien qu'ils enfilèrent.

— Vous savez autre chose sur l'arsenic, Daniels ?

— Le poison peut également pénétrer par la peau.

— Ou être inhalé s'il est sous forme de poudre.

— Peut-être que Mme Peters en mettait dans ces fameuses chaussettes fourrées.

En silence, ils ouvrirent le sac afin d'examiner son contenu. Frankie en tira deux mouchoirs qui avaient servi et leva les yeux vers Matt.

— Nous pourrions commencer les analyses par là.

— Je vais déposer le tout au labo. Pas de détail.

Ayant rangé le sac dans le coffre, ils montèrent en voiture et reprirent la route.

— Vous aurez besoin de passer chez vous prendre un bain chaud, remarqua Matt.

— Pourquoi ça ?

— Pour être jolie ce soir, à la fête.

— Je n'y vais pas. Combien de fois faut-il que je vous le répète ?

— Vous travaillez encore pour moi, et je tiens à ce que toute mon équipe soit là au grand complet afin de manifester son soutien aux Gibbs.

— Vous ne pouvez pas m'obliger à venir.

— Je vous rappelle que c'est moi le patron. Et moi qui rédigerai votre lettre de référence.

— C'est du chantage ! protesta-t-elle.

— Vous comptez porter plainte ?

Elle ne répondit pas et demeura silencieuse le reste du trajet.

A peine était-elle entrée dans les locaux de la police que Velma la hélait :

— Agent Daniels, j'ai des messages pour vous.

Agent Daniels ? Ça, c'était nouveau de la part du cerbère. Frankie se demanda ce qui lui valait soudain tant d'égards.

— Le premier est de votre mère qui demande que vous la rappeliez, ou sinon gare à vous. L'autre est de Vicki Morris qui souhaite vous remercier de votre aide. Elle m'a confié que, sans vous, jamais elle n'aurait eu le courage de quitter son mari. Elle a laissé un numéro au cas où vous souhaiteriez lui parler.

— Je vous remercie, Velma.

— Y a pas de quoi, agent Daniels.

Matt se dirigea vers le labo tandis qu'elle se rendait à son bureau. En tournant le coin du couloir, elle manqua s'emboutir dans Cooter qui rougit.

— On vous a transmis vos messages ? Vicki… je veux dire, Mme Morris, vous a trouvée impressionnante. Vous lui avez fait tellement honte qu'elle a trouvé la force de quitter son mari. Elle ne le regrette pas et vous en remercie.

— Je suis heureuse d'avoir été utile à quelque chose. Mais vous êtes son ami, Cooter, et vous avez fait preuve d'une grande compassion. Peu de flics se seraient donné cette peine.

Il esquissa un sourire.

— Au fond, peu importe qui a fait quoi, hein ? Le principal, c'est qu'elle soit sortie de là. Son mari m'a appelé deux fois pour m'accuser de fourrer mon nez dans ses affaires. Je l'ai menacé de le mettre à l'ombre sous un prétexte quelconque et de jeter la clé de la prison. Il n'est pas bien futé et je pense que je lui ai fait peur.

— S'il avait deux sous de jugeote, il ne battrait pas sa femme.

— Quoi de neuf sur l'affaire Peters ?

— Le Dr Linton n'a pas eu le temps de pratiquer l'autopsie, mais des prélèvements préliminaires ont révélé la présence d'arsenic dans le corps. Matt est allé déposer les effets de M. Peters au labo. Il ne reste plus qu'à attendre.

— Earlene Peters est la pire salope de la ville… Euh… Pardon pour les gros mots.

— Pas de problème. Je suis capable de bien pire.

Il sourit.

— Je n'en doute pas. Vous serez à la soirée au bénéfice des Gibbs ?

Elle soupira.

— J'y songe.

— J'apporte des chips et des légumes coupés avec des sauces maison en accompagnement. Et vous ?

Zut. Elle avait oublié que chacun était censé apporter quelque chose.

— Je ne sais pas trop, peut-être un gâteau.

Il ne put s'empêcher de rire.

— C'est bizarre, mais je ne vous imagine pas en tablier à faire de la pâtisserie.

— Qui vous dit que je le ferai moi-même ?

En reprenant le chemin de son bureau, et pour la première fois depuis qu'elle avait pris ses fonctions à Purdyville, elle éprouvait un sentiment de légèreté bien agréable. Finalement, Matt avait raison. Elle n'avait pas vraiment cherché à se faire des amis. Moment d'indécision. Et si… Non. Elle avait déjà donné sa démission, et Matt l'avait acceptée.

D'ailleurs, Matt Webber était l'une des raisons de son départ.

Il l'attirait si fort que rester ne pouvait l'exposer qu'à souffrir. Matt aimait les femmes ; il avait besoin de retenir leur attention, et elles étaient toutes en admiration devant lui. Ce qui, somme toute, se comprenait aisément. Jamais elle n'avait rencontré homme plus séduisant. Mais son attirance ne s'arrêtait pas au physique. Elle aimait sa manière d'être, son assurance, son évidente force de caractère. Cet homme n'avait sans doute peur de rien.

Et il n'avait sûrement jamais passé des heures à pleurer sous la douche…

Non qu'il n'ait pas eu sa part de chagrin. La perte de sa sœur jumelle l'avait sérieusement ébranlé, il le lui avait avoué sans honte. Mais il s'était autorisé la douleur et le deuil, alors qu'elle s'efforçait de tout refouler, de se cuirasser contre les émotions. Avec des résultats variables et des échecs cuisants…

Elle entra dans son bureau et referma la porte derrière elle. Il lui fallait prendre le temps de réfléchir. Depuis qu'on l'avait obligée à quitter Atlanta, les événements s'étaient bousculés, l'entraînant dans un tel tourbillon d'activités qu'elle n'avait pas pu faire le point sur sa vie, sa situation, ses sentiments profonds — toutes choses qu'elle préférait d'ailleurs ignorer dans la mesure du possible.

De fait, elle n'était qu'une imposture personnifiée. Constatation pénible, mais qui sautait aux yeux. Elle se prétendait forte alors qu'elle tremblait intérieurement. Elle jouait celle qui n'avait besoin de personne, mais sa solitude lui pesait et, par moments, tout son être réclamait tendresse et affection. En théorie, rien ne l'affectait et quand, par hasard, quelque chose la touchait, elle se mentait à elle-même. Toutefois, cela ne se voyait pas, ne devait pas se voir. Elle avait vu des lieux de crimes atroces, capables de faire vomir de vieux routards de la criminelle. Mais elle ravalait ses émotions, considérait la scène avec froideur et détachement. Les victimes n'étaient plus à ses yeux que des abstractions, des objets de raisonnement. Elle se refusait à prendre en considération la personne vivante. Parfois, elle allait jusqu'à imaginer qu'elle était encore à l'académie de police où les enseignants mettaient en scène des meurtres avec de faux cadavres afin d'enseigner aux élèves comment procéder.

Une telle attitude n'était peut-être pas très saine, mais c'était sa façon à elle de se protéger des drames qu'elle côtoyait au quotidien. Si elle avait permis à ses émotions de s'exprimer, elle n'aurait jamais pu faire son travail, or son travail passait avant toute chose. Si bien qu'elle s'était murée derrière ses défenses, non seulement parce qu'elle était femme dans une profession masculine, mais aussi parce qu'elle se sentait l'obligation d'égaler son père. Son père. Une légende au sein des services de police. Pendant dix ans, elle avait été confrontée chaque jour à son portrait qui trônait sur le mur consacré aux héros ayant donné leur vie dans l'accomplissement de leur devoir.

Difficile de rivaliser avec un tel modèle. Pourtant, cela ne l'avait pas empêchée de s'y employer et, par quelque miracle, elle avait réussi à convaincre ses collègues qu'elle était la digne fille de ce père, son égale. Elle avait réussi au-delà de ses espérances et était reconnue par les meilleurs comme un flic de choc inébranlable.

Inébranlable. Elle pouvait affronter les pires situations, les crimes les plus odieux. N'était-elle pas la fille de Frank Daniels ?

Sauf qu'elle ne s'attendait pas à ce que cette dureté professionnelle affecte aussi sa vie privée et fasse d'elle une solitaire. Ses amis n'étaient guère que des connaissances, et les hommes qui étaient passés dans sa vie… Les avait-elle inconsciemment comparés à son père ? Aucun bien sûr n'avait soutenu la comparaison. Ce qui expliquait pourquoi elle avait saboté liaison après liaison.

Au fond, tout se tenait.

Mais Matt Webber touchait un point sensible. Il la fragilisait. Sans trop savoir comment, elle pressentait en lui une force bien réelle. Matt était bien réel. Et, contrairement aux autres, il soutenait la comparaison.

Si elle ne se méfiait pas et le laissait approcher, il aurait tôt fait de voir clair dans son jeu. Il se rendrait compte qu'elle vivait un mensonge, qu'au fond d'elle-même, dans un coin reculé de son âme qu'elle évitait comme la peste, se terrait une fillette de onze ans qui avait perdu ce qu'elle avait de plus cher au monde. Une fillette qui avait résolu de se fermer définitivement à l'amour afin de ne pas avoir à souffrir d'autres pertes.

11.

Au moment de quitter la maison pour se rendre à la soirée au bénéfice des Gibbs, Sissy s'exclama :

— Ma vieille, tu es superbe ! Tu as l'air tout droit sortie des pages de *Cosmopolitan*.

— N'en rajoute pas, je t'en prie. Mais je reconnais que tu as fait un joli travail de coiffure et de maquillage.

— Belle comme tu es, c'était facile.

— Je te remercie, répondit Frankie que le compliment gênait un peu.

Sans doute parce qu'elle s'efforçait depuis trop longtemps de passer inaperçue parmi ses collègues masculins et s'habillait en homme. Ce soir, dans sa jolie robe, elle se sentait vraiment féminine. C'était encore trop nouveau, il lui faudrait le temps de s'habituer mais, au fond, cela n'avait rien de désagréable…

Le téléphone sonna. Elles étaient devant la porte, Sissy avec sa salade de pâtes, Frankie avec son gâteau au chocolat acheté dans une pâtisserie, déballé puis placé dans une boîte en plastique pour donner l'impression qu'il était fait maison. A la deuxième sonnerie, Sissy soupira.

— Il vaut mieux que je décroche. Je trouverai bien une excuse pour qu'ils me rappellent plus tard.

Elle alla répondre, puis lui tendit l'appareil.

— C'est ta mère.

Frankie soupira à son tour et prit le combiné. Elle n'avait pas dit « Allô » qu'Eve Hutton se déchaînait :

— Où étais-tu passée et pourquoi ne rappelles-tu jamais ? Je t'ai laissé des dizaines de messages ! J'ai appelé le motel et découvert qu'on t'avait mise dehors parce que ta chambre avait été vandalisée. Sans nouvelles de toi, je m'inquiétais. Tu pouvais être blessée ou à la rue. J'ai dû téléphoner à la charmante standardiste de la police pour savoir ce qu'il en était. Franchement, Francis, qu'est-ce qui t'empêche de mener une vie normale ? Qu'est-ce que c'est que cette histoire de vandalisme ? Qui te veut du mal ? Qu'est-ce que tu as encore fait ?

Bombardée de questions, Frankie para au plus pressé :

— L'acte de vandalisme n'était pas dirigé contre moi. Simple coïncidence malencontreuse.

— J'en doute. Tu t'attires toujours des ennuis, où que tu ailles. Le soir, en me couchant, je me demande ce que tu prépares comme catastrophe, j'en suis malade. Je devrais venir te voir pour me rendre compte par moi-même.

— Ce n'est pas le moment. Je suis à peine rodée à mon nouvel emploi, je m'installe dans mon nouveau logement, et ma colocataire se sert beaucoup du téléphone le soir. Elle travaille dans… le télémarketing.

Sissy, qui l'observait, leva le pouce en signe de félicitations.

— Ce n'est pas une excuse pour ne pas me rappeler.

— Maman, je n'ai pas le temps de discuter, j'allais sortir.

— Tu sors avec un homme ?

— En gros, oui, esquiva Frankie dans l'espoir d'en finir.

— Tu mens.
— Si tu le dis.
— Qui est-ce ?
— Un riche médecin. Tu as toujours souhaité que j'épouse un médecin.
Un silence. Puis :
— Je ne te crois pas. J'entends à ta voix que tu mens. Comment s'appelle-t-il ?
— Maman, je t'en prie, je suis pressée.
— Je finirai par le savoir. Tu sais bien que tu ne peux rien me cacher.
Elle jeta un regard désespéré en direction de Sissy.
— Il s'appelle William Williamson.
Son amie leva les yeux au ciel et agita la tête en guise de commentaire.
— Quelle idée d'affubler son fils d'un nom pareil ! Il a une spécialité, ton médecin ?
— Il est proctologue, si tu veux tout savoir.
Sissy éclata de rire et se couvrit la bouche de la main de façon à étouffer le bruit. De son côté, Frankie s'efforçait elle aussi de garder son sérieux.
Au bout du fil, Eve soupira.
— Qu'ai-je fait au ciel pour mériter ça ? Imagine la tête de mes amies si je leur en parle ! Tu n'aurais pas pu trouver un brave généraliste ou un cardiologue ?
Sissy ouvrit la porte et tira la sonnette.
— Il faut que je te quitte, maman, il est là. Je te rappelle plus tard.
Tandis qu'elle raccrochait, Sissy la regardait en secouant la tête.
— William Williamson, franchement ! Tu aurais pu trouver mieux.

— Je n'avais pas trop le temps de réfléchir.

Frankie reprit son gâteau et ajouta :

— De toute façon, elle sera tellement contente que je sorte avec un médecin qu'elle me fichera la paix pendant deux ou trois jours.

— Ne compte pas trop dessus, ma vieille.

La place du tribunal était métamorphosée. De petites lumières brillaient dans les arbres et les buissons, et la scène était prête à accueillir les musiciens. Des nappes de coton blanc recouvraient plus d'une douzaine de tables qui croulaient à présent sous des assortiments de nourriture. Une bonne centaine de personnes encombraient la pelouse ; une cinquantaine d'autres s'étaient alignées le long du buffet. L'espace de la fête était délimité par des cordes afin que personne n'entre sans payer. Sur le trottoir voisin, un groupe d'hommes encaissait les entrées et les dons et distribuait les billets. Sissy et Frankie réglèrent leur dû et déposèrent leur contribution culinaire sur la table qu'on leur désigna.

— Zut ! s'exclama soudain Sissy en se cachant derrière Frankie. Macon Comfy est là. Je ne veux pas lui parler.

Frankie remarqua effectivement un costaud qui lorgnait dans leur direction.

— Qui est-ce ?

— Le boucher local. Il a le béguin pour moi depuis des lustres. Et merde ! Il m'a repérée. Je suis fichue.

— Il ne va pas te manger, grande sotte, répliqua Frankie en s'écartant devant l'homme qui approchait, souriant.

— Eh bien, eh bien ! Si ce n'est pas mademoiselle Sissy ! Je ne t'ai jamais vue aussi ravissante.

Puis il se tourna vers Frankie.

— Ne vous vexez surtout pas, vous êtes très jolie aussi.

Elle accepta le compliment d'un hochement de tête.

— Bonsoir, Macon, le salua sèchement Sissy. Tu ne connais sans doute pas Frankie Daniels. Elle vient d'être nommée adjointe aux services de police.

— Je n'ai pas eu le plaisir de la rencontrer, mais j'ai entendu parler d'elle.

Il se tourna vers Frankie et échangea avec elle une vigoureuse poignée de main.

— Soyez la bienvenue à Purdyville.

— Merci.

Déjà, l'attention du boucher s'était reportée sur Sissy.

— Cette robe te va à ravir. Elle est neuve ?

— Non.

— Aucune importance. Un rien t'habille, et tu serais à croquer dans un sac de jute. Mais je manque à tous mes devoirs. Si j'allais vous chercher un verre de punch à toutes les deux ?

— Avec plaisir, répondit Frankie.

— Je reviens tout de suite, ne disparaissez pas.

Sissy attendit qu'il s'éloigne pour grommeler entre ses dents.

— Tu es sympa, toi ! Comment veux-tu que nous rencontrions des hommes nouveaux avec Macon accroché à nos basques pendant toute la soirée ?

— Parce qu'il y a des hommes nouveaux à Purdyville ? Ça m'étonnerait. Et puis Macon t'adore, ça saute aux yeux.

— Il empeste la viande crue et l'eau de Cologne à deux sous. Et en plus, il est gros.

— Juste un peu enveloppé. Dix à douze kilos de trop à tout casser. Tu les lui ferais perdre en moins d'un mois.

— Tu ne te rends pas compte. Il est diacre à l'Eglise Baptiste. Je te parie qu'il est muet comme une carpe au lit.

— Si tu es frustrée, rien ne t'empêche te garder ton petit boulot de nuit.

Sissy lui jeta un regard assassin au moment où Macon revenait, tenant précautionneusement trois gobelets de punch.

— Voilà pour vous, mesdames.

Frankie prit une boisson en souriant.

— Merci, vous êtes très aimable.

Elle but une gorgée.

— Délicieux, n'est-ce pas, Sissy ?

— Délicieux. Oui.

— On me dit que vous êtes boucher, Macon ?

— Absolument. A moins de tuer l'animal vous-même, vous ne trouverez pas viande plus fraîche que la mienne.

— Je m'en souviendrai.

— Je te remercie pour le punch, intervint Sissy, mais il faut que nous filions, Frankie et moi.

Visiblement déçu, il protesta :

— Tu ne vas pas t'en aller comme ça, tout de même ? Pas sans me réserver une danse.

Sentant une présence dans son dos, Frankie se retourna. Matt lui souriait.

— Incroyable ! Vous êtes venue.

— Parce que j'avais le choix ?

— Bien sûr. Si vous ne vouliez pas venir, vous ne seriez pas ici, et vous ne porteriez pas cette robe adorable si vous ne teniez pas à ce que je vous remarque. Vous êtes superbe.

— Avec cette caution, je pourrai dormir en paix. Si vous voulez bien m'excuser…

— En parfait gentleman, j'allais vous proposer un verre de punch.

Elle montra son gobelet et sourit aimablement.

— Désolée de vous décevoir, je suis déjà servie.

Et elle pivota sur elle-même.

— Où vas-tu ? s'enquit Sissy, inquiète.

— Faire un tour. Je suis censée m'intégrer aux gens du cru.

— Je t'accompagne.

— C'est inutile, intervint Matt. J'escorterai Mlle Daniels où elle voudra.

Il lui prit le coude et la dirigea vers les tables chargées de nourriture.

— J'espère que vous avez faim, parce que moi, oui. Voyons ça de plus près... Ah, du poulet frit. Je doute qu'il soit meilleur que le vôtre, mais je prends le risque.

— Très drôle, commenta-t-elle en examinant le buffet.

Il y avait là de quoi rassasier une partie de l'Afrique. Rien que des plats alléchants, propres à éveiller l'appétit. Son estomac, qui criait famine, l'empêcha de s'esquiver malgré son envie. Matt prit deux assiettes en plastique et lui en tendit une, puis ils se joignirent à la queue.

— Nous avons de la chance, la nuit est belle, commenta-t-elle dans un effort pour faire la conversation.

— Très belle, répondit Matt en la détaillant lentement de la tête aux pieds.

Jamais il ne l'avait vue plus ravissante qu'à cet instant. Instant qu'il souhaitait graver dans sa mémoire pour le retrouver plus tard en fermant les yeux, la revoir là, sous les petites lampes blanches, telle une princesse de rêve. Sa robe noire, sobre, soulignait délicatement les courbes de sa silhouette et mettait en valeur la fraîcheur de son teint. Savait-elle seulement combien elle était belle ? Sans doute pas.

Frankie sentait le regard de Matt qui la parcourait comme une caresse, réchauffant l'air nocturne, répandant sur sa peau de délicieux frissons de plaisir. Il avait de l'allure en pantalon de ville sombre et chemise de drap blanc. Impossible d'ignorer son magnétisme viril. D'ailleurs, toutes les femmes se retournaient sur lui en passant. Ce qui n'avait rien de surprenant. Il était beau comme un dieu grec et ne semblait pas en être conscient.

— Eh bien, eh bien ! Vous êtes venue, finalement, lança une voix féminine derrière elle.

Elle se retourna sur Alice et le Dr Rand Chalmers.

— On m'a un peu forcé la main, mais je ne le regrette pas.

— Vous êtes absolument splendide. Et quelle coiffure !

— Sissy m'a infligé le supplice du fer à friser.

— Le résultat a un chic fou. Vous vous souvenez de mon époux, Frankie ?

— Bonsoir, docteur Chalmers.

Il lui serra la main.

— Appelez-moi Rand, je vous en prie. Vous contrôlez votre tension régulièrement, j'espère ?

— Bien sûr.

— Rand, ce n'est pas le moment de jouer les médecins. Nous sommes ici pour prendre du bon temps.

— Oui, majesté.

Il prit deux assiettes et en tendit une à sa femme.

— Cette queue n'avance pas, remarqua Matt. J'espère qu'il restera encore du poulet frit quand arrivera notre tour.

— Jamais nous n'avons manqué de poulet frit dans cette ville, remarqua Alice. Mais, personnellement, je vais opter pour les grillades de Virgil. Elles me taquinaient les narines à deux pâtés de maisons. Tant pis pour mon régime. Ce soir, c'est fête.

Sissy les rejoignit, suivie de près par Macon qui ne la quittait plus d'une semelle. Elle aussi prit une assiette. Une seule.

— Bonsoir, la compagnie, lança le boucher avant de serrer la main de chacun. Sympathique, cette soirée, non ?

— Tout à fait, acquiesça Alice en souriant.

— Ce qui me rappelle que j'ai reçu votre pièce de porc. Un joli morceau de viande. Et j'ai retrouvé la recette de la farce aux abricots que vous cherchiez.

— Merci, Macon. Je passerai prendre le tout demain.

Ils arrivèrent en vue de la première table couverte de différentes salades. Frankie l'ignora ; Sissy prit deux rondelles de tomate qu'elle déposa sur son assiette. Elle semblait s'ennuyer à périr.

— Ne sois donc pas si timide, mon chou, lui conseilla Macon. On peut manger autant qu'on veut ici.

Sissy le considéra avec un mépris souverain.

— Ce n'est pas une raison pour s'empiffrer. Je surveille ma ligne.

— Hmm. J'admire le résultat.

Il se tapota le ventre et ajouta :

— Je devrais peut-être me rationner un peu.

— Tiens, je n'y aurais pas pensé, répliqua-t-elle.

Frankie lui donna un coup de coude et lui souffla à l'oreille :

— Sois un peu gentille.

Pendant qu'ils se servaient, les musiciens montèrent sur scène et commencèrent à tester leur matériel. Avisant une table libre, Matt s'y dirigea rapidement, s'y installa et garda la place pour le reste du groupe. Lorsque tous furent assis — y compris Macon à côté de Sissy –, une dame vint leur porter de grands verres de thé glacé.

— Alors, Frankie, que pensez-vous de Purdyville ? s'enquit Rand.

— Je n'ai pas encore rencontré grand monde, mais les personnes que je connais sont très sympathiques.

— Votre nouvel emploi vous plaît ?

— Il a ses petits côtés intéressants.

— Il y a sans doute moins d'action qu'à Atlanta.

— Oh, je ne sais pas. Les deux derniers jours ont été plutôt agités.

— Effectivement. J'ai été appelé aux urgences suite à ce terrible accident sur la nationale.

— Comment se portent les victimes ?

— Leur état reste critique, mais elles sont en vie.

— Etant retenu ailleurs, je suis passé sur les lieux avec un peu de retard, intervint Matt. Les blessés étaient évacués, mais j'ai vu l'état des voitures. Il y a des années que nous n'avions pas eu pareil carambolage. Je m'étonne encore qu'il y ait eu des survivants.

— Oui, c'était terrible, renchérit Rand.

Il reporta son attention sur Frankie.

— Je suppose qu'à Atlanta, ça arrive tous les jours. Mais ce genre de distraction est plutôt rare ici.

— Je ne trouve pas que les accidents de la route soient précisément distrayants et, de toute façon, ce n'était pas mon domaine. Je travaillais à la brigade des homicides.

Matt reprit la parole :

— Frankie s'adapte bien malgré le calme ambiant. Nous avons de la chance qu'elle soit parmi nous.

— Merci, chef.

Il sourit, charmeur.

— Je vous flatte pour que vous me réserviez une danse.

— Je ne danse pas.

— Mais si, vous verrez.

Ils bavardèrent. Tout en mangeant, Frankie observait discrètement Sissy qui semblait se morfondre. Macon n'avait cessé de parler de la hausse des cours de la viande depuis qu'ils s'étaient assis à table.

Enfin, Sissy redressa la tête et le regarda.

— Excuse-moi, Macon, mais franchement, est-ce que j'ai l'air de me soucier du prix du bœuf ?

Il partit d'un grand rire.

— Ça alors, c'est quelqu'un ! Quelle personnalité elle a, cette petite !

Sissy agita tristement la tête et se mit à grignoter un travers de porc.

Alice se tourna vers Matt.

— Comment vont les Gibbs ?

— J'ai appelé Irma deux ou trois fois. Elle m'a paru bien fatiguée.

— Veiller sur une personne dépendante est épuisant.

— Elle pourrait obtenir des aides à domicile, et gratuitement. Mais elle ne veut pas en entendre parler.

— Certains poussent la fierté trop loin, remarqua Rand.

Matt acquiesça de la tête.

— C'est d'ailleurs pour ça que je vais déposer l'argent recueilli ce soir directement sur leur compte. Pour ne pas la froisser en le lui remettant publiquement.

— Vous avez des pistes sur le malfaiteur qui a mis le feu à la maison ?

— Non. Nous enquêtons toujours, sans résultat. Je n'arrive pas à croire que les voisins n'aient rien vu de suspect.

— Je sais bien que tu n'es pas censé parler de l'enquête, déclara Alice, mais il paraît que Willie-Jack avait un compte à régler avec eux.

— Willie-Jack a des comptes à régler avec tout le monde. Seulement, il ne pouvait pas être sur les lieux. Il a un alibi.

— Un alibi truqué, à tous les coups, remarqua Macon. J'ai eu maille à partir avec lui, moi aussi.

Il sourit avant de reprendre :

— Je songeais à engager Frankie pour lui flanquer une torgnole.

— Ma réputation est faite, gémit l'intéressée.

— Il doit avoir honte de se montrer, intervint Rand.

— Si j'avais une tête comme la sienne, j'aurais honte de me montrer aussi, commenta Sissy.

Les musiciens attaquèrent *Brown Eyed Girl.* Pas mal, songea Frankie qui s'attendait à pire. La foule s'était accrue depuis leur arrivée. Il y avait toujours la queue devant le buffet.

Virgil passa près de leur table et les salua.

— Alors, elles vous plaisent mes grillades, ce soir ?

— Ce sont les meilleures que tu aies jamais faites, assura Alice, enthousiaste.

— Qu'à cela ne tienne, il en reste.

Et, tandis qu'il passait à la table suivante, Macon se leva.

— Moi, je vais me resservir. Tu veux que je te rapporte quelque chose, Sissy ?

Elle fit signe que non puis, lorsqu'il se fut éloigné, elle se tourna vers Matt.

— Tu ne pourrais pas l'arrêter pour harcèlement, par hasard ?

Il éclata de rire.

— Il est fou de toi, Sissy. Et c'est un brave garçon. Il y a pire parti en ville que Macon Comfy.

— Je te remercie du soutien, cousin.

— Il n'y a pas de quoi.

Les musiciens entamèrent un slow. Matt se leva et offrit sa main à Frankie.

— Je crois que celle-ci est pour nous.

— Je ne danse pas.

— Je vous guiderai.

— Il demande si gentiment ! Dansez donc avec lui, insista Alice.

— C'est ça, danse avec lui, renchérit Sissy. Inutile qu'on soit deux ici à se morfondre.

Frankie retint un soupir. Tous les yeux étaient braqués sur elle.

— Bon. Puisqu'on insiste, d'accord. Mais ne venez pas vous plaindre si je vous marche sur les pieds, vous l'aurez cherché.

Elle prit la main offerte et se laissa conduire jusqu'à une petite piste de danse, de celles qui se replient pour être plus facilement transportables. Les gens dansaient sur l'herbe tellement il y avait foule. Frankie sentit son souffle s'étrangler dans sa gorge quand Matt l'enlaça par la taille et l'attira plus près de lui d'une pression de la paume au creux des reins. Ce contact possessif la fit frissonner.

— Vous avez froid ? murmura-t-il tout contre son oreille.

Le ton ne laissait aucun doute : il devinait son trouble.

— Non, ça va, souffla-t-elle.

— Détendez-vous.

Plus facile à dire qu'à faire, songea-t-elle en s'efforçant de dénouer les tensions de son corps raidi par une crainte instinctive. Fieffé tricheur ! Il se mouvait avec grâce, mais il n'avait pas l'esprit à la danse. C'était une lente tentative de séduction, oui ! Au rythme de la musique, elle sentait le frémissement des muscles sous sa chemise, sa cuisse contre la sienne, sa poitrine contre ses seins. Entre ses bras, elle devenait fragile et féminine. Vulnérable. Leurs regards se croisèrent et restèrent pris l'un dans l'autre une éternité. Eternité qui ne dura sans doute que quelques secondes pendant lesquelles elle lut le désir dans ses yeux. Oui, il la désirait. Il l'avait enlacée trop étroitement...

— Matt, je... Je crois que cette danse n'était pas une bonne idée.

— Pourquoi ? C'est agréable, non ?

Trop agréable. Et beaucoup trop troublant. Sa chaleur l'enveloppait comme un cocon douillet ; elle aimait le contact de ce corps ferme et solide. Quelle force, quelle énergie vibrante...

— Matt ?

— Chut, charmante demoiselle. Je vous ai simplement invitée à danser. Je n'en demande pas plus. Encore que, si vous insistiez pour aller plus loin, je ne m'y opposerais sans doute pas.

Elle s'abstint de répondre, préférant regarder par-dessus son épaule et se concentrer sur ce qui les entourait afin d'échapper aux sensations qu'il déchaînait en elle...

Là-bas, Macon s'efforçait d'entraîner Sissy sur la piste. Penché en travers de la table, il la couvait des yeux, rayonnant d'espoir, tandis qu'elle agitait la tête avec emphase.

Matt rit doucement, et son souffle tiède effleura l'oreille de Frankie comme une caresse.

— Vous pourriez faire semblant de prendre plaisir à la danse, chuchota-t-il. A moins bien sûr que le plaisir soit trop grand, que vous ne vous raidissiez par réflexe de défense.

Que répondre à cela ? Rien. Il avait raison. Le contact physique éveillait en elle une émotion indue qui la glaçait de peur. Elle lui marcha sur le pied.

— Oh, pardon.

— Ce n'est pas grave. A présent, je vais pouvoir toucher une pension d'invalidité.

De nouveau, elle s'employa à se détendre entre ses bras malgré les messages d'alarme que lui envoyait sa conscience.

— Je ne suis pas très douée, avoua-t-elle.

— Tiens, j'aurais cru le contraire. Vous ai-je dit que vous étiez resplendissante ce soir ?

— Il me semble que oui.

Elle avait peine à se concentrer sur la conversation tant il la troublait.

— Dans ce cas, je vous le répète, et je continuerai de vous le répéter. Pour vous en persuader. Avez-vous seulement pensé à moi une fois pendant que vous vous prépariez pour la fête ?

— Vous m'embarrassez, murmura-t-elle en rougissant.

— Excusez-moi. C'est l'espoir qui parlait par ma voix.

Leurs regards se croisèrent. Elle détourna les yeux.

— J'ai peut-être pensé à vous, je ne sais plus. En tout cas, je souhaitais me sentir femme, sortir de mon rôle de flic.

— Je n'ai jamais douté de votre féminité, Frankie. Ça vous surprendra peut-être mais, même en uniforme, vous irradiez la sensualité.

Le morceau s'acheva, et les musiciens enchaînèrent sur un autre. Matt ne quitta pas la piste et resserra son étreinte.

— Vous viendriez prendre un verre chez moi après la soirée ?

— Très mauvaise idée.

— Et si je promets d'être sage ? Nous pourrions simplement nous asseoir sur la terrasse pour bavarder au calme.

— Les gens risqueraient de se faire des idées fausses.

— Depuis quand vous souciez-vous de l'opinion d'autrui ?

— Depuis qu'on m'a démise de mes fonctions et exilée loin d'Atlanta.

Il soupira.

— Vous vous priverez d'avenir tant que vous laisserez le passé gouverner votre vie. J'ai commis des erreurs aussi, vous savez. J'ai des regrets comme tout le monde. C'est la vie.

Elle réfléchit à ces mots pendant qu'ils dansaient en silence, heureux d'être dans les bras l'un de l'autre. Au chapitre des erreurs commises, sa liaison avec Jim Connors figurait en première place et lui avait coûté très cher. Elle le regrettait, certes, mais ne comptait pas passer sa vie entière à payer cette bourde. Une fois de plus, Matt avait raison. Mais de là à se précipiter dans une nouvelle aventure… Prudence. Entre eux, tout allait trop vite. Jamais un homme ne l'avait attirée à ce point, et pas seulement physiquement comme avec Connors. Si elle avait deux sous de jugeote, elle ferait ses bagages le soir même et partirait dès l'aube.

Soudain, ils prirent tous deux conscience que la musique s'était tue. Ils dansaient toujours alors que les autres couples regagnaient leurs tables.

— C'est fini, remarqua-t-elle en le repoussant timidement.

— Pas de mon point de vue. Passez chez moi, ce soir, je vous en prie.

Ses yeux bleus plongeaient dans les siens et la transperçaient. Le silence se prolongeait à n'en plus finir. Mal à l'aise, elle s'agita et se décida enfin à briser le charme.

— Je vais y réfléchir.

Lentement, ils rejoignirent leurs amis.

— Vous étiez le plus beau couple sur la piste, déclara Alice avec un regard entendu à Frankie.

Celle-ci esquissa un vague sourire. Elle avait quelque peine à reprendre ses esprits.

— Merci, balbutia-t-elle.

— Quelqu'un a vu Sissy ? s'enquit alors Macon. Elle s'est excusée pour aller aux toilettes, et elle n'est toujours pas revenue. Il doit y avoir la queue.

— J'espère bien qu'elle reviendra, parce que c'est mon chauffeur, observa Frankie.

— Au pire, je peux vous déposer, proposa Matt. Mais je suis sûr que nous la reverrons.

— Excusez-moi, intervint une femme à la voix acidulée.

Tous les regards convergèrent sur elle. C'était une dame âgée au visage entouré d'une masse de cheveux blancs. On l'aurait dite coiffée d'une barbe à papa. Les hommes se levèrent par respect. Les femmes reportèrent leur attention sur Frankie.

— C'est vous qui avez apporté ce gâteau au chocolat ?

— Oui, pourquoi ? Il n'est pas frais ?

— La question n'est pas là. Seulement, vous avez voulu le faire passer pour un gâteau maison.

— Pardon ?

— Frankie, je vous présente Edna Rose. Edna, voici l'agent Frankie Daniels, notre nouvelle adjointe.

Ayant fait les présentations, Matt se tourna vers elle et expliqua :

— Edna est la championne du gâteau toutes catégories. Elle fait les meilleurs de Purdyville.

— Parfaitement, confirma la dame en relevant le menton. Mes gâteaux reçoivent régulièrement le cordon bleu à la foire annuelle du comté. Ce soir, j'ai apporté mon célèbre gâteau au chocolat, mais on ne parle plus que du vôtre ici. Seulement, je ne suis pas dupe. Je sais reconnaître un gâteau acheté en magasin.

Frankie dévisageait Matt, éberluée.

— Dites-moi que je rêve.

— Pas le moins du monde, répondit-il, visiblement amusé. Je risque de devoir vous arrêter pour falsification de pâtisserie.

— Edna, je suis sûre que Frankie ne songeait pas à mal, intervint Alice. Elle était sans doute trop occupée pour passer des heures en cuisine. Les événements se sont un peu bousculés en ville ces derniers jours. Vous en avez très certainement entendu parler.

— Sans compter que je n'ai aucun talent pour la pâtisserie, et je ne m'en cache pas.

Mais son aveu demeura sans effet sur l'irascible Edna.

— Vous l'avez mis sciemment dans un récipient en plastique pour faire croire le contraire.

Matt tapota affectueusement l'épaule de la vieille dame.

— Allons, allons, ne vous emportez pas. Il n'y a vraiment pas de quoi.

— Et ma réputation, alors ? C'est vexant, tout de même !

Cette fois, Frankie perdit patience.

— C'est ridicule ! Je n'ai jamais rien entendu de plus grotesque de ma vie. Je vais de ce pas enlever ce gâteau de la table, et qu'on n'en parle plus.

— Pensez donc ! Il est déjà parti, et personne n'a touché au mien. Je ne vais plus oser sortir de chez moi. Je les entends déjà, comme si j'y étais : « Edna Rose a perdu la main, elle est trop vieille pour la pâtisserie. » Bientôt, ils viendront frapper à votre porte pour la ronde des gâteaux à la kermesse annuelle. J'exige des excuses publiques !

Ivre de rage, Edna dut s'interrompre pour reprendre son souffle. Frankie la considéra avec stupéfaction.

— Ma petite dame, remettez-vous. Ce n'est pas très raisonnable.

— Ça alors ! A-t-on jamais vu une chose pareille ?

— Jamais. Et j'espère bien ne jamais revoir ça.

La dame courroucée tourna les talons et s'en fut rejoindre un groupe de femmes de son âge qui, toutes, foudroyaient Frankie du regard, comme si elle avait commis un crime impardonnable. La scène avait en revanche diverti ses amis qui souriaient franchement. Matt semblait sur le point d'éclater de rire d'une seconde à l'autre.

— Je n'en reviens pas, déclara-t-elle. Ces dames sont folles furieuses, et bien capables de me traîner derrière le tribunal pour me botter les fesses !

Alice évacua la remarque d'un geste.

— Ne vous laissez pas impressionner par Edna Rose. Ce n'est qu'une vieille dame qui n'a rien de mieux à faire que de préparer des gâteaux.

Matt confirma d'un hochement de tête.

— Alice a raison. Edna a perdu son mari il y a quelques années et, depuis, elle est devenue vaguement acariâtre.

Frankie croisa les bras et s'assit en silence tandis que les autres échangeaient des plaisanteries sur les personnages du folklore local.

— Vous les rencontrerez, lui souffla Matt.

— Rien ne presse, rétorqua-t-elle platement.

Macon se leva.

— Moi, je m'inquiète pour Sissy. Je vais aller voir si je la trouve.

La soirée se poursuivit. Frankie accorda encore plusieurs danses à Matt. Flattée que d'autres hommes se présentent à sa table pour l'inviter aussi, elle refusait cependant avec politesse. Par deux fois, sur la piste, le même homme tapa sur l'épaule de Matt qui, galamment, se retira afin qu'elle danse avec lui. Mais en regagnant la table, il avait l'air sombre.

— Frankie est très populaire ce soir, remarqua Alice. Je me réjouis qu'elle ait décidé de venir.

— Je souhaitais qu'elle sorte pour rencontrer du monde, grommela Matt, renfrogné. Mais je ne pensais pas que tous les chiens du village voudraient lier connaissance.

— C'est une femme ravissante. Naturellement, les hommes ont envie de la connaître.

Rand se démanchait le cou afin de voir par-dessus la foule.

— Aïe, fit-il. Macon a retrouvé Sissy assise à une table en galante compagnie. Ce type doit être un nouveau, je ne le reconnais pas.

— Tant mieux pour elle, commenta Matt. Peut-être qu'elle va finir par s'amuser un peu.

Mais son attention était concentrée sur Frankie. Lorsque la danse prit fin, elle suivit son cavalier à sa table, serra la main de ses amis, resta un moment à bavarder et rire avec eux, puis elle se laissa de nouveau entraîner sur la piste par ce même cavalier.

Matt avait vaguement conscience que Rand parlait à présent d'un nouveau médecin arrivé en ville depuis peu, mais il s'intéressait davantage au manège de Frankie qu'à la conversation. Non que cela le regarde, d'ailleurs. Elle était libre de danser avec qui elle voulait. Tant qu'il conservait le privilège de la raccompagner chez elle…

— Oh non ! s'exclama Alice avec une grimace. Le loup a fini par sortir du bois.

Matt se retourna et suivit la direction de son regard.

Willie-Jack Pitts et sa bande fendaient la foule en roulant des épaules. Mauvais signe.

12.

Matt observait Willie-Jack en s'efforçant d'évaluer son humeur. A l'évidence, il était ivre. Quand on le connaissait comme lui, cela sautait aux yeux. La bande s'arrêta pour regarder les danseurs. Willie-Jack avait repéré Frankie et suivait chacun de ses mouvements. Matt prit son émetteur radio.

— Cooter ? Tu me reçois ?

L'appareil se mit à grésiller puis, par-dessus les parasites, on entendit :

— Oui, patron. Qu'est-ce qui se passe ?

— Willie-Jack vient de débarquer avec ses potes. Ils ont l'air fin saouls.

— Ça, c'est une surprise. Nous sommes cinq ici. Sept avec toi et Frankie. Je pense que nous parviendrons à les tenir en respect. Où sont-ils pour le moment ?

— Près de la piste de danse.

Nouveaux grésillements.

— C'est bon. On a l'œil sur eux.

Rand se tourna vers Alice.

— Il est temps que nous rentrions.

— Nous ne les laisserons pas déclencher une bagarre, assura Matt, surpris par son ton glacial.

— On ne m'obligera pas à assister aux mêmes soirées que cette raclure. Je réside dans la même ville, ça me suffit largement.

Il se leva, puis ajouta :

— Tu es prête, Alice ?

— Oui.

Elle prit son sac à main et se leva à son tour.

— Désolée de te fausser compagnie, Matt. De toute façon, il se fait tard. En général, nous sommes déjà au lit à cette heure-ci.

— En route, fit encore son mari en lui prenant la main.

Et il l'entraîna dans la direction opposée à Willie-Jack.

Frankie se décida enfin à regagner leur table.

— Je n'ai pas dansé autant depuis des années, déclara-t-elle, un peu essoufflée.

— Je croyais que vous ne dansiez pas.

— Dans le temps, si, mais c'est loin.

— Willie-Jack est ici.

— Merde. Les autres sont prévenus ?

— J'ai appelé Cooter par radio. Ils le surveillent.

— Quand on parle du loup, on en voit la queue. Voilà le sagouin qui s'approche.

Se retournant, Matt constata effectivement que Willie-Jack et sa bande s'avançaient vers eux.

— Bonsoir, mam'zelle Daniels. Euh… 'Soir, chef.

— Agent Daniels, Willie-Jack, le corrigea Matt.

— Jamais vu une fliquesse aussi craquante.

Il dévorait Frankie d'un regard gourmand, comme un gamin devant un plateau d'éclairs au chocolat.

— Je pensais que vous auriez peut-être envie de faire la paix en m'accordant une danse.

— Va au diable en ballon ou sur Mars en patins, Pitts. Je ne veux pas te voir, et je ne veux pas de tes sales pattes sur moi.

Derrière lui, ses copains ricanèrent.

— On parle pas comme ça à un homme qui cherche à se racheter une conduite.

Matt aperçut Cooter et Hurley Ledford de l'équipe de nuit qui se rapprochaient discrètement. Un peu plus loin, Jimbo Taylor, également de l'équipe de nuit, parlait à Orvell Dean, mais tous les deux gardaient aussi un œil sur Willie-Jack.

— Je ne veux pas d'embrouilles, Pitts, déclara Matt. Disparais, ou je te flanque en taule pour ne pas te voir.

Willie-Jack lui coula un regard venimeux.

— Tu te prends pour un seigneur, pas vrai, chef ? Tu aimes bien déambuler le long des rues, crâner avec ton badge. Avec ça, tu te crois puissant parce que les femmes te tombent dans les bras et que tu en sautes autant que tu veux, hein ?

Matt se leva. Cooter, Hurley et Jimbo resserrèrent les rangs.

— Tu sais quoi, Willie-Jack ? Venant de quelqu'un de bien, ça me vexerait. Mais tu es la pire lope de la ville. Alors, je vais faire comme si je n'avais rien entendu. Je ne veux pas de bagarre ici. Et tu vas me faire le plaisir de ramener ta meute à ce tas de rouille qui vous sert de camion pour rentrer gentiment chez toi avant que je vous coffre pour ivresse sur la voie publique.

— Tu peux pas nous coffrer, on a encore rien fait.

— Délit de sale gueule, ça te conviendrait ?

La brute jeta un coup d'œil circulaire et vit les flic qui se rapprochaient.

— Ah, t'as appelé les renforts ! T'as peur de m'affronter face à face, hein ?

Matt sourit.

— Si ma mémoire est bonne, je t'ai déjà mis KO, et rien ne m'empêche de recommencer si l'envie me prend.

— Je m'en charge, intervint Frankie.

Willie-Jack lui jeta un regard noir.

— Toi, la reine du Kung-fu, ça va bien. Tu te prends pour Super Gouine ou quoi ?

Matt le saisit par le col.

— Tire-toi, ou je t'embarque, et je m'arrange pour que tu aies un accident en taule. En passant, je te conseille de confier le volant à celui qui a le moins bu. Ça m'ennuierait de devoir vous arrêter pour conduite en état d'ivresse.

Visiblement furieux, Willie-Jack se dégagea d'un haussement d'épaules.

— T'inquiète, va. C'est pas mon genre de soirée. Tous ces vieux cons qui dansent sur une musique de merde, j'en ai rien à cirer.

De la main, il fit signe à ses compagnons.

— Allez les mecs, on se casse.

Cooter semblait inquiet.

— Chef, il est saoul comme une barrique et mauvais en prime. Dieu seul sait de quoi il est capable. Je devrais peut-être le filer ?

— Bonne idée. Et si tu trouves une excuse raisonnable, tu me le flingues.

La remarque parut réjouir les trois flics.

— Le fait qu'il respire me semble une raison suffisante pour l'abattre, observa Hurley. Cooter et moi, on va lui filer le train.

Sitôt dit, sitôt fait, ils s'éloignèrent ensemble.

— Je vais avec eux, patron, ou vous préférez que je reste ? s'enquit alors Jimbo.

— Reste donc. Ils sont assez grands pour se débrouiller.

Frankie nota que la foule s'éclaircissait. Sissy revint au bras d'un fort bel homme.

— Lui, c'est Joe, annonça-t-elle.

Puis elle fit les présentations. Joe lui tira un siège sur lequel elle se laissa tomber.

— Si j'allais nous chercher du thé glacé ? proposa-t-il. Cette dernière danse m'a mis en nage.

— Merci, Joe, c'est gentil.

Dès qu'il se fut éloigné, elle reporta son attention sur Matt et Frankie.

— Alors ? Il n'est pas beau à tomber raide ? J'en ai la chair de poule.

Matt hocha la tête.

— Il n'est pas mal, confirma Frankie. Et très poli, ce qui ne gâche rien. Il est nouveau ici ?

— Il est arrivé il y a moins d'une semaine. Il dirige le chantier d'extension de l'hôpital. A l'en croire, il ne s'est pas autant amusé depuis le bal de sa promotion au lycée. Il m'invite à prendre un café à *Huddle House* après la fête.

— Tu oublies que je suis venue avec toi.

— Joe me raccompagnera, tu peux prendre ma voiture.

— Je déposerai Frankie chez vous, intervint Matt. Tu ne connais pas ce monsieur et je préférerais que tu aies ton propre moyen de transport.

— Tu t'inquiètes pour un rien, cousin. Je suis majeure, vaccinée, et parfaitement capable de me prendre en charge.

Elle adressa un clin d'œil complice à Frankie qui leva le pouce en guise de réponse.

Matt fronçait les sourcils d'un air réprobateur. Ce dont Sissy s'aperçut.

— Bon, bon, j'ai compris. N'insiste pas, je garde ma voiture.

Le groupe avait cessé de jouer et remballait ses instruments. Une équipe débarrassait les tables, les repliait et les transportait jusqu'aux camions stationnés à proximité. Des hommes s'affairaient à décrocher les guirlandes électriques ; d'autres encore ramassaient dans de grands sacs-poubelle gobelets et papiers gras répandus sur la pelouse. Quelques traînards restaient à bavarder.

— On ne devrait pas les aider à nettoyer ? s'enquit Frankie.

Matt fit non de la tête.

— Ce ne sont pas des bénévoles. On les paie pour le faire.

Cooter et Hurley reparurent.

— Je crois que Willie-Jack a décidé de cuver sa cuite, annonça Cooter. Ses potes l'ont déposé devant sa caravane.

— Finalement, ce vieux rat est rentré dans son trou, ajouta Hurley. Tu veux qu'on reste le temps qu'ils remettent les choses en ordre ?

— Reste avec un des gars. Cooter, tu rentres chez toi, tu as largement fait ta journée et je ne tiens pas à ce que tu y passes la nuit.

— O.K. Et n'oublie pas mes heures supplémentaires.

Sissy se retira avec Joe, laissant Matt seul à table avec Frankie.

— Vous avez le choix : ou je vous reconduis chez vous, ou nous passons chez moi prendre un café sur la terrasse.

Bien que se sachant trop tendue pour se mettre au lit et dormir, Frankie se demanda s'il était bien judicieux de faire le détour par chez lui.

— Je devrais sans doute rentrer.

— On évite les risques ? répliqua-t-il, moqueur.

— Webber, le jour où j'aurai peur de vous, je quitte la police définitivement.

— Ne parlons pas de police ni des événements de la semaine. Allons prendre un café chez moi en bavardant de choses anodines et agréables. Histoire de se détendre un peu.

— De se détendre ?

— Bien sûr. Le mot vous est sans doute familier, même si ce n'est pas là une activité que vous pratiquez beaucoup. Mais je vous ai vue ce soir sous un autre angle. J'ai vu une jolie femme capable de se laisser aller à prendre du bon temps.

Il s'abstint de mentionner qu'elle avait dansé avec une demi-douzaine d'hommes… Intéressant, songea-t-elle.

— D'accord, je viens. Mais je ne m'attarderai pas.

— Entendu.

Il lui souriait, et son regard débordait de chaleur. Aucun doute, il avait du charme. Un charme qui ne la laissait pas indifférente.

Elle le suivit jusqu'à une voiture de sport surbaissée, un modèle classique ancien, curieusement.

— Où est votre pick-up ?

— A la maison. Je n'utilise cette voiture que pour les grandes occasions.

— Elle est superbe, Matt.

— Mon père et moi l'avons achetée pour une bouchée de pain, puis nous l'avons retapée. Nous avons changé le moteur et tout ce qui pouvait l'être, repeint la carrosserie, remis l'intérieur à neuf. J'y tiens particulièrement.

Il ouvrit la portière, et elle se glissa sur le siège-baquet en cuir.

— Je suis très honorée d'être à bord de ce bijou.

Il rit.

— Je vous montrerai les photos de la ruine que c'était à l'origine.

Pendant qu'il conduisait, Frankie ne put s'empêcher d'admirer les mains puissantes qui guidaient le véhicule sur la piste de terre, évitant adroitement les nids-de-poule et les ornières. Un quart d'heure plus tard, il se garait devant chez lui.

— Ne bougez pas, je vais vous ouvrir.

— Ce n'est pas nécessaire.

— Pour moi, si.

Il l'entraîna ensuite à la cuisine et se mit en devoir de préparer le café.

— J'en fais pour deux. A moins que vous désiriez une bière.

— Non, je préfère le café.

— C'est mon mélange favori. Le grand luxe. Je ne le sors que pour les personnes de qualité.

— Une fois encore, vous m'honorez.

— C'est déjà un honneur que d'être en ma compagnie.

— Quelle modestie ! Vous auriez bien besoin qu'on vous remette à votre place, Webber.

— Vous vous sentez l'étoffe pour le faire ?

— Non, merci. Ce n'est pas mon rayon.

Elle l'observa alors qu'il s'affairait dans la cuisine. En tenue civile, il était décidément très séduisant. Mais il l'aurait été, même vêtu d'une feuille de vigne. Raison pour laquelle elle avait choisi de danser avec d'autres pendant la fête. Elle ne tenait pas à ce qu'on le prenne pour son cavalier attitré. Ne manquerait plus que les mauvaises langues se mettent à jaser. Avec Edna Rose et sa clique pour ennemies, elle n'avait pas besoin de cela…

— Vous voulez manger quelque chose avec votre café ? J'ai du gâteau à la carotte.

— Vous faites des gâteaux ?
— Non. Mais toutes les petites vieilles m'en apportent.
— Parce que vous êtes irrésistible, c'est ça ?
— Suis-je irrésistible à vos yeux, Frankie ?
— Matt, je refuse de me laisser entraîner sur ce terrain.
— Pourquoi ? Nous ne sommes pas en service commandé, que je sache. Et là, je suis face à une ravissante personne, avec des jambes de rêve et une robe moulante. Une femme qui m'intrigue depuis la première rencontre…
— Je croyais que nous étions censés nous détendre.
— Justement, j'ai un certain talent pour les massages relaxants.
Elle sentit son ventre se nouer.
— Je n'en doute pas une seconde, mais ça ne m'intéresse pas. Vous m'avez invitée à prendre le café en bavardant de choses simples.
Il chercha son regard.
— Je ne connais rien de plus simple que l'attirance entre un homme et une femme, mademoiselle Daniels.
— Qui dit que vous m'attirez ?
— Je le sais.
Il soupira.
— Frankie, vous me rendez fou. Vous êtes butée et plus têtue que vingt mules. Votre grande gueule ferait fuir le premier venu à cent lieues. Vous fumez comme une cheminée d'usine, vous jurez comme un charretier, vous vous croyez plus maligne que tout le monde, moi inclus, mais ça n'y change rien, au contraire. Ce sont ces qualités qui me rendent fou de vous. D'autant que je pressens votre féminité, une douceur en vous que j'aimerais découvrir.

— Vous vous trompez sur moi, Matt. Je me suis endurcie avec le temps. J'ai vu tant de violence que je suis immunisée et même blindée de partout. Je ne m'ouvre pas aux gens.

— C'est pour ça que vous teniez la main de Mme Bower à l'hôpital quand nous craignions que son fils se soit empoisonné ? Vous êtes sensible, Frankie. Mais vous refoulez cette sensibilité parce qu'elle vous terrorise.

Comme elle s'en doutait, il avait le don de lire en elle, ce qui n'était pas pour la rassurer.

— Je préfère ne pas en parler.

— Vous tenez vraiment à passer le reste de votre vie toute seule ?

— Seule, je me sens en sécurité.

— Parlez-moi de lui.

Sans qu'il soit besoin d'explication, elle comprit qu'il se référait à son père. Etrange comme il la devinait, saisissait la moindre nuance de ses émotions. Etrange aussi l'instinct qui la poussait à se confier à lui, à évoquer pour lui l'homme qui avait été son ami le plus cher.

— Il s'appelait Frank, et j'avais résolu de suivre son exemple. J'ai même changé de nom en son hommage. Oh, pas officiellement, mais j'étais fière de porter son nom.

— Je le sais pour avoir étudié votre dossier, Francis.

— J'ai horreur de ce prénom.

Il versa le café en silence. Tous deux se turent tout en allant s'installer côte à côte sur un petit canapé confortablement rembourré.

— Vous avez donc tenté de prendre la place de votre père…

— Et lamentablement échoué.

Il lui coula un regard interrogateur.

— C'est ce que vous pensez ? Vous vous sous-estimez.

— Frank était un héros admiré de tous, Matt.

— Et vous imaginez qu'on ne vous admire pas ? Pourquoi donc croyez-vous que mes adjoints vous envient ? Vous avez oublié plus d'articles de loi qu'ils n'en connaîtront jamais !

— Votre oncle Dell ne m'a pas facilité la tâche. J'avais beau m'échiner à être la meilleure, ce n'était jamais assez.

— Il m'a appelé il y a deux jours pour prendre de vos nouvelles. Votre ex-amant a été destitué.

— Pourquoi ne m'en avez-vous rien dit ?

— Peut-être par crainte que vous rappeliez Dell pour lui demander de vous trouver un autre poste. Ou par peur que vous soyez encore attachée à ce type. J'aurais dû le mentionner. Ce n'était pas très professionnel de ma part. Pas plus que la jalousie, et c'est ce que j'ai éprouvé ce soir quand vous avez dansé avec d'autres. Je n'ai jamais été jaloux. La jalousie est synonyme de manque de confiance, et ce n'est pas ce que je préfère.

— J'ai failli à tous mes devoirs en m'impliquant avec Connors. Des années de travail gâchées en un clin d'œil…

Elle soupira.

— Le pire, c'est que je me suis déconsidérée à mes yeux.

— Je suppose que vous vous êtes fixé des objectifs trop élevés pour réussir à les atteindre. Il n'y aura jamais qu'un seul Frank Daniels. Il est unique, et vous l'êtes aussi, Frankie. Cessez de vous comparer à lui ou vous perdrez la tête. Croyez-moi, je sais de quoi je parle. Je me suis efforcé de faire en sorte que mes parents soient aussi fiers de moi qu'ils l'étaient de Mandy, mais c'était sans espoir, elle était leur idole.

Elle but une gorgée de café, le trouva délicieux et sourit.

— Vous croyez m'avoir percée à jour, n'est-ce pas ? Puisque vous êtes si malin, pourquoi vivez-vous seul dans cette grande maison, et pourquoi courez-vous derrière le premier jupon venu ?

— J'aime les jolies femmes. Les regarder me fait plaisir. Mais ça ne signifie pas que je cherche à les séduire. Quant à vivre seul ici, ça semblait une bonne idée à l'époque.

— A cause de Mandy ?

— Oui. Mais il y avait également des problèmes entre moi et Jenna, ma fiancée. Des problèmes d'ordre professionnel qui en ont entraîné d'autres, plus personnels.

Elle en avait déjà entendu parler, mais pas de sa bouche.

— Vous voulez en parler ?

Il haussa les épaules.

— Elle était avocate de la défense, et passablement efficace. J'amenais un criminel devant la justice, et elle le faisait innocenter. Aussi simple que ça.

— C'est son travail.

Il se cala contre le dossier du siège et croisa les jambes.

— Oui. Elle me l'a assez répété. Mais j'en ai eu ma claque de me crever la paillasse à arrêter des malfaiteurs pour les traîner au tribunal et finir ridiculisé, ainsi que mes collègues et les témoins à charge, par ma propre fiancée. De toute façon, elle avait de l'ambition et ne serait pas restée longtemps ici. Elle aimait les vêtements signés par de grands couturiers, les restaurants chic, les soirées mondaines et les instituts de beauté haut de gamme. Purdyville ne pouvait pas la satisfaire pleinement. Quant à moi, je suis un type simple, carré, mais pas un imbécile. Je crois au bien et au mal, et je pense que ceux qui enfreignent les lois méritent d'être punis. De nos jours, la morale se perd, et peu importe ce qu'on fait tant qu'on est riche. Il suffit de prendre un avocat de haute volée, de le payer grassement, et il vous sort de là. Le problème, c'est que Jenna est allée trop loin.

— Que s'est-il passé ?

— Il y a bientôt trois ans, deux fillettes ont disparu. Les soupçons portaient sur Bud Combes. Tous les indices allaient en ce sens. Vous avez peut-être entendu parler de la famille. Des gens qui roulent sur l'or et habitent le quartier historique de la ville. Les gars et moi, on s'est défoncés pendant des mois sur cette affaire, on a mis Bud sous surveillance. Il y avait des preuves contre lui. Le labo a découvert des fibres provenant de sa voiture sur les cadavres. Seulement, Bud avait eu la présence d'esprit de téléphoner le lendemain de la disparition pour dire qu'on avait volé sa voiture. Quand on a fini par retrouver les corps dans les bois, ils étaient à moins de cent mètres de la bagnole.

Frankie frissonna.

— J'ai horreur des crimes contre les enfants.

Il sourit.

— Vous venez d'avouer une faiblesse. Moi aussi, je les ai en horreur. Jamais nous n'avions eu ce genre de cas à Purdyville. Toute la population était en état de choc. Le père de Bud a dû lâcher un fameux paquet, parce que Jenna a gagné la partie. Elle a fait venir des experts des quatre coins du pays. Quand elle en a eu terminé avec moi, j'avais l'air d'une pauvre loque. Mais Combes sortait de l'audience préliminaire en homme libre. J'étais encore sous le coup de la mort de Mandy...

— C'est répugnant.

— Et ça ne s'est pas arrangé. Quinze jours plus tard, on retrouvait le corps d'une autre fillette près de la bourgade voisine de Blossom City. Même cas de figure, exactement. Jenna savait que Bud n'avait aucune chance ici. Elle a donc demandé le transfert de l'audience en terrain neutre. Comme elle le souhaitait, l'affaire a fait l'objet de tout un battage médiatique. Seulement, cette fois, Bud a été inculpé et mis aux arrêts. Il a plaidé coupable pour un délit mineur et récolté une peine de prison à vie. Il méritait la chaise électrique.

— Et vous avez rompu avec Jenna ?

— Je ne cessais de repousser la date du mariage. Je m'étais refermé comme une huître. Elle m'appelait constamment, mais j'évitais de lui parler. Je ne pouvais pas, c'était plus fort que moi. Cette affaire m'avait laissé sur une sale impression. Et puis on lui a offert un poste en Virginie. Je lui ai conseillé d'accepter et avoué que je nous voyais mal finir nos jours ensemble. Elle voulait que je fasse un effort, que je tente le coup, mais j'ai refusé. Je suis peut-être naïf et vieux jeu, mais pour moi, le mariage, c'est pour la vie. Et le nôtre n'aurait pas tenu.

— Je suis désolée, Matt.

— Moi pas. Je sais bien que la société a besoin d'avocats de la défense, mais il y a des limites. Combes était coupable du meurtre des deux gamines, les preuves étaient flagrantes. Et Jenna en était parfaitement consciente. Mais peu lui importait. Remporter la partie dans des circonstances difficiles comptait davantage pour elle. Tant et si bien que, grâce à son habileté, une troisième fillette est morte. Aujourd'hui, Jenna a ce qu'elle visait. Et moi, je suis à ma place et satisfait de mon sort.

Frankie réfléchit un moment. L'homme assis auprès d'elle méritait son respect. Matt Webber était dévoué aux autres et se faisait un devoir de les protéger, quoi qu'il en coûte.

— Je suis fière de vous, déclara-t-elle enfin.

Il parut surpris.

— Voilà une réaction inattendue de votre part.

— Mais c'est la vérité. Vous n'avez pas renié vos convictions et vous avez tenu bon, quitte à en souffrir dans votre vie personnelle.

— Vous voulez que je vous raconte un truc marrant ?

Elle fit oui de la tête.

— Vous me prenez pour un don Juan, mais je n'ai pas eu de rapports intimes avec une femme depuis… depuis des lustres. Ça ne me tente pas.

— J'ai peine à le croire.

— C'est pourtant vrai.

Il sourit, puis ajouta :

— Mais ne le répétez pas, ça ruinerait mon image.

— Vous vous moquez de moi. Je ne suis pas tombée de la dernière pluie et je vous ai vu à l'œuvre.

— C'est pour rire, pour le plaisir. Je ne dis pas que je ne suis pas attiré, mais j'ai appris à ne pas jouer avec ça. Il y a des limites à tout. Ainsi, personne n'en souffre.

Il soupira. De fait, il regrettait de ne pas avoir compris cela plus tôt et de s'être servi des femmes dans l'espoir de guérir son amour-propre blessé.

— Elle a dû vous en faire baver des ronds de chapeau pour que vous réagissiez de la sorte.

— Oh, ce n'était pas que Jenna. Il y avait aussi tout le reste. Je suppose que j'avais besoin de réfléchir. Dans ces cas-là, il vaut mieux être seul. Mais j'ai atteint un cap, et je souhaite de nouveau avoir une femme dans ma vie. Pas n'importe quelle femme. C'est vous que je veux, Frankie.

13.

A ces mots, elle resta muette. Il la caressait de son beau regard bleu, aussi doux et léger que la brise nocturne qu'embaumait une floraison tardive. Une bulle de sensualité les enveloppait, invisible mais aussi présente que les étoiles contre le velours du ciel. Matt l'attira plus près, le visage grave, sincère. Il se pencha sur elle pour effleurer ses lèvres d'un premier baiser. Incapable de réagir, elle demeura parfaitement immobile, à s'imprégner de son odeur, du tendre contact de sa langue au goût de café. Ce baiser avait quelque chose de discret et d'interrogateur. Lorsqu'il releva la tête, il lui souriait.

— Vous comptez me rendre mon baiser, ou me gifler ?

Elle cligna des paupières.

— Je ne sais trop quoi faire.

— Alors, je me risque.

Il reprit possession de sa bouche, l'enveloppa de ses bras, la serra contre lui. Chaleur de l'étreinte. Contact réconfortant. Se détendant, elle s'abandonna contre son épaule. Les lèvres de Matt se firent gourmandes et sa langue plus intrépide. Le corps parcouru de délicieux picotements, elle s'ouvrit à lui. Ce baiser partagé était parfait — si parfait qu'elle en avait presque les larmes aux yeux. Sans se détacher de sa bouche, il la maintint à la taille. Une main caressait le creux de ses reins, remontait lentement le long de son dos. Lorsqu'elle atteignit la peau tendre de sa nuque, Frankie frissonna de plaisir.

Tout à l'intensité de leur baiser, ils étaient seuls au monde, loin des tracas quotidiens, avides l'un de l'autre, insatiables. Frankie noua les bras autour de son cou, et il resserra son étreinte. Ses seins se pressaient contre son large torse, et elle s'émerveilla de se sentir si féminine, si désirable entre les bras de cet homme. Jamais elle n'avait éprouvé pareille sensation.

Enfin, Matt quitta sa bouche pour murmurer dans ses cheveux :

— Tu es vraiment délicieuse !

— Toi aussi, dit-elle dans un souffle.

Intimidée et vulnérable, elle ne comprenait plus rien à ce qui se passait. Ses facultés d'analyse s'étaient évaporées, la laissant sans défense.

Et pourtant, c'était bon. Il y avait là quelque chose de vrai.

En un mouvement naturel, il l'attira sur ses genoux, resserra son étreinte tandis que ses lèvres cherchaient le creux de sa gorge, remontaient le long de son cou et jusqu'à son oreille dont il butina le lobe. De légers baisers se posèrent comme des papillons sur ses paupières closes, sur son front, sur ses joues, répandant comme des traînées de chaleur dans leur sillage. Lentement, inexorablement, ils redescendirent vers ses seins.

Là, Matt s'interrompit, ne sachant trop que faire. Frankie s'était abandonnée à ses baisers, à ses caresses, et il s'en trouvait réchauffé. En l'amenant chez lui, il n'avait pas d'intentions particulières, mais elle lui avait rendu son baiser, ce qui n'était pas rien.

Elle semblait bien petite et fragile entre ses bras. Disparue la femme dure et froide, l'inspecteur de la criminelle qui fréquentait les rues mal famées d'Atlanta et avait été le témoin de violences inhumaines. A l'idée des images de cauchemar qui la hantaient, il en avait mal pour elle et espérait que ces souvenirs atroces s'estomperaient avec le temps.

Mais pour l'instant, c'était une autre femme qu'il serrait contre lui. Une femme sensuelle, passionnée, qui comblait ses attentes et le rendait fou de désir.

Jamais il n'avait désiré quelqu'un à ce point.

Il plongea dans ses yeux, y lut de l'incertitude. Diable… Comment le lui dire ?

— Frankie, j'aimerais te faire l'amour, avoua-t-il en toute franchise. Ce n'était pas mon intention en t'invitant ici, je te le jure. Mais j'ai trop envie de toi.

Il relâcha son étreinte et caressa doucement ses cheveux.

— A toi de décider, je ne suis pas en état. Si tu ne veux pas aller plus loin, je te reconduis chez toi immédiatement.

Sa franchise l'émut. Cet homme ne jouait pas, ne trichait pas, ne cherchait pas à profiter de son trouble, bien au contraire. Il était prêt à se retirer malgré le désir qu'il avait d'elle et qui brûlait dans son regard. Désir qu'elle partageait. L'ignorer relevait de l'héroïsme…

Elle se leva, ôta une à une les épingles qui retenaient son chignon, puis secoua la tête, libérant sa chevelure de bacchante sur ses épaules. D'un geste fluide, elle dégrafa la fermeture Eclair de sa robe et la laissa glisser sur le sol à ses pieds.

Matt n'en crut pas ses yeux. Elle se tenait là, devant lui, en slip bikini noir, soutien-gorge de dentelle assorti, et bas noirs à mi-cuisse. Il l'imaginait plutôt maigre, mais sa minceur s'ornait de courbes appréciables, et sa peau laiteuse était d'un velouté sans défaut.

— Dieu du ciel, je suis mort, murmura-t-il.

Sans un mot, elle se dirigea vers la chambre et ouvrit la porte. Un sourire de satisfaction éclaira son visage quand Matt la suivit à l'intérieur. Pour quelque raison mystérieuse, il lui fallait absolument garder le contrôle et prendre les initiatives. Elle défit le lit et s'y installa tandis qu'il se dévêtait. Puis elle l'admira nu. Ils restèrent un moment silencieux, à se dévorer du regard.

Enfin, Frankie se redressa sur un coude et brisa l'enchantement :

— Je tiens à ce que tout soit parfaitement clair. Ceci ne doit pas déborder sur nos relations de travail.

Matt entendit vaguement ses paroles par-dessus les battements affolés de son cœur. Travail ? Il avait oublié jusqu'au sens de ce mot !

— J'espère que tu m'as comprise ? insista-t-elle.

— C'est noté. Je m'en souviendrai.

Il se glissa entre les draps, l'attira contre lui et l'embrassa avec fougue. Elle répondit avec la même ardeur, se lova contre son corps, sensuelle comme une chatte. Des paumes, il lui caressa les épaules, les hanches, le dos, se délectant du contact soyeux de sa peau. Enfin, n'y tenant plus, il la débarrassa de son soutien-gorge et de son slip. Mais lui laissa ses bas, si terriblement érotiques. Il prit le temps de la contempler dans sa presque nudité, refrénant le besoin qu'il avait de la toucher, de la goûter, de la faire sienne.

La fièvre brûlait dans ses yeux lorsqu'il se pencha pour embrasser le creux de son épaule. Ses lèvres l'effleuraient à peine, se posaient aux endroits les plus inattendus. Ses paumes un peu rugueuses se déplaçaient lentement le long de ses bras, de ses cuisses. Bientôt, elle se sentit toute frémissante et comme électrisée. Chaque cellule de son corps reprenait vie et s'embrasait. La douceur des caresses en devenait douloureuse. Elle avait soif de lui, en voulait davantage. Avec un soupir, elle plongea les doigts dans ses épais cheveux bruns.

Malgré le besoin qui lui dévorait le ventre, Matt veillait à ne rien précipiter. Il lui semblait crucial de ne pas gâcher le moment. L'expérience lui avait appris que ce genre d'intimité laissait des traces et pouvait faire souffrir. Il ne fallait surtout pas que Frankie ait des regrets.

Il releva la tête et plongea dans ses yeux. La flamme qu'il y vit attisa son désir. Jamais il ne l'aurait imaginée ainsi — tendre, aimante, passionnée…

— Ça va ?

— Prends-moi, Matt, murmura-t-elle d'une voix enrouée.

— Non, ma chérie. Je ne te prendrai pas. Je veux que nous fassions l'amour. Tous les deux.

Elle l'attira sur sa poitrine, tout contre son sein. Il en recouvrit le mamelon de sa bouche brûlante, humide, en lécha la pointe tendue. Frankie laissa échapper une plainte tant la sensation était intense. Du bout des doigts, elle effleura la toison de son torse, les pointes de ses seins qui durcissaient sous sa caresse ; elle explora les muscles lisses et fermes de son ventre. Contact troublant. Et, plus troublant encore, celui de son érection pressée contre sa cuisse.

La bouche gourmande de Matt avait changé de sein, et elle s'abandonna au plaisir que sa langue experte lui procurait. Le baiser glissa de sa poitrine à sa taille, puis à son ventre où il s'attarda avant de descendre plus bas encore, entre ses cuisses. Douce caresse intime qui la fit défaillir. Elle gémit, se cambra. Il la goûtait, suçait, léchait le point sensible. Incapable de lutter plus longtemps, elle sombra dans un monde de sensations et de désir si intense qu'elle en tremblait. Elle le voulait. Elle le voulait en elle. Là. Maintenant. Elle tenta de le lui faire comprendre, mais il se refusait à bouger, léchait, léchait toujours, avec tant de savoir-faire qu'elle perdit tout contrôle. Une vague l'emporta sur une crête de plaisir vers un orgasme d'une puissance inouïe.

Matt la sentit s'abandonner à la jouissance ; il sentit son sexe palpiter sous ses lèvres et prolongea le baiser jusqu'à ce qu'une fois encore, elle crie son nom dans le plaisir.

Son propre désir était insoutenable lorsqu'il la pénétra. Elle s'ouvrait comme une fleur chaude et humide, l'enveloppait comme un gant, venait à sa rencontre et l'enserrait, accroissant son besoin jusqu'à le rendre fou. Le rythme s'accéléra, de plus en plus frénétique. L'univers basculait dans un océan de sensations. Incapable de se contenir plus longtemps, il plongea dans ses yeux et s'enfouit au plus profond d'elle pour s'y vider de sa semence et de tout son désir.

La tempête calmée, il la tint enlacée, la caressa longtemps en murmurant son nom. Leur union l'avait laissé sans force, mais plein de tendresse. Il voulait qu'elle sache à quel point ce moment lui était précieux. Il l'attira plus près encore. Elle se tourna de côté, se pressa contre lui. Pour la première fois, il lui semblait toucher le ciel.

Ils se taisaient tous deux. A quoi bon les paroles ? Matt se sentit glisser dans une douce somnolence, conscient de son corps tiède contre le sien. Lorsqu'il rouvrit les yeux un peu plus tard, elle s'était endormie. Il écouta sa respiration calme et régulière, sourit et s'abandonna lui aussi au sommeil.

Dans la nuit, Frankie le réveilla en le couvrant de baisers et de caresses. Elle chercha son sexe qui durcit aussitôt et gonfla dans sa main. Il voulut l'attirer à lui, mais elle le repoussa contre les oreillers, se mit à genoux au-dessus de lui et le guida en elle puis s'assit lentement, augmentant la pénétration avec un soupir d'aise. Tandis qu'elle le chevauchait, Matt prit ses deux seins dans ses paumes, en titilla les pointes jusqu'à la faire gémir. Leurs mouvements étaient en harmonie, synchrones. Danse érotique de partenaires accordés dont le tempo s'accélérait. Soudain, elle se tendit, se cambra davantage et renversa la tête dans un cri de plaisir. Il s'abandonna, et ils jouirent ensemble. Lorsqu'elle retomba contre lui, il l'enveloppa de ses bras, lui caressa les cheveux.

— Frankie ?

— Chut. Ne dis rien.

Il n'insista pas, lui accorda le silence qu'elle désirait, et elle s'endormit entre ses bras.

Il resta longtemps éveillé à fixer le plafond. Il avait découvert la face cachée et surprenante de Frankie Daniels. Froide et détachée au travail, elle se donnait tout entière à l'amour. Jamais il n'avait connu femme moins inhibée, et son propre plaisir en était décuplé.

Il tombait amoureux, et cela l'effrayait. Depuis son arrivée, elle le tenait à distance, lui avait fait comprendre en termes on ne peut plus clairs qu'elle ne tolérerait pas d'inconvenances de sa part et ne se laisserait pas marcher sur les pieds. Au bureau, il se demandait parfois qui était le patron. Mais il admirait sa trempe et son culot.

A présent, dans l'obscurité de la chambre, en écoutant son souffle régulier, il était pris d'un doute. Avait-elle accepté de faire l'amour avec lui pour satisfaire un simple besoin physique ? Eprouvait-elle quelque chose à son égard et, si oui, comment réagirait-elle ? Lui fermerait-elle la porte de son cœur comme elle s'était ouverte à son désir ?

En s'éveillant le lendemain matin, il la chercha près de lui et trouva le lit désert. Il jeta un coup d'œil circulaire à la pièce. La porte de la salle de bains était entrebâillée, mais la lumière était éteinte. Pas le moindre bruit de douche. Il se leva, enfila un peignoir.

Une note l'attendait près du téléphone.

« Tu dormais comme un bienheureux, je n'ai pas voulu te réveiller. Sissy est passée me prendre. Bonne journée. F. »

Matt fronça les sourcils. Bonne journée ? C'était tout ?

Il se prépara du café et s'installa sur la terrasse pour le boire et réfléchir à la situation. Pourquoi était-elle partie sans même un au revoir ? Sans attendre qu'il lui offre le petit déjeuner ? Tout en s'affairant dans la maison qui lui semblait affreusement vide, il se mit à marmonner entre ses dents avec humeur. Zut, zut, et zut. Il grommelait encore en rinçant sa tasse, et toujours en prenant sa douche.

— Je ne te poserai pas de questions, déclara Sissy en garant la voiture dans l'allée.

— Tant mieux, parce que je n'ai pas de réponses à te donner, répondit Frankie, soulagée.

— Mais je te signale tout de même que je ne suis pas surprise. Je me doutais que tu étais chez Matt. Rien ne m'échappe, tu sais. Il suffit de voir comment vous vous regardiez, tous les deux.

— Qu'est-ce que tu me racontes ?

— Allons, ne fais pas l'andouille. Il brûle de désir pour toi, et toi pour lui.

Elle ne releva pas.

En silence, elles gagnèrent la maison qui sentait le désinfectant.

— Depuis 5 heures du matin, je fais le ménage, expliqua Sissy. Sans ça, je n'aurais jamais entendu le téléphone quand tu as appelé. Joe doit passer pour déjeuner.

— Il est bien ?

— Très. Ce qu'on appelle « bien sous tout rapport ». Et ne me regarde pas comme ça, je n'ai pas couché avec lui. Pas le premier soir, tout de même. Mais j'ai failli tomber dans les pommes quand il m'a embrassée pour me souhaiter bonne nuit… enfin, ce qu'il en restait.

— Bon, je ne m'attarde pas, je prends une douche en vitesse et je file au travail.

— Qu'est-ce que tu vas dire à Matt quand tu le verras ?

— Comment ça, qu'est-ce que je vais lui dire ?

— Tu sais bien. La donne est un peu modifiée, non ?

— Pas pour moi. Le boulot, c'est le boulot, et point barre.

Sur ce, Frankie se dirigea vers la salle de bains.

Quand elle arriva dans les locaux de la police, Matt la guettait depuis son bureau.

— S'il te plaît, entre et ferme la porte.

— Très bien.

— Tu peux t'asseoir.

Frankie prit place en face de lui. Après la nuit qu'ils avaient passée ensemble, elle avait quelque peine à le regarder dans les yeux, mais elle s'y obligea.

— Je t'écoute.

— Tu es partie ce matin comme une voleuse.

— Tu as trouvé mon mot ?

— Oui. Mais j'aurais préféré que tu m'embrasses avant de partir. Un message ne fait pas le même effet.

— Chef, ce n'est ni le lieu ni le moment d'en discuter. Je croyais qu'il y avait du nouveau sur l'affaire Peters.

— Je me demandais si tu avais apprécié la fin de la soirée.

— Les griffures que tu as sur le dos devraient suffire à le prouver. Et maintenant, retour à l'affaire Peters.

Il l'examina un moment en silence. Elle avait retrouvé sa froideur professionnelle.

— Les résultats de l'autopsie confirment nos soupçons. Ils ont trouvé de l'arsenic dans le corps. Et des empreintes digitales sur les mouchoirs. Celles d'Earlene Peters. En pagaille.

— Excellent !

— En ce moment même, Cooter est en train de nous obtenir un mandat de perquisition. J'aimerais que tu sois présente quand nous frapperons à sa porte.

— D'accord. Je ne voudrais pour rien au monde rater la tête que cette furie va faire quand nous lui présenterons le mandat.

— Pas d'emballement. Il ne servirait à rien de la mettre en détention provisoire. Son avocat la ferait libérer dans les cinq minutes.

— Quand y allons-nous ?

— Dès que Cooter sera revenu avec le mandat.

— Le plus dur sera de l'attendre.

— Et puis, avant que j'oublie, j'ai eu un coup de fil de Hep Whitfield au billard. Il sait qui a vandalisé la maison que vous avez inspectée, Cooter et toi.

— Ah oui ?

— Il est déjà allé voir les propriétaires avec le môme. Ils ont accepté de ne pas porter plainte. En échange, le gosse propose de réparer lui-même les dégâts.

— Tiens donc. Hep se transforme en assistante sociale, maintenant.

Elle n'avait pas achevé sa phrase qu'elle la regrettait déjà. Matt fronça les sourcils, l'air sévère. Elle méritait des reproches pour impertinence. Une fois de plus, sa langue trop vive la trahissait.

— Hep est un brave homme, Frankie. Il s'intéresse sincèrement aux jeunes de la ville et je regrette seulement qu'il n'y ait pas plus de gens comme lui. Quant au petit vandale, il n'a jamais causé de problèmes auparavant et c'est un bon élève. Simple crise d'adolescence. Il a voulu faire le malin sur un pari. Il a d'ailleurs rendu ce qu'il avait volé.

— Je suis désolée d'avoir parlé trop vite, chef. Comme toujours, je réfléchis après, c'est plus fort que moi.

— Je sais. Tu as besoin de quelqu'un comme moi pour t'enseigner les bonnes manières de notre vieux Sud.

— Regarde bien à qui tu t'adresses. Les bonnes manières, je ne sais pas ce que c'est.

On frappa à la porte qui s'ouvrit sur Cooter brandissant son mandat.

— Ça y est, chef. Je l'ai.

Matt se leva.

— Alors, en route.

14.

L'arrivée du chef de police accompagné de deux adjoints interrompit la partie de bridge d'Earlene Peters.

— Madame Peters, commença Matt, j'ai ici un mandat de perquisition signé du juge Davies…

— Un mandat de perquisition ?

Elle parut sur le point de s'évanouir. Ses partenaires de bridge — des dames d'un certain âge — vinrent la rejoindre dans le hall.

— Que se passe-t-il, Earlene ? demanda l'une d'entre elles. Il y a un problème ?

— Ils viennent fouiller la maison.

— En quel honneur ?

Earlene se retourna vers les trois policiers.

— En quel honneur, au fait ?

— Nous avons des raisons de penser que vous avez eu une part dans le décès de votre mari. Empoisonnement à l'arsenic, expliqua Matt.

— Présomption de meurtre, ajouta Frankie.

Sous le regard effaré de ses compagnes, Earlene roula des yeux, chancela et s'effondra… dans les bras de Matt qui avait anticipé sa chute. Il la souleva de terre pour l'emporter au salon où il la déposa sur le canapé.

— Earlene, revenez à vous, dit-il en lui tapotant les joues.

Elle souleva les paupières, mit quelques secondes à retrouver ses esprits, puis, le premier choc passé, se releva, furieuse.

— Chef Webber, vous venez de m'humilier devant mes amies. Fouillez toute la maison, vous ne trouverez rien. Et maintenant, si vous voulez bien m'excuser, je vais de ce pas appeler mon avocat.

Frankie se tourna vers les spectatrices aussi curieuses qu'horrifiées.

— Quant à vous, mesdames, vous reprendrez votre partie de bridge un autre jour. Je ne pense pas que Mme Peters soit en état de recevoir.

Eberluées, elles sortirent une à une sans un mot de plus.

Dix minutes plus tard, à l'arrivée de Me John Zimmerman, Matt et Frankie fouillaient la cuisine et la buanderie tandis que Cooter s'occupait du garage.

— Bonjour, John, dit Matt en lui tendant la main. Il y a un bail que je ne t'ai pas vu. Ça remonte au barbecue de Jaycee.

— Myra est enceinte et la grossesse lui est particulièrement pénible. Elle n'a plus trop envie de sortir.

— En tout cas, félicitations à vous deux.

Earlene toussota pour attirer leur attention.

— Excusez-moi, messieurs, mais j'aimerais que nous passions aux choses sérieuses.

L'avocat opina de la tête.

— Chef, vous avez, paraît-il, un mandat de perquisition ?

Matt lui présenta le papier qu'il examina avant de déclarer :

— Madame Peters, tout est en règle. Vous devez vous soumettre.

Elle se redressa avec humeur.

— Très bien. Qu'ils fouillent. Mais je tiens à ce que vous restiez. Je compte porter plainte pour harcèlement dès qu'ils en auront terminé. Maintenant, si cela ne vous ennuie pas, je vais m'étendre un peu.

— Installez-vous plutôt sur le canapé, Earlene. Nous comptons examiner votre chambre, observa Matt.

— Alors, dépêchez-vous, qu'on en finisse.

Pendant plus de deux heures, ils passèrent la maison au peigne fin. Dans la salle de bains, Frankie préleva du talc, de la poudre de riz, et d'autres échantillons qu'elle étiqueta soigneusement. Elle vérifia le contenu de la pharmacie et des tiroirs, inspecta le dessous des meubles, les coffrages, puis recommença dans la chambre maîtresse avant de répéter l'opération pour les chambres d'amis et leurs salles de bains respectives. Dieu que la maison était immense !

Lorsqu'elle redescendit, Cooter arrivait par la porte de service, chargé de sacs en plastique et couvert de poussière.

— J'ai épluché le garage et l'abri de jardin, déclara-t-il. J'ai ramassé tout ce qui pouvait ressembler à de l'arsenic sous forme de poudre ou de liquide.

Matt trouva l'avocat d'Earlene installé à la table de la salle à manger, son attaché-case ouvert devant lui. Il parlait au téléphone et griffonnait des notes sur un bloc de papier jaune.

— Nous avons terminé, John. Je te remercie de ta coopération.

— Il n'y a pas de quoi, Matt. Tu me préviens si les analyses étayent vos soupçons.

— Pas de problème.

Ils échangèrent une poignée de main.
— Transmets mes amitiés à Myra.
— Je n'y manquerai pas.
Comme Earlene dormait sur le canapé, Matt jugea préférable de ne pas la réveiller. Les trois policiers sortirent discrètement et regagnèrent leur voiture de patrouille en silence.
Une fois devant le poste, Matt remarqua l'état des vêtements de Cooter et agita la tête.
— Mon pauvre vieux, tu es sale comme un peigne. Tu as étiqueté tes échantillons ?
— Bien sûr, chef.
— File chez toi prendre une douche, tu en as bien besoin. Je vais déposer tout ça au labo.
Frankie suivit Matt dans le hall et attendit près de la réception qu'il consulte ses messages. Velma jeta un coup d'œil sur les sacs en plastique qu'ils tenaient à la main.
— Du nouveau sur l'affaire Peters, chef ?
— On y travaille.
— Je sais bien qu'il y avait une grande différence d'âge entre eux, mais Earlene n'aurait jamais fait de mal à Darnell. Elle l'adorait.
— C'est pourquoi elle lui rendait si rarement visite.
— Oh, elle l'aurait fait plus souvent s'il n'avait tenu qu'à elle. Mais il n'aimait pas qu'elle le voie dans cet état. Il avait sa fierté, le pauvre homme.
— Nous verrons bien ce que raconte le labo, répondit-il avant de se diriger vers la porte du fond.
Frankie lui emboîtait le pas quand Velma la héla :
— Agent Daniels, ne partez pas, vous avez un message. De votre mère.
Elle soupira, prit le feuillet qu'on lui tendait et rejoignit Matt. Le labo était minuscule comparé à celui de la police

d'Atlanta, et le flic de service tuait le temps en faisant des mots croisés.

— J'ai du boulot pour toi, Jennings, annonça Matt.

L'homme releva le nez de son journal.

— Des tests pour de l'arsenic ?

— Oui. Tu en as pour longtemps ?

— C'est que vous avez là un fameux paquet d'échantillons.

— Appelle-moi dès que tu as terminé.

— Bien, chef.

Matt et Frankie sortirent et reprirent le couloir.

— Un déjeuner rapide, ça te tenterait ?

— Bonne idée, je meurs de faim.

En passant, Matt prévint Velma :

— Nous ne serons pas longs. Tu m'appelles par radio s'il se passe quoi que ce soit.

Quelques minutes plus tard, il garait la voiture devant le *Dairy Queen.*

— Tu sais ce qui me ferait envie ? Un hot dog géant avec des oignons, de la sauce au piment et de la choucroute.

Frankie hocha la tête.

— Oui, ça m'irait aussi.

Ils poussèrent la porte, commandèrent au comptoir et prirent place à une petite table ronde.

— Alors, quelle est ton opinion ?

— Sur Earlene Peters ? Tous les indices pointent dans sa direction.

— Ce qui, en soi, ne veut rien dire. Elle n'avait pas l'air de craindre que nous découvrions de l'arsenic chez elle. En revanche, je l'ai trouvée sérieusement motivée pour nous coller un procès aux fesses.

— C'est peut-être du cinéma. Un numéro de vieille carne destiné à nous intimider.

— Ou alors, nous faisons fausse route et devrions chercher ailleurs.

Matt appela Velma, lui demanda s'il y avait des messages, et l'avertit qu'après le repas, ils fileraient à l'usine d'engrais afin de procéder à quelques interrogatoires.

— Nous serons de retour d'ici une heure, une heure et demie.

A l'arrivée de Matt et Frankie, Jody Peters mangeait un sandwich à son bureau. Il les salua avec chaleur, mais il avait l'air épuisé et des cernes bruns creusaient ses yeux.

— Les grands esprits se rencontrent, déclara-t-il après les avoir invités à s'asseoir. Je viens d'appeler au poste, et Velma m'a dit que vous étiez en route.

— Vous aviez quelque chose de particulier à m'apprendre ? s'enquit Matt.

— Eh bien, j'ai essayé d'obtenir des renseignements auprès de Doc' Linton à la morgue, mais il est toujours occupé. Je voulais savoir où vous en étiez de votre enquête.

— Votre père a été empoisonné à l'arsenic. Les tests sont formels.

Jody les dévisagea, incrédule.

— Mais enfin... qui diable a pu faire une chose pareille ?

— C'est justement ce qui nous amène ici. Nous avons perquisitionné chez Mme Peters ce matin.

— Ah. Ça explique le coup de fil d'Earlene. D'après ma secrétaire, elle souhaitait me parler d'urgence, mais je ne l'ai pas encore rappelée. Elle a sa propre conception de l'urgence. La dernière fois, elle avait aperçu une souris. Il a fallu que je me rende chez elle sur-le-champ pour attraper la satanée bestiole.

— Quelle opinion avez-vous d'elle ?

— Je ne la trouve pas très sympathique, mais je n'en ai jamais rien dit à mon père afin d'éviter toute tension entre nous. Ma femme et moi la supportions malgré ses grands airs.

— Vous la pensez capable d'avoir empoisonné votre père ?

— Ça, je n'en sais rien. Mais, comme je vous l'ai dit, je n'imagine pas que quiconque ait pu lui en vouloir. C'était un homme bon et généreux. Earlene le traitait avec beaucoup de gentillesse. Devant moi en tout cas.

— Vous disiez tout à l'heure qu'Earlene vous avait appelé pour attraper une souris ? intervint Frankie.

Jody sourit.

— Elle en avait une peur bleue.

— Elle vous a demandé de mettre de la mort-aux-rats ?

— Non. J'ai posé des tapettes avec du beurre de cacahuètes en guise d'appât. Et, bien sûr, elle était hystérique quand la bestiole s'est fait prendre. Il a fallu que je revienne m'occuper du cadavre.

— Une autre question, Jody, reprit Matt. Qui hérite de la fortune à la mort de votre père ?

— Earlene, je présume. Et je sais par ailleurs qu'il laisse une donation importante à Piney Grove, et une jolie somme à Shirley en reconnaissance de ce qu'elle a fait pour lui. Il m'en avait parlé. Quant à moi, j'ai déjà eu ma part. Il m'a laissé l'usine de son vivant afin de m'éviter la taxe sur l'héritage. Comme je vous le disais, c'était un homme généreux.

Il sourit de nouveau.

— Je ne crois pas qu'Earlene ait beaucoup apprécié cette qualité. A ce que j'ai compris, elle a eu une enfance difficile et je suis convaincu qu'elle a peur de retomber dans la misère. C'est pour ça qu'elle m'appelle afin de chasser les souris alors qu'elle pourrait payer un service de dératisation. Remarquez, à côté de ça, elle dépense des fortunes chez le traiteur en petits-fours et canapés pour son club de bridge.

— Vous ne lui en voulez pas d'avoir épousé votre père ?

— J'étais tout môme à la mort de ma mère. Je me souviens à peine d'elle. Mais je sais que la solitude pesait à mon père. Earlene était sa secrétaire et ils ont fini ensemble. Malgré la différence d'âge, je crois qu'elle l'aimait vraiment. Elle était aux petits soins pour lui avant que son état se dégrade et l'oblige à le mettre en maison de retraite médicalisée.

Frankie plissa le front.

— Votre père n'aurait pas oublié quelqu'un dans ses dotations ? Une personne qui l'estimait redevable et s'est sentie lésée de n'avoir rien reçu, peut-être ?

— J'ignore au juste ce qu'il a donné à qui. Je sais que les employés de l'usine ont perçu un bonus appréciable en fonction de leur ancienneté et je suis sûr qu'il n'a pas oublié ses amis.

— Et Blaine Freeman ?

— Oh, mon père a pensé à lui. Il a reçu sa dotation en même temps que moi. Je le revois encore arriver dans mon bureau les larmes aux yeux avec son chèque à la main.

— Vous vous souvenez de la somme ?

— Un million de dollars. Exactement comme moi. Sauf que j'ai eu l'usine en prime.

— C'est beaucoup, remarqua Matt.

— Blaine Freeman était comme un frère pour mon père. Il était son bras droit et dirigeait l'usine avec lui.

Jody tendit la main vers un cadre.

— Là, c'est lui en photo avec papa et moi pendant une partie de chasse. Je lui ai parlé plusieurs fois au téléphone depuis le décès. Il ne s'en remet pas. D'ailleurs, j'étais en ligne avec lui quand Earlene a appelé. C'est pour ça que je n'ai pas pris la communication.

— En tout cas, vous semblez prendre votre deuil avec philosophie, commenta Frankie.

Le visage de Jody se fit grave.

— Sur le moment, j'en avais le cœur brisé. Je perdais à la fois mon père et mon meilleur ami. Et puis j'ai réfléchi. C'était un homme fier. Il souffrait d'être dépendant. Je me souviens qu'un jour, il a fallu qu'une infirmière lui essuie le derrière parce qu'il s'était souillé. Il en était malade. Il m'a dit qu'il préférerait se tirer une balle dans la tête que de vivre ça au quotidien.

Pensif, il regarda la photo et l'effleura du doigt avec nostalgie.

— Tout bien considéré, il est mieux où il est.

— Il vous manque, remarqua Matt. Ça saute aux yeux.

Une pause, puis il ajouta :

— Vous pourriez me rendre un petit service et me donner les coordonnées de Blaine Freeman ?

— Vous ne le soupçonnez pas, tout de même ? se récria Jody.

— Non, non. Bien sûr que non. Mais il pourra peut-être nous aider dans notre enquête.

Jody hocha la tête, prit un carnet d'adresses, le feuilleta, et nota le renseignement sur une petite carte.

— Ne le bousculez pas, chef. Il est fragile et déstabilisé. Quand je lui ai parlé tout à l'heure, je crois qu'il avait bu.

— Il boit beaucoup ?

— Dans le temps, oui. Mais il y a bien vingt ans qu'il a rejoint les Alcooliques Anonymes. Depuis, il ne buvait plus rien.

Il tendit la carte à Matt.

— Vous avez une idée du temps que va prendre l'enquête ? Earlene a déjà réservé le traiteur qui s'impatiente. Elle veut que papa soit enterré en grande pompe.

— Ne vous inquiétez pas, nous vous tiendrons au courant.

Sur ce, Matt et Frankie prirent congé et quittèrent le bâtiment.

— Que penses-tu de tout ça ? s'enquit Matt tandis qu'ils regagnaient leur voiture.

— Je trouve qu'il prend la chose plutôt bien.

— Parfois, la mort peut être un soulagement.

Elle réfléchit quelques instants.

— Quand une personne souffre depuis longtemps, sans doute. Il n'y aurait pas eu d'autres décès suspects à Piney Grove ?

— Non, jamais. Et le personnel est d'un professionnalisme exemplaire. Personne n'oserait seulement rabrouer un patient.

Blaine Freeman habitait une simple longère de brique comme on en construisait à la fin des années 60. La pelouse était entretenue ; des fleurs bordaient l'allée et le trottoir. Une vieille Ford était garée près de la maison.

— Pour un millionnaire, un ex-bras droit de patron, M. Freeman vit plutôt modestement, remarqua Frankie alors qu'ils se dirigeaient vers la porte.

— Darnell Peters n'a pas toujours vécu dans l'immense villa que vous avez vue. Il ne l'a achetée qu'après avoir épousé Earlene. Beaucoup de gens ont du bien et se fichent de l'argent. Ils travaillent, dépensent peu, et se retrouvent un jour à la tête d'une fortune.

Matt frappa à la porte. Rien. Aucun signe de vie.

— Allons regarder derrière.

Le battant à moustiquaire de la terrasse couverte était entrouvert. Matt le poussa et frappa à la porte de derrière. Impossible de voir à travers le rideau qui recouvrait le panneau vitré. Ils attendirent. De l'intérieur leur parvint un gémissement.

Matt frappa de nouveau, plus fort cette fois.

— Il y a quelqu'un ?

Ils entendirent un bruit de verre brisé suivi d'un cri.

— Allons-y, déclara Matt en tournant le bouton de la poignée.

Au grand étonnement de Frankie, la porte n'était pas verrouillée. Ils entrèrent.

A peine avaient-ils pénétré dans la cuisine qu'une odeur de whisky les assaillit. Des bouteilles d'alcool vides étaient alignées le long du plan de travail, également encombré d'assiettes à demi pleines de nourriture moisie. Ils longèrent le couloir et arrivèrent à une chambre qui sentait l'urine et le linge sale. Sur le lit gisait un homme dépenaillé, aux cheveux blancs en bataille et aux vêtements crasseux. Il tenait d'une main une bouteille de whisky, de l'autre, un verre brisé. Le sang coulait de sa paume.

— Vous êtes monsieur Freeman ? s'enquit Matt.

Le bonhomme les regarda comme s'ils tombaient de la lune.

— Je saigne, dit-il d'une voix pâteuse.

Frankie se mit en quête de la salle de bains, y trouva de l'eau oxygénée, de la gaze et du sparadrap. Pendant que Matt interrogeait l'homme, elle désinfecta la plaie.

— L'entaille n'est pas très profonde, déclara-t-elle.

M. Freeman la fixait d'un œil comateux.

— Pourquoi vous êtes venus ? J'ai commis un crime ?

Matt haussa un sourcil curieux.

— Vous avez quelque chose à vous reprocher ?

L'homme agita la tête avec emphase, puis il se recala contre son oreiller.

— Le mal est partout de nos jours. Suffit de regarder autour de soi.

Matt et Frankie se consultèrent du regard. Le bonhomme était ivre, à peine cohérent.

— Jody Peters nous a demandé de passer vous voir. Il s'inquiétait pour vous. D'après lui, la mort de Darnell vous a bien ébranlé.

— Je veux pas parler de Darnell, tonna Freeman avec colère.

Matt insista quand même :

— J'ai quelques questions à vous poser. Ou vous répondez ici, ou je vous emmène au poste de police.

Freeman ferma les yeux. Des larmes roulaient sur ses joues.

— Darnell était le meilleur ami que j'aie jamais eu.

Frankie acheva de panser sa main blessée et commenta avec douceur :

— C'est ce qu'affirmait Jody. Et c'est aussi pour ça que nous sommes ici. Dans l'espoir que vous pourrez nous aider. Votre ami a été empoisonné, monsieur Freeman. Vous avez peut-être des renseignements utiles à nous communiquer.

— Je peux plus aider personne, gémit-il. J'ai plus la force de m'occuper de moi.

Frankie prit conscience de sa maigreur, de la peau flasque de son visage.

— Depuis quand n'avez-vous pas mangé, monsieur Freeman ?

Il leva sur elle des yeux injectés de sang et soupira.

— J'sais plus. Ça ne passe pas, je vomis tout.

Matt examina la pièce. Là aussi, il y avait des bouteilles vides partout et, sur le bureau, une coupe de verre remplie de jetons de couleur. Des jetons que les Alcooliques Anonymes décernent à leurs membres pour les encourager. La coupe contenait des douzaines de jetons bleus représentant des années de sobriété complète.

— En ce qui concerne l'alcool, ça a l'air de passer plutôt bien, remarqua-t-il.

L'homme se détourna, honteux.

— C'est que… Je voulais juste boire un petit verre pour me remonter. Et puis un verre en a entraîné un autre.

— Il y a longtemps que vous buvez comme ça ?

— Depuis la mort de Darnell.

Frankie lui tapota affectueusement la main.

— Que penserait Darnell s'il vous voyait dans cet état ?

Freeman se prit la tête entre les mains et se mit à pleurer.

— C'est lui qui m'a aidé à arrêter dans le temps. Il me prendrait par le col, et il me traînerait à une réunion de l'association. Mais là, tout de suite, je n'ai pas la force.

— Tout le monde doit faire face au deuil un jour ou l'autre, monsieur Freeman, et c'est pénible. C'est ce que nous devons affronter de plus pénible. Mais il faut se prendre en main, surmonter sa douleur et aller de l'avant.

Ce disant, elle se demanda si elle ne cherchait pas à s'en convaincre elle-même.

— Vous ne pouvez pas comprendre, bredouilla l'ivrogne en sanglotant de plus belle.

— Comprendre quoi ?

— Je ne peux pas continuer comme ça. Je ne voulais pas le faire, mais j'avais promis… promis et même juré. Maintenant, il faut que je vive avec ça.

Frankie et Matt se regardèrent brièvement.

— Qu'est-ce que vous ne vouliez pas faire, monsieur Freeman ? s'enquit Matt. Pourquoi essayez-vous de vous tuer par la boisson ?

L'homme leva sur eux des yeux dont la douleur avait ôté toute vie.

— Je l'ai tué, balbutia-t-il dans un nouveau sanglot.

15.

Frankie prépara du café et un sandwich. De retour dans la chambre, elle trouva Matt muni d'un gant de toilette humide, occupé à laver le visage du vieillard. Freeman tremblait de tous ses membres. Voyant qu'il ne pouvait tenir la tasse, Frankie la porta à ses lèvres pour qu'il boive quelques gorgées de café. Puis elle prit un morceau de sandwich et le lui tendit, mais il se détourna.

— Je n'ai pas faim.

— Il faut que vous mangiez quelque chose.

Matt tira une chaise près du lit.

— Monsieur Freeman, nous allons vous faire transporter à l'hôpital dans un moment. J'ai des questions à vous poser, mais j'attendrai que vous soyez en meilleure forme pour poursuivre l'interrogatoire. Souhaitez-vous appeler un avocat ?

Freeman fit oui de la tête.

— J'ai cru comprendre que vous étiez l'ami le plus proche de M. Peters.

— Depuis près de quatre-vingts ans.

Accablé de tristesse, il poursuivit dans sa barbe :

— Nous ne pensions pas vivre aussi longtemps, ni lui, ni moi. Personne ne devrait vivre aussi vieux. On ne fait plus que souffrir, à cet âge-là.

Il releva les yeux.

— J'étais garçon d'honneur à ses deux mariages. Je l'ai vu épouser sa première femme et l'enterrer alors que Jody portait encore des couches. Et j'ai fait semblant de me réjouir quand, des années plus tard, il m'a annoncé sa décision d'épouser Earlene. Cette bonne femme ne me disait rien qui vaille, mais j'ai gardé mes opinions pour moi. Je tenais à ce que Darnell soit heureux.

Frankie porta de nouveau la tasse à ses lèvres afin qu'il boive. Il s'étouffa, toussa. Pris de spasmes du diaphragme, il ne parvenait pas à retrouver son souffle.

— Mets du whisky dans son café, ordonna Matt qui craignait que l'homme soit saisi de convulsions avant d'arriver au centre de désintoxication.

Frankie obéit. Additionné d'une bonne rasade d'alcool, le café passait tout seul. Lorsque le vieillard fut remis, Matt reprit le fil de la discussion interrompue :

— Si vous l'aimiez autant, pourquoi l'avez-vous tué ?

Le vieux le regarda droit dans les yeux.

— Parce qu'il me l'avait demandé.

— Et vous étiez d'accord pour le faire ?

— Oh, que non. Mais il me tarabustait. Il était déjà à Piney Grove depuis deux ans et demi et son état ne s'arrangeait pas. Il en était conscient. Il m'a parlé d'autres patients qui étaient là depuis cinq ou six ans, voire davantage. De leurs corps déformés, de leurs escarres malgré les soins constants et les visites des infirmiers qui venaient régulièrement les changer de position. Il en avait assez, chef. C'est aussi simple que ça. Il souffrait du matin au soir, il ne supportait pas d'être dépendant. On ne pouvait même plus le sortir au jardin en fauteuil roulant. Il m'a dit que ce n'était pas une vie. Et quand j'ai refusé de l'aider, il a cessé de me parler pendant des mois. Au bout du compte, j'ai fini par accepter. Il aurait fait la même chose pour moi.

— Où avez-vous pris l'arsenic ?

— A l'usine, bien sûr. J'y vais de temps en temps pour empoisonner le monde et voler des biscuits. Je m'ennuie depuis que ma femme et mes amis sont morts. Ça me faisait une distraction. Les employés ne se souciaient pas de mes niches, j'allais où je voulais. J'ai rempli d'arsenic deux boîtes de médicaments, et je les ai emportées à l'hôpital.

— Et vous en avez saupoudré ses mouchoirs ?

Il acquiesça de la tête.

— Je voulais lui faire avaler une dose mortelle pour en finir vite, mais il craignait que sa mort soudaine éveille les soupçons du personnel. Alors, j'ai pris mon temps.

Il se remit à pleurer.

— Quand j'ai vu qu'il était de plus en plus malade, j'ai voulu arrêter. Mais il a insisté pour que je continue. Il me suppliait d'aller jusqu'au bout, chef. Alors, je l'ai fait.

Il releva vers eux son visage trempé de larmes et conclut :

— Parce que je l'aimais.

Matt et Frankie demeurèrent un moment silencieux devant le vieillard sanglotant. Puis Frankie prit une poignée de Kleenex dans une boîte et la lui tendit. Malgré son expérience et les enquêtes auxquelles elle avait participé sur d'autres cas d'aide au suicide, elle en avait mal pour lui et se demandait si les gens comme Darnell Peters savaient ce qu'ils infligeaient à leurs amis, à leur famille, lorsqu'ils réclamaient d'eux cette ultime faveur.

— Appelle une ambulance, Frankie.

Quand Freeman se fut calmé, Matt le soutint pour qu'il se redresse et lui enfila ses chaussures.

— Monsieur Freeman, je suis désolé, mais je vais devoir vous arrêter pour le meurtre de Darnell Peters. Je ne vous mettrai pas les menottes, et vous irez à l'hôpital — pas en prison. Mais un policier restera en faction devant votre chambre jusqu'à ce que tout rentre dans l'ordre. Etes-vous suffisamment lucide pour que je vous lise vos droits comme la loi l'exige ?

Le vieux hocha tristement la tête.

Sur le trajet de retour au poste de police, Frankie regarda défiler le paysage en silence. Elle réfléchissait, se demandant comment elle aurait agi à la place de Blaine Freeman.

— Ça va ? s'enquit Matt, troublé par son mutisme.

Elle soupira. La rencontre l'avait déprimée, et le dilemme moral lui pesait.

— Je pense qu'il ne fallait pas l'arrêter.

— Il a tué.

— Peters était son ami. Il l'a fait par amour.

— Et toi ? L'aurais-tu fait ?

Elle se tourna vers lui. Ses pensées étaient-elles si transparentes ?

— Je me posais justement la même question. Si une personne amie se morfondait en maison de retraite et souffrait le martyre sans espoir de voir son état s'améliorer…

Elle s'interrompit et soupira.

— … Sincèrement, je ne sais pas.

Il fixait la route devant lui.

— Je peux comprendre le geste de Freeman et je compatis. Mais il a tout de même commis un meurtre. C'est au juge qu'il revient de décider de son sort.

— Et s'il s'était agi de Mandy ? Tu l'aurais laissée souffrir pour ne pas avoir à vivre avec le remords de l'avoir aidée à en finir ?

Elle regretta aussitôt sa question.

— Je ne le saurai jamais, rétorqua-t-il, cassant. Elle est morte avant même que j'aie pu lui dire adieu.

Silence gêné. Frankie se massa le front.

— Je suis désolée, Matt. Ce ne sont pas des choses à dire, c'était moche de ma part.

— Très moche, effectivement.

— Je répète, je suis désolée.

Elle se sentait affreusement coupable. Et Matt se contenait, crispait les doigts sur le volant.

— Tu crois vraiment que j'avais envie d'arrêter Freeman ? Tu me prends pour une bête de devoir, sans égard pour les sentiments des autres ? Ça m'a fait de la peine, Frankie, mais il n'empêche que ce type a tué et, que je le veuille ou non, je suis tenu de respecter la loi.

— Je t'ai vu la détourner.

— Pas en cas de meurtre, jamais. Et puis Freeman se suicidait à l'alcool de toute façon. Il aurait duré quoi ? Quinze jours à tout casser.

Il s'interrompit pour la regarder.

— Le juge se montrera clément, Frankie. Blaine Freeman obtiendra le soutien dont il a besoin.

— Pas si sûr. Le million de dollars que Darnell Peters lui a donné risque fort de passer pour le paiement de ce petit service.

— C'était une dotation. Il l'a reçue bien avant que Peters entre en maison de retraite. Et souviens-toi que Jody a eu sa part au même moment.

Elle ne répondit pas.

Parvenu devant les locaux de la police, Matt gara la voiture dans l'espace réservé et coupa le contact.

— Regarde-moi, Frankie.

Elle obéit et le regarda droit dans les yeux.

— Je t'écoute.

— Tu as confiance en moi ?

Elle haussa les épaules.

— Sans doute.

— Sans doute ? Pas plus que ça ?

— Bon, d'accord. Oui.

— Alors, je vais te dire une chose. Blaine Freeman ne dormira pas une seule nuit en prison. Je te le promets.

— Mais…

— Fais-moi confiance.

— OK. Je te crois.

— Tu comptes passer à la maison dans la soirée ?

Ce brusque changement de sujet la surprit quelque peu.

— Je ne sais pas si c'est une bonne idée. La première fois, les événements se sont enchaînés et nous ont un peu dépassés. C'était spontané, inattendu. De là à organiser des rencontres sur rendez-vous… Ça me donne l'impression de… Oh, et puis, je ne sais pas…

— 19 heures, ça te convient ?

— Ouais, ça m'irait.

De retour chez elle, Frankie trouva Sissy en peignoir sur son lit, les yeux gonflés et rougis. Un verre de vin presque vide trônait sur la table de chevet.

— Ça ne va pas à ce que je vois. On peut savoir ce qui te ronge ?

— Oh, rien. Sauf qu'une fois de plus, je passe pour une imbécile et une salope.

— Qu'est-ce que tu me chantes ?

— Joe quitte la ville pour le week-end. Il voulait passer la journée ici avec moi. Au lit.

— Et alors, où est le mal ?

— Le mal ? C'est qu'il rentre chez lui pour se marier.

— Merde, c'est dur !

— Plutôt, oui.

— Et il t'a sorti ça comme ça ?

— Son portable n'arrêtait pas de sonner. Des Texto à n'en plus finir. Apparemment, sa fiancée craignait qu'il ne soit pas de retour à temps pour le dîner et la répétition de la cérémonie.

— Il est gonflé de t'avoir dit ça.

— En fait, il ne m'a rien dit du tout. Mais il a fini par rappeler. En prenant toutes les précautions pour ne pas que j'écoute : il a appelé de la cuisine et fermé la porte de la chambre. Comme son manège me paraissait louche, j'ai décroché ici, et j'ai tout entendu.

— Tu l'as espionné ?

— Ben oui. Je me demandais ce qu'il pouvait y avoir de si urgent et de si secret alors que ce mec ne me lâchait plus. Il était insatiable, je ne te mens pas. Il s'est servi de moi, le salopard. Je vais pouvoir me récurer avant de me sentir propre.

— Arrête de culpabiliser, ce n'est pas ta faute, tu ne pouvais pas deviner. Ce mec est un sale con. Tu devrais remercier le ciel d'être débarrassée de lui.

— Tu ne comprends donc rien, Frankie ? J'ai ma réputation toute faite ici. Je suis facile.

— Tu débloques et tu as un coup dans le nez.

— Ne joue pas les naïves, ça te va mal. Je suis ce que je suis, on n'y changera rien. Regarde à quoi je gagne ma vie. A raconter des cochonneries au téléphone pour que des vieux porcs se paluchent. Je ne vaux pas mieux qu'une pute.

— Arrête de te vautrer, je n'écoute plus. J'espère au moins que tu l'as flanqué dehors à coups de pied aux fesses.

— Ça, oui ! Après l'avoir giflé comme une furie. Et griffé en prime. Il va avoir du mal à expliquer à sa fiancée les marques que j'ai laissées sur sa gueule de beau gosse.

Et elle éclata en sanglots.

— Sissy, reprends-toi, s'il te plaît. Tu te fais du mal pour rien. C'est l'autre que nous devrions plaindre, elle l'épouse.

Frankie prit le verre abandonné et se dirigea vers la porte.

— Je vais te préparer à dîner.

— Je n'ai pas faim. Je veux juste dormir. J'ai déjà pris un somnifère.

— Avec ce que tu as bu ?

— Et alors ? Ça agit plus vite, je le fais tout le temps.

Frankie agita tristement la tête.

— Ce n'est pas bien raisonnable. Et tu mangeras quand même.

En gagnant la cuisine, elle était aussi accablée qu'en sortant de chez Blaine Freeman.

Frankie arriva chez Matt un peu avant 20 heures et lui expliqua la raison de son retard. Il se fit aussitôt soucieux.

— Je savais qu'elle avait tendance à boire en cas de déprime, mais j'ignorais qu'elle prenait des somnifères en même temps. D'après toi, quelle mouche l'a piquée ?

— Un homme, pardi ! Son Joe Dugland s'est servi d'elle comme d'une poupée gonflable toute la sainte journée. Il a juste oublié de préciser qu'il se mariait ce week-end, le salaud. Encore un qui ne cherche qu'à tirer son coup.

— Doucement, Frankie, ne t'emballe pas.

— Je vais me gêner. Dis-moi une chose : qu'est-ce que tu as remarqué d'abord quand tu m'as vue pour la première fois ?

Il sourit.

— Tu veux la vérité toute nue ?

Elle fit oui de la tête.

— Tes fesses.

— La preuve est faite.

— La preuve que je suis un pervers ?

— Non, que tu es comme tous les autres. Tu sais ce qu'une femme remarque en premier chez un homme ? Ses yeux.

Matt l'examina et sourit de nouveau. Elle portait un jean moulant, un petit pull près du corps à se damner…

— Si tu voulais que je remarque tes yeux, tu aurais dû choisir d'autres vêtements.

Elle ouvrit la bouche pour répondre, mais il l'arrêta d'un geste de la main.

— Stop, ce n'est pas tout. Il n'y a pas que ton corps qui m'intéresse. Tu es intelligente, spirituelle, vive et pleine d'énergie. Et tu as de beaux yeux, je les ai remarqués aussi. Et des cheveux superbes.

Ces compliments lui faisaient plaisir en tant que femme. Elle trouvait bon d'être perçue pour telle et non plus en tant que flic. Mais l'aventure lamentable de Sissy l'obsédait toujours.

— Les hommes sont prêts à raconter n'importe quoi pour obtenir ce qu'ils veulent.

— Tu crois ?

— Je le sais.

— Je refuse de prendre les coups pour Connors et pour le Joe de Sissy. Sans compter qu'elle a le don de choisir le mauvais cheval.

— Parce qu'il y en a de bons ? Qu'on me les montre !

— Tu en as un devant toi. Maintenant, dis-moi si tu comptes passer la soirée à te ronger pour un truc qui ne nous concerne pas ou si tu veux m'aider à préparer le dîner.

— Il n'était pas question que nous dînions ensemble.

— J'ai pensé que tu aurais faim. J'ai mis des steaks à mariner, les pommes de terre sont au four. Il ne reste plus qu'à faire la salade.

— Je n'avais pas l'intention de rester dîner.

— Disons que j'avais un peu anticipé.

— Eh bien, tu t'es trompé dans tes calculs. Nous sommes adultes, et je présume que tu sais parfaitement pourquoi je suis venue.

Il eut un sourire amusé.

— Tu ne te servirais pas de moi comme objet sexuel, par hasard ?

— C'est ce que tu fais avec moi, non ?

— Et s'il y avait autre chose derrière ? Des sentiments, par exemple ?

Elle sentit son estomac se nouer.

— Ça ne risque pas.

Ils se regardèrent. Dans les yeux de Frankie, il lut la détermination. Et une dureté qui n'était pas de mise. Avait-elle donc si peur qu'elle se blindait de partout ? Il décida d'entrer dans son jeu et entreprit de déboutonner sa chemise.

— OK, Frankie. Tu es venue pour coucher, allons-y.

Elle le suivit dans sa chambre où les draps étaient toujours en désordre.

— Tu as oublié de faire le lit, remarqua-t-elle.

Il ôta ses chaussures et ses chaussettes.

— J'ai pensé que c'était du temps perdu puisque, de toute façon, nous allions recommencer.

Il se débarrassa de sa chemise et déboutonna son pantalon.

— Tu ne te déshabilles pas ?

Sans hésiter, elle se dévêtit entièrement.

Il s'assit au bord du lit, prit quelques secondes pour l'admirer, et la saisit par les hanches afin de l'attirer à lui. Son membre était déjà en érection.

— J'aime ton style, déclara-t-il.

— Mon style ?

— Tu es directe. Tu sais ce que tu veux. Pas besoin de t'envoyer des fleurs, des chocolats, des cartes postales couvertes de fadaises…

Sur ces mots, il passa à l'acte. Prenant la pointe d'un sein dans sa bouche, il la téta un moment, changea de sein et recommença.

Frankie renonça à tenter de se concentrer. En quelques secondes, tout son corps était en émoi. Matt l'installa sur ses genoux et posséda ses lèvres avec une sorte de voracité. Puis il l'étendit sur le lit, lui lécha le ventre, le nombril, descendit jusqu'à la toison de son sexe et, sans plus de préliminaires, la pénétra tout entier. Elle en eut le souffle coupé.

— Allez, chérie, allez. C'est ce que tu veux, non ?

Elle ne se le fit pas dire deux fois et répondit avec une égale violence. Le rythme s'accéléra, précipité, puis frénétique, pour culminer dans un orgasme d'une puissance inattendue. Matt frissonna convulsivement avant de rouler sur le dos. Ils restèrent côte à côte à fixer le plafond le temps de reprendre leur souffle. Enfin, Matt se redressa, s'assit au bord du lit et remit son boxer-short.

— C'est le genre de truc auquel je risque de prendre goût. On peut dire que tu sais y faire avec les hommes.

Frankie tourna la tête vers lui. Sa colère s'était en partie dissipée et elle aurait aimé qu'il demeure auprès d'elle, mais il était déjà debout.

— Tu veux te doucher maintenant, ou tu préfères attendre d'être rentrée chez toi ?

Visiblement, il ne demandait plus qu'à se débarrasser d'elle. Dommage. Elle avait envie de parler, mais le moment semblait mal choisi.

— Je ferai ça plus tard. Tu veux bien me donner mes vêtements ?

Il les lui jeta.

— Je ne voudrais pas paraître grossier, mais je vais allumer le grill. J'ai faim.

— Tu vas allumer le grill en slip ?

— Il n'y a que des bois tout autour. Personne n'en saura rien.

Elle le regarda s'éloigner avec un sentiment de soulagement mêlé de regret. Avait-elle lieu de se plaindre ? Non. Elle avait établi les règles, et il avait joué le jeu. Ils avaient assouvi un simple besoin physique. Fin de partie et temps de s'en aller. Alors pourquoi se sentait-elle si vide, si démunie ?

Elle le trouva dans la cuisine en train de boire un grand verre d'eau.

— Bon. J'y vais, lâcha-t-elle en évitant son regard.

Il n'en parut nullement affecté.

— Merci d'être venue. Tu es toujours la bienvenue.

Pause.

— Matt ? Je crois que j'ai un peu exagéré.

Il posa les mains sur ses épaules.

— Tu ne me dois pas d'explications, d'accord ? On a pris du bon temps tous les deux, et c'est très bien ainsi.

Elle se redressa.

— A plus tard, alors.

Elle quitta la cuisine, sortit sans se retourner et se dirigea vers sa voiture. Les larmes lui brûlaient les yeux quand elle démarra et prit le chemin du retour. Elle se sentait souillée. Utilisée. Contrairement à la nuit précédente, Matt ne lui avait pas fait l'amour, ne l'avait pas enveloppée de tendresse et prise sur son cœur. Il ne l'avait pas caressée, n'avait pas embrassé ses cheveux…

Et alors ? Rien ne l'y obligeait. Il s'était aperçu qu'il perdait son temps. Elle lui avait annoncé clairement la couleur, dit qu'elle était incapable d'aimer, de nouer et d'entretenir des relations de couple. Il l'avait gratifiée de rapports sexuels hautement satisfaisants, et il la renvoyait chez elle. Rien de plus normal.

Ce programme conviendrait à n'importe quel homme. Matt n'avait-il pas avoué que les fleurs, les cartes, les chocolats n'étaient que des niaiseries inutiles ? Pourquoi s'encombrer de fioritures si elles n'étaient pas nécessaires ? Tous deux savaient ce qu'ils voulaient. Rien de très compliqué à cela.

Encore que. Tout n'était pas si simple. Elle ne se sentait pas mieux qu'après avoir couché avec Connors. Et cette constatation lui faisait mal. Elle avait du respect pour Matt. En tant que flic, et en tant qu'homme. Et ce respect était partagé. Il la respectait aussi.

Les larmes ruisselaient sur ses joues. Elle n'avait pas fait cinq cents mètres qu'elle dut se garer en bordure de route tant elle pleurait. Zut, zut et zut ! Il fallait qu'elle soit folle !

Pourquoi diable était-elle allée chez lui ? Elle avait tout gâché, bêtement. Si Matt lui avait semblé froid et détaché, c'est qu'il se protégeait, exactement comme elle.

Laissant le moteur tourner, elle croisa les bras sur le volant et y posa la tête. Parviendrait-elle un jour à accepter l'amour et la tendresse d'un homme sans se méfier de ses intentions ? A force de voir des horreurs, avait-elle oublié qu'il existait encore des gens bien en ce monde ? Elle n'arrivait pas même à aimer sa propre mère. C'était un comble, tout de même !

D'où lui venait ce problème ? Ou c'était génétique, ou bien elle devenait folle. En tout cas, elle ne savait plus à quel saint se vouer. Sa lettre de démission attendait qu'elle achève de la rédiger dans le tiroir de son bureau au poste de police. Elle n'avait pas encore préparé son CV. Elle ne savait pas où aller, où chercher du travail. Ni ce qu'elle voulait.

Elle entendit vaguement un bruit de moteur. Un autre véhicule approchait. Elle détourna la tête en espérant que le chauffeur n'aurait pas la malencontreuse idée de s'arrêter pour lui demander si elle était en panne. Elle n'avait pas besoin qu'un habitant de Purdyville la surprenne dans un moment de dépression…

Une portière claqua.

— Et merde ! grommela-t-elle.

— Frankie ?

La voix de Matt était pleine de sollicitude. Mais elle ne se retourna pas.

— Tu as des ennuis de voiture ?

— Rien de grave, ça ira.

— Regarde-moi, s'il te plaît.

— Non !

— Regarde-moi, bordel !

Elle se tourna vers lui, hargneuse.

— Là, tu es content ?
— Tu pleures.
— Et alors ?
Il se pencha par la vitre ouverte.
— Tu es gratinée, super flic, tu sais ça ?
— Va-t'en, Matt.
— Aucune chance. Je ne te lâche plus. Je veux pénétrer dans ton petit crâne buté quoi qu'il en coûte.
— Pourquoi ?
— Parce que je...
Il s'arrêta.
— Parce que je n'ai pas le choix, reprit-il enfin. Tu comptes plus que tout au monde pour moi. Sans ça, je ne supporterais pas le quart de tes conneries. Je suis peut-être maboule, mais je pense que nous avons une chance.
Elle ne trouva rien à répondre.
— La journée a été pénible, Frankie. Rentrons chez moi et recommençons tout du début. Je veux te préparer à dîner. Je veux te prendre dans mes bras sur le canapé et bavarder tranquillement. Je veux te faire l'amour pour de bon. Mais je me refuse absolument à rejouer la petite comédie de tout à l'heure. Je veux te parler et te câliner parce que, bizarrement, je m'intéresse à autre chose qu'à ton cul.
— Qu'est-ce que j'en sais ?
— Rien. Mais cet après-midi quand je t'ai promis que Freeman n'irait pas en taule, tu m'as dit que tu me faisais confiance. Et là, il va falloir que tu me fasses confiance aussi.
Elle agita la tête.
— C'est trop dur.

— Je sais, ma chérie. Je ne te le demanderais pas si je n'étais pas sérieux. Reviens passer la soirée avec moi. Reste la nuit, c'est encore mieux.

— J'ai la frousse.

Là. Elle l'avait dit.

Les yeux de Matt se radoucirent.

— A présent, tu n'as plus besoin d'avoir peur.

16.

— Bon. Les ingrédients pour la salade sont là. Tout a été lavé. Tu crois que tu t'en sortiras ?

Frankie lui coula un regard noir.

— Bien. Ça doit vouloir dire « oui ».

Elle se mit en devoir de déchirer la laitue en morceaux au-dessus d'un grand saladier en bois.

— Je n'ai jamais appris à cuisiner, confessa-t-elle. Mais je suis capable de faire les réparations de base sur ma voiture quand je n'ai pas d'argent pour la mettre au garage.

— Je m'en souviendrai, ça peut servir.

— Apparemment, ça ne t'impressionne pas plus que ça.

— J'aime qu'une femme soit indépendante et capable de se débrouiller seule, mais ça ne doit pas l'empêcher de demander de l'aide en cas de besoin.

— Sur le deuxième point, j'ai un peu de mal.

— Parce que tu t'y refuses. Par crainte qu'on te croie dépendante. Mais ça n'a rien à voir. Un jour ou l'autre, on a tous besoin d'un coup de main. Il n'y a pas de honte à aller le chercher.

Elle réfléchit. Au fond, il n'avait peut-être pas tort.

— Ma mère était très dépendante. Elle ne pouvait pas vivre sans un homme pour s'occuper d'elle.

— C'est pour ça que tu ne l'aimes pas ?

— Ce n'est pas que je ne l'aime pas, mais elle passe son temps à mettre le nez dans mes affaires. Il faut que je lui rende des comptes sur mes moindres faits et gestes. A force, elle m'étouffe. Je suis obligée de prendre mes distances. Je sais bien que c'est lié à la mort de mon père. Elle a peur de rester seule, peur d'être abandonnée, peur que les gens disparaissent.

— C'est une réaction normale, non ?

Elle se demanda s'il pensait à sa sœur.

— En un sens, oui. Mais il faut bien finir par lâcher prise et faire son deuil si on veut repartir de l'avant.

— Et toi ? Tu as accepté la mort de ton père ?

Sa question la prit au dépourvu. Tout bien considéré, la critique qu'elle venait d'adresser à sa mère valait également pour elle. Elle souffrait des mêmes peurs. N'était-ce pas la hantise de perdre un être cher qui l'avait empêchée de nouer des relations de couple durables ?

— Il me manque toujours, reconnut-elle.

— Agent Daniels, vous allez me couper ce céleri un peu plus finement que ça.

Elle leva les yeux vers lui. Un sourire amusé dansait dans ses prunelles d'un bleu invraisemblable.

— C'est toi qui prépares la salade, ou c'est moi ?

— J'ai une question aussi.

— Ah oui ? Laquelle ?

— Qu'est-ce que tu fais dans ma vie ?

— J'y sème la zizanie, répondit-elle sur le ton de la plaisanterie.

— Et à part ça ?

Elle le regarda, surprise.

— Je ne suis pas sûre de comprendre la question.

— Oh si, tu la comprends. Je veux savoir où nous en sommes, tous les deux.

Elle hésita.

— Matt…

— La vérité.

— D'accord.

Elle posa son couteau.

— Je tiens à toi plus que de raison. Je pense à toi plus que de raison. Quand je suis arrivée ici, je me serais flinguée plutôt que de me commettre avec un homme. Mais je me sens bien avec toi. Le problème, c'est que tout va trop vite.

Il l'enveloppa de ses bras et la regarda dans les yeux.

— Ecoute, je ne te demande pas de tomber amoureuse tout de suite. Mais ne me laisse pas dehors.

— Pardon ? Je ne te suis plus.

— Ouvre-moi un peu ta tête, ouvre-moi ton cœur. Tu penses avoir suffisamment confiance en moi pour me faire une petite place dans ta vie ?

Elle sourit.

— Tu ne demandes pas grand-chose.

— Nous irons tout doucement, à pas de bébé. Nous prendrons le temps qu'il faudra mais, s'il te plaît, ne te ferme pas.

— Et notre travail ?

— Je tiens à te garder dans mon équipe. Tu as trop de qualités pour laisser tomber ce boulot et j'ai besoin de quelqu'un avec ton expérience. Bien sûr, nous devrons rester très professionnels au bureau… mais je crois que certains se doutent déjà de quelque chose. Enfin, tout se passera sans problème tant que nos sentiments personnels n'interféreront pas avec le travail.

— Ce n'est pas gagné.

— Mais nous y arriverons, et le jeu en vaut la chandelle.

Qu'elle était douce entre ses bras ! Il aurait tant aimé la soulever de terre pour l'emporter dans la chambre…

— Bon, je vais mettre les steaks à griller avant que tout ça ne dérape.

— Parce que tu crois déjà que nous finirons au lit ? Ma parole, ton ego est aussi énorme que ta…

Elle s'interrompit juste à temps.

Il haussa un sourcil interrogateur.

— Tu allais dire ?

— Laisse tomber, Webber.

— Vous rougissez, mademoiselle Daniels. Quel charmant tableau !

Il prit un torchon et fouetta l'air.

— J'ai des méthodes pour faire parler les gens récalcitrants.

— Tu n'oserais pas.

— C'est vrai. J'aurais peur d'abîmer tes jolies petites fesses.

— Les steaks.

— Bon, bon. Je n'insiste pas.

Il s'éclipsa par la porte de la cuisine pour aller allumer le grill. Diable de femme. Elle le rendait fou. Jamais il ne se lasserait d'elle. S'il parvenait seulement à gagner sa confiance… Mais il ne précipiterait rien. Elle avait besoin de temps et il prendrait celui de l'apprivoiser. Sinon, il la perdrait. Et ça, c'était hors de question.

Frankie acheva de préparer la salade, mais elle avait l'esprit ailleurs. Elle se réchauffait tout entière dès que Matt la regardait. Elle se sentait en sécurité dans l'abri de ses bras. Pour la première fois de sa vie, elle éprouvait le besoin de se confier, de partager cette secrète part d'elle-même qu'elle s'efforçait de protéger depuis toujours. Bien sûr, en s'ouvrant, elle devenait vulnérable. Elle repensa à Sissy, se demanda s'il était bien judicieux de donner à Matt tant de pouvoir sur elle...

Sur l'insistance de Matt, ils dînèrent aux chandelles dans la salle à manger. Frankie regretta d'abord d'être restée en jean, mais à voir la manière dont il la regardait, elle décida que ce détail était sans importance.

— Je n'ai jamais mangé de viande aussi bonne. Elle est cuite à point et vraiment succulente.

— Sans vouloir me flatter, je me défends plutôt bien en matière de grillades.

— Vous en faisiez souvent avec Jenna ?

Oups ! Bourde majeure. Une fois de plus, elle avait parlé trop vite. Mais Matt ne parut pas s'offusquer de sa question.

— Pas aussi souvent que je le souhaitais. Jenna était fermement résolue à devenir associée dans sa firme. Ce qui se soldait par des soirées entières au travail.

— Et elle a réussi.

— Naturellement.

— Elle devait en vouloir.

— Elle en voulait. Elle a financé toutes ses études et, malgré les bourses qu'elle a obtenues, elle passera sans doute une partie de sa vie à rembourser ses emprunts d'étudiante.

Frankie contempla le reste de son steak. Elle se sentait soudain insignifiante comparée à cette femme.

— Il fallait qu'elle soit rudement intelligente.

Il cessa de manger et sourit.

— Tu es bien curieuse de mon ex-fiancée. Bientôt, tu vas me demander comment elle était au lit.

— Certainement pas ! protesta-t-elle.

— Tu meurs d'envie de savoir, Daniels. Ne joue pas l'innocente.

Elle haussa les épaules.

— J'avoue que la question m'a vaguement effleurée. Entre nous, si elle était si belle et si brillante — sans même parler du reste –, je m'étonne que tu l'aies laissée partir.

Il lui prit la main et plongea dans ses yeux.

— Frankie, tu es de loin la meilleure amante que j'aie jamais eue. Affaire de chimie, ou de magie. N'imagine pas une seconde que je ne suis pas curieux de ton passé. Mais, en fin de compte, je préfère ne rien savoir de tes amants.

Il relâcha sa main.

— J'admirais Jenna pour sa réussite, mais je me doutais que, quoi qu'elle fasse et où qu'elle arrive, ce ne serait jamais assez. Et je ne me voyais pas devenir une priorité dans sa vie.

— Sa carrière comptait beaucoup pour elle.

— Oui. Nous nous fixons tous des objectifs. Mais quitte à te paraître égoïste, pour moi, le partenaire doit passer d'abord.

— Tant que l'autre ne se sent pas étouffé.

— L'amour est censé éclairer l'existence, pas empêcher les gens de respirer ni les emprisonner.

Elle réfléchit à cela tandis qu'ils achevaient leur repas et débarrassaient la table. Pendant que Matt chargeait le lave-vaisselle, elle sortit fumer une cigarette. Elle pensait à sa mère.

Finalement, cette dernière n'était peut-être pas aussi dépendante qu'elle l'avait cru. Peut-être qu'elle aimait les hommes qui partageaient sa vie et cherchait à les rendre heureux comme ils la rendaient heureuse. Frankie se souvenait encore des nuits de son enfance que sa mère passait à attendre son père pour lui préparer une collation à son retour. Si Frank était appelé en urgence dès l'aube, Eve s'assurait qu'il ne partait pas le ventre vide, mettait dans sa sacoche une Thermos de café et un morceau de quatre-quarts. Elle s'occupait de tout : du jardin, du ménage, du budget ; elle payait les factures, veillait à l'entretien de la voiture, faisait les courses, et cuisinait les mets préférés de son mari afin que, son travail terminé, il puisse profiter pleinement de son précieux temps libre. En fin de journée, elle prenait une heure pour elle-même, heure pendant laquelle elle se prélassait dans un bain, se pomponnait, et revêtait une jolie robe. Toute pimpante, elle était alors prête à accueillir Frank d'un baiser avant de servir le repas.

Frankie envisageait les choses sous un angle différent. Selon elle, la femme ne devait pas vouer sa vie entière à son mari et sa famille. Dans le couple, chacun devait rester libre d'accomplir ce qui lui tenait à cœur…

La porte de la cuisine s'ouvrit. Elle écrasa son mégot dans un petit cendrier de métal pendant que Matt venait la rejoindre sur la terrasse. Il se plaça derrière elle, enlaça sa taille de ses bras et murmura dans ses cheveux :

— Tu sais à quoi je pensais ?

— Pas exactement, non, mentit-elle bien qu'elle eût sa petite idée sur la question.

— Je pensais que nous pourrions nous blottir sous la couette pour regarder une vidéo. J'ai loué deux films à tout hasard.

Elle eut quelque peine à cacher sa surprise. Jamais Connors ne lui avait proposé cela. Pas plus qu'il ne lui avait préparé à dîner… Elle n'avait plus lieu de comparer ces deux hommes.

— Le programme me plaît bien.

— Je te prêterai un T-shirt pour dormir et il y a une brosse à dents neuve qui t'attend dans la salle de bains.

— Tu as vraiment tout prévu.

— A un détail près. Je ne sais toujours pas ce que je dois faire pour que tu tombes amoureuse de moi. Pas immédiatement, bien sûr. Mais j'aimerais que ça arrive d'ici pas trop longtemps.

Elle s'abandonna contre lui afin de mieux sentir sa chaleur contre son dos. Sensation délicieuse.

— Oh, Matt… Tu me gâtes comme si je le méritais.

— Mais tu le mérites, petite sotte. Seulement, tu te déprécies à cause de cette histoire d'Atlanta.

— J'essaie de surmonter le traumatisme, mais ça ne se fera pas en un jour. Non seulement j'ai perdu mon emploi, mais on a trahi ma confiance, abusé de moi en tant que femme. J'aurais dû me méfier davantage.

— Il faut que tu cesses de culpabiliser, ce n'est pas ta faute. Les hommes peuvent se montrer très persuasifs.

— Toi aussi, non ?

— Je t'avoue que je n'ai pas toujours été honnête avec les femmes. J'ai dit des choses que je ne pensais pas pour leur faire plaisir. Mais je le regrette quand je vois combien ce genre de comportement t'a blessée.

Il resserra son étreinte et posa un baiser sur ses cheveux.

— Je ne peux pas changer le passé, mais je peux m'efforcer de me conduire correctement à l'avenir.

— N'essaie jamais de me faire plaisir en me racontant des bobards.

— Aucune chance. J'aurais trop à y perdre. Sans compter que tu m'assommerais à coups de crosse si jamais tu découvrais le pot aux roses.

Ils rentrèrent, et Matt éteignit les lumières. Dans la salle de bains, Frankie passa un T-shirt et se brossa les dents. Il l'imita lorsqu'elle eut terminé, puis il gagna la chambre et inséra une cassette dans le magnétoscope. Blottie entre ses bras, Frankie s'endormit au milieu du film. Il rit doucement et coupa le magnétoscope. Il préférait de loin se lover autour de son corps souple et tiède que de visionner un film. Le nez enfoui dans sa chevelure parfumée, il ferma les yeux et songea qu'il aurait plaisir à s'endormir ainsi chaque soir.

Lorsqu'il s'éveilla le lendemain matin, Frankie lui tournait le dos, couchée en chien de fusil de l'autre côté du lit. Dans son sommeil, elle avait rejeté les couvertures, et son T-shirt remonté jusqu'à la taille découvrait ses longues jambes et ses ravissantes fesses. Ce spectacle le mit aussitôt en émoi.

Se rapprochant d'elle, il mordilla doucement le lobe de son oreille. Elle émit une légère plainte. Il suivit du doigt la courbe de ses reins et caressa sa hanche de la paume.

— Laisse-moi, geignit une voix endormie.

Il sourit, enfouit son visage dans ses cheveux et frotta son nez sur sa nuque. Puis il glissa lentement une main entre ses cuisses, chercha le délicat bouton qui semblait lui donner tant de plaisir lorsqu'il le léchait, et l'effleura à peine. Elle remua. Il accentua la caresse et elle pressa son sexe contre sa paume. Il insinua un doigt dans la tiède fente humide.

— Je veux te goûter, murmura-t-il.

— Je dors.

— Tu es brûlante et toute mouillée. Tu me désires comme je te désire, avoue.

Se retournant, elle plongea les mains dans ses épais cheveux bruns. Il caressa ses cuisses et les écarta.

— Montre-moi où tu veux que je te lèche.

Sans la moindre honte, elle porta la main à son sexe et l'ouvrit.

— Là, dit-elle.

Il se pencha sur elle, effleura l'endroit désigné du bout de la langue, puis il souleva ses hanches et couvrit la moite caverne de sa bouche pour s'y désaltérer tout son saoul. Il s'enivrait de son odeur comme de ses plaintes. Gémissante, elle se pressait contre lui, venait au-devant de son baiser intime. Puis elle se raidit, cria son nom, et s'abandonna aux spasmes de l'orgasme.

Elle n'avait pas repris son souffle qu'elle se redressait.

— Sur le dos, ordonna-t-elle, impérieuse.

Il obéit. Et elle posséda sa bouche avec ardeur avant de descendre le long de son cou. Elle embrassa la toison de son torse, mordilla tendrement les pointes de ses seins, explora son nombril, et sa langue poursuivit sa descente pour venir lécher le bord sensible du gland avec une lenteur exquise. Le plaisir était si intense qu'il retint son souffle. Et, lorsqu'il crut défaillir, elle le prit tout entier dans sa bouche, enserrant d'une main la base de son membre. Le va-et-vient de cette bouche allait le rendre fou !

— Oh, Frankie ! hoqueta-t-il. Je te veux, prends-moi en toi.

De nouveau, elle s'étendit et s'offrit tout entière. Il la pénétra aussitôt, s'enfouit au plus profond de son intimité avec un soupir de bonheur. Ils s'accordaient parfaitement, se cherchaient au même rythme et accéléraient ensemble jusqu'à perdre tout contrôle. Ils jouirent en même temps. Frankie noua les jambes autour de sa taille tandis qu'il se vidait en elle, goûtant les contractions de son plaisir.

La tempête calmée, il l'enveloppa de ses bras. Blottis l'un contre l'autre, haletants, trempés de sueur, ils s'abandonnèrent à ce moment de tendresse dans l'odeur érotique de leur accouplement.

— Est-ce que tu te rends compte de ce que tu me fais ? demanda-t-il finalement.

— Hmm. Je pourrais te poser la même question.

— Ça marche bien entre nous, pas vrai ?

— Oui, ça marche très bien. Mais nous sommes déjà en retard.

En arrivant chez elle, Frankie trouva Sissy étendue sur le canapé, une poche de glace sur les yeux.

— Comment te sens-tu ?

— Mal de chez mal, et toi ?

— Tu donnes trop d'importance à cet imbécile de Joe, il n'en vaut pas la peine.

— Facile à dire pour toi. Tu es servie. Tu as mis le plus beau célibataire de la ville dans ta poche.

— Il ne s'agit pas des hommes, Sissy. J'ai beaucoup vécu seule, tu sais.

— Et tu n'en souffrais pas ?

— J'avais des coups de cafard, naturellement. Sinon, pourquoi crois-tu que je serais allée me commettre avec un type marié ? Il fallait que je sois en manque pour ne pas remarquer que toutes les alarmes étaient au rouge. Ou alors, j'étais tellement mal que j'ai choisi de les ignorer. Jamais je n'aurais eu une liaison avec un père de famille en couple. Donc, pour répondre à ta question, oui, j'ai souffert de la solitude. Au point d'en avoir mal partout.

— Je voudrais mourir, Frankie… Enfin, je ne suis pas assez idiote pour me suicider, mais, sincèrement, quelles raisons ai-je de continuer à vivre ?

La remarque donnait la mesure de son désespoir.

— Des tas de raisons, ma vieille. A commencer par toi. Tu devrais en parler avec Alice.

— Alice Chalmers ? Tu plaisantes. Je ne vais pas aller déballer mes ennuis devant une femme qui a tout pour elle : un mari super qui l'adore, une profession intéressante qui lui rapporte de l'argent. Elle a une vie parfaite. Et moi, qu'est-ce que j'ai ? Que dalle.

— Personne n'a une vie parfaite.

Sur ces mots, Frankie se rendit à la cuisine et décrocha le téléphone pour appeler Matt. Elle eut de la chance de le joindre, car il allait sortir.

— Tu m'excuses, mais je vais arriver un peu en retard ce matin.

— Sissy déprime toujours, c'est ça ?

— Oui.

— Elle a des crises de cafard de temps en temps. Reste avec elle aussi longtemps qu'il le faudra.

Elle raccrocha le combiné, mit la cafetière en route, puis alla s'asseoir près de Sissy sur le canapé du salon.

— Qu'est-ce qui te fait le plus plaisir dans la vie ?

— Tu tiens vraiment à discuter de tout ça maintenant ?

— Tu as bien un hobby, un truc qui t'intéresse.

Sissy soupira et fit un geste vague en direction de la table basse sur laquelle trônait une brochure ouverte.

— J'aimais participer aux spectacles de la petite troupe locale. Ils auditionnent cette semaine pour leur prochaine pièce. En général, je décroche le premier rôle parce que les autres jouent comme des chaussettes.

— Bon. Eh bien, il faut que tu te présentes pour une audition.

— Ça ne m'intéresse plus, Frankie.

— Je pourrais y aller avec toi. Je n'ai jamais mis les pieds sur une scène de ma vie, mais ils me trouveront peut-être quelque chose à faire en coulisse.

— Tu restes à Purdyville, alors ?

— Je ne sais pas encore, mais je vais tenter le coup et voir ce que ça donne.

— Matt en vaut la peine, Frankie.

— Il n'y a pas que Matt. J'ai besoin de temps pour faire le tri et décider de ce que je veux vraiment.

— Tu devrais commencer par aller au bureau au lieu de jouer les baby-sitters ici.

Elle hésitait. Sissy semblait bien déprimée, et il y avait sans doute encore des tranquillisants dans l'armoire à pharmacie.

— Pas de conneries, Sissy. Je veux que tu me promettes de ne pas toucher une goutte d'alcool, et de laisser les petites pilules bien au chaud dans leur flacon.

— Je ne suis pas idiote. Juste un peu nunuche quand il s'agit des hommes. Ne t'inquiète pas pour moi. File et laisse-moi me morfondre encore un peu.

Soulagée, Frankie se décida à aller prendre sa douche.

17.

Dès qu'elle fut arrivée, Matt l'appela dans son bureau.

— Sissy va mieux ?

— Elle tient le coup. Je lui ai dit de me téléphoner si elle avait besoin de parler.

Elle mentionna les auditions et leur projet de participer au spectacle avant de conclure :

— Ça lui changera les idées.

— Et, du même coup, tu restes à Purdyville.

— Si ça ne t'ennuie pas, j'ai décidé de ne pas démissionner tout de suite. A moins, bien sûr, que tu ne m'aies déjà trouvé un remplacement.

— Tu es irremplaçable. On peut savoir pourquoi tu as changé d'avis ?

— Je sais déjà ce que tu penses, que c'est à cause de toi…

— Donc je supposais juste.

Habituée à son humour, elle ne releva pas et poursuivit :

— En réalité, j'ai besoin de me retrouver.

— Parce que tu es perdue ?

— Oui, et ce n'est pas d'hier. Je veux prendre le temps de faire le tri.

— Ta mère a appelé. Je lui ai dit que tout allait bien, mais que nous avions été très occupés la semaine dernière. Je lui ai expliqué en long et en large que tu ne courais aucun danger, que tu cherchais tes marques ici, que tu t'installais dans ton nouveau logement et ces sortes de choses. Bref, je t'ai sauvé la mise. Passe-lui un coup de fil, je t'en prie. La malheureuse se fait un sang d'encre.

— Je la rappellerai ce soir.

— Avant ou après être venue chez moi ?

— Je pense qu'il vaut mieux que je tienne compagnie à Sissy.

— Tu as raison, c'est sans doute préférable. Au fait, avant que j'oublie. Tu es rentrée par la porte de service, non ?

— Oui, pourquoi ?

Il sourit.

— Il y a quelqu'un pour toi à la réception.

Curieuse, Frankie s'y rendit aussitôt. Vicki Morris l'attendait, assise sur une chaise en plastique. Vêtue d'une jupe fraîchement repassée et d'un corsage blanc au col empesé, elle semblait métamorphosée.

— Madame Morris, quelle agréable surprise ! Vous êtes resplendissante.

Vicki se leva.

— Je tenais à vous remercier personnellement, agent Daniels. Je vous suis très reconnaissante de m'avoir aidée à me séparer de mon mari. Les bénévoles du refuge se sont montrés charmants. Je suis en analyse.

— Ça vous fera beaucoup de bien, vous y verrez plus clair. Où est votre mari ?

— En Géorgie, chez ses parents. Il m'a envoyé une lettre chez un ami commun dans laquelle il me supplie de lui donner encore une chance. Mais je ne joue plus à ce jeu-là. Il a eu sa chance, et il l'a gâchée. Dès que j'aurai mis suffisamment d'argent de côté, je demande le divorce pour brutalités conjugales.

— Vous ne craignez pas qu'il cherche à se venger sur vous ?

— Une avocate qui travaille pour le refuge m'a emmenée au tribunal faire les démarches nécessaires. A présent, je suis en sécurité. S'il m'approche, il va droit en prison. Et il n'y tient pas, croyez-moi. Il en a une frousse bleue.

— En somme, tout est pour le mieux.

— J'ai aussi un nouvel emploi. J'ai commencé hier.

— Félicitations. Où travaillez-vous ?

La jeune femme se redressa fièrement.

— Je suis réceptionniste au studio du photographe Burke. Bientôt, j'aurai un logement à moi. Une des dames du foyer me cherche une colocataire.

— Je me réjouis pour vous, Vicki. Je sais que ce n'est pas facile, mais vous avez progressé à pas de géants en peu de temps. Bravo !

— Il y a longtemps que je voulais m'en sortir, mais je ne savais pas comment. Je vous remercie de m'avoir donné le petit coup de pouce nécessaire.

— Je n'y suis pour rien. C'est vous qui avez fait le nécessaire.

— Vous ne comprenez pas, agent Daniels. J'étais engluée. Je m'apitoyais sur mon sort, incapable de mettre un pied devant l'autre. On m'avait tellement seriné que j'étais une bonne à rien que je le croyais. Et puis vous êtes arrivée, vous avez refusé de me plaindre, et vous m'avez ouvert les yeux. Grâce à vous, j'ai compris que j'avais choisi de rester mariée et d'être battue par crainte de ce qui m'attendait dehors. Je n'ai pas de baguette magique. Mon mari ne changera pas sous prétexte que je le veux. Mais moi, je peux évoluer.

Elle rougit.

— Désolée de me répandre ainsi. Je suis heureuse de ma nouvelle vie et de toutes les possibilités qui s'ouvrent à moi.

Sans crier gare, elle lui sauta au cou et l'embrassa. La première surprise passée, Frankie la serra dans ses bras. C'est le moment que choisit Cooter pour sortir de son bureau. Il s'arrêta, sidéré.

— Eh bien, eh bien ! Si je m'attendais à ça ! Tu es transformée, Vicki.

La jeune femme s'empourpra.

— J'ai trouvé un travail. C'est ma pause déjeuner, et je tenais à venir vous remercier de m'avoir sortie de cet enfer.

— Il te reste du temps sur ta pause ?

— Environ trois quarts d'heure.

— Dans ce cas, permet-moi de t'inviter au *Half Moon*. Ça mérite bien une petite fête.

— Tu es sûr d'avoir le temps, Cooter ? Je pensais juste prendre un sandwich sur le chemin du retour.

— J'ai le temps. Si nous ne restons pas ici à discuter. En route. Et si tu es sage, je te laisserai jouer avec le gyrophare de ma voiture.

Vicki fit au revoir de la main à Frankie et suivit Cooter dehors. En se retournant, Frankie croisa le regard de Velma.

— Non, mais vous avez vu ? fit la réceptionniste en souriant. M'est avis que notre Cooter est amoureux.

Quelque peu interloquée que le cerbère des lieux s'intéresse soudain à elle, Frankie répondit aimablement :

— Effectivement, il semblerait qu'elle lui plaise.

— Ce n'est pourtant pas le printemps, mais l'amour fleurit. Il doit y avoir un microclimat dans ce bâtiment.

Frankie se sentit découverte. Au temps pour la discrétion…

De retour chez elle à 17 h 30 précises, elle décrocha le téléphone et appela sa mère. Tout en composant le numéro, elle entendit couler la douche. Excellent. Sissy avait enfin décidé de se lever et de revenir parmi les vivants.

— Qui ça ? fit Eve Hutton dès que Frankie se fut annoncée. Je devrais vous connaître ? J'avais une fille dans le temps qui avait la même voix, mais j'ignore ce qu'elle est devenue. Elle ne donne pas de nouvelles.

— Maman, je suis contente de t'entendre. Maintenant que je suis à peu près installée ici, je vais pouvoir t'appeler plus souvent.

Il y eut un silence au bout de la ligne. Puis :

— Ça me fait plaisir de t'entendre aussi. Tu vas bien ?

— On ne peut mieux. Je me suis fait des amis et je crois que j'avance côté travail.

— Et ton médecin ?

Frankie cligna des yeux, surprise. Médecin ? Quel médecin ? Ah oui, le mensonge. Mieux valait ne pas mentir quand on était incapable de se souvenir de ses propres inventions…

— Nous nous sommes séparés. Rien de dramatique.

— Et je m'étais faite à l'idée d'avoir un proctologue pour gendre. Tu exagères.

Elles bavardèrent pendant vingt bonnes minutes avant qu'Eve n'écourte la conversation : elle avait un dîner en ville.

— Je te remercie de m'avoir appelée, chaton. Je regrette de t'importuner constamment, mais je me fais du souci pour toi.

— Je sais, maman. Ne t'inquiète pas, tout va bien.

Frankie avait à peine raccroché que Sissy sortait de la salle de bains, la tête enveloppée d'une serviette.

— Virgil a une serveuse malade et c'est karaoké ce soir. Il faut que je file travailler. Il va y avoir du monde.

— Tu te sens mieux, au moins ?

— Ça va. Et puis le boulot m'occupera. Pendant ce temps, je ne penserai pas à autre chose. J'ai coupé la sonnerie du téléphone pour que tu ne sois pas dérangée. Et baissé le son du répondeur.

— Pas de problème.

Un quart d'heure plus tard, Sissy quittait la maison. Frankie se rendit à la cuisine, examina le contenu du réfrigérateur. Rien de bien tentant. Elle referma la porte et se confectionna un sandwich au beurre de cacahuètes tout en pensant à Matt. Il lui manquait déjà. Après avoir avalé son frugal repas, elle se fit couler un bain, y ajouta des sels parfumés et resta une bonne heure à se prélasser dans l'eau chaude en lisant un magazine féminin. Une première ! En général, la mode ne l'intéressait pas, mais elle étudia les tenues des mannequins d'un œil critique, examina le détail des coiffures. Il y avait un article expliquant comment agrandir ses yeux par le maquillage. Il faudrait qu'elle en discute avec Sissy…

Avisant le catalogue de lingerie de *Victoria's Secrets*, elle le feuilleta aussi et se demanda comment Matt réagirait s'il la voyait vêtue de ces dessous affriolants, de ces ravissantes nuisettes, de ces déshabillés osés au lieu de ses vieux T-shirts informes et chemises de nuit bas de gamme…

Décidément, le temps était venu d'apporter quelques changements à sa vie.

Après son bain, elle regarda une série policière à la télévision puis, incapable de garder les yeux ouverts, elle coupa le poste et alla se coucher. Avant de sombrer dans le sommeil, sa dernière pensée cohérente fut pour Matt.

Deux jours plus tard, Frankie et Sissy se présentaient aux auditions pour Potins de femmes de Robert Harling, une pièce très populaire dans le Sud dont on avait tiré un film avec, en tête d'affiche, Sally Field et Shirley MacLaine. Elles se firent inscrire puis rejoignirent les personnes de tous âges qui remplissaient la salle.

— Encore un truc à faire pleurer Margot, remarqua Sissy. J'ai bien besoin de ça en ce moment.

— Ça te changera les idées. En apprenant ton texte, tu penseras à autre chose.

Quelques minutes plus tard, un homme en pantalon de cuir noir et pull de cachemire violet faisait son entrée.

— Bonjour, tout le monde. Asseyez-vous, je vous prie.

— C'est Joey Smiles, murmura Sissy. Le metteur en scène. Jolies fesses, tu ne trouves pas ?

Frankie répondit d'un haussement d'épaules. Elle ne pensait qu'à Matt, à son physique incomparable, et la remarque de Sissy venait de réveiller ses souvenirs. Pincements au cœur, Rimmel, ombre à paupières, blush et vernis à ongles, bains moussants… Quelle métamorphose !

Le silence se fit enfin. Joey monta sur scène et se positionna au centre.

— Bon. Un peu de calme, c'est bien. Je suppose que vous connaissez tous la pièce que nous montons. Au moins à travers le film.

Il marqua une pause et, notant la présence de Sissy, l'interpella :

— Mademoiselle Burns, quel plaisir de vous avoir parmi nous ! J'espère que vous accepterez le rôle de Truvy.

— A vrai dire, j'envisageais plutôt de jouer Shelby, le personnage de Julia Roberts. Ce serait logique, puisque je lui ressemble.

— Voyons, mon chou, Truvy a davantage de texte. Toute l'action se déroule dans son salon de coiffure.

— J'y réfléchirai. Mais je tiens à ce que mon amie ici présente ait un rôle. Elle a joué dans des comédies musicales à New York.

Frankie lui jeta un regard noir.

— Très intéressant. Quels rôles avez-vous joués, mademoiselle… euh ?

— Daniels. Frankie Daniels. J'ai… enfin…

— Elle a été doublure dans *Cats*, et joué dans *Miss Saigon* et *Rent*.

— Nous avons donc une vraie professionnelle. Je suis impressionné.

La salle se mit à bourdonner. Frankie s'empourpra.

— Ce n'étaient que de petits rôles, à peine quelques répliques…

— Il faudra que nous en reparlions tranquillement devant un verre, proposa Joey.

C'est alors qu'une femme munie d'un bloc sortit des coulisses et s'approcha du metteur en scène. Frankie profita de l'interlude pour souffler à l'oreille de Sissy :

— Ça ne va pas ? Tu es complètement folle !

— J'essaie de t'obtenir un rôle de premier plan.

— Mais enfin, je n'ai jamais mis les pieds sur une scène de théâtre !

— Qu'est-ce qu'il en sait, hein ? Et puis, si tu voyais ces ploucs, tu ne t'inquiéterais pas tant. Ils jouent comme des sabots. Tu n'auras qu'à bluffer, et on n'y verra que du feu.

Le metteur en scène passa l'heure suivante à décortiquer l'argument de la pièce et expliquer ce qu'il attendait de chaque personnage. Frankie s'ennuyait déjà et, comme souvent ces temps derniers, ses pensées se tournèrent vers Matt. Il pressait le mouvement. Pourquoi ? Craignait-il qu'elle disparaisse sans laisser d'adresse ? Certes, elle prenait un certain plaisir à être courtisée par le plus bel homme de la ville, mais s'il s'attendait à la voir se pavaner en robes, jupes et froufrous comme toutes celles qui lui faisaient de l'œil, il risquait d'être cruellement déçu.

Jamais elle ne changerait ses habitudes. Ni pour lui, ni pour un autre.

Enfin, on demanda à Sissy de lire. Frankie la regarda monter sur scène et prendre place au centre, script en main. Le silence régnait sur la salle. On n'entendait plus qu'elle, que sa voix animée par l'émotion du personnage. Et quelle présence ! Frankie n'en revenait pas. Lorsqu'elle eut terminé la lecture de sa tirade, la salle applaudit à tout rompre.

— Eh bien, je crois que nous tenons notre Truvy, déclara fièrement Joey. Mademoiselle Daniels ? Voulez-vous bien nous lire un passage de Shelby ?

Frankie déglutit péniblement. Il lui semblait avoir un œuf entier en travers de la gorge.

— Je… euh… Je ne pense pas être…

— Mais si, Frankie, vas-y. Montre-leur ce que tu sais faire ! intervint Sissy.

A contrecœur, elle se leva, gravit les marches sur le côté de la scène. Le silence revint dans la salle. Joey lui tendit son script qu'elle laissa tomber. Horreur. Elle retrouvait ses pires cauchemars d'école et ces redoutables séances de récitation qui l'angoissaient tant. Des yeux, elle parcourut rapidement le texte, inspira profondément et se lança. Au bout de quelques minutes, elle remarqua que le metteur en scène l'observait d'un drôle d'air. Les gens s'agitaient dans la salle. Grincements de sièges, bruits de pieds. Pétrifiée, elle n'osait pas regarder les spectateurs. Et, finalement, elle renonça.

— Je suis désolée, mais je ne me sens pas capable, bredouilla-t-elle, confuse.

— Que se passe-t-il, mademoiselle Daniels ? s'enquit Joey. Vous ne sentez pas le personnage ? Vous semblez avoir quelques difficultés.

Sissy bondit de son siège.

— Naturellement, elle a des difficultés ! La malheureuse est épuisée. Elle vient de jouer Lady Macbeth à New York. Elle est vidée et on le serait à moins.

Joey paraissait dubitatif. Visiblement, il ne croyait pas un mot de ce discours. Mais pourquoi diable Sissy insistait-elle à ce point ? Quelle mouche la piquait donc ?

— Dans ce cas, vous préférerez peut-être laisser la place à une autre, avança-t-il aimablement.

— Donnez-lui au moins un petit rôle ou je refuse de jouer Truvy !

— Eh bien, voyons... J'ai bien quelque chose dans ce genre pour Mlle Daniels, mais elle n'aura qu'une réplique.

— Quel rôle ? Quelle réplique ? demanda Sissy.

Joey feuilleta son script.

— Là, j'y suis. Elle est assise et lit un magazine pendant que Truvy la coiffe, puis elle admire l'effet et dit : « Truvy, j'adore ce que vous avez fait de mes cheveux. »

Sissy reporta son attention sur son amie.

— Alors ? Tu acceptes ?

Rien qu'à l'idée de monter sur scène en public, Frankie avait déjà des crampes d'estomac. Mais elle devait accepter. Pour Sissy qui avait besoin de s'impliquer dans une activité qui lui rendrait son assurance. Elle parviendrait bien à se souvenir de cette malheureuse réplique, non ?

— Je prends.

— Dans ce cas, on continue, déclara Joey, soulagé.

Quand Frankie arriva au bureau le lendemain matin, Matt l'accueillit avec chaleur.

— Alors, tu as un rôle dans la pièce, à ce que j'ai appris.

— Comment le sais-tu ?

— Je viens de parler à Sissy. Je l'appelle tous les jours pour m'assurer qu'elle tient le coup, et elle m'a parlé des auditions d'hier soir. Félicitations. Je suis heureux que tu participes à la vie locale.

— Oh, ce n'est pas grand-chose. Pas de quoi pavoiser.

— Ne sois donc pas si modeste, ça ne te ressemble pas. Sissy m'a dit que tu avais décroché un rôle important.

Cooter frappa et entra.

— Ah, vous êtes là. Bonjour, Frankie, et félicitations. Matt me dit que vous avez un rôle de premier plan dans la pièce.

Frankie s'empourpra en voyant Buster apparaître à son tour. Il souriait d'une oreille à l'autre.

— J'ignorais que nous avions une comédienne dans la police. J'espère que vous n'allez pas nous lâcher pour une carrière de vedette à Hollywood ?

— Vous exagérez, les gars. Il n'y a pas de quoi en faire tout un fromage.

— Elle est trop modeste, répéta Matt.

Velma les rejoignit également.

— Que se passe-t-il, ici ? Il y en a du monde.

Matt la mit au courant.

— Bravo, agent Daniels, je suis contente pour vous. A part ça, j'ai Alice Chalmers en ligne. Elle souhaite vous parler.

Ravie d'avoir une bonne excuse pour s'échapper, Frankie fila dans son bureau et décrocha le téléphone.

— Allô, Alice. Me voilà.

— Je sais que vous êtes très occupée, mais seriez-vous libre pour déjeuner avec moi aujourd'hui ?

— Aucun problème.

— Même lieu, même heure ?

— Parfait. Je vous rejoins.

Quelques minutes plus tard, Matt frappait à sa porte.

— Il faut que je fasse un saut chez Weldon Evans. Tu m'accompagnes ? Ce ne sera pas bien long.

— Encore un coup de Caesar le taureau ?

— En quelque sorte, oui. Ils ont reçu un nouvel engin et ils veulent savoir ce que j'en pense.

— Quel genre d'engin ?

— Tu m'accompagnes ou pas ?

Elle soupira. Tout prétexte était bon pour rester auprès de lui. Même s'il l'emmenait courser un taureau furieux à travers les champs.

Matt se tut jusqu'à ce qu'ils soient à bord de la voiture de patrouille.

— Tu m'as manqué hier soir. Le lit est trop grand sans toi.

— Il faut que je veille un peu sur Sissy.

— Je sais. Et ce soir ?

— Ça dépendra de sa forme.

— Tu ne me ferais pas marcher, par hasard ?

— Ce que tu peux être vieux jeu !

— Tu as vu la ville, non ? Un jour, nous serons peut-être tous aussi évolués qu'à Atlanta.

Comprenant qu'il plaisantait, elle lui rendit la monnaie de sa pièce.

— Je demanderai à ma famille d'appeler la tienne.

— Ce que tu peux être vieux jeu !

Tous deux riaient de bon cœur en arrivant devant la ferme de Weldon Evans. Lorsqu'ils se furent garés, Frankie écarquilla soudain les yeux.

— Qu'est-ce que c'est que ça ?

Matt haussa les épaules.

— Aucune idée.

A travers la vitre, elle s'efforçait de comprendre ce qui se passait dans le pré de Sam Bone. Quelqu'un avait drapé une espèce de peau sur l'arrière d'une camionnette à plateau. Sam tournait autour du dispositif, tirant ici et là, comme pour en tester la résistance. Un peu plus loin, Caesar le taureau était solidement enchaîné à un pieu. Debout à l'arrière du véhicule, près de la cabine, un homme parlait aux deux fermiers.

Matt et Frankie sortirent de voiture et s'approchèrent.

— Eh bien, je n'ai jamais vu un engin de ce genre. Qu'est-ce que c'est ?

— Mon cousin nous l'a apporté depuis chez lui à Athens. Je vous présente Bart Dixon. On le surnomme La Queue.

Ils saluèrent le bonhomme d'un hochement de tête, et Matt reprit la parole :

— De quoi s'agit-il, euh... La Queue ?

— Ben, dame, c'est que j'avais vu un truc comme ça dans les magazines pro, et je savais que Sam avait des problèmes avec Caesar pour les saillies. Alors, j'ai fabriqué ce machin pour lui. C'est censé imiter une génisse.

— Je ne vois pas de tête, remarqua Frankie.

— Pas besoin de tête, ma p'tite dame, répliqua La Queue. Notre Caesar ne s'intéresse qu'à l'arrière-train.

— Nous espérons lui prélever du sperme grâce à l'engin, expliqua Sam. On a essayé avec une trayeuse, mais ça le rendait fou furieux. Et puis on a testé l'électrode dans le rectum qui est supposée le faire... enfin, vous me comprenez. Sauf qu'avec lui, ça ne marche pas.

— Et votre machin, alors, quel est le principe ? s'enquit Matt.

— Un taureau, c'est pas bien futé, reprit La Queue. Caesar va croire que c'est une vraie génisse. Parce que la Molly est en chaleur.

— Weldon lui prélève des sécrétions dans la grange, précisa Sam. Ensuite, on en badigeonnera l'ouverture que vous voyez là pour lui donner l'odeur. Caesar va sentir les hormones et il va vouloir monter notre simulacre. Enfin, on l'espère.

Frankie se tourna vers Matt, sérieuse comme un pape.

— C'est pour ça que tu m'as fait venir ?

— Il faut bien s'instruire. Tu as sous les yeux le dernier cri en matière de technologie.

— Ah ! Voilà Weldon.

Sam le regarda négocier les barbelés et lui cria :

— Tu as ce qu'il faut, vieux ?
— Ouais. Vous êtes prêts ?
La Queue tendit quatre briques à Sam.
— Cale les roues pour que la camionnette reste en place. Il est mastoc, votre taureau. Pourvu qu'il ne démolisse pas l'arrière de mon pick-up.
Sam prit les briques et les positionna.
— Le frein à main est enclenché et la bagnole en reprise.
Pendant ce temps, Weldon s'affairait à enduire l'orifice de ses prélèvements.
— Bon, déclara La Queue. Je vais passer en dessous pour récupérer notre… euh… échantillon.
Il souleva la bâche maquillée en peau de vache et disparut à la vue. Quelques secondes plus tard, sa voix leur parvenait assourdie.
— Quand vous voulez, je suis prêt.
Sam porta le vieux T-shirt qui avait servi à badigeonner l'ouverture et le fit sentir au taureau. Aussitôt, Caesar renâcla et tira sur sa chaîne. Les deux fermiers lancèrent un cri de joie. Matt et Frankie échangèrent un regard tandis que les deux autres dégageaient la chaîne de son pieu.
— On aurait peut-être dû lui montrer des photos cochonnes, déclara Sam à son compagnon avec un clin d'œil complice.
— Tu crois qu'il saura ce qu'il faut faire ?
— Sûr qu'il saura. Ça va, La Queue ? On arrive !
— Je ne voudrais pas rater ça, commenta Matt.
Frankie lui coula un regard dubitatif.
— Je ne suis pas sûre que cela s'imposait.
Weldon et Sam amenèrent le taureau jusqu'à la machine, positionnèrent sa tête massive pour qu'il renifle l'endroit

stratégique. Caesar renâcla de nouveau et, sans plus de façons, monta l'engin et se mit à la tâche.

— Je ne peux pas regarder ça, murmura Frankie.

Et elle se détourna de ce spectacle bizarre alors que Matt riait aux éclats.

— On voit bien que tu n'as pas vécu à la ferme.

La bête continuait de renâcler et de se démener, secouant la camionnette à chaque coup de boutoir.

— Heureusement qu'on a mis les briques pour la caler, remarqua Sam. S'il continue comme ça, il va nous l'envoyer voler dans le comté voisin.

Weldon s'esclaffa.

— Ça va, en-dessous, La Queue ?

— Ça va, fit la voix assourdie.

— C'est bientôt terminé ? s'enquit discrètement Frankie qui tournait le dos au spectacle.

— Si ce n'est pas pour bientôt, il va nous faire une attaque.

La bête soufflait comme un phoque ; la camionnette et l'engin grinçaient dangereusement. Et Sam encourageait le taureau de la voix et du geste :

— Allez, Caesar ! Vas-y, mon gars, montre-leur ce que tu vaux !

Dévorée de curiosité, Frankie jeta un coup d'œil par-dessus son épaule. La bête s'agitait, frénétique. Soudain, dans un mugissement, elle s'immobilisa et retomba soudain sur son arrière-train.

— Ça y est ! Je l'ai eu ! s'exclama La Queue.

Weldon et Sam levèrent le pouce en s'écriant :

— On a gagné !

Caesar restait assis comme un gros tas inerte, le regard vague, épuisé.

— Avant que La Queue rentre en Géorgie, je vais te lui vider les couilles à ce gaillard. Ensuite, on inséminera toutes tes génisses, mon vieux.

La Queue sortit de dessous le dispositif, brandissant triomphalement un récipient.

— Messieurs, voilà le résultat !

Sam sourit à son taureau.

— Tu es brave. J'espère pour toi que c'était bon, mon gars.

— Demande-lui donc s'il veut une cigarette, proposa La Queue en pouffant.

En regagnant la voiture de patrouille aux côtés de Matt, Frankie agitait tristement la tête. Elle monta à bord, boucla sa ceinture et attendit qu'il démarre avant de commenter :

— Dans ce genre de situation, je me demande vraiment ce que je fiche ici.

Il lui tapota affectueusement la cuisse.

— Pose-toi autant de questions que tu veux, je ne te laisserai pas partir.

Elle ne protesta pas.

18.

En prenant place à la table qui leur était maintenant presque attitrée, Frankie remarqua qu'Alice avait l'air fatigué. Elle semblait amaigrie depuis leur dernière rencontre.

— Vous allez bien ? s'enquit Frankie.

— Oh, ça va. Mais j'ai quelques petits soucis en ce moment.

— Vous avez écouté le récit de mes malheurs, c'était à charge de revanche. Si vous désirez vous confier, n'hésitez pas.

Elle sourit avec lassitude.

— Merci, vous êtes gentille. J'ai mon psy pour ça.

Frankie se demanda si elle plaisantait ou pas. Alice était si perceptive, si lucide, qu'elle ne l'imaginait pas en thérapie.

— Et Rand ?

— Il s'occupe. Il jardine quand il est à la maison, ce qui est plutôt rare ces temps-ci. Entre sa clientèle et l'hôpital, il n'a guère de loisirs.

La serveuse vint prendre leur commande : deux salades du chef et deux thés glacés. Puis elle se retira.

Sentant que son amie ne tenait pas à s'entretenir de ses difficultés personnelles, Frankie changea de sujet.

— J'ai décidé de ne pas démissionner. Pas immédiatement en tout cas.

Le visage d'Alice s'éclaira un peu.

— Voilà une bonne nouvelle. Matt y serait-il pour quelque chose ?

— Disons que je me suis un peu acclimatée.

— Et vous êtes amoureuse de lui ?

— Je n'irais pas jusque-là, mais il m'intéresse.

— Je m'en doutais. Ça se voyait dans vos yeux, l'autre soir à la fête pour les Gibbs. Il est fou de vous. Lui avez-vous avoué vos sentiments ?

— Je lui ai laissé entendre qu'il ne m'était pas indifférent.

— Qu'attendez-vous pour vous déclarer ?

— Je ne crois pas au coup de foudre, Alice. Et je ne veux pas précipiter les choses. Je ne suis pas ici depuis bien longtemps, et vous savez déjà comment ma dernière aventure s'est terminée.

— Je pensais que vous aviez relégué cette histoire dans le passé.

— Plus ou moins. Mais, comme je le disais, nous nous connaissons depuis peu, Matt et moi.

— Quand c'est le bon, on le sait tout de suite. En tout cas, c'était comme ça avec Rand. La première fois que je l'ai vu, j'étais sûre que j'allais l'épouser.

— La première fois ?

— Oui. Je mentirais si je prétendais que notre vie a toujours été un lit de roses. Ce n'est pas une sinécure que d'être l'épouse d'un médecin. Je vois déjà des changements en vous. Je vous sens plus douce.

— Plus détendue que je n'étais.

— Matt vous a parlé de ses sentiments ?

— Oui. C'est bien ce qui m'effraie. Il ne demande qu'à s'engager sérieusement. Dans le travail, nous nous entendons merveilleusement bien. Il n'a pas peur ni honte de me demander conseil. Je pense qu'il respecte mes opinions.

— Ce qui se comprend. Matt n'est pas de ces machos qui s'imaginent avoir la science infuse. C'est un homme charmant, attentionné.

Alice marqua une pause.

— Cette grande maison doit lui paraître bien vide par moments.

— Je suppose, oui.

Remarquant une lueur de nostalgie dans son regard, Frankie se demanda si Alice se sentait parfois trop seule.

— Rand est très pris à l'hôpital, n'est-ce pas ?

Elle hocha la tête.

— La ville est en plein développement. Ils ajoutent une aile à l'hôpital, comme vous le savez sans doute. Heureusement, un poste de médecin a été débloqué, le nouveau vient de prendre son poste. Ça devrait le soulager. A propos, comment se passe la cohabitation avec Sissy ?

Frankie lui aurait volontiers confié les problèmes de sa colocataire, mais elle ne voulait pas trahir ses secrets.

— Très bien, nous nous entendons à merveille. Hier soir, nous avons auditionné pour la pièce.

— *Potins de femmes* ?

— C'est ça. Sissy a décroché le rôle principal. Elle a du talent.

— Je l'ai vue sur scène. C'est une comédienne née. Et vous ? On vous a confié un rôle ?

— Très secondaire. Je n'ai qu'une réplique, et je n'en demandais pas tant. Mais Sissy m'a fait mousser, et maintenant, tout le bureau de police croit que je me suis taillé la part du lion.

Elle leva les yeux au ciel, et Alice éclata de rire.

— Ce n'est pas drôle ! J'ai une frousse bleue sur scène.

— Votre fameuse réplique, c'est quoi ?

— Un truc du genre : « Truvy, j'adore ce que vous avez fait de mes cheveux. » Grotesque. Je voulais juste donner un coup de main en coulisse, histoire de participer.

— Vous le ferez sans doute aussi. Notre petite société théâtrale manque sérieusement de bénévoles.

On leur apporta leurs plats. Alice grignotait sa salade du bout des dents.

— Vous n'êtes pas au régime, quand même ? s'enquit Frankie.

— Je n'ai pas très faim en ce moment. De toute façon, j'avais trois kilos de trop.

— Vous semblez en avoir perdu au moins cinq.

— Eh bien, tant mieux.

— Ça ne tient pas debout, voyons ! Vous êtes toute mince.

— Vous connaissez le dicton. Une femme n'est jamais trop riche ni trop mince.

Une pause, et Alice changea de sujet :

— Et le bureau ? Tout se passe bien ? Les choses s'arrangent un peu avec Velma ?

— Bizarrement, elle est devenue polie.

— Les rapports avec votre mère s'améliorent ?

— Elle continue à paniquer et me laisse des messages si j'oublie de l'appeler, mais ça va mieux, je m'efforce de communiquer.

Alice se fit songeuse.

— Je regrette que ma mère soit morte. Nous étions très proches. Je pouvais tout lui dire. Vous savez, il y a un lien particulier entre une mère et sa fille. J'aurais aimé avoir une fille, mais Rand et moi étions trop pris par nos carrières respectives. Ce n'était jamais le bon moment…

— Pourquoi pas maintenant ?

— J'ai quarante ans et Rand quarante-cinq.

— De nos jours, les femmes ont des enfants plus tard.

— A mon âge, c'est risqué.

— Eh bien, prenez le risque. Votre grossesse sera bien suivie, et je suis sûre qu'il y a d'excellents obstétriciens à Raleigh.

Elle haussa les épaules.

— S'il ne tenait qu'à moi, j'adopterais bien un enfant, mais à ce stade, je crois que Rand a passé le cap.

Frankie se demanda ce qu'elle voulait dire mais s'abstint d'insister pour ne pas paraître indiscrète. Alice avait vaguement évoqué des problèmes de couple. Peut-être refaisaient-ils surface.

Elle acheva de manger sa salade. Alice repoussa son assiette.

— Nous étions invités à dîner hier soir et je n'ai pas très faim.

Voilà qui ressemblait à un pieu mensonge, mais Frankie ne releva pas. Elle sourit.

— Alice, le numéro de téléphone de Sissy est dans le Bottin. N'hésitez pas à m'appeler si vous avez besoin de parler. Votre amitié m'est précieuse. Vous êtes la première personne avec qui j'ai sympathisé ici.

— Ne vous inquiétez pas pour moi. C'est passager et probablement dû à l'âge. Ma mère a été ménopausée très tôt.

— Vous avez consulté un gynéco ?

— Pas encore. Je compte prendre rendez-vous.

Elles quittèrent le restaurant et se séparèrent sur le parking. Frankie s'interrogeait sur l'étrange réserve d'Alice et son humeur maussade. Peut-être était-ce lié à des troubles de la ménopause. Ou peut-être regrettait-elle de ne pas avoir eu d'enfants maintenant qu'il était trop tard… Quoi qu'il en soit, quelque chose ne tournait pas rond dans sa vie.

Dans l'après-midi, Matt la convoqua dans son bureau.

— Blaine Freeman a été admis en observation dans un service de psychiatrie à Raleigh. Il a une fille sur place et ils sont apparemment très proches.

— Voilà une bonne nouvelle.

— Jody Peters a réussi à convaincre Earlene de ne pas porter plainte contre nos services, mais je crains qu'à l'avenir, nous ne puissions plus compter sur ses généreuses donations.

— Pas d'uniforme chic pour moi l'année prochaine.

— Pourquoi ? Ton uniforme actuel ne te plaît pas ?

— Le kaki ne me va pas.

— Moi, je sais ce qui te va le mieux : rien. La tenue d'Eve.

Ni l'un ni l'autre n'avait entendu Cooter arriver. Debout devant la porte ouverte, il toussota pour signaler sa présence. Aussitôt, Frankie lui jeta un coup d'œil par-dessus son épaule et comprit à son expression qu'il avait entendu la remarque de Matt.

Gênée, elle se redressa et déclara :

— Si c'est tout ce que vous aviez à me dire chef, je file. J'ai de la paperasse en retard.

Sur ce, elle se retira, saluant Cooter au passage d'un bref hochement de tête.

Pendant le reste de la journée, elle évita Matt et fit équipe avec Buster de façon à échapper également à Cooter. Ils furent appelés pour mettre fin à une bagarre dans un bar, se rendirent sur les lieux d'un accrochage sans gravité et arrêtèrent un jeune voleur à *Wal-Mart*. Lorsqu'ils regagnèrent le poste de police, Frankie prit ses affaires dans son bureau et s'éclipsa discrètement par la porte de service.

A son retour chez elle, Sissy faisait les cent pas dans le salon.

— Dépêche-toi d'avaler un sandwich, on a une répétition dans vingt minutes.

— Encore ?

— Parfaitement. Il y en aura deux ou trois par semaine jusqu'à la première de la pièce. Ta mère a appelé. Je transmets comme je le lui ai promis.

Frankie eut à peine le temps de se changer avant de sortir avec son sandwich qu'elle mangea en chemin. Au théâtre, les participants avaient déjà le nez dans leur script. Joey s'avança vers Sissy en compagnie d'une jeune femme qui semblait tout sauf ravie.

— Vous connaissez Sheila Parks, je crois. Elle sera votre doublure.

— Bien sûr que nous nous connaissons. Elle a été ma doublure sur plusieurs spectacles. Peut-être que je me casserai une jambe, ce qui vous donnera l'occasion de jouer mon rôle, pour une fois.

Pendant que Joey faisait travailler les acteurs principaux, Frankie lisait et relisait son unique réplique. Exigerait-on sa présence à chaque séance alors qu'elle avait si peu à dire ? Elle espérait bien que non et regrettait un peu d'avoir accepté de participer à la pièce. Bah, elle pouvait toujours se rétracter.

A présent que Sissy avait retrouvé la forme, personne ici n'avait plus besoin d'elle…

A son retour du théâtre, deux messages l'attendaient, l'un de sa mère, l'autre de Matt. Elle s'apprêtait à les rappeler quand le téléphone sonna. Instinctivement, elle décrocha.

— Allô, chou bleu ? Ici ton gros papa en sucre d'orge.

Elle ouvrit des yeux ronds, interloquée. Ce n'était pas la voix de Matt.

— Pardon ?

— Je t'attends avec un verre de whisky et je pense à toi depuis plus d'une heure. Tu as mis cette petite culotte noire qui me plaît tant ?

Elle tendit l'appareil à Sissy.

— Pour toi.

Et elle se dirigea vers la salle de bains pour se doucher.

Le lendemain, dans le couloir qui menait à son bureau, elle n'eut que trop conscience des regards qu'on lui adressait. Buster souriait comme un âne. Embarrassé, Cooter baissa le nez sur ses chaussures en marmonnant un vague bonjour. Elle salua ses collègues de la tête et se hâta de gagner son minuscule placard pour s'y réfugier. Là, elle s'effondra sur sa table, la tête entre ses bras croisés.

Et voilà. Elle avait réédité son exploit. Comme précédemment, tout le service savait qu'elle couchait avec le chef. Elle en aurait pleuré si elle l'avait pu, mais la rage était plus forte que les larmes.

Un coup bref frappé contre la vitre dépolie la fit sursauter. Elle se redressa au moment où Matt entrait sans y être invité. Il referma la porte derrière lui.

— J'ai essayé de t'appeler au moins dix fois hier soir, mais la ligne était constamment occupée.

Concentrée sur les papiers étalés devant elle, elle répondit sans relever les yeux :

— Sissy travaillait. Tu te souviens qu'elle a besoin du téléphone, non ?

— Tu es fâchée.

— Sans blague.

— Bon, d'accord, tout le monde est au courant. Et alors ? Ce n'est pas si grave.

Elle se leva, les poings sur les hanches.

— Pas grave pour qui ? Pour toi, bien sûr. Le chef de police Webber s'en soucie comme d'une guigne. Mais pas moi. Maintenant, tout le monde ricane derrière mon dos. Juste au moment où je commençais à m'intégrer. Tout recommence comme à Atlanta. Il va peut-être falloir que j'apprenne à dire non aux mecs.

— Calme-toi, Frankie, ça s'arrangera.

— Pour toi, sans aucun doute. Tu es le patron, les collègues te respectent et te pardonneront ce léger écart de conduite. Et moi, on m'accusera de coucher avec toi pour obtenir de l'avancement ou des faveurs. Dans ces histoires-là, la femme a toujours le mauvais rôle.

— Tu dramatises sans nécessité. Je vais régler ça, et on n'en parlera plus.

— Tu rêves. A la vitesse où les rumeurs se répandent dans cette ville, je te parie qu'ils se paient déjà ma tête chez le barbier du coin.

— Nous ne pouvons pas en discuter maintenant, ça saute aux yeux. Mais tu pourrais passer chez moi ce soir…

— Impossible, je suis prise. Je répète.

— Encore ?

— Oui, encore. Avec la pièce, je vais être très occupée, tu saisis ?

— C'est ce que tu veux ? Tu en es sûre ?

— Oui. Parce qu'avec ces conneries, c'est encore moi qui risque de perdre mon boulot.

— Ça ne craint rien, j'y veillerai.

— De toute façon, je serai très prise pendant quelques semaines.

Elle ne releva pas les yeux sur lui de crainte de faiblir, de se laisser attendrir. La porte se referma doucement. Ouf. Il était sorti. Sentant les larmes lui brûler les yeux, elle les ravala. Pas question de pleurer.

Elle s'était à peine reprise qu'on frappait de nouveau contre la vitre dépolie.

— Oui ! aboya-t-elle, exaspérée.

Cooter passa la tête à l'intérieur.

— Hep voudrait nous montrer sa salle de jeux. Apparemment, il a mis les bouchées doubles. Ça vous dit de m'accompagner ?

Elle haussa les épaules.

— Ça ou peigner la girafe, je n'ai rien de mieux à faire.

Durant tout le trajet, elle fixa la portière en silence. Ils se garèrent devant l'établissement de Hep et sortirent de voiture. La transformation la laissa admirative. De l'extérieur, les deux locaux étaient à présent peints de couleur différente. Chacun disposait d'une entrée surmontée d'une enseigne qui l'identifiait clairement. Impossible de confondre billard et salle de jeux à l'usage des jeunes. Des flèches en signalaient encore l'accès et, sur la vitre du bar destiné aux adultes, on pouvait lire sur un écriteau : « Interdit aux moins de 18 ans. »

Frankie et Cooter trouvèrent Hep occupé à polir le verre d'un des flippers. En les voyant, il s'interrompit dans sa tâche et sourit.

— Alors ? Votre avis ?

Deux tables de billard américain occupaient le centre de la pièce. Le long des murs était disposé tout un assortiment de jeux vidéos. Des distributeurs proposaient des boissons sans alcool, des friandises, des chips et des sandwiches. Il y avait également un distributeur de monnaie.

— J'ai mis cette machine là pour que les gosses ne viennent pas changer leurs billets au bar, expliqua le patron.

— Eh bien, remarqua Cooter, tu as dû dépenser une petite fortune.

— Les flippers et les jeux vidéos ont été installés gratis. Bien sûr, les firmes qui les louent percevront une part des revenus.

— Joli travail, Hep, le complimenta Frankie. En si peu de temps, ça tient du prodige.

— J'avais de la main-d'œuvre. Certains jeunes ont parlé du projet à leurs parents et, en un rien de temps, j'avais plusieurs équipes de volontaires pour nettoyer, poncer, repeindre et tout ça. Certaines firmes locales ainsi que des églises m'ont envoyé des dons. Les gens d'ici veulent un endroit où leurs enfants puissent se retrouver et avoir des distractions saines. Je veillerai à ce qu'ils se tiennent bien. J'ai aussi arrangé la salle de billard du bar et augmenté mes prix afin de décourager le poivrot de base. Et j'ai discuté un brin avec le gérant du cinéma *Le Plaza* qui m'a promis de programmer davantage de films pour la jeunesse.

Il marqua une pause avant d'ajouter avec un sourire réjoui :

— Le mieux, c'est qu'on m'a inscrit pour la médaille du citoyen modèle. C'est pas beau, ça ?

— Tu le mérites bien, vieux.

Hep examina son œuvre avec satisfaction.

— Tout à fait le genre d'endroit que j'autoriserais mes enfants à fréquenter.

Il se tourna vers Frankie.

— Comme l'idée est venue de vous deux, je propose que vous inauguriez les équipements.

Il tira une poignée de pièces de sa poche.

— Tenez, amusez-vous. Et surtout, pas de chahut. Je vous ai à l'œil. Ça m'ennuierait de devoir appeler le chef de police à cause de vous.

Cooter et Frankie passèrent une vingtaine de minutes à tester les diverses machines. Lorsqu'ils eurent épuisé leur stock de monnaie, ils remercièrent Hep de son accueil, le félicitèrent de nouveau, et regagnèrent leur véhicule.

— Alors, Frankie, qu'en pensez-vous ? s'enquit Cooter lorsqu'ils furent en route.

— Je suis impressionnée. Avec ce genre de lieu, les ados ne devraient plus traîner dans les rues.

— C'était le but de la manœuvre. Offrir à la jeunesse des distractions inoffensives. Les gens d'ici surveillent de près ce qui se passe en ville. Ils ont la morale chevillée au corps.

Et elle se demanda si cette dernière réflexion ne visait pas sa liaison avec Matt…

19.

La semaine suivante, Frankie accompagna Sissy régulièrement au petit théâtre local pour les répétitions. Il était bien sûr trop tôt pour en juger, mais elle s'étonnait qu'un spectacle puisse naître d'un tel désordre. Il y avait entre les comédiens des rancunes et des jalousies dont Sissy était la cible principale. On murmurait derrière le dos de Joey qu'il pratiquait le favoritisme. Cela dit, au moment de travailler le texte, les mesquineries étaient mises de côté et chacun donnait le meilleur de soi. Du point de vue de Frankie qui n'y connaissait rien, ils se débouillaient fort bien pour des amateurs.

Les répétitions se déroulaient de 18 heures à 20 h 30 trois soirs par semaine. Après quoi, Sissy rentrait comme l'éclair afin de prendre ses « appels professionnels ». Frankie tuait le temps au volant de sa voiture ; elle explorait la ville et ses environs en s'efforçant de ne pas penser à Matt. Au bureau, elle était consciente des interrogations qui hantaient ses yeux bleus, mais il ne posait pas de questions. Il devait sentir d'instinct qu'elle avait besoin de temps, et il respectait son espace privé.

Un soir, sur la place du tribunal, elle resta longuement assise sur un banc. Accablée par le cafard, elle réfléchissait dans le noir. Matt lui manquait cruellement, mais elle se donnait raison d'avoir pris ses distances. Si Alice Chalmers croyait au coup de foudre, elle envisageait la vie avec moins de romantisme. On ne s'embarquait pas dans des relations de couple avant de se connaître. Avec Matt, elle avait brûlé les étapes ; ils étaient allés trop vite et trop loin. Pas question de retomber dans le genre d'erreur qui lui avait coûté sa place à Atlanta…

Non. Elle s'emportait. La situation n'était pas la même. Et Matt lui était devenu familier. Elle avait travaillé des journées entières à son côté ; elle appréciait le contact qu'il avait avec les gens, son calme réfléchi qui inspirait confiance. C'était un homme sur lequel on pouvait compter, un homme droit qui pesait soigneusement le pour et le contre avant de prendre une décision, tout en étant capable d'agir vite en cas d'urgence. S'il soupçonnait Willie-Jack d'avoir incendié la maison des Gibbs, il continuait de poursuivre chaque piste jusqu'au bout et ne procéderait à une arrestation qu'avec des preuves solides en main. Les habitants de la ville s'impatientaient peut-être, mais ils attendaient, car ils respectaient le chef de police et ses méthodes.

— Bonsoir, shérif adjoint.

Reconnaissant la voix, elle se raidit. Comme si ses pensées avaient appelé Willie-Jack Pitts, il s'assit près d'elle sur le banc.

— Qu'est-ce qu'une jolie fille comme vous fait là, toute seule, dans le noir ? Vous ne savez donc pas que c'est dangereux ?

Il empestait l'alcool. Autour d'eux, la place était déserte. Les gens dînaient chez eux ou regardaient la télé. Frankie trouva brusquement le silence pesant.

— Willie-Jack, je ne suis pas d'humeur à bavarder. Alors, du large.

— Hé, mais c'est un lieu public ici, shérif. J'ai le droit de m'asseoir sur ce banc tout autant que vous.

Elle songea d'abord à se lever pour s'en aller. Mais il croirait qu'elle avait peur, et elle perdrait tout ascendant sur lui. Dommage de gâcher la leçon qu'elle lui avait donnée. Elle le mettrait de nouveau au tapis si nécessaire. Dommage aussi d'abîmer ses jolis ongles que Sissy avait si soigneusement vernis…

Que lui arrivait-il, tout soudain ? D'où lui venait cette idée ridicule qui lui ressemblait si peu ?

— Dans ce cas, sois gentil, et la ferme.

— Mauvaise journée à jouer aux gendarmes et aux voleurs ?

Elle s'abstint de répondre.

— Je connais ton genre, mignonne. Tu te crois au-dessus du lot. Tu n'imagines pas le nombre de salopes qui se donnent des airs ici. Sauf qu'en privé, elles ne valent pas mieux que les autres. Elles aiment ça, je peux te le dire, et le brave Willie-Jack sait y faire. Oh, elles ne m'invitent pas à leurs soirées mondaines mais, dès que leur mari tourne le dos, elles appellent le bon vieux Willie-Jack.

— Tu m'excuseras, mais tes salades ne m'intéressent pas.

Il partit d'un gros rire.

— C'est ça qui me plaît chez toi, ton culot. J'aime pas les chichiteuses.

Il marqua une pause et l'examina de la tête aux pieds.

— Tu sais, ça marcherait bien entre nous. Je pourrais prendre soin de toi, t'offrir tout ce que tu veux. Tu ne serais pas obligée de coucher avec Webber pour garder ton boulot.

Elle accusa le coup. Etait-ce là ce qui se disait en ville ? Tout le monde était donc au courant ? Une vague de nausée la submergea, mais elle serait morte plutôt que de laisser voir à ce chien que la pique avait porté. Elle lui fit face et planta son regard dans le sien.

— Tu aurais dû naître ver de terre, Willie-Jack. Les vers font ça tout seuls et tu t'arrangerais parfaitement avec toi sans emmerder personne. Maintenant, tu vas me foutre le camp ou je te coffre pour harcèlement.

Il déplia lentement sa grande carcasse avec un sourire satisfait.

— C'est douloureux, la vérité, pas vrai ? La seule différence entre toi et une pute, c'est que la pute ne pète pas plus haut que son cul.

Sur ces mots, il s'éloigna. Et Frankie resta sur le banc. Perdit toute notion du temps. Elle avait envie de pleurer. Non, de hurler. Afin d'en minimiser l'effet, elle se répéta que ces paroles venaient de Willie-Jack Pitts, la brute locale qui avait un petit pois en guise de cervelle. Ce qui ne l'empêchait pas de souffrir. Elle avait envie de courir se réfugier entre les bras de Matt. Mais jamais elle ne trouverait la force d'aller de l'avant si elle s'appuyait sur lui à la moindre difficulté. Dieu qu'il était épuisant de serrer les dents pour se montrer forte ! Comment diable avait-elle tenu si longtemps à Atlanta ? Qu'est-ce qui l'avait soutenue pendant toutes ces années ? Pourquoi se sentait-elle soudain aussi faible et démunie que l'agneau nouveau-né ?

Pas besoin de chercher la réponse bien loin. En quelques semaines, elle avait changé dans des proportions alarmantes. Elle avait noué des amitiés, et s'était ouverte à l'amour à son insu. Bref, elle avait baissé sa garde et, en l'espace d'une seconde, Willie-Jack l'avait touchée au vif.

*
* *

Assis dans un rocking-chair sur la terrasse, les pieds calés contre la balustrade, Matt écoutait les bruits de la nuit — le chant des grillons, un crapaud en quête d'une compagne. Près de lui, le chien ronflait paisiblement. En d'autres temps, il aurait apprécié cette paix nocturne, mais Frankie lui manquait. A la mort de Mandy, il avait vécu un enfer de solitude dont il avait cru ne jamais voir la fin. Plus rien ne le motivait, pas même l'idée d'épouser sa fiancée. Il s'était soudain rendu compte de tout ce qui les séparait et, en renonçant à ce mariage, il leur avait épargné bien des déboires à tous les deux.

Il avait cherché le réconfort auprès des femmes, joué les beaux parleurs afin d'assouvir ses pulsions et d'oublier sa solitude le temps d'une étreinte. Ces femmes, il les avait fait souffrir. Des femmes comme Sissy, dont on avait usé et abusé à ces mêmes fins et qui se seraient passées d'une blessure supplémentaire. Des femmes comme Frankie qui mettaient toute leur énergie à rester fortes pour se reconstruire. Des femmes comme sa mère, tendres et sans autres ambitions que de partager leur vie avec un brave homme de mari.

La honte l'avait arrêté en chemin et, s'il admirait toujours autant les jolies jambes, il ne sortait plus avec personne depuis des lustres. Il avait compris que ses aventures d'un soir ne le guériraient pas, qu'en quittant le lit de sa compagne du moment, il se sentait aussi vide qu'avant. Et il avait horreur que les malheureuses l'appellent pour lui demander ce qu'elles avaient fait de mal. Rien, bien sûr. Tous les torts étaient de son côté.

Il avait beaucoup réfléchi et résolu de s'amender. Sa conduite l'écœurait. Il ne voulait plus que d'autres souffrent à cause de lui. En cherchant bien, il s'était découvert une qualité rédemptrice : il aimait sincèrement les habitants de Purdyville et désirait les protéger. C'était un point de départ. Il avait redoublé d'efforts dans son travail et, peu à peu, le vide qui l'habitait s'était rempli. La blessure de son cœur cicatrisait.

Il s'était habitué à vivre seul, mais sa rencontre avec Frankie lui avait fait prendre conscience de ce qui lui manquait encore, et il la voulait pour compagne. S'il lui reprochait parfois d'être grande gueule, il appréciait sa franchise et son côté nature. Elle ne jouait pas les coquettes, ne trichait pas, disait carrément ce qu'elle pensait. Avec elle, on était fixé. Elle ne s'encombrait pas de fioritures, ne passait pas des heures à se pomponner. Elle était elle-même, fière et têtue comme une mule sans doute, mais farouchement déterminée à rendre le monde meilleur.

Certes, pour le moment, elle le battait froid. Sous la colère, elle ne voyait aucune différence entre leurs relations et ce qu'elle avait vécu à Atlanta.

Ses poings se crispèrent instinctivement. Il aurait volontiers frappé le salaud qui l'avait blessée, embarrassée publiquement et poussée à ajouter encore des pierres à la muraille dont elle s'entourait.

Dieu qu'elle lui manquait ! Il regrettait son parfum, ses cheveux en désordre quand elle s'éveillait le matin, leurs conversations et leurs plaisanteries. Il regrettait la douceur de son corps entre ses bras, les expressions de ses yeux lorsqu'ils faisaient l'amour…

Peut-être que tout était arrivé trop vite, mais quand il l'avait vue pour la première fois, une sorte de déclic s'était produit en lui. Sur l'instant, il lui avait semblé que c'était elle qu'il attendait depuis toujours. Quelque chose — son âme peut-être — avait reconnu en elle la femme de sa vie.

Il aurait été incapable d'expliquer pourquoi, mais il savait que c'était vrai, aussi sûrement qu'il connaissait les rues de Purdyville.

A l'évidence, elle avait besoin de temps. Contrairement aux femmes qu'il avait fréquentées, il ne lui suffisait pas qu'il existe pour être heureuse. Elle avait ses propres exigences, et, cette fois, c'était lui qui guettait la sonnerie du téléphone et priait pour qu'elle l'appelle. Une expérience pénible, et humiliante en un sens.

Perplexe, il se demandait si Frankie était par trop amère pour donner sa chance à l'amour. Etait-elle seulement capable d'aimer ? Peut-être pas, et cette seule idée le plongeait dans l'angoisse.

Il n'avait pas le choix. Il lui faudrait se montrer patient, lui laisser tout le temps dont elle avait besoin.

Et espérer qu'elle s'ouvrirait à lui.

A 2 heures du matin, Frankie fut réveillée par le téléphone. Elle ignora la sonnerie, pensant que c'était encore un client de Sissy. Cette dernière apparut finalement, le visage bouffi de sommeil et lui tendit le récepteur sans fil.

— Pour toi, c'est Matt.

— Allô, oui ? fit Frankie.

— La maison des Gibbs est en flammes, les pompiers ne maîtrisent plus l'incendie. J'ai besoin de toi. Tu peux être prête dans dix minutes ?

Elle cligna des paupières.

— La maison qu'ils habitent ?

— Oui. Habille-toi, je passe te prendre.

Encore abasourdie, elle coupa la ligne et rendit le combiné à Sissy.

— Mauvaises nouvelles, hein ?

— Oui. Il y a le feu chez les Gibbs.

— Je vais mettre la cafetière en route. Le temps que tu passes tes vêtements, la Thermos sera prête.

Frankie se précipita dans la salle de bains, se brossa les cheveux en hâte et les attacha en queue-de-cheval. Ensuite, elle s'aspergea le visage d'eau froide, se brossa les dents. Elle enfilait son jean quand Sissy lui apporta une tasse de café. Le temps de passer un sweat-shirt, de fumer une cigarette en buvant le miraculeux breuvage, et la voiture de Matt se garait dans l'allée.

— Emporte ça, ordonna Sissy en lui mettant la Thermos dans les mains. Et sois prudente.

— Ne m'attends pas, retourne te coucher. Nous en aurons sans doute pour un moment.

Matt aussi avait pensé au café. A peine s'était-elle assise près de lui qu'il lui tendait un gobelet de plastique.

— Merci, marmonna-t-elle, encore mal réveillée.

— Ouvre la vitre si tu as besoin de fumer.

Elle ouvrit et alluma une deuxième cigarette.

— Que sait-on de l'incendie ?

— L'étage supérieur enflammé. Les pompiers d'ici ont appelé des renforts. Si le feu se propage jusqu'au bois, c'est la catastrophe. Avec la sécheresse, tout ne demande qu'à brûler.

— Des victimes ?

— A ce que j'ai compris, Irma est indemne, mais ils tentaient encore de sortir Homer de sa chambre la dernière fois que j'ai parlé à Orvell Dean.

— Qui aurait bien pu mettre le feu ?

— Tu sais déjà à qui je pense. Mais je ne le voyais pas prendre ce risque. Ou alors, c'est un geste désespéré.

Frankie lui raconta sa rencontre sur le banc, et les doigts de Matt se crispèrent sur le volant.

— Tu aurais dû me prévenir. Je me serais fait un plaisir de mettre cet abruti en pièces.

— C'est bien pour ça que je ne t'ai pas appelé. J'ai réglé le problème toute seule.

— C'est vrai. J'oubliais que tu étais une dure et que tu n'avais besoin de personne.

Remarque stupide et digne du dernier des machos. Il aurait mieux fait de tenir sa langue. Trop tard. C'était dit.

— En somme, d'après toi, Willie-Jack aurait fait flamber la maison des Gibbs par dépit, parce que je n'ai pas voulu répondre à ses avances ?

— N'en rajoute pas, je t'en prie.

Et voilà qu'à son tour, elle se montrait injuste. Même s'il le méritait, sa crainte de la perdre redoubla. Dieu que c'était pénible. Il devrait renoncer à elle pour se libérer l'esprit. Mais il devait aussi reconnaître ses torts.

— Je suis désolé, bredouilla-t-il. J'ai des soucis.

Comme si elle n'en avait pas !

— Laisse tomber, OK ?

Ils restèrent silencieux jusqu'à ce qu'ils aperçoivent la lueur de l'incendie.

— Zut. J'ai l'impression que ça ne s'arrange pas, remarqua Matt.

Lorsqu'ils tournèrent le coin de la rue qu'habitaient les Gibbs, la maison tout entière était la proie des flammes.

— Doux Jésus ! murmura Frankie.

Ils se garèrent à bonne distance afin de ne pas gêner les opérations. Une douzaine de camions de pompiers étaient rangés le long de la chaussée ainsi que plusieurs ambulances.

Ils finirent par trouver Orvell Dean, en sueur et couvert de suie, occupé à boire de l'eau à la bouteille.

— Comment ça se passe, vieux ? lui cria Matt.

— Mal. La maison va brûler jusqu'au trognon. J'ai pu dire deux mots à Irma avant qu'ils la transportent à l'hôpital.

— Et alors ?

— Elle est en état de choc.

— Ils ont sorti Homer ?

Orvell agita tristement la tête.

— Mouais. Il y a tout juste dix minutes. Mort asphyxié. Les gars l'ont déjà embarqué pour la morgue.

— Et merde !

— On fait ce qu'on peut, chef.

— Je sais. Tu m'excuses, mais je suis écœuré.

— On l'est tous. Depuis deux ans, ces malheureux n'ont fait que collectionner les ennuis. La seule consolation, c'est qu'Homer ne souffre plus.

— Je peux filer un coup de main ?

— Il y a déjà une bonne douzaine de volontaires qui essaient d'empêcher le feu de se propager dans le bois. Ne reste plus qu'à prier.

Frankie regarda Matt. Elle n'avait pas prié depuis son enfance. Depuis la mort de son père, en fait. A quoi bon supplier ce Dieu haïssable qui avait permis à un criminel sans foi ni loi de tuer l'homme qu'elle aimait le plus au monde ?

— Je sens qu'il va falloir monter un nouveau gala de charité, lâcha Orvell.

Matt se tourna vers Frankie.

— Viens. Je t'emmène faire un tour.

— Je peux savoir où ?

— Du côté de chez Willie-Jack.

20.

Willie-Jack était introuvable. Matt cogna pendant cinq bonnes minutes à la porte de sa vieille caravane dont la couleur avait disparu sous les plaques de moisissure. Pas de réponse. Il se tourna vers Frankie.

— Je parie qu'il regarde l'incendie depuis les bois et que ça le fait bander comme tous les pyromanes. Si seulement j'avais un de ses vêtements, j'enverrais les maîtres-chiens à sa recherche.

— On pourrait essayer d'entrer.

— On pourrait.

Mais la porte était verrouillée. Ils se mirent en quête d'une fenêtre entrouverte. Sans résultat. A tout hasard, Frankie fit jouer la poignée de la porte de derrière. Miracle, elle s'ouvrit.

Matt sourit.

— Voilà qui nous facilite rudement la tâche. Surveille les environs et donne l'alerte en cas de pépin. Je ne voudrais pas que notre brute revienne et me trouve à l'intérieur sans un mandat en règle.

Il entra pendant que Frankie faisait le guet. Deux minutes plus tard, il ressortait avec deux T-shirts.

— J'ai trouvé ça dans son linge sale. Exactement ce qu'il nous faut.

De retour au véhicule de patrouille, il appela le standard par radio.

— Beemer, tu m'envoies immédiatement la brigade K-9 et ses chiens chez les Gibbs… Oui, je suis au courant de l'heure. Ne discute pas et fais ce que je te dis.

De retour sur les lieux du sinistre, Matt et Frankie constatèrent l'étendue des dégâts. Le premier étage de la maison était réduit en cendres. Les pompiers continuaient d'arroser le rez-de-chaussée et les bois aux abords de la propriété. Des femmes étaient arrivées avec du café et des sandwiches. Parmi elles, Matt reconnut quelques épouses de pompiers.

Une heure plus tard, deux représentants de la brigade K-9 arrivaient avec leurs chiens. Matt leur expliqua ce qu'il voulait, confia un T-shirt à chacun, et les hommes disparurent bientôt dans les bois.

A l'aube, l'incendie était finalement maîtrisé. Il ne restait de la maison qu'une charpente de bois calciné. L'odeur âcre de fumée emplissait l'air. Matt agita la tête devant cette scène de désolation.

— Je me demande ce que va devenir Irma à présent. J'en suis malade.

Orvell Dean apparut soudain dans ses cuissardes maculées de boue et de cendres. Il était épuisé, sale des pieds à la tête.

— Celui qui a fait le coup n'est pas un amateur, déclara-t-il.

— Si je comprends bien, d'après toi, il s'agit d'un incendie criminel ?

— Aussi sûr que je suis là. Même que ça sentait l'essence à plein nez. Je vais laisser un camion sur place au cas où un foyer déciderait de repartir, mais j'en doute. Ce qui reste du rez-de-chaussée est noyé sous l'eau. J'en avais jusqu'aux genoux.

— Rentre te reposer un peu. Tu reviendras plus tard fouiller les décombres. Je mettrai deux gars de l'équipe de jour en faction pour que personne n'approche.

— Je tiens à passer les ruines en revue d'abord. On ne sait jamais. Tu es passé chez Pitts ?

— L'oiseau n'était pas là.

— Tu m'étonnes. Je suis convaincu que c'est lui le responsable, cette fois comme l'autre. Je ne connais personne d'assez mauvais ici pour mettre le feu à la maison de deux vieillards dont l'un est cloué au lit.

— Le problème, c'est que je ne peux pas l'arrêter sans preuves. Sans compter que, la dernière fois, il avait un alibi en béton que nous nous sommes chargés de vérifier.

Orvell soupira, puis il s'éloigna.

Matt appela de nouveau Beemer par radio.

— Appelle l'équipe de jour et dis aux gars de me rejoindre chez les Gibbs.

Il se tourna vers Frankie.

— Je voudrais jeter un coup d'œil sur les décombres. Tu te sens d'attaque ?

— Oui, d'autant qu'avec le café que j'ai bu, je ne risque pas de dormir.

Ensemble, ils firent le tour des lieux, examinèrent les buissons et les dépendances que le feu avait épargnées. Dans l'une, ils trouvèrent un jerrycan vide qui avait contenu de l'essence.

— Pour que ça brûle aussi bien, il doit y en avoir d'autres.

*
**

Bientôt, les deux voitures de patrouille firent leur apparition. Quatre policiers en descendirent et se joignirent aux recherches. Quelques heures plus tard, un flic du nom de Tevis Buford rapportait trois bidons d'essence vides qu'il avait trouvés à demi enfouis au bas d'un talus dans les bois.

Matt hocha la tête, satisfait.

— Voilà précisément ce que nous cherchions. File les porter au labo pour un relevé d'empreintes.

— Bien, chef.

Et l'agent Buford se hâta de regagner sa voiture.

— Je te raccompagne, déclara Matt à Frankie. Nous avons tous les deux besoin d'une bonne douche et de quelques heures de sommeil. J'appellerai l'hôpital pour prendre des nouvelles d'Irma.

Sur le trajet de retour, ils discutèrent de l'incendie, laissant soigneusement de côté les questions plus personnelles. Puis Matt la déposa chez elle et reprit la route.

Sissy, qui dormait sur le canapé, ouvrit un œil quand elle passa la porte.

— Ce que tu es sale ! s'exclama-t-elle.

— Merci, je sais.

— Et tu as l'air vanné avec ça. Tu veux que je te prépare quelque chose à manger ?

— Je suis trop crevée pour avoir faim.

— Qu'est-ce qui s'est passé chez les Gibbs, finalement ?

Frankie ôta ses bottes avant d'entrer, puis elle raconta les événements de la nuit.

— C'est dingue, tout de même, commenta Sissy. Qui ferait un truc pareil ? Enfin, bon, je crois que j'ai ma petite idée. Si vous ne parvenez pas à coincer Willie-Jack sur ce coup-là, regardez un peu du côté de chez Pitts père. Je crois même qu'il est pire que son fils, et s'il s'imagine qu'on a roulé son petit dans la farine, il est bien capable de le venger.

— Matt a déjà interrogé la famille. Pas la moindre piste, rien.

Frankie se doucha longuement et se fit un shampooing afin de se débarrasser de la suie. Puis elle passa un de ses T-shirts de nuit. Sissy l'attendait dans la cuisine avec des œufs brouillés sur des toasts.

— Tu n'aurais pas dû, Sissy !

— Après une nuit pareille, il faut que tu manges.

— Tu es trop bonne.

A la première bouchée, Frankie se rendit compte qu'elle était affamée. Son assiette fut vide en un rien de temps.

— Finalement, tu avais raison, je me sens mieux. Je vais m'étendre un peu et essayer de dormir.

— OK. Je baisserai la sonnerie du téléphone.

— Tu me réveilles si Matt m'appelle.

Sans perdre une minute, elle se glissa sous la couette et sombra aussitôt dans le sommeil. Lorsqu'elle se réveilla deux heures plus tard, elle était presque reposée. Après s'être rafraîchie et habillée, elle se rendit à son bureau.

En passant devant la porte ouverte de Matt, elle le vit occupé au téléphone. Il lui fit signe d'entrer.

— J'ai parlé avec un médecin de l'hôpital. Irma était en état de choc quand ils l'ont prise en charge la nuit dernière, mais elle va mieux ce matin. Ils lui ont administré un sédatif, et elle dort.

— Pauvre femme. Elle est au courant pour Homer ?

— D'après le médecin, ce genre de nouvelle pourrait lui être fatale.

— Où ira-t-elle vivre ?

— Je n'en sais rien. Elle n'a plus de famille. Je vais appeler Shirley pour voir s'il n'y aurait pas une place pour elle à Piney Grove. Irma va râler comme une furie, mais tant pis. Pour le moment, elle n'a pas le choix.

Frankie agita tristement la tête et resta quelques instants à réfléchir en silence. Quand elle releva les yeux, elle croisa le regard de Matt et y lut tout à la fois le désir et le regret. Son cœur se serra. Lui aussi lui manquait.

— Tu as une mission pour moi ce matin ?

— En dehors de l'incendie chez les Gibbs, la nuit a été calme. Sam Bone vient d'appeler. Caesar a déjà fourni suffisamment de sperme pour inséminer la moitié du troupeau.

Frankie ne put s'empêcher de rire.

— Il se rattrape, le bougre. Je m'étonne que leur machine infernale tienne le coup.

— Et moi, que la camionnette ne soit pas encore réduite à l'état d'épave. Ah, et puis Smiley le basset a fugué hier soir, et Mme Blubaker fait le tour des maisons en distribuant des affichettes. Elle offre une prime de cinquante dollars à qui retrouvera le chien.

— Elle a drôlement changé depuis notre dernière visite.

Matt s'étira avant de conclure :

— Faute de mieux, je crois que nous allons passer la journée en quête de Willie-Jack.

Une heure plus tard, ils se garaient devant une cabane branlante. Ils n'étaient pas sortis de voiture qu'un grand homme maigre apparaissait sur le pas de la porte. Il était sale et ne s'était pas rasé depuis plusieurs jours. Matt présenta le père Pitts à Frankie. L'homme ne daigna pas la saluer.

— Nous sommes à la recherche de Willie-Jack, déclara Matt.

— Pourquoi ?

— Pour lui poser quelques questions.

— Vous l'avez raté de peu. Il est venu dîner hier soir, et il a décidé de passer la nuit ici.

— On peut jeter un coup d'œil à l'intérieur ?

— Vous perdez votre temps.

— Peut-être.

Frankie fit un pas en avant.

— Monsieur Pitts, nous aurons un mandat pour perquisitionner chez vous avant une heure. C'est comme vous voulez.

Elle aperçut une ombre à travers la moustiquaire. Puis une femme sortit, aussi crasseuse que son compagnon. Elle se campa devant eux, poings sur les hanches, et les apostropha :

— Pourquoi il faut toujours que vous vous en preniez à Willie-Jack ? Le pauvre garçon ne peut même pas pisser sans avoir les flics à ses basques.

Matt choisit de l'ignorer.

— J'attends une réponse, Pitts.

Le bonhomme lui jeta un regard mauvais.

— Bon. Allez-y, mais faites vite. Ma femme a du monde pour le thé à 10 heures.

— J'espère qu'elle offre des sablés, j'adore ça, ironisa Frankie en pénétrant dans une pièce qui empestait la graisse rance et le linge sale.

— On peut savoir où Willie-Jack a dormi hier soir, exactement ?

Le vieux Pitts parut surpris.

— Ben, dans son ancienne chambre, pardi ! En haut, dans le grenier. C'est là qu'il dort. Mais je vous ai déjà dit que vous perdiez votre temps. Il est parti.

Matt et Frankie montèrent quand même l'escalier afin d'aller examiner la chambre de plus près. Pitts les rejoignit. Il les tenait à l'œil tandis qu'ils fouillaient ici et là.

— Votre fils est un garçon attentionné, remarqua-t-elle. Je vois qu'il a fait son lit avant de partir.

Une lueur d'inquiétude passa dans le regard du vieux.

— C'est que sa mère l'a élevé comme il faut.

— Pitts, cesse de nous prendre pour des imbéciles et dis-nous où il se cache.

— Je ne vous le dirai pas, même si je le savais.

— Ils auraient dû te garder en taule.

Le bonhomme montra Frankie du pouce.

— D'où tu la sors, celle-là, shérif de mes deux ? C'est ta dernière conquête ? Elle vaut quelque chose au lit, au moins ?

Frankie se crispa. Matt s'empourpra de colère et saisit Pitts par le col.

— Continue et je trouverai une raison de te boucler définitivement. Et ne t'avise pas d'insulter mon adjointe ou je te botte le cul d'ici jusqu'à la lune. Vous n'êtes que des ordures, toi et ta famille. Tout le monde le sait en ville, et vous le savez aussi.

— Oh, mais c'est qu'on est chatouilleux ce matin.

Matt le relâcha.

— La ferme, Pitts.

Il se tourna vers Frankie.

— Viens. On se tire de ce trou à rats avant de choper des puces.

Quelques minutes plus tard, ils repartaient le long de la piste de terre parsemée de cannettes de bière, creusée d'ornières et de nids-de-poule. A l'évidence, personne ne songeait à l'entretenir.

— Je suis désolé de m'être emporté chez Pitts. Je me suis conduit de manière bien peu professionnelle, mais je n'ai pas supporté de l'entendre déblatérer sur toi.

Elle haussa les épaules.

— C'est fait, c'est fait.

— J'aurais dû être plus vigilant en ce qui te concerne. Je regrette que des bruits aient couru. Ce n'était pas dans mes intentions et je comprends que tu sois furieuse. Je comprendrais même que tu décides de démissionner.

— C'est ce que tu souhaites ?

Il arrêta la voiture et se tourna de façon à lui faire face.

— Certainement pas, au contraire. Je veux que tu partages ma vie. Je veux t'emmener chez moi et te garder pour toujours. Je suis tombé amoureux de toi, Frankie. C'est aussi bête que ça. Tout s'est passé très vite, j'en suis conscient, mais vite ou pas, c'est la pure vérité.

Elle baissa les yeux et se tritura les mains.

— Mais toi, tu ne m'aimes pas, remarqua-t-il.

— Je n'ai pas dit ça.

— Explique-moi ce que tu ressens, alors.

— Je ne sais pas trop.

— Cesse de tourner autour du pot et parle !

Elle releva la tête et le regarda droit dans les yeux.

— Je t'aime ! Là. Tu es content ? C'est ce que tu voulais entendre ?

— Oui, c'est ce que je voulais entendre !

Il défit sa ceinture de sécurité, se pencha pour la prendre dans ses bras et lui donna un baiser ardent. Lorsque enfin il se détacha de sa bouche, une question flottait dans ses prunelles bleues.

— Dans ce cas, qu'est-ce qui nous empêche de vivre ensemble ? Pas les commères de la ville, tout de même ?

Frankie se cala contre son épaule.

— Je n'ai pas eu beaucoup de chance avec les hommes, Matt.

— Ta chance est sur le point de tourner.

— Mais tu ne peux pas savoir si tu m'aimeras encore dans cinq ans, dix ans…

Il agita tristement la tête.

— Tu te sous-estimes. Je ne veux pas te perdre, jamais.

Pause pendant laquelle il effleura ses cheveux.

— Si seulement tu pouvais apprendre à me faire confiance.

Les yeux de Frankie s'emplirent de larmes.

— J'essaie, Matt. Je fais ce que je peux.

Il l'enveloppa de ses bras et la serra contre lui.

— Je suis sûr que tu peux davantage, ma chérie. Oublie le reste, n'aie pas peur et donne-nous une chance. Ça en vaut la peine, Frankie.

— Il faut que je réfléchisse à tout ça, que je fasse le tri dans ma tête. Je voudrais que ce soit parfait.

Les traits de Matt se radoucirent.

— Je vais te laisser encore un peu de temps. Je ne veux pas gâcher ce qui existe entre nous, c'est trop précieux. Mais je veux que tu saches que je ne te ferai jamais de mal.

Il l'embrassa de nouveau, plus tendrement cette fois, puis, relâchant son étreinte, il rattacha sa ceinture et redémarra.

Avant de pénétrer dans la chambre d'Irma Gibbs, Matt et Frankie prirent le temps de parler à l'infirmière de service.

— Elle est encore sous sédatif, mais elle est lucide et en mesure de répondre à quelques questions. Ne restez pas trop longtemps pour ne pas l'épuiser.

Lorsqu'ils poussèrent le battant, la vieille femme semblait dormir paisiblement. Mais elle ouvrit les yeux quand ils s'approchèrent du lit.

— Bonjour, Irma, dit Matt. Comment te sens-tu ?

Des larmes roulèrent sur ses joues flétries.

— Comme une pauvre vieillarde qui a perdu sa maison et son mari.

— Alors, tu savais pour Homer ?

— Bien sûr que je savais. J'ai bien vu que ça brûlait de partout. J'étais dans ma chambre, de l'autre côté du couloir, et je n'ai pas pu aller jusqu'à lui.

Elle marqua une pause.

— Quand je me suis réveillée, la maison était pleine de fumée. Il y en avait tellement que j'ai eu un mal de chien à retrouver l'escalier.

— Tu as bien fait de descendre et de sortir. Tu n'aurais pas pu le sauver.

Les larmes d'Irma redoublèrent.

— J'aurais voulu mourir avec lui. Soixante ans que nous étions mariés. Sans lui, je n'ai plus de raison de vivre.

Frankie lui prit la main et la pressa tendrement dans la sienne.

— Il vous reste vos souvenirs, madame Gibbs. Je sais bien que cela semble peu de choses, mais personne ne peut vous les prendre.

Matt toussota.

— Irma, j'aurais quelques questions à te poser. Tu es suffisamment en forme pour me répondre ?

— Je n'ai rien vu, rien entendu. Je dors d'un sommeil de plomb. C'est d'ailleurs pour ça que j'avais un petit haut-parleur dans ma chambre, au cas où Homer aurait besoin de moi dans la nuit. Je me suis réveillée en toussant, j'étouffais. Je crois que la fumée provenait de la chambre d'Homer.

— Tu avais fermé à clé avant de monter te coucher ?

— Justement. C'est ce que je me demande depuis. Je vous avoue que j'ai parfois des absences. J'oublie d'éteindre le gaz, de verrouiller la porte. Ma mémoire me joue des tours.

Elle ferma les yeux.

— Je suis fatiguée, Matt.

Il lui tapota affectueusement l'épaule.

— Je sais. Tâche de te reposer.

En sortant, Frankie et Matt croisèrent Rand Chalmers dans le couloir. Il ne semblait pas particulièrement joyeux.

— J'imagine que vous étiez avec Irma. Elle ne va pas bien du tout.

Matt hocha la tête.

— Elle a eu un sacré choc.

— Mouais. J'espère que vous allez me coffrer Willie-Jack. Je ne comprends pas que la police laisse ce fou en liberté.

— Bien d'accord avec toi, Rand, ce type est une catastrophe ambulante. Dès qu'il y a un problème, c'est en général de son côté que je cherche. Mais je ne peux pas l'arrêter sans preuve.

Il s'interrompit.

— Homer était un de tes patients, non ? demanda-t-il.

— Oui. Je m'occupe des Gibbs depuis des années. Elle va se laisser partir maintenant. Sa vie ne vaut pas un clou. Retrouve Pitts et boucle-le avant qu'il mette la ville à feu et à sang.

Sur ces mots, Rand s'éloigna au pas de charge. Frankie leva sur Matt un regard interrogateur.

— Depuis le temps que je le connais, je ne l'ai jamais vu dans une telle colère.

— Tu crois que le Dr Linton a eu le temps de pratiquer l'autopsie d'Homer ?

— Aucune idée, mais ce ne sera pas bien difficile de le savoir.

Ensemble, ils prirent l'ascenseur pour descendre à la morgue. Ils trouvèrent Donald Linton dans son bureau, occupé à écrire. Il leva le nez de ses notes.

— Je sais ce qui vous amène. Oui, j'ai fait l'autopsie. C'est ce que vous alliez me demander, n'est-ce pas ? Homer était un ami. Je suis venu dès qu'on m'a appelé. Pas facile de découper un vieux copain.

— Tu as découvert quelque chose ?

— Mouais. Une grosse surprise.

— On peut savoir ?

— Homer Gibbs n'est pas mort asphyxié du tout. Je n'ai trouvé aucune trace de fumée dans les poumons.

Frankie devina la suite.

— Vous voulez dire qu'Homer était mort avant l'incendie ?

— Autant que je puisse en juger, le décès remonte à vingt-quatre heures. Au moins. Peut-être davantage.

21.

Frankie et Matt quittèrent l'hôpital pour aller déjeuner au *Half Moon Café*. Ils demandèrent une alcôve en fond de salle de façon à pouvoir parler sans risque d'être entendus.

— Qu'est-ce que tu penses de tout ça ? s'enquit Matt dès qu'ils eurent passé commande.

— Probablement la même chose que toi.

— Bon. Lis dans mes pensées, je t'écoute.

Elle alluma une cigarette.

— J'ai trouvé bizarre qu'Irma Gibbs affirme n'avoir rien entendu.

— Oui. Il faudra que je demande à Chalmers si elle s'est jamais plainte d'être un peu dure d'oreille.

— Ensuite, même quand elles perdent un peu la mémoire, les personnes âgées oublient rarement de verrouiller leur porte avant de monter se coucher. A ma connaissance, elles ont plutôt tendance à s'enfermer à clé toute la sainte journée. Elles se sentent menacées, fragilisées par la vieillesse. Irma ne donne pas signe de sénilité. Elle me semble parfaitement lucide. Tu pourras en toucher deux mots à Chalmers, voir ce qu'il raconte.

La serveuse leur apporta leurs boissons.

— Tu penses qu'elle a pu le tuer ? Pour le soulager. Comme Blaine Freeman avec Peters.

Matt haussa les sourcils.

— Et elle aurait ensuite mis le feu à la maison afin de couvrir son crime ? Un peu trop dramatique, non ? A moins que…

— A moins qu'elle n'ait eu de gros problèmes d'argent…

— Et une coquette somme à empocher de l'assurance, compléta Matt.

Il se tut, songeur. On leur apporta leurs steaks couverts d'oignons en sauce, avec des pommes au four et des légumes verts. Tandis qu'ils mangeaient, Matt griffonnait des notes. Frankie fit quelques nouvelles suggestions. Enfin, il posa son stylo et leva les yeux sur elle.

— Tu sais que nous formons une équipe de choc, tous les deux ?

— Naturellement, puisque je me charge de tout, répliqua-t-elle en souriant.

Il rit.

— Quoi qu'il arrive dans notre vie privée, je tiens à te garder dans le service. Parce que nous faisons du bon boulot ensemble. Le salaire n'est pas des meilleurs, mais je pourrais t'obtenir une rallonge.

— Bonne idée. Ça me permettra peut-être de m'offrir un logement à moi. Pas que je me plaigne de Sissy, remarque…

Ils achevèrent de déjeuner, et Frankie insista pour payer sa part.

— Repas de travail, on partage, déclara-t-elle fermement.

— Avec les autres, on paie chacun son tour.

— Webber, ne discute pas ou je fais une scène.

Sachant qu'elle en était capable, il s'inclina.

Après le déjeuner, Matt regagna son bureau pour passer quelques coups de fil et appeler Rand Chalmers afin d'obtenir des précisions sur l'état général d'Irma. Avec ses collègues, Frankie écuma la région en quête de Willie-Jack qui demeurait introuvable. Lorsqu'elle rentra au poste, elle n'en pouvait plus — ce qui ne l'empêcha pas d'aller droit au bureau de Matt.

— Alors ? Tu as du nouveau ?

— Chalmers était au bloc quand j'ai téléphoné. Il en avait pour plusieurs heures. Heureusement que son assistante est une amie. Elle a jeté un coup d'œil sur le dossier médical d'Irma. Pas de problèmes d'audition, et pas de pertes de mémoire.

— Tu as un plan en vue ?

— J'attends demain pour retourner l'interroger. Le Doc' garde le corps au frais jusqu'à ce qu'Irma soit en état d'organiser les obsèques. Ça nous laisse tout notre temps.

— Et dire que je pensais qu'il ne se passait jamais rien dans ce bled !

En rentrant chez elle, Frankie se réjouissait que la journée soit enfin terminée. Comble de bonheur, elle n'avait pas de répétition ce soir. Seuls les principaux acteurs étaient convoqués au théâtre pour travailler leurs rôles. Parfait. Elle prendrait un bon bain chaud, histoire de se délasser, et se mettrait au lit de bonne heure.

— Ta mère a appelé, lui annonça Sissy dès qu'elle ouvrit la porte.

— Zut. Je suis trop crevée pour la rappeler.

— Tu as besoin de dormir, cocotte.

— C'est précisément ce que je vais faire.

— Il y a du ragoût au chaud dans le four.

— Tu es vraiment trop bonne pour moi. Si tu étais un mec, je te demanderais de m'épouser.

— Il se trouve que je connais un mec super qui serait tout prêt à te dorloter.

— S'il te plaît, ne commence pas.

Le lendemain matin, Frankie et Matt trouvèrent Irma assise dans son lit, une tasse de thé à la main.

— Ils me laissent sortir aujourd'hui. Et, si j'ai bien compris, une place m'attend déjà à Piney Grove. Je refuse d'être à la charge de la communauté.

Matt s'assit au bord du lit tandis que Frankie tirait une chaise à proximité.

— Tu n'as nulle part où aller, il fallait bien te loger. Mais c'est d'une affaire plus pressante que je suis venu t'entretenir.

La vieille dame posa sa tasse sur la desserte et croisa les bras.

— Je t'écoute.

— Doc' Linton a fait l'autopsie d'Homer.

Elle eut une grimace douloureuse.

— Il n'est pas mort asphyxié. Il était déjà mort quand l'incendie s'est déclaré.

Elle baissa les yeux sur ses mains.

— Tu crois que j'ai tué mon propre mari ?

— Non, je pense que tu as mis le feu à la maison. Seulement, je ne comprends pas pourquoi.

Irma se tourna vers Frankie qui lui sourit.

— Nous avons besoin de connaître la vérité, madame Gibbs. Nous pourrons peut-être vous aider.

— Je vais finir mes jours en prison, hein ?

Matt lui prit la main.

— Que s'est-il passé, Irma ?

Des larmes ruisselaient sur ses joues. Elle voulut prendre sa tasse, mais elle tremblait si fort que Matt dut la lui tenir afin qu'elle puisse boire.

— Tu as raison, confessa-t-elle finalement. Homer est mort la veille de l'incendie. Je ne savais pas quoi faire de son corps. Nous n'avions plus les moyens de payer nos cotisations pour l'assurance-maladie. Je ne payais plus. Et les mensualités de l'assurance-vie non plus. Elles avaient augmenté. Nos pauvres allocations n'y suffisaient pas. Quand la petite maison a brûlé, nous avons perdu les revenus de la location, et la compagnie d'assurances n'a toujours pas envoyé le chèque d'indemnisation. Nous avions épuisé toutes nos économies. Alors, j'ai mis le feu parce que…

— Vous pensiez toucher quelque chose sur la maison, termina Frankie.

La vieille dame baissa la tête, penaude.

— Oui, murmura-t-elle dans un souffle.

Frankie lui tendit une poignée de Kleenex afin qu'elle s'essuie les yeux.

— Je peux faire quelque chose pour vous, madame Gibbs ? Vous apporter un verre d'eau ? Un linge humide ?

Irma secoua la tête.

— Et le premier incendie, celui de la petite maison ? s'enquit Matt.

— Coupable.

Frankie et lui échangèrent un regard surpris.

— Comment as-tu réussi à filer sans que personne te voie ? Les pompiers étaient sur place en quelques minutes.

— Les voisins d'en face étaient partis en vacances. Je les connais bien et j'avais proposé d'arroser leurs plantes en leur absence. J'avais la télécommande de leur garage. J'y ai caché ma voiture, j'ai traversé la rue aussi vite que j'ai pu, vidé tout un bidon d'essence sur le plancher, jeté une allumette enflammée, et je suis sortie. J'ai vu tout ce qui s'est passé ensuite. Je n'ai quitté la maison des voisins que tard dans la nuit, quand tout le monde a été parti. J'avais donné deux somnifères à Homer pour être sûre qu'il ne se réveillerait pas de plusieurs heures.

Une pause, et elle reprit :

— Je sais que c'est mal, Matt, mais je n'en pouvais plus. Pour ne rien te cacher, au point où j'en suis, la prison ne sera pas pire que ce que j'ai vécu.

Il se leva, alla jusqu'à la fenêtre et s'absorba dans la contemplation des nuages, comme s'il y cherchait une solution. Enfin, il se retourna, le visage grave.

— J'ai appelé la banque. L'argent de la soirée que nous avons donnée pour vous n'a pas été touché. Tu es trop fière pour accepter la charité, mais tu ne recules pas devant la fraude.

La vieille dame évitait son regard.

— Je ne t'arrêterai pas, poursuivit-il. Mais je veillerai à ce que tu ne touches pas un sou des assurances. Tu finiras tes jours à Piney Grove. Rassure-toi, cependant, tu ne seras pas une charge pour la collectivité. Tu vas vendre ta terre et en reverser le prix à Piney Grove. Je te donne une semaine pour refaire ton testament en ce sens avec ton notaire. Tu le paieras avec l'argent recueilli lors de la soirée. Ce qui en restera devrait suffire à tes besoins. Tu n'auras plus de soucis de trésorerie.

Elle redressa les épaules.

— Je vais mourir comme une pauvresse, toute seule, dans une maison de retraite.

— Parce que tu es trop frêle pour aller en prison.

De nouveau, elle baissa le nez sur ses mains.

Matt se tourna vers Frankie.

— Viens. On s'en va.

Lorsqu'ils furent dans le parc, Frankie posa sur Matt un regard de reproche.

— Je trouve que tu as été un peu dur avec elle. La pauvre femme a perdu le compagnon de toute sa vie.

— Et elle a accessoirement mis le feu à deux maisons dans le but de toucher les primes d'assurance auxquelles elle n'avait de toute façon pas droit. Si elle avait été plus jeune, elle serait allée en prison pour ça. Homer et elle possédaient quelque trente hectares, plus le terrain de la petite maison qu'ils louaient. Ils auraient pu vendre afin de subvenir à leurs besoins, mais Irma était trop orgueilleuse pour montrer qu'elle avait des problèmes financiers. Elle a préféré recourir à la fraude.

Frankie ne répondit pas. Quand ils eurent pris place à bord de la voiture, Matt lui coula un regard de biais.

— Vous ne seriez pas en train de virer sentimentale, agent Daniels ?

— Non. Je suis toujours la même brute infernale et sans merci.

— Tu me rassures, fit-il en riant.

Et il démarra la voiture.

Les semaines suivantes se déroulèrent sans incident majeur. Un vol à main armée dans un magasin de spiritueux qui fit plus de peur que de mal au propriétaire — le malfrat fut interpellé dans la journée. Quelques accrochages sans gravité qui se soldèrent par de la taule froissée. Sans compter les habituelles querelles domestiques, et une ou deux bagarres dans les bars — la routine, en somme.

Tout Purdyville s'émut en lisant l'interview d'Irma Gibbs dans le journal local. Elle y avouait son crime et s'engageait à faire amende honorable. Elle parlait du manque d'argent dont elle avait souffert avec Homer, racontait qu'elle tenait la main de son mari mourant tout en élaborant le projet d'incendier la maison pour toucher la prime d'assurance, comme elle l'avait fait pour la petite maison qu'ils louaient. *« Je me suis conduite en égoïste alors que toute la ville était prête à nous aider. J'ai péché par orgueil. »*

Elle expliquait ensuite qu'elle comptait vendre ses terres au profit de Piney Grove avant de conclure : *« Je ne tarderai plus à rejoindre le Créateur. Il me faut confesser mes fautes et réparer avant qu'il soit trop tard. »*

Il lui avait fallu bien du courage pour se livrer ainsi publiquement. Son geste impressionna Frankie et Matt. En revanche, ils ne s'étonnèrent pas de voir presque aussitôt Willie-Jack sortir de sa cachette. Content de lui, le rustre prenait un malin plaisir à narguer Matt de ses sourires satisfaits si d'aventure il le croisait en ville.

Comme Velma souffrait de douleurs articulaires, Frankie lui donnait un coup de main à la réception dès qu'elle le pouvait. Elle se faisait rabrouer, bien sûr, mais à l'évidence, le cerbère de la maison appréciait ses efforts. En d'autres temps, elle aurait envoyé Velma et son classement aux cent mille diables mais, à la fréquenter de plus près, elle comprit que rouspéter était dans sa nature. Seul Matt trouvait grâce à ses yeux.

De fait, Frankie appréciait cette période de calme. Elle se demandait comment elle avait survécu au stress quotidien d'Atlanta. A présent, elle dormait suffisamment ; elle avait pris deux kilos et perdu ses joues creuses. Elle apprenait à se maquiller, faisait du shopping avec Sissy et y trouvait un certain plaisir. A diverses reprises, elle avait appelé Alice afin de lui proposer de déjeuner dans leur restaurant habituel, mais la relaxologue semblait préoccupée. Elle n'était jamais libre et se plaignait de son emploi du temps trop chargé.

En ce qui concernait le théâtre, les répétitions se déroulaient sans heurt et la pièce prenait forme. Le décor ressemblait à s'y méprendre à un vrai salon de coiffure, avec fauteuils et séchoirs hors d'usage, récupérés dans les resserres des instituts de beauté locaux qui en avaient fait don à la production.

A mesure que la première approchait, Frankie devenait plus nerveuse.

— Je suis sûre que je vais cafouiller et bouler ma réplique, déclara-t-elle à Sissy un soir qu'elles se préparaient pour se rendre au théâtre.

Elle passait une partie de son temps libre à marmonner sa réplique à voix basse, ce qui avait le don d'exaspérer Sissy.

— Quand je verrai le public qui me regarde, je te jure que j'oublierai mon texte. J'en ai le trac rien que d'y penser.

— Mais non, tu t'en tireras, répliqua son amie sans conviction.

Son soudain manque d'enthousiasme alerta Frankie.

— Qu'est-ce qui ne va pas ? Tu as un coup de blues ?

— Non, mais Macon Comfy m'a appelée pour me dire qu'il réservait un siège au premier rang. Toute la salle va empester la viande à cause de lui.

— Tu racontes n'importe quoi. Je le rencontre fréquemment en ville. C'est un homme très courtois, bien mis, qui sent le savon et l'eau de Cologne, et qui demande toujours de tes nouvelles.

Sissy leva les yeux au ciel et se dirigea vers la porte.

Dans l'après-midi du samedi, Matt téléphona pour inviter Frankie à dîner. Elle hésita. Ils déjeunaient souvent ensemble, parfois avec d'autres collègues, mais toujours dans le cadre de leur travail.

— Allô ? Tu es toujours là ?

— Je réfléchissais à ta proposition.

— Ne te casse donc pas la tête, ce n'est qu'un dîner, pas un film porno.

— Bon, d'accord.

— Je passe te chercher à 18 heures. Mets une jolie tenue, je t'emmène dans un restaurant chic. Je ne voudrais pas que tu me fasses honte.

Sur ces mots, il raccrocha. Frankie entendit le déclic et resta un moment à fixer le combiné, l'œil vague.

Pourquoi diable avait-elle accepté son invitation ? Depuis qu'ils avaient repris leurs distances, tout allait pour le mieux entre eux. Professionnellement, ils formaient une équipe efficace. En ville, les rumeurs s'étaient tues… Ce dîner ne risquait-il pas de relancer les mauvaises langues ? Et à quoi rimait cette histoire de restaurant chic ? Et de « jolie tenue pour ne pas lui faire honte » ? Comme si elle n'en était pas capable ! Si l'envie la prenait, elle le clouerait sur place tant elle aurait d'allure, ah mais !

Elle fila dans sa chambre, prit son sac sur le lit et ressortit en trombe pour heurter Sissy de plein fouet.

— Hé ! Doucement. Où vas-tu donc si vite ?

— Faire des courses.

— Deux secondes, j'arrive.

Elle avait déjà mis le moteur en marche quand la jeune femme la rejoignit en courant.

— C'est si urgent que ça ? Tu n'as plus de linge propre ?

— Matt s'imagine que je ne sais pas m'habiller.

Sissy jeta un coup d'œil sur son jean délavé, son vieux T-shirt informe et ses tennis usées.

— Tu m'étonnes.

— Je vais lui montrer, tiens. Je vais me dénicher une tenue qui le fera baver toute la soirée.

— Explique-moi, je ne comprends pas tout.

Frankie lui raconta leur conversation téléphonique.

— Je vois. Il te faut du cuir, un soutien-gorge à balconnet. Au prochain croisement, tourne à droite.

Un quart d'heure plus tard, elles se garaient devant un magasin de vêtements dégriffés qui ne payait pas de mine.

— C'est ici ? fit Frankie, dubitative.

— Elle a du cuir, ne t'inquiète pas. Des trucs que tu n'as pas les moyens de t'offrir au prix fort.

Elle la suivit à l'intérieur. Betty, la propriétaire des lieux, salua Sissy, qui lui expliqua ce qu'elles cherchaient. Betty les conduisit jusqu'à un rail sur lequel se pressaient pantalons, jupes et gilets de cuir souple, chemisiers et caleçons en imitation léopard.

— Hé, vise la jupe ! s'écria Sissy. Génial !

Elle décrocha l'article et le plaça devant Frankie pour évaluer l'effet.

— Ça risque d'être un peu juste, non ?

— Non. Ça se porte moulant, ma vieille.

— Je vous la fais pour vingt-cinq dollars, intervint Betty.

— Essaie-la pendant que je te trouve un corsage.

Frankie se dirigea vers les cabines au fond du magasin. Elle ôta ses tennis, son jean, et passa la minijupe. Moulante à souhait. Et courte. Dans tous les sens. Elle découvrait les deux tiers de ses cuisses, et la taille basse laissait voir son nombril. Le temps que Frankie examine son reflet dans la glace, et Sissy lui tendait un petit pull fantaisie par le coin du rideau.

— Tiens, ce sera parfait avec la jupe.

Le pull était distinctement trop petit. Impossible de boutonner le haut, comme le bas. Seuls, les deux boutons du milieu acceptèrent de rentrer dans leur boutonnière. Non seulement on voyait le creux de sa poitrine, mais aussi son nombril.

— Ça ne va pas du tout, Sissy. Il me faut au moins la taille au-dessus.

— Je peux ouvrir, tu es décente ?

— Oui… enfin, presque.

Sissy tira le rideau.

— Oh, mais ça te va très bien ! C'est exactement ce qu'il te faut.

— Mais…

— Je te promets, ça se porte comme ça. C'est la grande mode en ce moment. Je te montrerai dans le catalogue de *Victoria's Secrets* en rentrant. Tu verras. Et on laisse tomber le soutien-gorge.

— Mes pointes de seins…

— Justement, c'est parfait. Avec les talons aiguilles que tu as achetés l'autre jour, mon cher cousin va tomber raide. J'ai hâte de voir sa tête.

Elle riait comme une folle en refermant le rideau pour que Frankie puisse se changer. Elles se retrouvèrent à la caisse où Betty leur proposa de la lingerie en complément :

— J'ai de ravissants petits balconnets et des strings assortis. Ils viennent juste d'arriver.

— Elle n'aura pas besoin de ça, déclara carrément Sissy sous l'œil atterré de sa compagne.

Frankie paya, et elles sortirent du magasin.

— Maintenant, ma vieille, on rentre en vitesse. Il faut que je te maquille.

Elles étaient à peine de retour que le téléphone sonnait. Sissy décrocha et tendit aussitôt l'appareil à Frankie.

— Ta mère, souffla-t-elle.

— Allô, maman ?

— Tu ne me rappelles jamais, c'est incroyable.

— J'attendais demain pour qu'on puisse bavarder. C'est moins cher le dimanche.

— Tu as besoin d'argent ?

— Pas vraiment, mais je fais attention à ne pas trop dépenser.

— Si tu veux me parler, tu peux m'appeler en PCV, tu sais.

— Le problème, c'est que je n'ai pas trop de temps. Nous répétons une pièce de théâtre et je ne suis pas chez moi avant 22 h 30.

— Tu sais bien que je me couche toujours après le journal télévisé de 23 heures. Ah ! j'aurais dû avoir d'autres enfants ! Sur le lot, il y en aurait bien eu un pour me donner des nouvelles.

— Excuse-moi, maman.

Silence au bout de la ligne. Puis :

— Je voulais juste m'assurer que tout allait bien, Francis. Je sais que tu es occupée.

Et, comme toujours, Frankie se sentit coupable.

— Je te promets de faire un effort.

— C'est ce que tu dis toujours. Parle-moi plutôt de ta pièce. D'après Sissy, tu as décroché un rôle important. Si je ne partais pas en cure cette semaine-là avec mes amies, je serais venue pour la première.

— Tu as déjà vu *Potins de femmes*, maman, tu t'ennuierais.

— Tu connais ton texte au moins ?

— Oui.

— Avec ton physique, tu aurais pu devenir comédienne. Je ne comprends pas que tu perdes ton temps dans la police.

Frankie soupira.

— J'espère donner satisfaction. Maman, il faut vraiment que je file.

— Bien sûr. Je ne te retiens pas.

— Je te rappelle demain, c'est moitié prix le dimanche.

— Je compte sur toi.

— Au revoir, maman.

Matt remonta l'allée qui menait à la maison de Sissy avec, dans les bras, une douzaine de roses. Ses bonnes résolutions de ne pas appeler Frankie de tout le week-end n'avaient pas tenu. Elle lui manquait trop, et il devenait fou. Il lui fallait absolument la voir en tête à tête.

Il sonna, et Sissy lui ouvrit en tenue de serveuse.

— Ouah, des roses ! C'est pour moi ?

— Désolé. Tu en auras pour ton anniversaire, pas avant.

Elle eut une moue boudeuse.

— Bon, eh bien, il est temps que j'aille chez Virgil si je ne veux pas être en retard. Avec le karaoké du samedi, il y aura du monde.

Elle se retourna vers le couloir.

— Frankie ? Ton soupirant est arrivé.

Et elle attendit, dévorée de curiosité.

Le cœur battant, Frankie sortit de sa chambre. Vêtue de sa nouvelle tenue, elle était savamment maquillée, et ses cheveux tombaient en lourdes boucles sur ses épaules.

Matt écarquilla les yeux, éberlué. La minijupe de cuir moulait ses hanches comme une seconde peau, et son petit pull court découvrait le plus joli des nombrils. Il en était déjà tout ému.

— Tu as… Tu es… Tu es divine !

Il lui tendit les roses.

— Merci. Donne-moi une minute que je les mette dans l'eau.

Sissy sourit tandis que Frankie disparaissait.

— Passe une bonne soirée, cousin.

Puis, en sortant, elle se pencha pour lui murmurer à l'oreille :

— Pour ta gouverne, sache qu'elle ne porte pas le moindre sous-vêtement.

Matt se sentit pâlir.

Quelques minutes plus tard, il conduisit Frankie vers sa voiture de sport des grandes occasions, lui ouvrit la portière et attendit qu'elle s'installe pour la refermer. Grand était son trouble à l'idée qu'elle était nue sous cette ravissante tenue. La soirée s'annonçait longue et chaude…

Il eut du mal à se concentrer sur sa conduite. Son œil dérivait constamment vers les jambes de sa compagne. Son parfum léger et fleuri lui tournait la tête. Il lui fallut user de toute sa volonté pour ne pas faire demi-tour et l'emmener directement chez lui. Ce qui eût été une erreur. Mais plus tard, si son désir était partagé…

Non. Il lui fallait cesser de penser en ces termes. Frankie était une femme séduisante, certes, mais aussi une femme agréable et intelligente dont il appréciait la compagnie. Ils dîneraient ensemble, bavarderaient et plaisanteraient. Cela devrait lui suffire. Elle avait besoin de temps…

Cela aurait sans doute suffi s'ils n'avaient déjà fait l'amour, s'il ne brûlait de dévorer cette bouche pulpeuse comme un fruit mûr, d'enfouir sa tête entre ses seins, de la goûter tout entière et de se perdre en elle. Les images se bousculaient dans son esprit enfiévré, et il sentait naître une érection…

— Tu as passé une bonne journée ? s'enquit-il, vaguement gêné.

Ce n'était pourtant pas une étrangère. C'était Frankie. Frankie avec laquelle il collaborait étroitement dans le travail ; Frankie dont il respectait le métier et les opinions, dont il recherchait les conseils. Alors, pourquoi se sentait-il aussi empêtré qu'un lycéen à son premier rendez-vous ?

Frankie se tourna vers lui. Jusque-là, elle regardait le paysage défiler par la vitre en s'efforçant de ne pas prêter attention à lui, si élégant en pantalon noir et veste sport. Elle lui raconta ce qu'elle avait fait, lui parla de la pièce, des répétitions, et s'étonna de l'intérêt qu'il prenait à son bavardage.

— Je sais que tu as rejoint notre petite troupe d'amateurs afin de soutenir Sissy. J'apprécie sincèrement ce que tu fais pour elle.

— Tu es gentil de m'inviter à dîner, Matt. Je te remercie.

Elle lui souriait. Leurs regards se croisèrent et restèrent pris l'un dans l'autre. Puis Matt reporta son attention sur la route.

— De rien. Je suis heureux que tu aies accepté. Dans cette tenue, tu seras très remarquée. Je vais faire des jaloux.

Elle rit.

— Tu crois que c'est excessif ?

— Non, c'est parfait. Mais ne t'éloigne pas de moi, parce que le premier qui posera les yeux sur toi va vouloir te kidnapper pour te ramener chez lui.

— J'avais envie de te plaire, murmura-t-elle d'une voix feutrée.

Ne sachant que répondre, il se contenta de sourire, puis il alluma la radio à la recherche d'une chaîne qui diffusait de la musique douce.

— Détends-toi, ma toute belle. Je veillerai à ce que tu passes une soirée magique.

Vingt minutes plus tard, ils se garaient sur le parking d'un restaurant immense avec un bœuf lumineux pour enseigne.

— Ne bouge pas, ordonna Matt.

Et il vint lui ouvrir la portière.

— Ils font piano-bar ce soir. J'espère que la musique te conviendra.

— Je ne risque pas d'être déçue. Je comptais réchauffer un ragoût au poulet et manger en regardant la télé.

Il la guida jusqu'à la porte et s'effaça courtoisement pour la laisser entrer dans le hall de réception décoré au goût du jour.

— Vous avez réservé ? s'enquit l'hôtesse d'accueil.

— Oui. Au nom de Webber.

— Bien sûr, chef Webber. Nous vous avons placés près du piano comme vous le souhaitiez.

Matt posa une main possessive au creux des reins de Frankie tandis qu'ils emboîtaient le pas de l'hôtesse. Trop conscient des regards concupiscents des hommes assis au bar, il regrettait presque de n'avoir pas prévu un imperméable pour la couvrir.

La table était drapée d'une longue nappe d'un blanc immaculé. Un chandelier en cristal en occupait le centre et répandait une douce lumière sur le discret bouquet de fleurs et les couverts étincelants. A la lueur des chandelles, Matt contemplait Frankie en songeant que jamais il n'avait connu femme plus belle. Soudain, son sourire se mua en un rire amusé.

— Qu'est-ce qu'il y a de si drôle ? s'enquit-elle, curieuse.

— Je pensais à notre première rencontre. Tu étais folle de rage et tartinée de boue.

— Une sale journée pour moi.

— Je me suis dit que tu étais une vraie petite dragonne qui crachait le feu.

— Vous vous êtes bien payé ma tête, Orvell et toi.

— Tu étais trop mignonne. Malgré la boue.

Elle sourit à son tour et se perdit dans ses yeux.

Le serveur apparut, déposa devant eux une carafe d'eau et un panier rempli de petits pains.

— Vous désirez du vin ?

Matt fit signe que oui, parcourut la carte que l'homme lui présentait et commanda. Le serveur nota, disparut et revint bientôt avec la bouteille et deux menus.

— Notre spécialité du jour est la côte de bœuf à la moelle. Je vous la recommande. Et je vous apporte des toasts au roquefort offerts par la maison le temps que vous choisissiez.

— Matt ? fit Frankie lorsqu'ils furent de nouveau seuls.

Il y eut une pause, le temps d'un long regard.

— C'est vraiment gentil à toi de m'inviter. Je regrette que nos rapports aient été un peu tendus ces derniers temps.

— Je sais. Moi non plus je ne tiens pas à ce que les gens jacassent et disent du mal de toi. C'est pour ça que j'ai repris mes distances.

Il recouvrit sa main de la sienne.

— L'effort a été rude. Tu m'as manqué.

— La société en général reste très sexiste dans ses attitudes. Elle pardonne tout aux hommes, mais une femme ne peut pas faire ce qu'elle veut dans sa vie privée. C'est injuste.

— Oui. Et le phénomène est plus marqué dans les petites communautés comme Purdyville. Crois-moi, j'ai ta réputation à cœur. J'ai menacé de virer le premier dans le service qui aurait une remarque déplacée à ton encontre.

— Tu as *quoi* ? s'écria-t-elle, choquée.

Des têtes se tournèrent à la table voisine. Consciente d'avoir parlé trop fort, elle se pencha vers Matt et poursuivit à voix basse :

— Tu n'as pas à me défendre à mon insu. Je suis parfaitement capable de m'en charger moi-même.

— Eh bien, je l'ai fait, que ça te plaise ou non. Et je recommencerai si nécessaire. Tu te souviens de l'état dans lequel t'a mise la triste aventure de Sissy avec son Joe ? Tu étais dans une telle rage que tu aurais abattu ce type à bout portant si tu avais pu lui mettre la main dessus.

— Sans doute. Mais la situation est différente. Dans le contexte professionnel, tu n'as pas à me protéger. Mon travail donne, je pense, entière satisfaction, et si des collègues trouvent à redire sur ma vie privée, c'est à moi qu'ils doivent s'adresser. Regarde Cooter. Il sort avec une femme mariée. Il accompagne Vicki à la messe le dimanche et déjeune avec elle ensuite. Est-ce que je moucharde ? Non. Parce que ce sont ses affaires. Et Buster donc ?

Elle se tut, car le serveur leur apportait les toasts. Lorsqu'il se fut éloigné, Matt reprit le fil de la discussion.

— Ecoute, je t'ai annoncé la couleur dès le départ. Dans le service, c'est moi qui commande. Et si mes hommes te manquent de respect, je sévirai en conséquence. Pour protéger la femme que j'aime. Parce que tu es un être humain. Flic, c'est secondaire. Ça vient après, quoi que tu en penses.

Frankie le dévisagea, muette de surprise.

— Tu m'aimes vraiment ? balbutia-t-elle finalement.

— Oui. Et si ça signifie que je doive botter le derrière de tout Purdyville, je le ferai.

— Oh, Matt…, murmura-t-elle, les larmes aux yeux.

— Ça t'étonne ?

— Personne ne s'est jamais soucié de moi au point de partir en croisade pour me défendre. C'est tellement… tellement chevaleresque…

— Tu es ce qui m'est arrivé de mieux jusqu'ici, Frankie. Je ne te laisserai pas partir et je ne permettrai pas qu'on dise du mal de toi. C'est aussi simple que ça.

Le pianiste en habit s'installa au piano et entama un morceau lent. Quelques couples se levèrent et gagnèrent la piste.

Ebranlée par ce qu'elle venait d'entendre, Frankie dévisageait Matt, incapable de réagir.

— Tu veux danser avec moi, ou tu préfères que nous restions assis à nous chamailler ?

Elle sortit de sa torpeur et sourit.

— Je serais ravie de danser avec toi.

Matt se leva et lui offrit sa main. Parvenu sur la piste, il lui enlaça la taille et l'attira contre lui. Leurs mouvements s'accordaient au rythme de la danse. Souple et tiède contre lui, elle sentait si bon qu'il mourait d'envie de prendre sa bouche, de plonger les doigts dans sa chevelure aux reflets de feu. Mais, pour cela, il lui faudrait attendre…

Dès qu'il l'eut prise dans ses bras, Frankie comprit qu'elle était perdue. Ses bonnes résolutions fondaient comme neige au soleil. Blottie tout contre lui, elle se sentait chez elle, et plus femme que jamais. Enfin, il lui semblait avoir trouvé sa place. Il posa les lèvres sur son front, et elle se prit à souhaiter que la danse ne finisse jamais.

Ils dînèrent d'une côte de bœuf à la moelle, servie avec de minuscules pommes de terre rissolées. Puis ils partagèrent un dessert accompagné d'un café. Et ils parlèrent, non plus de travail, mais de leur enfance, de leurs centres d'intérêt, de leurs ambitions.

— J'ai passé une soirée merveilleuse, déclara Frankie alors qu'ils regagnaient la voiture. Je ne me souviens pas m'être amusée autant depuis des lustres.

— Je te remercie. Le plaisir était partagé, et j'adore ta nouvelle tenue. Elle me rend fou.

Elle éclata de rire.

— Pour ne rien te cacher, c'est Sissy qui l'a choisie. Mais, si elle te plaît tant que ça, je la mettrai lundi pour aller au bureau.

— Hmm. Pas une bonne idée. Tu m'obligerais à liquider tous les collègues. Mais nous n'en sommes pas là. Qu'aimerais-tu faire maintenant ?

— Passer un moment au frais sur la place du tribunal.

— Rien de plus facile.

Il mit le moteur en marche et reprit le chemin de la ville. Quelques instants plus tard, son téléphone mobile sonnait. Il fronça les sourcils en grommelant :

— Jamais tranquille.

Et il prit l'appel. Ecouta pendant quelques instants.

— Répète-moi ça, Cooter. Je te reçois très mal.

Pause, puis :

— Il y a longtemps ?

Frankie l'observait en silence. A son expression, elle anticipait déjà un problème sérieux.

— Je t'entends à peine, vieux. Je vais couper, et j'arrive.

Il remit l'appareil dans le vide-poches et appuya sur l'accélérateur en expliquant :

— Il vient d'y avoir un meurtre.

— Où ça ?

— Derrière chez Virgil. Willie-Jack a été abattu.

22.

Le trajet de retour prit deux fois moins de temps que l'aller. En un quart d'heure, ils étaient sur les lieux. Matt gara sa voiture en retrait du demi-cercle formé par les véhicules de patrouille, et ils se hâtèrent vers le périmètre qu'éclairaient des projecteurs. Etendu sur le dos, Willie-Jack Pitts fixait le ciel de ses yeux vides.

Des curieux se pressaient devant la porte du restaurant. D'autres s'étaient avancés et s'efforçaient de voir par-dessus le barrage des voitures de police. Seul à l'écart, Virgil s'essuyait les yeux sur sa manche. Frankie s'en étonna, puis elle réfléchit que c'était peut-être le contrecoup du choc. Après tout, on avait tué quelqu'un sur son parking.

Toute la section de la police locale était là. Frankie alla trouver un membre de l'équipe de nuit dont elle avait oublié le nom.

— Dites-moi, pourquoi le périmètre du crime n'a pas été dégagé ? Il y a trop de monde ici.

L'homme se tourna vers Matt.

— Ben, c'est que ça vient tout juste d'arriver. Willie-Jack s'en est pris à une femme, et on s'est d'abord occupé d'appeler une ambulance.

— Il y a des témoins ? s'enquit Matt.

— Les collègues interrogent les clients à l'intérieur. Virgil en est tout chamboulé.

Ce détail choqua Frankie, mais elle passa outre. Elle avait mieux à faire qu'à s'inquiéter des états d'âme du patron.

— Rappelle tous les hommes, et dégagez-moi le périmètre, ordonna Matt.

Frankie se dirigea vers le cadavre.

— J'ai besoin de voir clair. Quelqu'un a une torche électrique, ici ?

Cooter lui tendit la sienne, et Frankie s'agenouilla près du corps, bientôt imitée par Matt.

Willie-Jack Pitts gisait dans une mare de sang. La balle l'avait frappé en pleine poitrine.

— Quelqu'un a retrouvé l'arme ? demanda Matt.

— Non, chef. On a cherché.

— Vous avez prévenu Doc' Linton ?

— Pas eu le temps, agent Daniels, répondit Cooter. On a interrogé les gens en attendant l'ambulance.

— Alors, appelez-le.

A proximité du corps, Frankie remarqua une boîte de soda vide et un mégot dont la cendre était encore intacte.

— Il me faut des gants et des sachets de plastique.

— Pas pour ça, répliqua Buster. C'est un client du restaurant qui les a abandonnés là. Il regardait le mort, je l'ai vu.

Elle eut un soupir agacé.

— Combien de personnes sont venues patouiller autour du cadavre ?

Buster haussa les épaules.

— La moitié des clients, au moins. On a dispersé l'attroupement en arrivant.

— Eh bien, ça a le mérite d'être clair. Le terrain est contaminé et, pour les indices, on repassera.

— Du calme, Frankie. Mes hommes ne sont pas tombés de la dernière pluie, ils connaissent le métier. Ils arrivent et le crime vient tout juste de se produire !

— On tenait d'abord à ce que la victime soit transportée d'urgence à l'hôpital, ajouta Cooter, l'œil rivé sur Frankie.

Elle surprit son regard et se rappela qu'elle n'était pas en uniforme, loin de là. Tant pis. A la guerre comme à la guerre.

— Willie-Jack s'est battu avec quelqu'un ?

Cooter se rapprocha.

— Avec Sissy Burns. Je croyais que vous étiez au courant.

Elle sentit son sang se glacer dans ses veines.

— Sissy ?

— Ben… je croyais que vous saviez, bredouilla Cooter. Il l'a battue comme plâtre. Elle était drôlement amochée. On s'est occupé de faire venir les secours. C'était plus important que de s'inquiéter de l'autre abruti. De toute façon, il était déjà mort.

Frankie se releva d'un bond.

— Pourquoi tu ne m'as rien dit, Matt ? Tu le savais ?

Il fit non de la tête.

— La communication était mauvaise, je n'entendais pas le quart de ce que me racontait Cooter. Dans quel état est-elle, vieux ?

— C'est à peine si on l'a reconnue. Virgil en est tout retourné. Il pense que c'est sa faute.

— Je file tout de suite à l'hôpital, déclara Frankie.

Matt la regarda. Le visage blême, elle vacillait sur ses talons hauts, à la limite de l'évanouissement. Pas question qu'elle s'en aille.

— Non, j'ai besoin de toi ici. Je te conduirai à l'hôpital dès que nous en aurons terminé.

— Tu n'as pas besoin de moi, tu connais la routine si bien que tu ferais le boulot dans ton sommeil. Je veux voir Sissy, savoir comment elle va ! Donne-moi tes clés de voiture !

Elle hurlait presque. De quel droit la retenait-il quand son amie était blessée ?

Matt fixait sur elle un regard sévère, tout en s'efforçant de lui cacher son trouble. Lui aussi était ébranlé et craignait pour sa cousine. Mais il ne voulait pas que Frankie parte seule, étant donné son évidente faiblesse.

— Tu es sûre de pouvoir conduire ? Je peux demander à un de mes hommes de t'accompagner.

— Pas la peine, ça ira.

— Tu sais, elle est sans doute encore en réanimation. Ils ne t'autoriseront à la voir que lorsqu'elle aura repris conscience.

— Je m'en moque. J'attendrai. Je veux être à son chevet quand elle se réveillera.

Sans plus argumenter, il lui tendit ses clés et la regarda s'éloigner, pensif. Frankie lui avait dit un jour préférer résoudre les énigmes policières que s'occuper des victimes. Sissy était certes son amie, mais il fut un temps où l'agent Daniels aurait passé le lieu du crime au peigne fin en quête d'un indice plutôt que de se précipiter à l'hôpital. En termes clairs, elle avait bien changé.

Sissy était en salle d'opération quand Frankie arriva aux urgences. Elle dut attendre plusieurs heures qu'elle passa à boire du mauvais café en imaginant les pires scénarios. A intervalles réguliers, elle retournait demander des nouvelles à la réceptionniste.

— Allons, mon petit, ne vous inquiétez pas tant. Votre amie s'en tirera, le Seigneur veille sur elle. Il faut avoir la foi.

Avoir la foi ? La très chrétienne et très compatissante réceptionniste lui en demandait beaucoup. Jamais Frankie n'avait compté sur des puissances supérieures. Toutefois, dans son désarroi, elle se surprit à prier.

Enfin, on l'appela pour lui annoncer que l'état de Mlle Burns s'était stabilisé et qu'on la transportait dans un service d'observation.

— Elle est en danger, n'est-ce pas ?

— Ils veulent la surveiller de façon à intervenir en cas de besoin.

— Quand pourrai-je la voir ?

— Seuls les membres de la famille ont le droit de visite pour le moment.

— Je suis sa sœur.

— Je croyais que vous étiez une amie ?

— Naturellement que nous sommes amies, puisque je suis sa sœur.

Jamais il ne lui serait venu à l'idée de dire qu'elle était dans la police. Il fallut encore plus d'une heure, et pas mal de palabres, avant qu'elle ait accès à la chambre de Sissy.

Une infirmière l'y conduisit et lui ouvrit la porte. Frankie s'approcha du lit, les larmes aux yeux. Sissy avait le crâne partiellement rasé et couturé de points de suture. Son visage était tuméfié et couvert d'ecchymoses. Comme ses collègues, elle ne l'aurait pas reconnue.

— A l'évidence, elle souffre d'un traumatisme crânien. Vous savez s'il y a eu des lésions cérébrales ?

— Le Dr Chalmers vous en dira davantage. Il ne devrait pas tarder à passer pour vous tenir au courant.

Comme s'il n'attendait que ce signal, le médecin entra dans la chambre.

— J'ai une question, commença-t-il sans préambule. C'est vrai que Willie-Jack est mort ?

— Oui, c'est exact.

— Dieu merci, et bon débarras.

Frankie s'abstint de tout commentaire. Willie-Jack ne méritait pas la corde pour le pendre, mais il n'avait jamais demandé à mourir. Une vie était une vie.

Elle regarda Sissy pendant quelques instants.

— De quoi souffre-t-elle, au juste ?

— Elle a une fracture du poignet, des contusions multiples comme vous le constatez, mais nous n'avons pas trouvé d'œdème cérébral. Quelques lésions internes, mais pas d'hémorragie. Ses jours ne sont pas en danger et elle est jeune. Elle s'en remettra. Normalement, il ne devrait pas y avoir de séquelles.

Frankie laissa échapper un soupir de soulagement.

— Vous comptez la garder longtemps en observation ?

— Nous tenons à la surveiller de près cette nuit, mais son état devrait être suffisamment stabilisé pour que nous la transférions en médecine générale dès demain matin. Rentrez chez vous, Frankie, vous avez besoin de repos. Nous vous téléphonerons si son état s'aggrave, mais ça m'étonnerait.

Matt attendait Frankie à la réception lorsqu'elle sortit.

— Je suis venu aussi vite que j'ai pu, mais il nous a fallu interroger tout un tas de gens. Comment va Sissy ?

Frankie lui répéta ce qu'elle avait appris de Rand Chalmers.

— Je vais monter la voir deux minutes.

Frankie patienta dehors. Elle se sentait responsable des blessures de Sissy. Toute la ville, Willie-Jack inclus, savait qu'elles étaient proches et partageaient la même maison. Et s'il s'était vengé sur sa compagne des humiliations qu'elle lui avait fait subir ? S'il avait passé ses nerfs sur la pauvre Sissy par représailles ? Difficile de croire que cette brute était morte. Personne ne le regretterait. Pour cela, Rand Chalmers avait exprimé l'opinion générale.

Matt semblait bien triste quand il la rejoignit. Il s'assit près d'elle sur le banc et soupira.

— Il l'aurait tuée si on ne l'avait pas abattu.

— Quelqu'un a aperçu le tireur ?

— Non. Ou alors, les gens se taisent. Virgil a entendu le coup de feu de sa cuisine. C'est lui qui les a découverts sur le parking.

— Il a une idée de ce qui a pu déclencher l'altercation entre eux ?

— Willie-Jack était saoul comme une barrique. Il cherchait des noises à tout le monde. Virgil s'est fâché et l'a flanqué dehors. Banni définitivement. Willie-Jack est sorti furieux, en claquant la porte.

— Je ne vois pas ce que Sissy venait faire dans cette histoire.

— Elle avait refusé de le servir. C'est ce qui a déclenché la crise. Il l'a traitée de tous les noms, et elle a fini par le gifler. Virgil l'a envoyée se calmer à la cuisine. Elle est allée prendre l'air, et l'autre salopard l'aura aperçue.

Ils restèrent un moment à réfléchir en silence. Enfin, Matt reprit :

— Cooter m'a dit que Virgil avait déjà menacé de tuer Willie-Jack. Il affirme que tu étais là et que tu l'as entendu.

— Il était exaspéré. C'est sa frustration qui parlait. Cooter et moi n'avons pas pris la remarque très au sérieux.

— Nous avons tout retourné et fouillé les clients. Pas trace du flingue. Le périmètre du crime a été interdit. Personne ne passe le temps de l'enquête.

Il soupira, puis ajouta :

— Ça ne me réjouit pas, mais je dois t'avouer que pour l'instant, Virgil est notre principal suspect.

— Sans l'arme du crime, tu ne peux rien affirmer.

— Il l'a menacé, Frankie.

— Oui. Et moi aussi je l'ai menacé.

— Mais tu as un alibi. Pour Virgil, c'est moins sûr. Etant donné le monde et le bruit qu'il y avait dans son restaurant, il a très bien pu voir ce qui se passait dehors et abattre Willie-Jack. Tu sais comme moi qu'il était très proche de Sissy. Il l'aimait comme sa fille.

— Retour à l'arme du crime. Où est-elle ? Sans ce flingue, nous n'avons pas de preuves.

— Si Virgil l'a caché, nous ne le retrouverons jamais. Il connaît le terrain mieux que nous. Il y a du pain sur la planche, Frankie. Il faut que nous arrêtions l'assassin de Willie-Jack, ou sa famille va faire du vilain, je te le garantis.

Le lendemain matin, Frankie se rendit à l'hôpital pour voir son amie. Sissy était consciente, et même lucide, mais son apparence ne s'était pas améliorée pendant la nuit. Au contraire. Ses bleus avaient pris des teintes surprenantes.

— Alors ? Je suis si belle que ça ? ironisa-t-elle.

— Je ne voudrais pas te décevoir, mais tu ne remporteras pas de concours de beauté dans les semaines qui viennent. Ce qui compte, c'est que tu sois en vie.

— J'ai une entaille affreuse sur la joue. Je l'ai vue quand ils ont refait le pansement. Tu sais ce que ça signifie, non ? Adieu la carrière de mannequin. Remarque, je suis trop vieille de toute façon. Personne ne me le disait par gentillesse, mais je ne suis pas idiote, je m'en doutais bien.

Frankie en avait le cœur serré.

— Sissy…

— Ne me regarde pas comme ça. Je n'ai pas besoin de pitié. Je ne me fais aucune illusion. Ma maison n'est qu'une collection de rebuts des années 60, je dépense tout mon argent en crèmes et produits de beauté pour tenter de séduire les agences.

Frankie s'assit au bord du lit.

— Arrête de te dévaloriser, s'il te plaît. Tu es l'une des personnes les plus extraordinaires que je connaisse. Ecoute-moi bien. Tu es vivante. Willie-Jack aurait pu te tuer. Il était saoul comme une barrique et fou de rage, il ne se contrôlait plus. Il t'aurait frappée à mort si quelqu'un ne l'avait pas abattu avant qu'il soit trop tard.

Sissy écarquilla les yeux de surprise.

— Willie-Jack a été abattu ? Vraiment ?

— On lui a tiré dessus. Tu ne te souviens de rien ?

— Eh bien… il me semble effectivement avoir entendu un bruit bizarre. Je n'ai pas compris, Willie-Jack m'étranglait et je me sentais partir. Je me suis réveillée ici. Entre-temps, je n'ai aucune idée de ce qui a pu se passer.

— Tu es certaine de n'avoir rien vu ?

— Je venais de prendre la trempe du siècle, Frankie. Je n'ai vu que la sale gueule de Willie-Jack. Il était hagard, complètement allumé. Je me suis défendue de mon mieux.

— Et même très bien. Tu lui as laissé de fameuses marques de morsures.

— Tant mieux. Si seulement j'avais eu un couteau, je ne l'aurais pas raté. Vous avez une idée de qui l'a abattu ?

Frankie hésita. Elle craignait de lui faire de la peine, mais elle savait aussi que Sissy insisterait.

— Virgil est le principal suspect.

— Il ne ferait pas de mal à une mouche, voyons ! Tu le connais aussi bien que moi.

— Je le pense tout de même capable de tuer pour te protéger.

— Ils vont l'arrêter ?

— Il faut d'abord qu'il soit accusé officiellement, mais je doute qu'il fasse de la prison puisqu'il a tué pour te défendre.

Sissy ferma les yeux.

— Ce n'est pas vrai. Je n'y crois pas.

— Si je t'en parle, c'est pour que tu essaies de te souvenir de ce que tu as vu — si tu as vu quelque chose.

Une infirmière ouvrit la porte de la chambre et fit signe à Frankie que son temps de visite était écoulé. Elle effleura le front de son amie d'un baiser et lui promit de revenir dès qu'on l'y autoriserait.

Lorsqu'elle regagna son bureau, Matt était d'une humeur de chien.

— Comment va Sissy ?

— Elle a retrouvé toute sa lucidité, mais elle a une tête à faire peur. Et la tienne ne me dit rien qui vaille. Qu'est-ce qui te ronge ?

— Le procureur local s'en prend à Virgil. Je t'avais prévenue que la famille de Willie-Jack nous ferait des ennuis.

— Il n'y a pas d'arme, pas de preuves contre lui.

Matt se cala contre le dossier de son siège et soupira.

— Ce type veut se faire mousser. Il se présente au poste de procureur général de l'Etat l'an prochain.

— Que pouvons-nous faire ?

— Retrouver l'assassin, pardi !

Le ton était agressif. Il s'en aperçut trop tard.

— Excuse-moi, je suis à cran. Je préfère démissionner qu'arrêter Virgil Kellett. C'est un brave homme, il a bon cœur.

— Que raconte le labo ?

— Les balles proviennent d'un Smith & Wesson calibre .38. Nos gars sont à la recherche de propriétaires d'armes de ce type dans la région.

On frappa à la porte, et la tête de Cooter apparut dans l'entrebâillement.

— Il y a un petit problème devant l'entrée, patron. Le vieux Pitts a rameuté la famille, ils sont en rogne.

23.

— Je m'y attendais, déclara Matt. Combien sont-ils ?

— Une vingtaine. La parenté saute aux yeux. Ils sont tous moches comme des poux.

— Va me chercher Buster.

Il décrocha le téléphone.

— Velma ? Passe un message radio aux équipes en patrouille pour les avertir qu'on a des ennuis au poste.

Et il raccrocha aussitôt.

Quelques minutes plus tard, il sortait sur le perron, accompagné de Frankie, Cooter et Buster.

Le vieux Pitts se tenait à la tête de sa meute, armé d'une batte de base-ball.

— Quel est le problème, Pitts ? s'enquit Matt.

— Je veux savoir qui a tué mon gars.

— Nous enquêtons en ce moment même.

— Tu perds ton temps, Webber. Mon gosse est à la morgue, et le coupable court toujours.

— Le trouver est notre priorité numéro un. Mais nous ne pouvons pas faire plus vite que les violons.

— Nous, le coupable, on le connaît.

— Eh bien, voilà une bonne nouvelle.

— C'est Virgil Kellett. Il est dedans jusqu'au cou. Toute la ville en parle. Il n'y a que les flics pour traîner les pieds.

— Le seul ennui, c'est qu'il n'y a aucune preuve. De plus, la personne qui a abattu Willie-Jack cherchait à sauver Sissy Burns. Si Willie-Jack était encore en vie, il serait en taule à l'heure qu'il est.

— Ouais, sauf qu'elle est vivante, et mon fiston est mort. Sa mère en pleure toutes les larmes de son corps. Si vous ne coffrez pas Virgil, quelqu'un se chargera de lui régler son compte.

Matt se rembrunit.

— Des menaces, maintenant ?

— Et alors ?

— Alors, je te conseille de ne pas faire de conneries. Tu le regretterais toute ta vie.

— Quelle vie ? J'ai plus de vie puisque le petit est mort. J'ai rien à perdre. Rien.

L'énergumène posa sur Frankie un regard lourd de haine.

— Toi, je sais comment tu parlais à mon fils. Il m'a tout raconté. Tu te crois sortie de la cuisse de Jupiter, mais tu vas le payer, poulette. On te fera redescendre de tes grands chevaux et vite. A ta place, je surveillerais mes arrières, parce que ça va chauffer.

— Pitts, la ferme ! aboya Matt. Un mot de plus, et je te coffre !

Deux voitures de patrouille se garèrent sur le parking. Quatre policiers armés en descendirent et prirent le groupe à revers.

— Si toi et ton armée venez chercher la bagarre, nous sommes prêts. Tu devrais rentrer chez toi et consoler ta femme.

Pitts se redressa de toute sa taille.

— Je vous donne vingt-quatre heures pour arrêter le coupable.

— Je n'ai pas d'ordres à recevoir de toi. Tu vas me faire le plaisir de déguerpir avec ta troupe de brutes. Sinon, je mets tout le monde en cabane.

Pitts finit par grommeler quelque chose à ses hommes qui battirent en retraite.

— Vingt-quatre heures, répéta-t-il pour Matt.

Et il jeta un dernier regard mauvais en direction de Frankie avant de s'éloigner.

Lorsque Matt se retourna vers elle, il semblait ébranlé.

— Je ne veux pas que tu restes seule, ce soir.

— Je n'ai pas peur de ce crétin.

— Ne discute pas, je t'en prie.

Devant son expression butée, elle s'abstint de répondre. Matt regagna son bureau, suivi de toute son équipe. Là, il décrocha le téléphone :

— Il faut que je parle à Clive Bibb.

— Qu'est-ce que vous comptez faire, chef ? s'enquit Cooter.

— Je vais arrêter Virgil Kellett.

Une heure plus tard, Matt et Frankie se présentaient chez Virgil. Il semblait inquiet. Sa femme se tenait en sentinelle à ses côtés.

— J'ai des ennuis, Matt ?

— Il faut que je t'arrête, Virgil.

Son visage se décomposa.

— Tu ne penses pas que j'ai tué Willie-Jack, si ?

— Non. Je veux te protéger.

— La famille Pitts lance une vendetta contre moi, c'est ça ?

— Ne te bile pas, tu ne crains rien pendant vingt-quatre heures, et on te surveille. Maintenant, écoute cinq minutes, Frankie va te lire tes droits. Pendant ce temps, Ginni, monte préparer une valise pour vous deux. Prends des vêtements pour trois ou quatre jours.

— Pourquoi arrêtez-vous ma femme ? Elle n'était pas au restaurant quand le meurtre a eu lieu.

— Je veux que vous quittiez la ville tous les deux, et je m'y emploie. Ginni ? Prévois aussi des maillots de bain.

Virgil agita la tête, incrédule.

— Je ne comprends plus rien, Matt. Qu'est-ce que c'est que cette charade ?

— Il y a un bail que vous n'avez pas pris de vacances, Ginni et toi. Je vous en offre. Gratuitement.

— Mince alors. En quel honneur ?

— J'ai prévenu le procureur que je t'arrêtais, mais j'ai posé mes conditions. Je vous expédie à l'hôtel. Frankie vous en a trouvé un.

— Le grand luxe, avec sauna et piscine, précisa-t-elle.

— Un de mes agents vous conduira là-bas et assurera votre protection. Interdiction formelle de téléphoner à qui que ce soit.

— Et le restaurant ?

— J'ai fait le nécessaire.

— On pourra commander le petit déjeuner au lit ? s'enquit Ginni, soudain ragaillardie.

Matt lui sourit.

— Parfaitement. Et le dîner aussi. Maintenant, file préparer la valise, mon collègue va passer vous prendre d'une minute à l'autre.

De retour au poste de police, Matt s'arrêta brièvement devant le comptoir de Velma.

— Sois gentille et mets-moi en ligne avec la rédaction de la *Gazette*.

En fin de journée, Matt et Frankie eurent un différend au sujet de la soirée.

— Non, répéta-t-elle, je refuse de passer la nuit chez toi. J'ai une arme et je suis parfaitement capable de m'en servir si le vieux Pitts ou un de ses acolytes frappe à ma porte.

— Dans ce cas, je dors chez toi.

— C'est inutile.

— Je me permets de te rappeler, agent Daniels, que le chef ici, c'est moi. Je ne veux pas que tu restes seule. Tu vas m'accompagner chez moi le temps que je prenne de quoi me changer et que je nourrisse le chien.

Têtue, elle croisa les bras sur sa poitrine.

— Je me permets de te rappeler que je suis une professionnelle avec dix ans de métier en criminelle.

— Je m'en fiche éperdument. Tu as entendu Pitts comme moi. Je ne prends pas de risque.

Elle ouvrit la bouche pour répondre, mais il enchaîna sans lui en laisser le temps.

— Il y a suffisamment longtemps que je te laisse agir à ta guise, mais cette fois, je ne céderai pas, Frankie.

— Il faut que je passe à l'hôpital.

— Je t'y conduirai.

Ils se fixèrent un moment dans les yeux. Affrontement silencieux de deux volontés. Et, finalement, Frankie capitula.

*
* *

A présent hors de danger, Sissy avait été transférée dans une chambre individuelle. Ils la trouvèrent entourée de fleurs, occupée à regarder un jeu télévisé. Frankie reconnut le bouquet que Matt et elle lui avaient fait porter, et resta muette d'admiration devant un grand vase de cristal contenant douze somptueuses roses rouges.

— Cadeau de Macon Comfy, expliqua Sissy.

— C'est rudement gentil de sa part. Il est venu te voir ? Vous avez bavardé un peu ?

— Il est resté ici une heure. Impossible de le convaincre que j'étais fatiguée pour qu'il s'en aille. A la fin, j'ai fait mine de m'endormir au milieu d'une de ses histoires.

Frankie ne put s'empêcher de rire.

— Tu es vraiment dure avec lui.

Sissy reporta son attention sur Matt.

— Abby et deux serveuses du restaurant sont venues m'apporter des chocolats et des magazines. Aucune de nous ne comprend que tu aies arrêté Virgil.

— J'ai mes raisons, mais je ne suis pas en mesure d'en parler pour le moment. Il faudra que tu me fasses confiance, cousine.

— Peut-être, mais la nouvelle nous a flanqué un coup et, si la ville l'apprend, il va y avoir un scandale. J'espère que tu sais ce que tu fais. Et même si on découvre que Virgil a bel et bien abattu Willie-Jack, je suis prête à jurer qu'il n'a jamais voulu le tuer et que c'était pour me sauver la vie.

— Je sais bien que ça ne plaira pas, mais on ne peut pas satisfaire tout le monde. Tu as réussi à te souvenir de quelque chose ?

— Pour ne rien te cacher, j'essaie plutôt de ne pas y penser. Dès que je ferme les yeux, je revois la tête de Willie-Jack en train de m'étrangler.

Elle frissonna.

Frankie s'assit au bord du lit.

— Sois gentille et ferme les yeux, Sissy. Pour me faire plaisir.

Matt les observait, surpris. Curieusement, Sissy ne protesta pas et obéit.

— Tu es en sécurité ici. Je suis là, avec Matt. Il ne t'arrivera rien. Maintenant, garde les yeux clos et essaie de te détendre. Si c'est trop déplaisant, tu les rouvres quand tu veux.

Sissy s'appliqua à respirer calmement. Peu à peu, ses traits se détendirent.

— C'est bien, reprit Frankie. Maintenant, concentre-toi. Cherche à te souvenir de ce qui s'est passé dehors quand Virgil t'a envoyée prendre l'air après ta dispute avec Willie-Jack. Essaie de visualiser. Tu es dans la ruelle, derrière le restaurant. Il y a des odeurs ?

— Ça sent les poubelles.

— Autre chose ?

— Les oignons, la graisse froide.

— Et le temps ? Tu t'en souviens ?

— L'air est frais sur mes bras, mais je suis tellement furieuse que je n'y prête pas attention. J'en veux à Virgil de m'avoir envoyée dehors.

— Tu entends quelque chose ?

Sissy eut un léger haussement d'épaules.

— La musique du karaoké à l'intérieur. Les gens qui rient, qui hurlent contre le type qui chante. Il est vraiment trop nul.

— Et après ?

— Je me retrouve face à Willie-Jack. Je ne l'ai pas entendu venir, il y avait trop de bruit. Je me dis qu'après s'être fait flanquer dehors, il a dû entendre Virgil qui m'envoyait prendre l'air.

— Il t'a vue. Qu'est-ce qu'il te dit ?

Sissy inspira profondément et libéra lentement son souffle.

— Comme d'habitude. Il me traite de tous les noms, plus quelques autres. Je réponds, et là, il se met à me cogner dessus.

Voyant une larme rouler sur sa joue, Frankie décida de ne pas insister.

— C'est bien, Sissy. Tu peux rouvrir les yeux.

— Qu'est-ce que c'était que cette plaisanterie? demanda Matt.

— Je veux que Sissy revienne en arrière. C'est douloureux, bien sûr, mais si elle continue à refouler…

— Oh, je sais ce qu'elle essaie de faire. Elle pense que j'ai vu quelque chose. Pourtant, je te l'ai déjà dit, Frankie. Je ne me souviens que de la tête de Willie-Jack. J'aimerais bien vous aider, ainsi que Virgil, mais là, tout de suite, c'est un peu dur.

Frankie posa une main sur son épaule.

— Je sais. Pardonne-moi de t'avoir bousculée.

Une autre larme perlait au coin de l'œil de Sissy.

— Si ça ne vous ennuie pas, je voudrais qu'on me laisse seule. D'accord ?

Frankie lui embrassa le front avant de se retirer avec Matt.

Dans le hall de l'hôpital, il remarqua :

— Tu as été un peu brutale, non ? Tu donnes dans l'hypnose, maintenant ?

— Non, je n'y connais rien. Mais il faut que Sissy se souvienne de ce qui s'est passé. Les victimes traumatisées par une agression refoulent souvent les détails qui les effraient le plus. Il se peut que Sissy ait aperçu quelque chose et qu'elle fasse un blocage.

— Je ne vois pas ce qui pourrait l'effrayer davantage que la tête de Willie-Jack en train de l'étrangler.

— Moi non plus. Mais il y a une chance qu'elle ait été consciente quand on l'a abattu.

— Tu as pris un risque monstre.

Elle se raidit.

— J'ai peur pour elle.

— Moi aussi. L'assassin de Willie-Jack n'a peut-être pas très envie qu'elle se souvienne de lui.

— Précisément. Et, si tel est le cas, elle est en danger. Mais tu as raison. Je ne suis pas qualifiée pour tenter l'expérience de tout à l'heure. Je ne recommencerai plus.

Lorsqu'ils se garèrent devant la maison de Sissy, Frankie avait repris ses distances vis-à-vis de Matt. Elle sortit de voiture et se dirigea vers la porte sans un mot. Son seul désir était de prendre une douche avant de se mettre directement au lit. Une fois de plus, elle manquerait la répétition. Elle avait appelé Joey pour lui annoncer la mauvaise nouvelle, et le malheureux metteur en scène était au désespoir. A présent que Sissy ne jouait plus dans la pièce, Frankie ne s'y intéressait plus guère.

— Si je commandais une pizza ? proposa Matt.

Elle haussa les épaules.

— Si tu y tiens.

Il l'examina, sourcils froncés.

— Boude si tu veux, Super Woman, mais je te signale que tu te gâches la vie pour rien.

Elle croisa les bras sur sa poitrine.

— Je n'aime pas que tu me traites comme une incapable. C'est une insulte envers mes années de formation et mon expérience.

— J'espérais qu'on avait passé le stade de ces remarques débiles.

— Ça n'a rien de débile.

— Je ne mets pas en cause tes qualités professionnelles, Frankie. Ce n'est pas en tant que chef de police que je suis ici, mais parce que je t'aime, que je m'inquiète pour toi. Alors, accepte-le !

— Arrête de hurler.

— Tu as pensé une seconde que Pitts pourrait bien me coller un flingue contre la tempe et que ce serait à toi d'abattre ce salopard ?

Elle fit non de la tête. L'idée ne l'avait pas effleurée. Comme elle se taisait, Matt soupira, prit son sac et sortit ses clés de voiture de sa poche.

— Où vas-tu ?

— Je rentre. Visiblement, tu ne veux pas de moi ici. Si Pitts débarque, mets-lui une balle entre les deux yeux et appelle-moi ensuite.

Sur ces mots, il se dirigea vers la porte.

— Matt ?

— Quoi encore ?

— Ne t'en va pas, s'il te plaît.

Il soupira de nouveau.

— Je ne peux pas continuer comme ça, Frankie. Je ne sais plus où j'en suis avec toi. Je ne comprends pas. Au lit, nous faisons un couple d'enfer, nous nous entendons bien, même dans le travail. Tu sais que je prends tes intérêts à cœur, mais j'ai beau me mettre en quatre, ça ne te suffit pas. A ce jeu-là, je ne peux pas gagner. J'abandonne.

— Je t'aime aussi, Matt.

— Prouve-le.

Il la regardait d'un air de défi. C'était à elle de faire le premier pas, maintenant. Ils avaient atteint le point de non-retour. Si elle ne réagissait pas, elle s'aliénait Matt et le perdait pour toujours. Or elle ne pouvait prendre ce risque. Qu'elle le veuille ou non, il lui fallait s'engager. Malgré sa peur de s'ouvrir et de se rendre vulnérable. Elle l'aimait. Jamais elle n'avait éprouvé pour personne ce qu'elle éprouvait pour lui. Le moment était venu de donner une chance à l'amour. Elle s'avança vers lui, prit son sac et ses clés, les déposa par terre, puis elle plongea dans ses yeux. En y lisant autant de passion, elle retint son souffle, noua les bras autour de son cou, l'attira à elle. Et l'embrassa.

Matt gémit au contact de ses lèvres. Il l'enlaça à son tour, la serra contre lui. Les semaines de relative séparation avaient créé un manque qu'un simple baiser ne suffirait pas à combler. Il enveloppa sa tête de ses paumes pour lui rendre son baiser avec une ardeur renouvelée. Il lui embrassa le menton, la gorge, les oreilles, les yeux, le front, posséda de nouveau sa bouche, et sa fièvre ne fit qu'augmenter. Avec elle entre ses bras, il oubliait le monde.

Frankie défaillait de bonheur, étourdie par ses baisers, par l'étreinte de ses bras. Elle s'abandonnait contre lui, goûtait sa chaleur, son odeur familière, son souffle humide sur son oreille tandis qu'il lui murmurait des mots doux, des mots qui emplissaient son cœur vide depuis trop longtemps.

— Je veux faire l'amour avec toi, Frankie Daniels.

Elle frissonna d'entendre sa voix enrouée de désir.

— Je peux me doucher d'abord ?

— Economisons l'eau et douchons-nous ensemble.

— Bon plan.

Déjà, elle déboutonnait sa chemise, pressait la joue contre son torse aux muscles fermes, anticipait le plaisir à venir.

Ils jouèrent comme des enfants sous la douche, oubliant dans le rire les soucis de la journée. Seul comptait le présent. Puis ils se regardèrent et se firent sérieux.

— Tu es belle, déclara Matt en contemplant sa nudité.

— Mes seins ne sont pas bien gros.

— Vrai ?

Il en prit un dans sa paume.

— J'ai l'impression que c'est juste la bonne taille.

Et il pencha la tête pour sucer un mamelon. Le corps de Frankie en fut comme électrisé. Elle devenait toute molle, ses jambes ne la soutenaient plus. Elle se retint à ses épaules. Sa peau mate, mouillée, était douce sous ses doigts.

Lorsqu'il se redressa, il plongea dans ses yeux.

— Tu as un gant de toilette ?

Elle haussa les sourcils, puis chercha à tâtons l'éponge et le savon, et les lui tendit.

Matt renifla le savon.

— C'est un savon de fille. Tu n'en aurais pas un qui soit plus masculin ?

— Non.

— Si je me lave avec ça, je vais vouloir mettre tes robes.

Elle rit.

— Aucune chance. Elles ne t'iraient pas.

— Tourne-toi.

Il fit mousser l'éponge, lui savonna doucement les épaules tout en couvrant ses cheveux mouillés de baisers, puis il les souleva pour lui laver la nuque et descendre le long de son dos. Il lui savonna les hanches, l'arrière des jambes jusqu'aux chevilles avant de remonter à ses hanches. Tenant l'éponge d'une main, il glissa l'autre entre ses cuisses, écarta les lèvres de son sexe et caressa le bouton sensible en petits cercles savonneux. Sensation délicieuse qui la fit gémir de plaisir. Elle s'adossa à lui tandis qu'il l'enlaçait, la maintenait d'un bras ferme.

— Hmm… tu as l'air d'aimer.

— Oui, j'aime… Encore…

Lorsque son souffle se fit haletant, il glissa un doigt en elle, sentit ses muscles se contracter, augmenta la pression et la mena à l'orgasme. Dans un cri de plaisir, elle frissonna contre lui. Resserrant son étreinte, il appliqua son membre en érection contre sa fesse pour lui dire son excitation.

Lorsque Frankie eut retrouvé ses forces, elle lui prit l'éponge des mains et lui savonna le dos tandis qu'il se lavait les cheveux sous le jet de la douche. Ses hanches étroites, ses cuisses et ses mollets puissants la mettaient en joie. Il se rinça les cheveux et se tourna face à elle. Frankie appliqua l'éponge sur son torse, regarda les pointes de ses seins se dresser tandis qu'elle les effleurait du bout des doigts. Elle savonna son ventre aux muscles d'acier, savonna la toison noire qui enveloppait la base de son sexe tendu, prit dans sa main enduite de savon l'organe gonflé et le caressa, d'avant en arrière.

— Oh, Frankie…, gémit-il, renversant la tête en arrière.

Avec délicatesse, elle savonna ses bourses, les fit jouer dans sa main, en pressa la racine. Il fermait les yeux. Elle le laissa se rincer et le prit dans sa bouche. Elle lécha le gland à petits coups de langue, en goûta la texture, l'effleura de ses lèvres.

— Frankie, tu me rends fou, haleta-t-il. Je veux te prendre, être en toi.

Il l'enveloppa de ses bras, la souleva tandis qu'elle nouait les jambes autour de sa taille et le guidait en elle. Bonheur de l'emplir tout entière. Sans se soucier de l'eau qui coulait toujours, il l'emporta ainsi hors de la cabine, la déposa sur le lavabo. S'accrochant au rebord, elle écarta largement les cuisses afin qu'il puisse regarder le va-et-vient de son sexe dans le sien. Jamais il n'avait rien vu de plus érotique. L'instinct prit le dessus. Le mouvement s'accéléra.

— Caresse-toi, souffla-t-il entre ses dents serrées.

Frankie se positionna pour libérer une main. Elle pressa l'index sur le bouton sensible, le frotta, lentement d'abord, puis plus vite, en petits cercles, jusqu'à être aussi excitée que lui. Le désir qu'elle lisait dans ses yeux redoublait son plaisir, et lorsqu'elle atteignit l'orgasme, il plongea d'un coup au plus profond d'elle et libéra sa semence. Chaleur et frissons convulsifs partagés.

Lorsqu'ils se furent séchés, ils s'étendirent l'un contre l'autre dans le lit, épuisés, vaincus. Matt la couvrit de baisers en murmurant :

— C'est si bon de t'aimer.

Elle ne parvenait plus à garder les yeux ouverts et glissa dans le sommeil, blottie contre son torse.

Dans le courant de la nuit, ils furent réveillés par un bruit. Matt tendit la main vers son arme. Frankie se redressa en sursaut, la peur au ventre, avec des visions de Pitts et de sa horde assiégeant la maison. Heureusement qu'elle n'était pas seule !

— Tu crois que c'est lui ? s'enquit-elle à voix basse.

— Il y a de grandes chances. A 3 heures du matin, je ne vois pas bien qui d'autre pourrait venir tourner autour de chez toi.

Il enfila son jean à la hâte. Frankie passa sa chemise de nuit et prit son pistolet sur la table de chevet.

On sonna. Ils se regardèrent, surpris.

— Je vais ouvrir, dit Matt.

Il glissa son arme dans sa ceinture et se dirigea vers la porte en se demandant ce qui se passait. Frankie le suivit, en retrait, prête à tirer, tandis qu'il tournait le verrou. Laissant la chaîne en place, il entrouvrit le battant… sur une dame d'un certain âge aux cheveux d'un rouge vif. Panne de voiture, songea-t-il.

— Je peux faire quelque chose pour vous ? s'enquit-il poliment.

Stupéfaite, visiblement sous le choc, la dame semblait frappée de mutisme. Elle finit par se ressaisir et déclara :

— Je l'espère bien. Je cherche ma fille, Francis Daniels.

Frankie ferma les yeux et jura à voix basse. Elle aurait presque préféré affronter Pitts et toute sa bande que la femme qui se tenait sur le seuil.

24.

Matt ôta la chaîne pour qu'Eve puisse entrer. A peine eut-elle posé un pied à l'intérieur qu'elle s'arrêta net, remarquant la tenue de Frankie et le torse nu de Matt.

— Euh... Bonsoir, Francis.

Voyant sa mère aussi gênée que déçue, Frankie eut un pincement de tristesse.

— Maman, qu'est-ce que tu fabriques ici en pleine nuit ?

Eve porta la main à sa gorge, tritura le col de sa robe — une robe de soie vert olive affreusement fripée.

— Je voulais te faire une surprise, ma chérie. J'ai pris l'avion pour Raleigh, loué une voiture, et me voilà.

— Il est 3 heures du matin, maman !

— L'avion avait du retard, et ma voiture est tombée en panne.

Elle jeta un nouveau coup d'œil à Matt et ajouta :

— J'aurais sans doute dû prévenir, mais tu me connais, je suis impulsive. J'avais une folle envie de te voir. Visiblement, j'arrive à un mauvais moment. C'est bête, hein ?

Elle ponctua ces mots d'un gloussement destiné à déguiser son embarras.

— Chaton, pourquoi ce pistolet dans ta main ?

Dans un élan de tendresse pour sa mère épuisée, en vêtements froissés et prête à fondre en larmes, Frankie la serra dans ses bras. Elle regrettait d'avoir toujours cherché à la protéger afin de ne pas la heurter dans ses convictions d'un autre âge. Convaincue que les relations intimes devaient attendre le mariage, Eve accusait le choc.

— Ma petite maman, tu es toujours la bienvenue. Tu m'as fait peur, c'est tout.

Elle se tourna vers Matt.

— Je te présente ma mère, Eve Hutton. Maman, je… Voici le chef de police Webber.

Eve se ressaisit aussitôt.

— Nous nous sommes parlé quand je cherchais à joindre Francis après l'incendie de sa petite maison. Vous êtes son patron, c'est ça ?

Matt rit tout en tirant sa valise à l'intérieur.

— Un bien grand mot. Celui qui obtiendra l'obéissance de votre fille n'est pas encore né.

— Où est ta colocataire, Francis ?

— Longue histoire, maman. Nous avons eu un meurtre hier soir.

— Un meurtre ? Tu m'avais pourtant dit que la ville était paisible.

— En général, oui, intervint Matt.

— Quoi qu'il en soit, Sissy a été agressée et transportée à l'hôpital. Craignant que je sois en danger, Matt a préféré passer la nuit ici.

Eve parut se détendre.

— En somme, vous êtes là pour protéger ma fille ?

— Exactement, madame Hutton. Frankie et moi attendions un tout autre genre de visite quand vous avez sonné. Ce qui explique que nous soyons armés.

Frankie le remercia intérieurement de jouer le jeu avec une spontanéité confondante.

— Alors, nous sommes en danger ?

— Ne t'inquiète pas, maman, tu n'as rien à craindre. Tu as deux policiers professionnels avec toi, et nos pistolets sont chargés.

— Je suis confuse. Je... je pensais que... enfin... je n'ose même pas vous le dire tellement j'ai honte.

Elle sauta au cou de Frankie et l'embrassa sur les deux joues.

— Je suis si heureuse de te voir, mon petit lapin !

Puis elle serra Matt dans ses bras et ajouta :

— Et de savoir que quelqu'un veille sur elle.

Frankie et Matt se consultèrent du regard.

— Matt, tu veux bien préparer du café pendant que je passe une tenue plus présentable ? Je me sens ridicule en chemise de nuit.

— Avec plaisir. Eve, venez donc me tenir compagnie dans la cuisine en attendant. Vous semblez éreintée. Un bon café vous remettra d'aplomb.

Sitôt seule, Frankie passa à l'action. Elle rassembla les affaires de Matt et les jeta pêle-mêle sur une chaise dans la chambre de Sissy. Elle défit le lit, froissa les oreillers pour faire croire que Matt y avait dormi. De retour dans sa chambre, elle tira proprement les draps du côté de Matt, prit au hasard deux livres sur une étagère et les posa, ouverts, sur l'oreiller voisin du sien pour donner l'illusion qu'elle lisait avant de s'endormir. Cette tâche accomplie, elle soupira. A trente-deux ans, faire croire comme une gamine qu'elle était vierge et pure ! C'était un comble. Le murmure de la conversation lui parvenait de la cuisine. Elle se rendit dans la salle de bains, ramassa les serviettes trempées et les mit en boule dans la corbeille à linge sale, puis elle passa un jean et un T-shirt, se brossa vaguement les cheveux, jeta un dernier coup d'œil autour d'elle afin de s'assurer qu'elle n'avait rien oublié, et alla rejoindre Matt et sa mère.

— Je vois que vous avez lié connaissance, constata-t-elle.

— Matt me racontait les événements de ces dernières semaines. Pourquoi ne m'en as-tu rien dit, Francis ?

— Je savais que tu t'inquiéterais.

— Sissy va se remettre ?

— Oui. Elle n'est pas bien jolie à voir pour le moment, mais elle cicatrisera et n'aura pas de séquelles.

— Pauvre petite ! Entre nous, ça me soulage que ce type ait été tué. C'était un fou dangereux.

Le café achevait de passer. Frankie sortit des tasses du placard.

— Matt, rien ne t'oblige à rester. Tu peux retourner te coucher si tu le souhaites. A cette heure-ci, je ne pense pas que nous aurons de nouvelle alerte.

Leurs regards se croisèrent brièvement. Il comprit à mi-mot qu'elle l'avait transféré dans la chambre de Sissy.

— Tu as raison. Je suis vanné. Laisse tout de même ta porte ouverte, et n'hésite pas à me réveiller au moindre bruit suspect.

Frankie acquiesça de la tête.

— Dors bien. Tu ne l'as pas volé.

— J'ai été ravi de vous rencontrer, Eve. Je regrette seulement que nous vous ayons fait peur.

— Ce n'est pas grave. Passez une bonne nuit. A demain.

Frankie passa l'heure suivante à écouter le bavardage incessant de sa mère. Vers 5 heures du matin, elle se mit à bâiller.

— Tu sais, maman, je crois qu'il est temps de se coucher. Je n'en peux plus.

— J'oubliais que tu travailles demain.

— Etant donné les circonstances, je pense pouvoir arriver en retard.

— Ton chef me paraît fort sympathique.

— Ouais, ça va.

— Et joli garçon avec ça.

— Tu trouves ? fit-elle sans sourciller.

— Voyons, Francis. Ne me dis pas que tu ne l'as pas remarqué. Il est beau comme un dieu ! Si j'avais trente ans de moins…

— Je t'en prie, maman. Nous travaillons ensemble.

Sur ces mots, elle alla prendre la valise de sa mère qui lui emboîta le pas et la suivit dans sa chambre.

— Tiens, le cadre est agréable. Je craignais le pire après avoir vu le salon.

— Sissy a meublé et décoré le salon à son goût. C'est chez elle.

Eve haussa un sourcil mais s'abstint de commenter.

— Je ne vais pas te gêner, au moins ?

— Tant que ça ne te dérange pas de partager mon lit, il y a suffisamment de place pour qu'on ne se marche pas dessus.

Elle posa la valise sur une chaise et l'ouvrit afin que sa mère puisse prendre ses affaires. Pendant ce temps, Eve examinait les livres sur l'oreiller.

— Francis, mon Dieu ! Qu'est-ce que tu lis ?

— Pardon ?

— Une biographie d'Hitler et un volume sur la Crise de 1929, franchement !

Pas le style de Sissy non plus, songea Frankie. Ces ouvrages appartenaient sans doute à ses parents.

— Avec ce qui se passe, j'étais anxieuse. J'ai pris ce qui me tombait sous la main. C'est toujours mieux que le Valium.

L'air dubitatif, Eve se dirigea vers la salle de bains, munie de son peignoir et de sa trousse de toilette.

Réveillée par l'odeur de bacon, Frankie se frotta les yeux et s'étira. La nuit avait été trop courte.

Selon ses habitudes, sa mère était déjà levée, douchée, vêtue de frais, et préparait un petit déjeuner solide. Eve était une adepte des repas réguliers — trois par jour, et pas de grignotage. Frankie enfila son jean et alluma une cigarette avant d'affronter la journée.

Dans la cuisine, elle trouva Matt attablé devant une tasse de café. Il écoutait patiemment Eve lui parler des diverses activités proposées aux retraités dans son village du troisième âge en Floride. Elle s'interrompit cependant dès qu'elle aperçut Frankie.

— Bonjour, ma chérie. Je croyais que tu ne fumais plus.

— J'ai réduit ma consommation. Le chef interdit le tabac dans les bureaux.

— A propos de fumeurs, Dell Wayford me demande toujours de tes nouvelles. Il compte t'appeler un de ces jours.

— Comment va-t-il ?

— Bien. Nous nous parlons souvent au téléphone. Il m'a promis de venir me voir.

— C'est gentil.

Frankie prit une tasse et se servit de café.

— J'ai un message à te transmettre de sa part. Apparemment, un certain Connors ou Connelly, je ne sais plus, a été licencié.

Frankie se tourna vers Matt qui lui fit un discret clin d'œil.

— Le capitaine Wayford t'a dit qu'il était l'oncle de Matt ?

— Oui. Il attend la retraite pour venir s'installer par ici et retrouver les montagnes. Il m'a proposé de venir avec lui, mais je suis trop prise par ce qui se passe chez moi. Et puis, un de mes voisins, un ex-pilote de ligne, me fait de l'œil. Il est allé partout et rêve de repartir en voyage. J'aimerais vraiment l'accompagner. Je suis certaine qu'il a de grosses réductions sur les billets. Naturellement, j'insisterai pour payer mon hôtel.

Frankie s'assit en face de Matt. Elle aurait donné cher pour savoir ce qu'il pensait. Leurs regards se croisèrent, ils se sourirent. Le « clac » caractéristique du grille-pain annonça que les toasts étaient prêts. Eve les beurra et apporta son assiette à Matt.

— Voilà pour vous. Bon appétit.

— Je vous remercie, Eve. Vous êtes invitée chez moi quand vous voulez.

Elle sourit et se tourna vers Frankie.

— Tu préfères tes œufs brouillés, pochés ou à la coque ?

— Tu sais bien que je ne mange pas le matin, maman.

— C'est pour ça que tu as maigri. Si tu cessais de fumer, tu prendrais un peu de poids et ça ne te ferait pas de mal. Je ne dis pas ça pour te vexer, Francis, mais tu es trop maigre. A ce régime, tu finiras par avoir l'air d'une anorexique.

Frankie écrasa sa cigarette et en alluma une autre.

— Je n'ai pas faim. Prépare ce que tu veux pour toi et ne t'occupe pas de moi.

Eve prit sa tasse de café.

— J'attendrai que tu te décides.

— Je ne mange pas le matin, maman.

La malheureuse femme semblait peinée.

— Bon. Je me ferai un œuf poché plus tard. Je surveille ma ligne en ce moment.

Et elle les rejoignit à table.

Un silence gêné suivit, silence qu'Eve rompit afin de dissiper le malaise.

— Tu sais, j'aimerais rencontrer ton amie Sissy.

Matt leva les yeux vers Frankie.

— Tu passes à l'hôpital avant de venir au bureau ?

— Bien sûr. J'y vais en général dès l'ouverture.

— Ce serait idéal pour que je fasse sa connaissance.

— Elle est assez déprimée, maman.

— Qu'à cela ne tienne, nous la distrairons.

Eve se tourna vers Matt et changea de sujet :

— Votre famille habite Purdyville aussi ?

— Oui, mes parents vivent à la campagne.

— Et votre épouse, vos enfants ?

— Je ne suis pas marié.

Eve jeta un regard lourd de reproche à sa fille qui lui avait menti.

Matt prit une tranche de pain grillé et croqua dedans. Il agita la tête.

— Eve, c'est le meilleur petit déjeuner que j'aie mangé depuis longtemps. J'espère que vous comptez rester quelques jours. Tant que c'est vous qui faites la cuisine, je prends pension et je passe tous les matins.

Frankie surprit une lueur moqueuse dans son regard et lui donna un coup de pied sous la table.

— Je ne suis pas pressée de rentrer. Mes amies et moi devions passer la semaine en cure à Jacksonville, mais l'une d'elles s'est désistée, si bien que nous n'avions plus droit à la réduction de groupe et je refuse de payer plein tarif, c'est trop cher.

Matt se leva de table, débarrassa son couvert et sa tasse qu'il déposa sur la paillasse de l'évier.

— Je ne m'ennuie pas, mais il faut que je passe chez moi me doucher. Et je crois que j'ai perdu une chaussette.

Eve lui sourit, taquine.

— Rassurez-vous, elle n'est pas perdue. Vous la trouverez de l'autre côté du lit de Frankie.

Quand Frankie arriva, accompagnée de sa mère, Sissy fixait le plafond d'un œil morne. Voyant qu'elle avait de la visite, elle se redressa et s'efforça de faire bonne figure devant la dame inconnue que Frankie lui présenta comme sa mère. Eve lui prit la main et la pressa avec chaleur.

— Ma pauvre petite, je suis vraiment désolée de ce qui vous arrive. Frankie et Matt m'ont tout raconté, et je félicite celui qui a abattu votre agresseur. Mais vous êtes belle femme et, en quelques semaines, il n'y paraîtra plus.

Le visage contusionné de Sissy s'éclaira.

— Vous croyez ?

— Mon petit, je sais préparer un baume qui effacera toutes ces vilaines blessures beaucoup plus rapidement que n'importe quel traitement. Quand sortez-vous de l'hôpital ?

— Demain.

— Déjà ? s'étonna Frankie.

— Ils ont fait le maximum. A présent, je suis censée rentrer chez moi et me reposer.

— Bien sûr, et je serai là pour m'occuper de vous. Ne vous inquiétez de rien.

— Merci, Eve. Vous êtes gentille. Dis-moi, Frankie, j'ai eu des coups de fil ?

— J'ai laissé les messages sur le répondeur.

— Rends-moi service : efface-les.

— Très bien.

— Tu appelleras aussi la compagnie des téléphones. Je veux un numéro sur liste rouge.

Frankie la regarda dans les yeux.

— Avec plaisir.

On frappa, et la tête de Macon Comfy apparut dans l'entrebâillement de la porte.

— Excuse-moi, Sissy. J'ignorais que tu avais de la visite.

— Restez, je vous en prie, intervint Frankie. Nous allions partir. Il faut que j'aille au travail.

Les deux femmes prirent congé de Sissy et l'embrassèrent.

— Je repasserai à l'heure du déjeuner, promit Frankie.

— Je serai là, je ne bouge pas, plaisanta son amie.

Eve déposa Frankie devant le poste de police et promit de venir la chercher en milieu de journée pour qu'elles retournent voir Sissy ensemble.

— Je vais profiter de mon temps pour visiter la ville, regarder les boutiques, et trouver un cadeau pour cette pauvre petite.

— Tu es un amour, maman. Justement, j'ai une super petite boutique à te conseiller.

Et elle lui donna l'adresse du magasin où Alice Chalmers l'avait emmenée — Alice qu'elle devrait d'ailleurs appeler, histoire de prendre de ses nouvelles.

— Tu lui achèterais quelque chose pour moi, pendant que tu y es ?

— Bien sûr, chaton. File donc, tu es en retard. Je te retrouve dans quelques heures.

Dans le hall, Frankie salua Velma et longea le couloir. Elle passa devant le bureau de Matt. Bien qu'occupé au téléphone, il lui fit signe d'entrer.

— D'accord, Hep. Je t'attends pour que nous en discutions, conclut-il avant de raccrocher.

— C'était Hep Whitfield. Il vient de m'avouer qu'il a tué Willie-Jack Pitts.

Trois secondes plus tard, Cooter entrait en trombe sans même frapper.

— Chef, je n'en reviens pas ! Je viens d'avoir Alma Grimes du *Half Moon Café* en ligne. Elle pleurait comme un veau. Ente deux sanglots, elle m'a confié qu'elle ne pouvait plus vivre avec son secret. C'est elle qui a tué Willie-Jack.

Le téléphone sonna. Matt décrocha.

— De quoi s'agit-il, Velma ?

Une pause, puis :

— Quoi ?

Nouveau silence.

— Bon, très bien. Tu lui dis de venir.

Et il raccrocha.

— Orvell Dean est en route pour signer des aveux complets. Il a tué Willie-Jack.

Frankie secoua la tête.

— Et la journée ne fait que commencer…

*
* *

Le lendemain matin, en manchette de la Gazette de Purdyville, on pouvait lire : « *La personne qui n'a pas tué Willie-Jack Pitts est priée de se dénoncer.* »

Quand Frankie arriva au poste de police, Elder Pitts était dans le bureau de Matt. A l'invitation de son chef, elle entra.

— … Ça rime à quoi, ça ? grondait le vieux en brandissant le journal. Vous me prenez pour un con, ou quoi ?

Tandis que Pitts père hurlait, Frankie s'assit et écouta en silence. Matt se taisait aussi, laissant l'autre épuiser sa rage avant de tenter de lui parler. Finalement, il posa sa tasse, croisa les bras sur son bureau et se pencha en avant.

— Pitts, je fais de mon mieux. Le devoir m'oblige à enquêter sur tous ceux qui revendiquent le meurtre, je n'ai pas le choix.

— Sales flics. Vous essayez de gagner du temps avec vos ruses imbéciles, et l'assassin de mon fils se promène en liberté.

— Tu sembles oublier un détail. Ton fils était en train de battre une femme qui serait morte si personne n'était intervenu. Le fait que le tireur se soit évaporé dans la nature ne joue pas en sa faveur, mais aucun tribunal ne condamnera celui ou celle qui a tiré dans le seul but de sauver une vie.

— Ouais, tout ça, c'est parce que t'es le cousin de cette salope. Je sais tout sur Sissy Burns.

Matt se leva et indiqua la porte.

— Sors de mon bureau tout de suite, Pitts, ou je te flanque dans l'ancienne cellule de Willie-Jack.

L'homme pointa un index tordu sous son nez.

— Je n'en ai pas fini avec toi, Webber.

Il se tourna vers Frankie.

— Ni avec ta copine.

Et il quitta la pièce en grommelant dans sa barbe.

Lorsqu'il fut sorti, Matt fit face à Frankie.

— Dommage qu'il ne soit pas mort avec son fils, celui-là.

— Tu crois qu'il va continuer à nous empoisonner la vie ?

— Tu le connais mal. Empoisonner le monde, c'est sa profession. Bon, parlons d'autre chose. J'ai appris que Sissy devait sortir de l'hôpital. Est-ce que tu sais à quelle heure ?

— Pas encore. Le Dr Chalmers tient à l'examiner d'abord. Elle doit m'appeler quand elle sera prête. Je passerai la chercher.

— Il serait préférable que vous logiez toutes chez moi tant que cette affaire ne sera pas résolue.

Elle ouvrit la bouche pour protester, mais il l'interrompit :

— Laisse-moi finir, s'il te plaît. S'il n'y avait que nous deux, je ne m'inquiéterais pas trop, mais il y a également Sissy et ta mère à prendre en compte. Chez moi, il y a de la place, des chambres. J'imagine mal trois femmes dans une maison ne disposant que d'une unique salle de bains.

Il n'avait pas entièrement tort…

— Je vais réfléchir. Peut-être que Sissy aimerait mieux dormir chez elle, dans son lit.

Il sourit, de ce sourire magique qui la faisait fondre.

— Je crois que ta mère est fixée sur nos rapports, non ?

— Trahis par une chaussette. Fameuse pièce à conviction.

— Ça te gêne ?

— Pas vraiment. Nous n'en avons pas parlé, mais je ne peux pas continuer à feindre de mener une vie de nonne juste pour lui faire plaisir.

Sissy ne vit aucune objection à passer quelques jours chez Matt. Eve se chargea de lui préparer ses bagages pendant que Frankie entassait ses affaires dans un carton, faute de valise. Il lui faudrait remplacer celle que les petits camarades de Willie-Jack avaient démolie pendant le saccage du motel.

Le téléphone sonna. Sissy jeta un coup d'œil interrogateur à Frankie avant de décrocher.

— La compagnie des téléphones n'a pas encore changé le numéro. Ça devrait être fait sous quarante-huit heures. Mais tu n'as plus de messages, je les ai tous effacés.

La jeune femme décrocha, vaguement inquiète.

— Ah, c'est toi, Macon ! Je suis contente de t'entendre... Oui, ils m'ont laissée, sortir ce matin, Dieu merci.

Elle lui fit part de leur projet de déménagement temporaire. Puis elle écouta et reprit :

— Il est mauvais ? Bon, amène-le toujours. Ça ne peut pas faire de mal. Et je te remercie pour tout.

Lorsqu'elle eut raccroché, Frankie la regardait avec curiosité.

— Qu'est-ce qu'il te proposait ? Un tueur à gages pour te protéger ?

— Non. Il a un doberman qui garde le magasin la nuit. Il nous l'amène.

— Il ne mord pas, au moins ? s'enquit Eve, visiblement inquiète.

— Macon affirme qu'il est doux comme un agneau. Sauf s'il se sent menacé, et là, il devient méchant. Il voudrait que nous le laissions en liberté sur le terrain de Matt pour plus de sûreté.

— J'ai l'impression que Macon t'est devenu indispensable, remarqua Frankie.

— Il s'est montré vraiment gentil. Il est venu me voir plusieurs fois par jour, avec des fleurs, des chocolats. Pas qu'il m'attire sérieusement, mais je l'aime bien en tant qu'ami. Pour le moment, il s'en accommode. Il a dû changer d'eau de toilette, parce qu'il ne sent plus le rosbif froid.

A l'heure du déjeuner, elles s'installèrent chez Matt. Il fut décidé que Sissy dormirait dans la chambre qu'avait occupée Frankie après l'incident du motel, et qu'Eve et sa fille partageraient une autre chambre avec des lits jumeaux.

— Jolie maison, déclara Eve en défaisant sa valise.

Au regard qu'elle adressa à Frankie, il était clair qu'elle envisageait déjà le mariage.

— Maman, je t'en prie, ne commence pas.

Dès qu'elles eurent rangé leurs effets, Frankie alla voir Sissy.

— Ça va, tu es bien ici ?

— Comme chez moi. Je vais enfin pouvoir me reposer. J'ai cru qu'ils me rendraient folle à l'hôpital. On n'a pas le temps de dormir. Il y a toujours quelqu'un pour vous déranger, avec un thermomètre, une tisane, un médicament. Ou la toilette, les pansements, le repas… Et je ne te parle pas du bruit qu'ils font la nuit dans les couloirs, avec leurs fichus chariots.

Elles rirent toutes deux. Bon sang, songea Frankie, qu'il était bon de voir que son amie avait retrouvé son humour.

— Je suis contente que tu en sois sortie. Tu n'as rien à craindre ici. Et puis, maman et moi, on va s'occuper de toi.

— Oh, je ne m'inquiète pas. Dis-moi plutôt où en est la pièce. Je ne supporte pas la grognasse qui reprend mon rôle, mais dans mon état, hein, on ne monte pas sur scène.

— Je ne suis pas retournée aux répétitions depuis ton accident. Je me suis dit que, si tu ne jouais pas, je n'avais plus rien à faire dans cette histoire.

— Quoi ?

— Ce n'est pas grave, ils me remplaceront. Je n'ai qu'une seule réplique.

— Pour moi, c'est sérieux, Frankie. Je tiens à ce que tu participes. Je ne peux pas jouer, mais je veux voir ma meilleure amie sur scène.

— Sissy, je t'en prie. Tu sais que je suis morte de frousse.

— Et moi, alors ? Tu crois que je n'ai pas la frousse maintenant que j'ai renoncé à mon petit boulot de nuit ? Tu as une idée de ce que je gagnais ? C'est toi qui m'as dit que j'étais quelqu'un de bien, que je pouvais faire tout ce que je voulais. Je me le répétais vingt fois par jour à l'hôpital. C'est ce qui m'a soutenu le moral. Eleanor Roosevelt disait qu'il fallait regarder la peur en face et faire ce qui nous flanquait le plus la trouille — enfin, elle l'a dit autrement, mais c'est le sens. J'ai lu ça dans un livre que Macon m'a apporté. Et toi, ma petite Frankie, je veux que tu prennes ton courage à deux mains, que tu montes sur scène, et que tu joues.

— Mais… Je n'ai pas répété !

— Tu n'as qu'une seule réplique. Tu dois bien la connaître, depuis le temps.

Frankie soupira. Impossible de lui refuser quoi que ce soit après ce qu'elle avait subi.

— Bon, d'accord. Je capitule.

— Et je serai au premier rang pour te regarder.

— Je te déteste.

Sissy sourit.

— Je sais.

Eve vint les interrompre.

— Macon Comfy est arrivé avec un chien grand comme un âne. Personne ne m'avait prévenue que cette bête s'appelait Satan. A-t-on idée, tout de même !

— Dites-lui de laisser le monstre dehors et d'entrer, répondit Sissy, toute joyeuse.

Elle se tourna vers Frankie.

— Je suis présentable ? Pas que ce soit très important, mais enfin…

— Le maquillage cache le pire.

Eve revint bientôt, accompagnée de Macon dont le visage s'éclaira à la vue de Sissy.

— Je vous donne un quart d'heure, pas plus, déclara Eve en fixant le boucher d'un œil sévère.

— Bien, madame, répondit-il en s'inclinant courtoisement.

Il attendit qu'elle se retire pour demander :

— Qui était-ce ?

— La Gestapo, lâcha Frankie avant de sortir en refermant la porte.

Elle trouva sa mère occupée à examiner le contenu des placards de la cuisine.

— Eh bien, eh bien, il va falloir que j'aille faire des courses. Les célibataires mangent vraiment n'importe quoi. Ce Matt Webber a besoin d'une femme à la maison.

— Propose-lui d'engager une gouvernante pour la cuisine et le ménage.

— Francis, ne sois pas impertinente !

Eve sélectionna une boîte de soupe au poulet et prit l'ouvre-boîte dans le tiroir.

— Je vais préparer un bon bol de soupe bien chaude pour Sissy. Et quand elle aura fait la sieste, elle prendra un bain moussant. Je suis sûre qu'elle se sentira mieux après.

— Maman, j'apprécie que tu te dévoues pour elle, mais rien ne t'oblige à jouer les infirmières à domicile. Je peux m'occuper de Sissy. Et je suis sûre que tu préférerais retourner auprès de tes amies.

Se redressant de toute sa taille, Eve la regarda d'un air de défi.

— Pas question que j'abandonne ma fille unique alors qu'elle est peut-être en danger. Et puis, contrairement à toi, Sissy a besoin de moi.

De retour au poste de police, Frankie apprit par Velma que Matt et ses collègues étaient en réunion. Elle frappa à la porte du bureau et passa la tête à l'intérieur. Ils avaient tous l'air terriblement sérieux.

— Entre et assieds-toi, lui dit Matt.

— Que se passe-t-il ? Il y a un problème ?

— Un gros, oui, répondit Cooter. Un salopard a tiré à la carabine sur le chien de Virgil. Il a transformé sa voiture en passoire et flingué toutes les vitres de la maison.

25.

Frankie se laissa tomber sur une chaise.

— Le chien est mort ?

— Non, blessé à la hanche, précisa Matt. La voisine qui s'occupait de lui a entendu le coup de feu et s'est cachée dans sa penderie. Elle est âgée et vit seule. Sa terreur passée, elle est sortie de la penderie pour aller regarder par la fenêtre. Le chien gisait dans sa cour. Elle l'a emmené aussitôt à la clinique vétérinaire. Il s'en tirera s'il n'a pas perdu trop de sang.

— Donc elle n'a rien vu.

— Rien, confirma-t-il.

Elle soupira.

— Le vieux Pitts tient ses promesses.

Matt se frotta les yeux pour en chasser la fatigue.

— J'ai envoyé deux hommes fermer les fenêtres avec du plastique.

— Qu'est-ce que tu comptes faire d'autre ?

— Justement, c'est ce que je me demandais. Il a dû apprendre que Virgil n'était pas derrière les barreaux, ce qui a déclenché sa colère. Je pourrais obtenir un mandat de perquisition, mais ça ne servirait à rien. Tu penses bien qu'il a enterré la carabine dans les bois, et nous ne sommes pas près de la retrouver. Pitts est un ancien truand. Il s'efforcera de couvrir ses traces. Il est beaucoup plus redoutable que ne l'était Willie-Jack.

— Et rien ne l'arrêtera tant qu'il ne sera pas aussi mort que son fils, ajouta Buster.

Frankie soupira de nouveau.

— Je croyais qu'une fois débarrassés de Willie-Jack, nous serions enfin tranquilles. Je n'imaginais pas qu'une bande de brutes nous tomberait dessus. Tu as un plan ?

— Je vais appeler des renforts. S'il n'y avait que le vieux Pitts, je ne m'inquiéterais pas trop, mais nous risquons d'affronter une bande armée.

Dans le silence qui suivit, Matt se tourna vers elle.

— Et toi, l'as de la gâchette, tu as une idée ?

— Aucune.

— A propos, comment va Sissy ?

— Bien. Elle se repose. Ma mère s'est promue infirmière en chef.

— Je ne peux pas les laisser seules.

— Macon nous a amené son chien de garde. Ton George a dû sentir qu'il se passait quelque chose, parce qu'ils sont en faction tous les deux devant la porte.

— Merde, ce salaud de Pitts serait bien capable de les abattre, grommela Buster.

— Attends, je pense à un truc, Matt, reprit Frankie. Tu as combien de prisonniers en cellule ?

— Deux. Un voleur de sacs à mains, et un chauffard qui conduisait en état d'ivresse.

— Ils ont le droit de téléphoner, non ?

Il acquiesça de la tête.

— L'un d'eux pourrait avoir averti Pitts pour Virgil.

— Bien possible, en effet.

— Il faut qu'ils sachent où nous sommes, Sissy et moi. C'est à nous que Pitts va s'en prendre maintenant.

— Je refuse de prendre ce risque. Le bonhomme est fou furieux.

— C'est notre seule chance de le coincer. Et puis nous posterons des hommes dans la maison, prêts à agir.

Cooter se redressa.

— En somme, on lui tendrait un piège, en espérant qu'il morde à l'hameçon ? Pas si bête. Ça peut marcher.

En fin de journée, le chalet de Matt grouillait de flics. Tout un coin du salon était occupé par des duvets soigneusement roulés dans leur enveloppe et des caisses de matériel. Matt commanda des pizzas, et ils dînèrent par petits groupes dans la salle à manger pendant que le reste des troupes montait la garde.

Rien.

Matt conduisit Frankie à la répétition et dut rester dehors à l'attendre.

Le vendredi, elle s'éveilla avec la peur au ventre. C'était le jour de la première au petit théâtre local, et l'idée de monter sur scène la terrorisait bien davantage que le vieux Pitts et ses sbires. Elle passa la journée à tourner comme un lion en cage dans la maison, évitant les policiers et répétant mentalement son unique réplique. Elle en travailla le ton devant Sissy et sa mère jusqu'à les faire bâiller d'ennui.

Le soir, alors qu'elle se préparait, elle fut soudain prise de nausées. Sissy la trouva penchée sur les toilettes dans la salle de bains.

— Regarde dans quel état tu t'es mise ! C'est malin de te rendre malade !

— Je ne peux pas y aller, Sissy. Ne m'y oblige pas, je t'en prie.

— Il n'y a personne pour te remplacer.

— Je n'ai qu'une réplique ! Quelqu'un peut bien la dire à ma place, non ?

Matt frappa à la porte.

— Ça va, là-dedans ?

— Ça ira. Elle nous fait une petite crise de trac. Rien de bien grave, expliqua Sissy.

Il consulta sa montre.

— Il est l'heure de partir.

— Tu viens aussi ? s'enquit Frankie en s'essuyant le visage.

— Bien sûr. Avec Cooter et Buster.

— Et puis moi et ta mère, ajouta Sissy.

L'idée que tout ce monde se trouverait dans la salle redoubla sa panique.

— Je croyais que vous restiez surveiller la maison.

— Il y a suffisamment d'hommes ici pour s'en charger.

Sissy la prit par les épaules.

— Allons, en route maintenant.

Durant tout le trajet, Frankie demeura silencieuse. Elle n'entendait plus que les battements précipités de son cœur tandis que les autres bavardaient autour d'elle. Matt se gara à l'arrière du théâtre, et Sissy escorta Frankie à l'intérieur par l'entrée des artistes.

— Ma petite Sissy ! s'exclama Joey en la voyant. Vous êtes en grande forme ! Bien mieux qu'à l'hôpital.

Il la prit dans ses bras et lui murmura à l'oreille :

— L'an prochain, je monte *Des souris et des hommes*. Je vous confie le premier rôle féminin.

— Merci, Joey, c'est gentil.

Frankie se dirigea vers la loge où deux maquilleuses s'affairaient. L'une d'elles lui mit les bigoudis nécessaires à son costume, en attendant de pouvoir s'occuper des acteurs principaux.

Avec une curieuse impression de dédoublement, Frankie observa la maquilleuse pendant qu'elle lui appliquait du fond de teint, de l'ombre à paupières, du blush.

— Il paraît que toutes les places sont louées, déclara la femme.

Et Frankie succomba à un nouvel accès de panique.

— Excusez-moi un instant, bredouilla-t-elle avant de se précipiter aux toilettes.

Cinq bonnes minutes plus tard, Sissy vint la rejoindre pour savoir ce qui se passait. Elle la trouva pliée en deux à se tenir le ventre en hoquetant.

— Qu'est-ce qui te prend tout à coup ? Ce n'est pas possible de se mettre dans un état pareil !

— Je ne peux pas, Sissy. C'est plus fort que moi. Je suis malade, gémit Frankie.

— Pour une réplique ?

— Justement, n'importe qui peut la mémoriser en trois minutes.

— Bon. Ne bouge pas, d'accord ?

Sissy disparue, Frankie s'assit sur le siège des toilettes, le menton posé sur le rebord du lavabo au cas où les nausées la reprendraient. En proie à ses angoisses, elle se rongeait toujours les sangs quand on frappa doucement à la porte.

— C'est occupé, bon sang ! Allez à côté, chez les hommes !

Matt poussa le battant et resta interdit devant ce triste spectacle.

— Ça ne va pas, ma chérie ?

— Tu vois bien que je suis en train de crever, non ? Jamais je ne pardonnerai Sissy de m'avoir soumise à cette torture !

Il entra et referma la porte. Il mouilla une serviette en papier, s'agenouilla près d'elle et la lui pressa contre le front.

— Personne ne t'oblige à rien, Frankie.

— Tu ne comprends pas, balbutia-t-elle, les larmes aux yeux. Si j'ai accepté de participer à ce truc ridicule, c'était pour que Sissy s'intéresse à quelque chose quand son abruti de Joe l'a laissée tomber. Je n'ai rien à faire dans cette galère, Matt, rien !

Elle lui prit le papier humide des mains et s'essuya les yeux.

— J'ai trop la frousse. Je vais encore vomir.

— Je suis sûr qu'on te trouvera une remplaçante, ma douce. Si c'est ça ce que tu veux, je vais demander à Sissy de parler au metteur en scène. Mais je pense que tu t'en voudras si tu déclares forfait. Jusqu'ici, tu as toujours fait front. Si ça ne comptait pas pour toi, tu ne serais pas dans cet état d'angoisse.

Elle releva les yeux vers lui.

— OK, j'avoue. Si je fais ça, c'est à cause de mon père. Ça te paraîtra bien ridicule, mais, quand j'étais gamine, il m'appelait « la vedette » et, dès qu'il me voyait, il se mettait à chanter *« Voilà la petite Miss Amérique »*.

— Eh bien, fais-le pour lui.

Elle posa la tête sur son épaule.

— Tu avais raison, Matt. J'en ai assez de jouer les braves en permanence. Je me suis toujours crue capable d'affronter le monde entier, mais…

— Tu en es capable. Quand on veut, on peut. Il suffit de vouloir.

— Ce n'est qu'une façade, Matt. Au fond, je suis comme les autres, et là tout de suite, je suis morte de frousse.

— Moi aussi. J'ai tellement peur que mon cœur pourrait s'arrêter de battre.

— Mais… Je croyais que tu n'avais peur de rien ?

— J'ai peut-être des raisons d'avoir peur.

Il plongea la main dans sa poche et en sortit un écrin de velours noir.

— Oh, merde ! fit-elle en comprenant.

Il sourit.

— Bizarrement, je m'attendais à ce genre de réaction.

Il ouvrit l'écrin, révélant une bague avec un solitaire.

— J'ai une frousse bleue que tu ne veuilles pas de moi.

Frankie chercha son regard, et l'amour qu'elle y lut lui fit oublier son trac et ses nausées. Tendant la main, elle lui effleura la joue.

— Oh, Matt, je ne sais pas quoi dire.

— Dis-moi oui, Frankie. Je t'aime plus que ma vie. Je ferais n'importe quoi pour que tu sois heureuse. Et je ne te demande pas d'être brave en permanence. Si tu as peur, que l'angoisse te ronge, je veux te prendre dans mes bras, te cajoler, t'embrasser, jusqu'à dissiper tes craintes et tes doutes. Il y a longtemps que je sais ce que tu caches sous ta dureté apparente. Je t'ai vue réconforter des personnes qui souffraient, je t'ai observée avec Sissy. Et puis nous formons une super équipe, toi et moi. Ensemble, le monde nous appartient.

— Je suis tellement… émue.

— Ce n'est pas la réponse que j'attendais. Je voudrais que tu m'aimes.

— Mais je t'aime.

— Alors, dis-moi oui.

Elle hésita, prise d'un étrange vertige. Etait-ce là ce qu'éprouvait le parachutiste avant de se lancer dans le vide ? Pourtant, malgré son cœur qui martelait ses côtes, elle se sentait prête à faire le grand saut. Nouant les bras autour du cou de Matt, elle l'attira à elle.

— Oui.

Il lui glissa la bague au doigt et prit ses lèvres avec ferveur.

— Tu es mienne, à présent. Je te promets d'être un bon époux, un bon père pour nos enfants. Et maintenant, je vais rester près de toi et te tenir la main jusqu'à ton entrée en scène. Je crois en toi, Frankie Daniels, je te fais confiance.

Quelques minutes plus tard, ils quittaient les toilettes main dans la main. Frankie se sentait plus forte avec Matt pour la soutenir.

Sissy les attendait dans le couloir.

— J'adore ta bague, commenta-t-elle avec un clin d'œil.

— Tu savais ?

— Ma petite cocotte en sucre, je l'ai aidé à la choisir.

— Tout le monde en scène pour le premier acte. Le rideau se lève dans cinq minutes ! cria le metteur en scène.

— Vas-y, murmura Sissy. Je t'enverrai des baisers depuis les coulisses.

Frankie relâcha la main de Matt afin de gagner la scène à peine éclairée par des veilleuses. Elle avait les jambes en coton lorsqu'elle s'assit dans le fauteuil de coiffeur qu'elle devait occuper. La comédienne qui jouait le rôle de Truvy se pencha pour lui murmurer à l'oreille :

— Respire.

Le rideau se leva. Sous la lumière des projecteurs, la salle était presque invisible, peuplée de vagues ombres anonymes, et Frankie en fut soulagée. La première scène commença. A peine consciente de ce que racontaient les personnages, elle guettait la réplique qui précédait la sienne. Elle avait encore le temps. Les comédiennes discutaient du mariage à venir. Shelby, la fiancée, arriverait bientôt, et toutes s'activeraient autour d'elle en prévision de la noce. Des coups de feu retentirent en coulisse : le père de la future mariée qui tirait sur les oiseaux dans le jardin pour ne pas qu'ils souillent le lieu où devait se tenir la réception. Et Frankie sursautait à chaque coup.

Bercée par le bourdonnement des conversations, elle finit par se détendre. Truvy déclamait ses répliques tout en lui ôtant ses bigoudis.

Frankie s'étonnait du talent déployé par cette modeste troupe d'amateurs. Jeune, elle avait rêvé de devenir actrice. Elle se souvenait de s'être déguisée avec les vêtements de sa mère afin de parader dans la maison, perchée sur des escarpins trop grands pour elle, en imitant les pauses des vedettes de cinéma. A présent qu'elle avait dominé sa frayeur, peut-être prendrait-elle plaisir à jouer son rôle.

La pièce suivait son cours, et Truvy s'employait maintenant à la coiffer tout en bavardant avec les autres personnages. Frankie souriait au faux miroir de papier alu comme si tout allait pour le mieux. Elle se refusait à regarder le premier rang où sa mère, Matt et ses collègues l'observaient.

Enfin, ce fut à son tour de parler et, prise dans le feu de l'action, elle eut envie de participer.

— Truvy, déclara-t-elle, vous avez fait des merveilles avec mes cheveux. Bravo !

— Merci, mon petit, répondit Truvy.

— Jamais je n'aurais idée de me faire coiffer ailleurs. Vous avez le coup de main. C'est magique.

— Je fais de mon mieux, enchaîna Truvy, comme s'il était tout naturel que Frankie ait changé son texte.

— Belle comme je suis maintenant, je me demande si je vais oser sortir seule dans la rue. Ça pourrait être dangereux.

Les autres l'observaient, attendant leur tour.

— Je crois que je vais devoir engager un garde du corps, poursuivit-elle.

La salle se mit à rire. D'où elle conclut qu'elle jouait bien. Savoir improviser, là résidait tout le talent d'un acteur. Joey l'avait sous-estimée en ne lui confiant qu'une réplique, mais elle lui montrerait ce qu'elle valait. Et, après cette petite démonstration, Sissy et elle se battraient pour les premiers rôles féminins.

— Il faudrait que je vienne faire retoucher ma couleur. Vous pensez que des reflets acajou conviendraient à mon teint ?

Sans se démonter, Truvy détacha le Velcro qui retenait son peignoir et l'en débarrassa.

— Ce serait parfait. Vous n'aurez qu'à prendre rendez-vous à la réception en sortant.

En sortant ? On la congédiait déjà ? Alors que le public l'adorait ?

— Vous savez, il se peut que je me marie aussi très prochainement.

Elle vit l'irritation dans les yeux de Truvy, aperçut Sissy en coulisse et Joey à côté d'elle qui lui faisaient de grands signes.

— Oui, je suis amoureuse de Melvin T. Benefield depuis ma plus tendre enfance. Pensez donc, je n'arrivais pas encore à la cuisse d'une sauterelle…

Rires dans la salle. A l'évidence, elle avait du charisme, une présence scénique. Encouragée, elle continua :

— … Il y a bien pire parti, croyez-moi. Le problème avec les hommes d'aujourd'hui, c'est que tout leur argent part en pensions alimentaires, alors, en fait de sorties et de restaurants fins, il faut se contenter d'un hot dog devant la télé.

Profitant d'une pause, Truvy intervint et lâcha d'un ton pincé :

— Mon petit, nous ne faisons qu'un mariage à la fois. Appelez-moi pour me prévenir lorsque vous serez prête.

Frankie se leva de son siège et prit une bonne minute pour ôter ostensiblement les cheveux de sa robe comme indiqué dans son script. Puis, d'une allure de reine, elle se rendit à la réception et fit mine de payer tandis qu'un autre personnage entrait en scène.

Sissy l'attendait en coulisse.

— Qu'est-ce que c'était que ce sketch ?

Frankie haussa un sourcil.

— Je m'en suis bien tirée, non ? En tout cas, ça a plu. Le public riait.

— Mais ce n'était pas ton texte.

— Je n'ai pas pu me retenir. Je me suis mise dans la peau du personnage, et j'ai décidé que ma réplique était trop plate. Alors, j'ai improvisé. J'étais bien ?

Joey vint les rejoindre. Il ne semblait pas particulièrement heureux.

— Frankie, ne me refaites jamais ça. Vous auriez pu déstabiliser toute la production.

— J'étais bien ?

— Super, grommela-t-il avant de s'éloigner.

Elle reporta son attention sur Sissy.

— C'était plus fort que moi. Une fois sur scène avec tout le monde, je me suis détendue, et, quand est venu mon tour, les mots me sont venus tout seuls. Je ne pensais pas prendre tant de plaisir à jouer, et puis je me suis souvenue que, quand j'étais petite, je rêvais de devenir comédienne. Ça m'a paru tout naturel d'être sur scène.

Eve Hutton remarqua immédiatement la bague au doigt de sa fille.

— Doux Jésus, un diamant ! De deux carats au moins !

Elle prit Frankie dans ses bras et l'étreignit de toutes ses forces.

— Voilà ce que je désirais pour toi ! C'est tellement romantique ! Dis-moi vite où et quand il t'a demandée en mariage.

— Avant la pièce. Dans les toilettes.

— Qu'est-ce que vous fabriquiez tous deux dans les toilettes ?

— J'avais le trac et une furieuse envie de vomir.

— Tu es impossible, Francis. Comment veux-tu que je raconte ça à mes amies ? Il va falloir que j'invente autre chose.

— Allons fêter ça ! annonça Matt. Non seulement Frankie est une star, mais elle accepte de m'épouser.

Une demi-heure plus tard, accompagnés de Cooter et Buster, ils entraient dans un restaurant à la mode. Radieuse et consciente de l'être, Frankie ne se lassait pas de regarder sa bague. Elle avait dominé les pires peurs de sa vie.

— Qu'est-ce que vous avez pensé de ma prestation ? s'enquit-elle lorsqu'ils furent installés à table.

— Je t'ai trouvée brillante, répondit Matt.

— Le mot est faible, renchérit Sissy.

— En tout cas, tu as de la présence, ajouta Eve.

Buster et Cooter confirmèrent l'opinion générale, puis Frankie s'excusa pour aller aux toilettes. Dès qu'elle les eut quittés, Sissy jeta au groupe un regard circulaire et déclara :

— Elle était nulle. Epouvantable. Une vraie calamité.

Tous hochèrent la tête, Matt inclus.

— Impossible de le lui dire, elle se vexerait.

— Certes, cousin, mais nous tâcherons de faire en sorte qu'elle ne monte plus jamais sur scène. Je vais essayer de la brancher sur des cours de quadrille.

26.

Frankie était toujours aussi radieuse lorsqu'elle arriva au travail le lendemain. Elle montra fièrement sa bague à Velma.

— Je n'ai jamais cru que vous resteriez, lui confia la réceptionniste.

— Vous ne vous débarrasserez pas de moi si facilement.

— Je suis très heureuse pour vous, mais je vous conseille d'être une bonne épouse pour Matt. Sinon, je vous tords le cou de mes propres mains.

— Voilà ce que j'aime chez vous, Velma, votre franchise.

Et, une fois n'est pas coutume, les deux femmes tombèrent dans les bras l'une de l'autre.

La journée passa comme un rêve. De retour à la maison, Frankie trouva sa mère et Sissy en grande conversation sur le canapé. Elles paraissaient terriblement sérieuses, et Sissy avait les yeux humides de larmes.

— Vous en faites, des têtes. Il y a un problème ?

— Ta mère offre de me payer des études d'esthéticienne.

— Oh, ma petite Sissy ! C'est merveilleux ! Exactement la profession qu'il te faut, tu es faite pour ça !

— Et ce n'est pas tout. Macon m'a demandé de sortir avec lui et j'ai accepté. De tous ceux que j'ai rencontrés, c'est le seul homme qui s'intéresse à moi en tant que personne et ne pense pas qu'à me mettre dans son lit.

Le téléphone sonna. Frankie décrocha. C'était Alice Chalmers.

— Rand et moi avons appris la nouvelle de vos fiançailles. Félicitations. Nous aimerions que vous passiez ce soir à la maison, Matt et vous.

Sans doute pour fêter l'événement, songea Frankie.

— Je lui en parle, et je vous rappelle.

Matt et Frankie arrivèrent chez les Chalmers à 19 heures précises. Rand leur ouvrit la porte et déclara gravement :

— Je suis content que vous ayez pu venir.

— Tu as des soucis, Rand ? s'enquit Matt.

— Je propose que nous parlions dans la bibliothèque.

Matt et Frankie échangèrent un regard surpris tandis qu'il les conduisait jusqu'à une pièce spacieuse aux murs tapissés de livres. De gros fauteuils confortables étaient disposés près du feu, autour d'une table basse sur laquelle trônaient un service à café et un plateau de petits-fours. Assise sur une causeuse, Alice tenait à la main un délicat mouchoir bordé de dentelle. A l'évidence, elle avait pleuré.

— Alice, que se passe-t-il ? demanda Frankie, inquiète.

— Rand et moi avons des choses très importantes à vous confier. Matt, Frankie, installez-vous.

Rand vint s'asseoir près de son épouse, lui prit tendrement la main et dit :

— Toutes nos félicitations pour vos fiançailles.

— Merci, répondit Matt. Mais, si je ne me trompe pas, ce n'est pas pour ça que vous nous avez appelés.

Alice se tamponna les yeux et soupira.

— C'est vrai. Je vis avec un secret depuis si longtemps que ça me rend folle.

Elle s'interrompit, visiblement troublée.

— Je ne sais pas par où commencer.

— Laisse-moi faire, chérie.

Elle hocha la tête en signe d'assentiment.

Rand se tourna vers Matt et Frankie. Son regard passa de l'un à l'autre.

— Il y a quelques années, j'ai eu une aventure avec une infirmière. Cette liaison a duré un certain temps. J'ai essayé de rompre, mais ce n'était pas facile. Nous ne nous entendions plus, Alice et moi. Mes longues journées de travail et mes horaires irréguliers y contribuaient pour beaucoup. Assez vite, j'en suis venu à passer des nuits entières chez cette femme. Alice me suppliait de consulter un conseiller conjugal avec elle, mais je m'y refusais. Chirurgien respecté, je me croyais au-dessus de ça.

Il marqua une pause et baissa tristement la tête avant de poursuivre :

— Alice est tombée enceinte à deux reprises, et a fait deux fausses couches. Elle s'est mise à déprimer, et comme je ne supportais pas de la voir dans cet état, je passais le plus clair de mon temps hors de chez moi. Cela a duré presque deux ans. Jamais je n'ai songé aux effets que la situation avait sur elle.

Il se tourna vers sa femme qui enchaîna :

— J'ai découvert sa liaison la nuit où j'ai dû prendre la voiture pour me rendre aux urgences à ma première fausse couche. Rand n'était pas à l'hôpital. Je ne lui en ai rien dit. Au bout de quelques mois, j'étais de nouveau enceinte. Mais j'ai perdu l'enfant, et je me suis enfoncée dans la dépression.

Frankie les écoutait avec intérêt tout en se demandant où menait leur récit.

Il y eut un silence, puis Alice reprit :

— J'ai voulu le blesser aussi profondément qu'il m'avait blessée. Je projetais même de le quitter. A l'époque, il avait engagé Willie-Jack Pitts pour réparer une de nos granges qui avait souffert de l'orage. Willie-Jack flirtait avec moi de manière éhontée. Je me sentais seule, et je me suis laissé prendre. Ma liaison avec lui n'a pas duré longtemps.

Frankie releva la tête et vit à son regard perdu qu'elle revivait ces pénibles moments. Rand fixait le sol. Elle se souvint brusquement de Willie-Jack se vantant d'avoir couché avec de respectables citoyennes de Purdyville. Elle avait eu tort de ne pas le croire…

— Naturellement, j'avais honte de moi. J'ai rompu. Willie-Jack est devenu fou de rage. Il m'a frappée si fort qu'il m'a laissé des bleus. J'ai menti à Rand, prétendant que j'étais tombée dans l'escalier. Hélas, le pire était encore à venir.

Elle marqua une nouvelle pause et essuya nerveusement ses larmes.

— Que s'est-il passé ensuite ? l'encouragea doucement Matt.

— Il a décidé de me faire chanter.

Silence. Que Matt rompit après une minute.

— Ça a duré longtemps ?

— Dix ans.

Elle se tourna vers Frankie, puis ajouta :

— Et je n'étais pas la seule femme en ville à payer.

Elle inspira afin de réprimer ses tremblements.

— Au début, ce n'était pas gênant, mais il est devenu gourmand. J'avais un mal de chien à cacher mon secret à Rand. Et puis il y a quelques semaines, Willie-Jack m'a demandé la somme de cinquante mille dollars pour solde de tout compte.

— Rien que ça ! s'exclama Frankie.

— Il m'a donné quinze jours pour trouver l'argent. Si je ne payais pas, il m'a promis que toute la ville serait au courant de notre liaison. Je n'avais plus le choix, j'ai tout avoué à Rand. Je ne pouvais plus vivre avec mes mensonges.

— Tu as tué Willie-Jack ? demanda Matt.

Alice fit oui de la tête. Rand toussota et prit la parole :

— Avant de poursuivre, il faut qu'Alice vous explique ce qui s'est passé cette nuit-là.

Il drapa un bras protecteur autour de sa femme et dit à voix basse :

— Termine ton récit, ma chérie.

— Je ne me suis pas mise en quête de Willie-Jack dans l'intention de le tuer. Je ne savais même pas qu'il y avait un pistolet dans la voiture. J'en avais assez de ses menaces. Je souffrais depuis trop longtemps et je ne me souciais plus que la ville soit au courant de notre liaison. De plus, étant donné le personnage, il pouvait raconter ce qu'il voulait, personne ne le croyait. Je suis allée jusque chez Virgil, j'ai garé la voiture près de celle de Willie-Jack, et j'ai attendu. Pas bien longtemps. Au bout de quelques minutes, Virgil l'a raccompagné à la porte. Voyant qu'il était saoul, j'ai verrouillé les portes et éteint mes phares. Puis je l'ai suivi au pas jusqu'à l'arrière du restaurant. Je comptais lui dire que je ne paierais plus et qu'il pouvait raconter ce qu'il voulait à qui il voulait. Il était tellement saoul qu'il n'a même pas remarqué la voiture. Le temps que je me range et que je coupe le moteur, il avait déjà coincé Sissy. La malheureuse était à terre et il la rouait de coups de pied. Il fallait que je lui vienne en aide. Je n'avais rien sous la main pour la défendre et me protéger. Puis j'ai pensé au démonte-pneus qui se trouvait dans le coffre. J'ai ouvert la boîte à gants pour actionner le levier qui en commande l'ouverture, et c'est à ce moment-là que j'ai trouvé le pistolet.

Elle se tut quelques instants et poursuivit :

— Je lui ai crié de laisser Sissy tranquille. J'ai même cru qu'elle était morte. Il a éclaté de rire, et il est venu vers la voiture. Je l'ai prévenu que j'étais armée. Il a continué d'avancer. Alors, j'ai tiré, et je l'ai regardé s'écrouler. Je ne pensais pas l'avoir tué. C'est une amie qui m'a appris sa mort le lendemain matin.

— D'où venait le pistolet ? s'enquit Frankie.

— Je l'ai acheté à la sauvette chez un revendeur pas net de Raleigh quand Alice m'a tout avoué, répondit Rand. Je comptais tuer Willie-Jack pour ce qu'il lui avait fait subir.

Il agita tristement la tête.

— Malheureusement, Alice a emprunté ma voiture, ce soir-là. La sienne était en révision. Je regrette seulement de ne pas avoir tué ce fils de chienne de ma main.

— Tu ignorais qu'Alice le payait pour qu'il se taise ? demanda Matt.

— Je vendais des titres que j'avais achetés avec l'argent de mon héritage. Rand ne regarde jamais les relevés de mon compte personnel.

— Dis-lui tout le reste, chérie.

— Le père de Willie-Jack était au courant des agissements de son fils. Il a appelé ce matin afin de m'annoncer que, malgré la mort de son fils, je devais continuer à payer.

Matt réfléchit un moment en silence, puis il releva les yeux.

— Eh bien, Alice, je ne pense pas que tu iras en prison. Tu as agi en légitime défense. Mais je te conseille d'appeler ton avocat au plus vite.

— Il y aurait moyen que toute l'affaire ne s'ébruite pas ? Je me fiche éperdument de ce que pensent les gens d'ici, mais ma femme a suffisamment souffert, et je me sens responsable.

Rand porta une main tremblante à ses lèvres. Ses yeux brillaient de manière inhabituelle. Visiblement, il était au bord des larmes.

— J'aurais dû le tuer dès que j'ai eu le pistolet. Seulement, je n'ai pas pu. Il n'était jamais seul.

— Alice, reprit Matt, il faut que tu trouves une bonne raison pour justifier ta présence sur les lieux, faute de quoi, les questions vont pleuvoir. Il vaudrait mieux éviter ça.

— J'ai une idée, lança Frankie. Sissy pourrait l'avoir appelée. En disant qu'elle se sentait mal, qu'elle était déprimée et qu'elle avait besoin de parler à quelqu'un immédiatement. Comme Alice lui a sauvé la vie, je ne doute pas une seconde qu'elle acceptera de témoigner en ce sens.

Falsifier les détails d'une affaire criminelle n'était pas dans ses habitudes, mais elle avait appris qu'il était parfois nécessaire de biaiser avec la loi. Et, pour protéger son amie, elle ne reculerait pas devant cette petite entorse à la justice.

— Ça peut marcher, acquiesça Matt. Mais appelle tout de même ton avocat pour qu'il te conseille. Quant à Pitts père, je vais m'occuper de lui. Son compte est bon.

*
* *

Un peu avant l'aube, Matt, Frankie et quelques policiers débarquaient chez le vieux Pitts qui ne se doutait de rien. Il leur ouvrit vêtu de son seul caleçon — sale.

— Qu'est-ce qui vous prend de venir me déranger à une heure pareille ? aboya-t-il.

— Je te coffre, déclara Matt en lui passant les menottes.

— Ah oui ? Et de quoi on m'accuse ? On peut savoir ?

— Chantage. Le mot te rappelle quelque chose ?

— Je ne vois vraiment pas ce que vous me voulez.

— Alice Chalmers et moi, on a eu une petite conversation, fort intéressante, ma foi. Elle a enregistré ta voix au téléphone. Un coup de fil de menace pour la faire chanter. Tu vas passer un bon moment à l'ombre, vieux.

— Cette salope n'osera pas porter plainte. Elle a trop peur que la ville apprenne ce qu'elle faisait avec Willie-Jack.

— Là, mon coco, tu te trompes. Elle a déjà appelé son avocat.

Le bonhomme devint livide. Il se tut un moment.

— Je suis trop vieux pour retourner en taule. Ça me tuerait. Et ma pauvre femme…

Il s'interrompit et s'essuya les yeux du dos de la main.

— Elle va pas bien, ma femme. Elle mange plus, elle dort plus, elle a besoin de moi ici.

Pour la première fois, le vieux Pitts manifestait des sentiments humains. Matt se demanda si la mort de son fils avait finalement eu raison de sa cuirasse.

— Je te propose un marché, Pitts. Tu as vingt-quatre heures pour décamper d'ici, quitter la ville, et même l'Etat. Si tu es encore là demain à l'aube, je t'embarque, et tu croupiras en prison le reste de tes jours.

Le vieux l'examina longuement.

— Je veux savoir qui a tué mon petit. Ce serait pas Alice Chalmers, par hasard ?

— C'est toi qui l'as tué, Pitts. Par ta bêtise. Parce que tu l'as élevé à devenir aussi mauvais que toi. Et je te rappelle qu'on lui a tiré dessus dans le but de l'empêcher de battre une femme à mort. Ta vengeance, tu ne l'auras pas. Tu peux faire une croix dessus. Traîne encore par ici, et je te promets que tu crèveras en cabane.

— Qui me dit que tu ne me lâcheras pas les autorités aux fesses ?

Matt sourit, ironique.

— Cache-toi bien. Il y a des montagnes en pagaille dans le Tennessee. Un type comme toi peut disparaître dans un trou de rocher de manière à ce qu'on ne le retrouve jamais. C'est exactement ce que j'attends de toi.

Le vieux le regarda droit dans les yeux.

— J'ai élevé mon fils comme mon père m'a élevé. J'ai fait du mieux que j'ai pu.

Matt lui ôta les menottes.

— Vingt-quatre heures, Pitts. Mes hommes t'auront à l'œil. Demain, à cette heure-ci, je veux que tu aies levé le camp.

Sur ces mots, Matt se retourna pour partir.

— Minute ! Pourquoi tu me ferais une fleur ? T'as jamais été tendre envers nous, jusqu'ici.

— Pourquoi je te fais une fleur ? Parce que tu as perdu ton fils. Et parce que j'ai pitié de ta femme.

Mensonge s'il en était. Pitts le savait comme lui.

— Seulement, je ne suis pas très patient, et toi, tu n'as pas beaucoup de temps.

— Ouais, ben plus vite je me tire de ce trou, mieux ce sera.

— Voilà au moins un point sur lequel nous sommes d'accord.

Matt et Frankie reprirent la route, laissant une voiture de patrouille et deux hommes sur place.

— Tu as mené l'affaire de main de maître, remarqua-t-elle.

— Merci. Venant de toi, le compliment me touche.

— C'est la moindre des choses. Je suis surprise que tu t'en sois tiré sans mon expertise.

— Daniels, je me demande ce que je vais faire de toi.

— Une honnête femme, si ma mémoire est bonne.

— Parce que tu y as cru ? Reviens sur terre. C'était une simple manœuvre de diversion pour t'aider à dominer ton trac.

— Elle se posait là, ta diversion. Tu as vu la taille du diamant ? Tu ne me feras jamais croire que c'était de la pacotille. Je suis tout de même la fille de ma mère.

— Là-dessus, j'ai des doutes. Si c'était le cas, après tes brillants débuts sur la scène, tu serais déjà dans le car pour Hollywood.

— Bah, il faut bien faire quelques sacrifices.

Elle soupira.

— Mais je ne suis pas près de l'oublier, et je te le ferai payer pendant les cinquante ans qui viennent.

— Cinquante ans ? Parce que tu t'imagines que je vais rester avec toi jusqu'à ce que tu sois vieille et moche ?

— Tu n'as pas le choix, j'ai un flingue. Et des années de pratique. Je tire mieux que toi.

— Ça aussi. Pas question que ma femme aille raconter à toute la ville qu'elle tire mieux que moi, même si c'est vrai.

— Avoue, Webber ! Cette fois, tu es tombé sur plus fort que toi.

Il éclata de rire et lui prit la main.

— C'est bien possible. On fera un fameux couple, tous les deux, Frankie. Tu verras. Ça va marcher nickel.

Christiane Heggan

Verdict

Elle doit défendre le pire ennemi de l'homme qu'elle aime...

Lorsqu'une mystérieuse inconnue lui propose cent mille dollars pour défendre son amant accusé de meurtre, Kate Logan croit sa chance arrivée. Depuis qu'elle a quitté le cabinet d'avocats Fairchild-Baxter et s'est mise à son compte, elle a du mal à se faire une nouvelle clientèle.

Mais la médaille a son revers. Et quel revers ! L'affaire qu'on lui soumet concerne directement Mitch, son compagnon. En effet, Kate est chargée de rouvrir l'enquête sur l'assassinat de Molly Buchanan, et de défendre Todd, son mari et meurtrier présumé. Or Molly n'est autre que la petite soeur de Mitch, et Todd l'homme que Mitch hait le plus au monde...

Convaincue de l'innocence du suspect, Kate accepte de relever le défi. Tout en sachant que cette affaire va soumettre son couple à rude épreuve, et peut-être même le condamner. Elle a une arme, une seule, pour rendre justice sans sacrifier son amour. Une arme qui peut lui faire tout gagner ou se retourner contre elle. Son intime conviction.

BEST-SELLERS N°12

À PARAÎTRE LE 1ER MAI 2004

Curtiss Ann Matlock

Le moment de vérité

Qu'y a-t-il encore entre Marilee, journaliste dans une petite ville rurale, et le père de son enfant ? Plus rien. Un tel fossé les sépare que le petit Willie Lee ne connaît même pas Stuart James, et que Marilee s'apprête à se remarier sans prévenir son ex.
Pourtant, Stuart a de bonnes raisons de revoir Marilee. Et le fait de lire — avec stupeur — les bans publiés dans le journal ne le décourage pas.
C'est en arrivant sur place qu'il s'aperçoit que le monde de Marilee est organisé depuis longtemps sans lui. Dans ce monde-là bruissent des voix d'enfants, des préparatifs de mariage et toutes les rumeurs d'une petite ville. Autant dire qu'un homme du passé y est aussi bienvenu qu'un chien dans un jeu de quilles.
Et Marilee n'hésite pas à le lui faire comprendre. Surtout quand elle découvre qu'il s'apprête à faire un reportage photos sur sa ville, où il risque de divulguer des secrets susceptibles de déstabiliser leur enfant…

Composé et édité
PAR LES EDITIONS HARLEQUIN
Achevé d'imprimer en février 2004

à Saint-Amand-Montrond (Cher)
Dépôt légal : mars 2004
N° d'imprimeur : 40026 — N° d'éditeur : 10415

Imprimé en France